Burkhard Rüth, Jahrgang 1965, ist als Unternehmensberater und betriebswirtschaftlicher Fachautor tätig und kennt deshalb das Umfeld, in dem sein erster Südtirol Krimi spielt, aus eigener Erfahrung. Er lebt bei Bonn, seine Wahlheimat ist jedoch Südtirol. Die meisten Schauplätze sind absolut realitätsnah dargestellt. Burkhard Rüths Romane sind für den interessierten Leser zusätzlich eine ganz spezielle Art von Reiseführer.

BURKHARD RÜTH

Das Monster von Bozen

KRIMINALROMAN

Der erste Fall des
Commissario Vincenzo Bellini

emons:

MIX
Papier aus verantwortungsvollen Quellen
FSC® C083411

Umschlagfoto: iStockphoto.com/Bettina Ritter
Umschlaggestaltung: Tobias Doetsch
Druck und Bindung: CPI – Clausen & Bosse, Leck
Printed in Germany 2011
ISBN 978-3-89705-904-7
Originalausgabe

Dein Trotz und deines Herzens Hochmut hat dich betrogen,
weil du in Felsenklüften wohnst und hohe Gebirge innehast.
Wenn du denn gleich dein Nest so hoch machtest wie der Adler,
dennoch will ich dich von dort herunterstürzen, spricht der Herr.

Jeremia, Kapitel 49, Vers 16

Ich widme meinen ersten Roman meinen Eltern. Sie haben mir schon als Kind die Natur nähergebracht und sind oft mit mir in den Bergen gewesen, vor allem in Südtirol. Meine Begeisterung für diese wunderschöne Welt, die Grundlage meiner Bücher ist, verdanke ich ihnen.

Prolog

Köln, Oktober, elf Jahre zuvor

Sie stand lange am Grab ihres Mannes. Sie hatten davon geträumt, ihre gemeinsame letzte Ruhe auf einem kleinen, stillen Waldfriedhof zu finden. Aber sie waren zu jung gewesen, um sich ernsthaft mit dieser Frage auseinanderzusetzen. Sie hatten noch so viel vorgehabt. Helmuts Tod hatte allen Zukunftsplänen ein jähes Ende bereitet. Jetzt war er auf einem Waldfriedhof beerdigt, so, wie er es sich gewünscht hatte.

Eine schmale Zufahrt führte durch Wiesen und Felder zu einem kleinen Parkplatz, eine Rasenfläche, auf der höchstens zehn Autos Platz fanden. Dahinter begann ein dichter Buchenwald. Das Laub war bunt gefärbt, der Wald sah aus wie vergoldet. Wie oft war sie den Weg zu seinem Grab schon gegangen. Er führte fünfzig Meter geradeaus, dann machte er einen Linksknick. Dahinter öffnete sich der Wald in eine kleine Lichtung. Dort erstreckte sich der Friedhof, den man durch ein schlichtes Holztor betrat. Das Grab, das irgendwann auch ihre letzte Ruhestätte sein würde, lag hinten links, ganz am Ende, bevor sich der Wald wieder schloss.

Heute war ein Herbsttag wie aus dem Bilderbuch. Schleierwolken kündigten einen Wetterumschwung an, doch noch war es mild und fast windstill. Die Luft war erfüllt von einem leicht modrigen, erdigen und zugleich würzigen Geruch. Solche Stimmungen hatten sie beide geliebt. Er würde das nie wieder mit ihr teilen können. Tränen rannen ihr über die Wangen. All das wegen eines einzigen Ausrutschers.

Auf einem Kongress hatte er zu viel getrunken und war dem Charme einer Studentin erlegen. Er hätte es ihr sagen können, sie hätte es ihm verziehen. Sie liebte ihn viel zu sehr, um ihn wegen so etwas zu verlassen. Aber er hatte Angst gehabt und sich zutiefst geschämt. Irgendjemand hatte zudem seinen Fehltritt mitbekommen, »Beweisfotos« geschossen und ihn damit erpresst. Sie wusste bis heute nicht, worum es gegangen war, jedenfalls nicht allein um Geld. Das hatte sie seinem Abschiedsbrief entnommen, der vor ihm auf dem ovalen Glastisch gelegen hatte.

Sie würde diesen Anblick und dieses Gefühl niemals vergessen. Helmut hatte keine äußerlichen Verletzungen, er sah aus, als würde er schlafen. Halb sitzend, halb liegend, den Kopf auf der Brust. So hatte er immer ausgesehen, wenn er beim Fernsehen eingenickt war. Als sie ihn berührte, wusste sie, dass er nicht schlief. Er hatte sich mit Tabletten das Leben genommen. Auf dem Tisch stand eine leere Cognacflasche, damit hatte er seine Angst betäubt.

Die Polizei fand nie heraus, wer der Erpresser war. Aber er hatte bei Helmut kaltblütig die richtigen Knöpfe gedrückt. Vermutlich hatte er nicht nur damit gedroht, sie zu informieren, sondern auch den Ausschuss.

Das alles war nun ein Jahr her. An keinem Ort war sie seitdem häufiger gewesen als an Helmuts Grab. Doch das Gefühl von Trauer und Verzweiflung, aber auch der unbändige, gefräßige Hass auf den Erpresser wurden nicht schwächer. Sie spürte es jeden Tag wie am ersten.

Langsam ging sie den Weg zurück, vorbei an den anderen Gräbern, in denen andere Menschen mit anderen Schicksalen lagen. Sie wischte sich mit dem Handrücken die Tränen aus dem Gesicht. Als sie aus dem Wald auf den Parkplatz trat, blies ihr eine kalte Windböe aus Nordwesten entgegen. Es würde nicht mehr lange dauern, bis der Regen kam.

1

Südtirol, Ahrntal, Samstag, 6. Juni 2009

Obwohl Vincenzo Bellini es besser wusste, konnte er nicht anders. Immer wieder musste er hinunterblicken in die scheinbar unendliche Tiefe. In manchen Momenten spürte er überdeutlich das Verlangen, einfach nur loszulassen, angezogen von ihrem mächtigen, unentrinnbaren Sog.

Er war in aller Frühe aufgestanden, hatte seinen Rucksack gepackt und war losgefahren. Allein von Bozen bis nach Sankt Johann hatte er mit seinem Alfa eine gute Stunde gebraucht, zum Glück brach das Verkehrschaos im Pustertal erst viel später aus. Gegen sechs hatte er seine Tour begonnen. Am Anfang war der Weg technisch anspruchslos, aber lang und steil. Über das kleine Sträßchen bis zum Stalliler, dann weiter über den Hauptwanderweg mit der Nummer 23. Allein auf diesem Stück hatte er über sechzehnhundert Höhenmeter überwunden. Ihm war bewusst, dass das schon eine beachtliche konditionelle Leistung war. Zumal er mehr als zehn Kilogramm auf dem Rücken trug.

Das Schwierigste lag zu diesem Zeitpunkt aber noch vor ihm. Gegen zehn war er in den Klettersteig eingestiegen, um zwölf waren sie auf der Schwarzensteinhütte verabredet. Seit seiner Kindheit war er zu jeder Jahreszeit in den Bergen. Er liebte sie, sie waren seine Heimat. Aber fürs Klettern hatte er sich nie erwärmen können. Bis er Hans kennenlernte.

Hans Valentin war Bergführer und Inhaber einer Alpinschule in Sand in Taufers. Er war Anfang fünfzig und hatte im Laufe seiner Bergsteigerkarriere die meisten Achttausender bestiegen, einige zusammen mit Reinhold Messner. Die Berge und die Herausforderungen des Extremkletterns waren sein Leben. Selbst vor den brutalsten Touren, die für gewöhnliche Bergsteiger unerreichbar waren, schreckte er nicht zurück. Er hatte das Matterhorn innerhalb von nur vierundzwanzig Stunden viermal bestiegen, jedes Mal auf einer anderen Route. Je mehr er Hans zugehört hatte, umso mehr wollte er ihm nacheifern, hinauf in schwindelerregende Höhen, auf immer schwierigeren Routen. Auf einmal hatte ihn der Ehrgeiz gepackt.

Und was hatte er jetzt davon? Mutterseelenallein hing er in dieser verdammten Wand. Blanker Fels, so weit das Auge reichte. Als er am Fuß des Steigs die Klettersteigausrüstung angelegt hatte und nach oben schaute, hatte er sich nicht vorstellen können, diese Wand jemals zu durchqueren. Trotzdem war er losgegangen. Er wollte sich vor Hans keine Blöße geben. Zunächst kam er noch problemlos voran. In den Wandeinstieg war eine kleine Spur gesprengt, es gab jede Menge Sicherungen. Doch bald kam er ohne schwindelerregende Kletterei nicht mehr weiter.

Dazu diese schwüle Hitze, unter der das Land seit Tagen litt. Er befand sich in einer Westwand, daher war es in den Vormittagsstunden wenigstens noch schattig. Aber allmählich kroch die Sonne um den Berg herum und schien mitten in den Steig. Obschon auf über zweitausend Metern Höhe, wurde es unerträglich warm. Kein Lüftchen regte sich, die helle Felswand reflektierte das Sonnenlicht zusätzlich. Er kam sich vor wie in einem Brutofen.

Er zwang sich, nicht mehr nach unten zu schauen, löste den ersten der beiden Karabinerhaken. Während er sich mit der rechten Hand krampfhaft an der Öse festklammerte, durch die das Drahtseil gelegt war, führte er mit der anderen den Haken vorsichtig an der Öse vorbei. Er konnte nur auf den Zehenspitzen stehen, denn die Wand bot kaum noch natürliche Tritte und Griffe. Endlich gelang es ihm, den Karabinerhaken wieder einzuklinken. Er wiederholte die Prozedur mit dem zweiten Haken. Das war das Ärgerliche. Man musste grundsätzlich mit zwei Karabinern gehen, weil man sonst in den Momenten, in denen man den Haken ausklinkte und um die Ösen im Fels führte, ungesichert war. Das kostete Zeit und Kraft.

Er blieb stehen, bis sich sein Puls wieder beruhigt hatte. Dann zog er sich vorsichtig an dem Drahtseil entlang. Anstatt seinen Blick starr vor sich auf den Fels zu richten, ließ er ihn immer wieder zwanghaft dem Sog der Tiefe folgen. Die Neigung der Wand überschritt jetzt neunzig Grad, ein Überhang. Er erinnerte sich an den Moment, als er das erste Mal mit Hans vor einem Überhang gestanden hatte. Damals hatte er gelacht, als Hans ihm in seiner unnachahmlichen Art erklärte: »Ein Überhang ist ein Stück einer Route, deren Steilheit über das Senkrechte hinausgeht.« Jetzt lachte er nicht mehr, denn er konnte nicht einmal seine eigenen Füße sehen. Da war nur noch die Tiefe, wie ein riesiger Schlund. Ihm wurde schwindelig. Gleichzeitig überfiel ihn ein Brechreiz, seine Beine fühlten sich an wie Watte. Er hatte das Gefühl, im nächsten Moment den Halt zu verlieren. Wie sollte er jemals heil wieder nach Hause kommen?

Doch da, vor ihm, ein größerer Tritt im Fels! Endlich. Dort würde er freihändig stehen und sich wenigstens einen Augenblick ausruhen können. Er hatte durch seine Touren und Bergläufe eine ausgezeichnete Kondition. Aber das hier war etwas völlig anderes. Diese Kombination aus Ausdauer, Kraft und Konzentration, das kannte er nicht. Dazu diese Hitze. Und die Angst. Er überwand sich weiterzugehen, ohne nach unten zu blicken, Schritt für Schritt. Nach einer Minute, die ihm vorkam wie eine Ewigkeit, hatte er endlich wieder festen Boden unter beiden Füßen. Vorläufig.

Vincenzo Bellini war Commissario in der Questura di Bolzano und lange nicht mehr im Ahrntal gewesen. Bevor er nach Bozen versetzt wurde, hatte er in der Questura in Brixen gearbeitet. Von dort aus war das Pustertal mit seinen Nebentälern schnell erreichbar, aber seit er in Sarnthein bei Bozen lebte, hatte er sich vor allem die Dolomiten und die Sarntaler Alpen erschlossen. Doch heute war er mal wieder im Ahrntal, weil er mit Hans in der Hütte unterhalb des Schwarzensteins verabredet war – und dafür musste er erst diese vermaledeite Felswand hinter sich bringen.

Zurück konnte er auf keinen Fall. Wenn er schon fast nicht hinaufkam, dann ging hinunter erst recht nicht. Und vor ihm lag, wie er erst jetzt entsetzt bemerkte, eine weitere, fast glatte Wand, noch etwas stärker überhängend. Durch sie war ein Drahtseil gelegt. Für die Füße gab es in beängstigend großen Abständen Eisenstifte, die in den Fels gerammt waren, natürliche Tritte und Griffe fehlten völlig. Erneut stieg Panik in ihm auf. Wäre wenigstens Hans hier!

Als Hans mit ihm das Begehen ausgesetzter Klettersteige geübt hatte, war es ihm viel leichter gefallen. Das lag an Hans' Fähigkeiten als Bergführer und seiner natürlichen Art. Er strahlte Ruhe und Souveränität aus, und trotz seiner Erfolge und seines physischen Leistungsvermögens war er ein zugänglicher, einfühlsamer Mensch geblieben. Niemals sprach er verächtlich über Leute, die ihre Grenzen schon bei einem Spaziergang auf dem von vielen Bergbahnen erschlossenen Kronplatz erreichten. Deshalb fühlte Vincenzo sich in seiner Gegenwart sicher.

Sie hatten sich vor einigen Jahren bei einem Vortrag über Hans' Expeditionen in den Himalaya kennengelernt. Seitdem trafen sie sich gelegentlich, wenn Hans nicht gerade wieder irgendeinen Achttausender bestieg, um zusammen eine Tour zu machen. Heute wollten sie den Schwarzenstein besteigen, fast dreitausendvierhundert Meter hoch. Mein Gott, was hatte er getönt: »Hans, plan mal was Anspruchsvolleres, einen Klettersteig, gerne mit größeren Höhenunterschieden! Ich möchte meine Grenzen kennenlernen.«

Jetzt lernte er sie kennen. Und wie! Es war totenstill. Außer ihm war an diesem Vormittag niemand in der Wand, keine Stimmen, nichts. Niemand, der ihm sagte: *Du schaffst das schon*. Selbst die Krähen, die es in dieser Höhe gewöhnlich zuhauf gab, schienen vor der schwülen Hitze zu kapitulieren. Er fühlte sich einsam, verlassen und ausgeliefert. Aber es half alles nichts, er musste weiter. Vincenzo sah an der Wand entlang. Nach Hans' Beschreibung müsste es danach einfacher werden. Noch eine senkrechte Leiter, dann sollte er den Zugang zur Hütte erreichen, wo Hans, der dort übernachtet hatte, bestimmt schon ungeduldig auf ihn wartete.

Er atmete ein paarmal tief durch, dann klinkte er den ersten Karabinerhaken ein. Misstrauisch trat er auf den ersten Eisenstift, der nicht den Eindruck erweckte, einen ausgewachsenen Mann von einem Meter fünfundachtzig und neunzig Kilogramm tragen zu können.

Doch der Stift hielt! Er zog den anderen Fuß nach und trat auf den nächsten Stift. Durch den Überhang wurde sein ganzer Körper wie von einer fremden Macht nach hinten gedrückt, in die Tiefe. Der Rucksack auf seinem Rücken tat ein Übriges, die zehn Kilogramm kamen ihm vor wie hundert. Mit aller Kraft musste er sich am Drahtseil an die Wand ziehen, damit sich sein Schwerpunkt nicht bedrohlich in Richtung Abgrund verlagerte. Die Muskeln seiner Unterarme waren bretthart, und trotz all seiner Klimmzüge und Liegestützen fürchtete er, die Kraft in den Händen zu verlieren.

Jetzt erst kam die größte Herausforderung. Auf einem einzigen Nagel stehend, das andere Bein frei in der Luft, musste er seine Karabinerhaken irgendwie um die nächste Öse bringen. Mit zitternder

Hand löste er den ersten Karabiner vom Drahtseil und führte ihn, balancierend wie ein Hochseilartist, an der Öse vorbei. Dabei zog er sich mit der freien Hand mit aller Kraft zur Wand, um nicht nach hinten wegzukippen. Er hatte das Gefühl, als könnte sein Unterarm jeden Moment platzen. Unter dem Steinschlaghelm lief ihm der Schweiß in die Augen, die sofort zu brennen anfingen. Für einen Moment glaubte er, das Gleichgewicht zu verlieren. Nur mit angehaltenem Atem und höchster Konzentration gelang es ihm, den Karabinerhaken wieder einzuklinken.

Erleichtert trat er mit dem freien Fuß auf den nächsten Nagel. Jetzt noch zweimal die Karabiner umklinken, dann hatte er das Schlimmste hinter sich. Wenig später erklomm er die fünfzig Meter lange senkrechte Leiter, vor der ihm vor seinem Aufbruch noch so gegraut hatte. Jetzt erschien sie ihm merkwürdig harmlos. Er erreichte den ebenen Pfad zur Hütte, die wenig später vor ihm auftauchte. Er hatte es geschafft!

***

Augsburg

Eine ausgeprägte Südweströmung führte seit Tagen schwüle Hitze heran, die das alltägliche Leben zum Stillstand zu bringen schien. Selten war es mitten in der Stadt so ruhig. In der obersten Etage staute sich die Hitze wie in einem Treibhaus.

Hier hatte sich Arthur Achatz eine komfortable Drei-Zimmer-Wohnung gemietet. Ruhelos lief er in seiner Wohnhalle umher. Zu viele düstere Gedanken gingen ihm durch den Kopf. Mittlerweile hatte er keine Zweifel mehr daran, dass er ungewollt in kriminelle Machenschaften verwickelt worden war, die außer ihm scheinbar niemandem aufgefallen waren. Und wenn er mit seinen Vermutungen richtiglag, welche Lawine hatte er dann mit seinen Recherchen und seinem letzten Telefonat mit Sabrina losgetreten? Was würde das für ihn persönlich bedeuten, für seine Allianz mit der SSP?

Achatz klebte das Hemd schweißnass am Körper, und sein Blick wanderte über die großen Fensterflächen, ohne dass er etwas wahrnahm. Normalerweise genoss er den herrlichen Ausblick auf die

Altstadt, über den Rathausplatz mit seinen Cafés und dem Augustusbrunnen und weiter zum Perlachturm und dem beeindruckenden Renaissancebau des Rathauses. An heißen Tagen wie diesem saß er manchmal auf seinem Balkon, trank einen Weißwein und sinnierte darüber, wie sehr sich sein Leben in den letzen Jahren verändert hatte.

Doch gerade hatte er weder Sinn für die urbanen Schönheiten der Altstadt noch für schicksalhafte Entwicklungen. Stattdessen zweifelte er an sich selbst. War das Ganze vielleicht doch bloß ein Hirngespinst, eine Ausgeburt seiner Phantasie? Ein Teil von ihm konnte gar nicht glauben, dass im beschaulichen Südtirol tatsächlich so ein Verbrechen möglich war. Aber wenn er ehrlich zu sich selbst war, konnte er die Hinweise darauf nicht übersehen.

Getrieben von Neugier und seinem konsequenten Gerechtigkeitssinn hatte Achatz vor einiger Zeit begonnen, eigene Ermittlungen anzustellen. Und deren Ergebnisse deuteten darauf hin, dass ihm seine Phantasie keineswegs einen Streich spielte. Sein Spürsinn und seine Fähigkeit, Bilanzen zu lesen, täuschten ihn nicht.

Er war achtundfünfzig Jahre alt und seit mehr als dreißig Jahren im Beratungsgeschäft. Lange Zeit war er Partner bei der KOMPAG gewesen, einem der führenden international agierenden Wirtschaftsprüfungs- und Beratungsunternehmen mit vierundzwanzig Standorten allein in Deutschland. Achatz war stolz darauf, es in diesem hart umkämpften Umfeld so weit gebracht zu haben, aber ungeachtet seines Erfolges hatte er nach einem Herzinfarkt vor fünf Jahren der KOMPAG den Rücken gekehrt.

Ständig war er unterwegs gewesen und von einem Mandanten zum nächsten gereist. Sein Zuhause waren Flughäfen, Hotels und Besprechungsräume. Seine Ernährung? Das typische Nebenbei-Essen eines Managers, Kekse, Sandwiches mit extra viel Mayonnaise, dazu immer wieder ein Geschäftsdinner. Eine Beleidigung für seinen fürsorglichen Hausarzt. Zudem war er von jeher fast krankhaft ehrgeizig, gönnte sich kaum je einen Moment des Innehaltens. Nach dem Unfalltod seiner Frau Maria und seines Sohnes Johannes auf der regennassen A8 am Irschenberg im November 2001 hatte er sich nur noch tiefer in seine Unternehmenspläne vergraben, zuletzt hatte er gar nichts anderes mehr gekannt als die KOMPAG.

Als er seine Partnerschaft aufgab und sich selbstständig machte, wusste er eigentlich gar nicht, wie er zurechtkommen sollte. Bereits der erste Anruf bei einem seiner früheren Kunden, der Holzküferei Küfex GmbH, brachte ihm jedoch einen lukrativen Auftrag. Die Küfex wollte sich in Südtirol niederlassen, wo sie bereits ein lokales Beratungsunternehmen aus Bozen beauftragt hatte, die SSP – South Tyrol Strategy Partner. Sie war froh, zusätzlich auf einen vertrauten Berater zurückgreifen zu können, und das war sein Glück. Inzwischen waren die SSP und er ein in Südtirol etabliertes Team, das ausländischen Unternehmen half, in der nördlichsten Provinz Italiens Fuß zu fassen. Und die Kunden kamen schon längst von alleine.

Achatz' Zusammenarbeit mit den einzelnen Beratern der SSP funktionierte reibungslos, auch wenn er nicht für jeden dieselben Sympathien empfand. Dieser Franz Junghans! Was für ein selbstverliebter, oberflächlicher Schönling, kam sich vor wie Terence Hill. Äußerlich bestand sogar eine gewisse Ähnlichkeit. Immerhin war er ein kompetenter Berater, den die Kunden akzeptierten, und er hatte einen ausgezeichneten BWL-Abschluss, also war er nicht dumm. Es reichte für eine friedliche Koexistenz.

Da war ihm Ernesto Panzini mit seiner unprätentiösen Art bedeutend lieber. Panzini war Ende vierzig, er hatte zwar nicht studiert, aber am meisten Praxiserfahrung, was für ihre Projekte von großem Vorteil war. Er war eher zurückhaltend, und vielleicht mochte ihn Achatz genau deshalb, weil das auch einer seiner eigenen Charakterzüge war.

Oder Sabrina Parlotti – was für eine außergewöhnliche Frau! Sie hatte in Harvard studiert, beherrschte neben den für eine Beratertätigkeit im zweisprachigen Südtirol unverzichtbaren Sprachen Deutsch und Italienisch zusätzlich Englisch und Französisch. Damit konnten sie Unternehmen aus vielen europäischen Ländern beraten. Achatz fand sie ziemlich attraktiv. Und er hatte sie gern, weil sie so warmherzig und zuvorkommend war. Dennoch hegte er für sie eher väterliche als erotische Gefühle, denn für ihr Alter – sie war dreiundvierzig – war sie von einer ungewöhnlichen Arglosigkeit.

Mit Südtirol hatte Arthur Achatz sich eine Welt erschlossen, die für ihn neu war. Und aufregend! Er fühlte sich dort inzwischen fast schon heimisch. Immer häufiger blieb er nach einer Projektwoche noch ein paar Tage dort, um mit den Kollegen von der SSP Bergtouren zu machen. Einer von ihnen, Klaus Mantinger, war nicht nur

Berater, sondern auch ein echter Bergfex, der jedes Mal herrliche Touren plante. Er war wie Junghans schon seit rund zehn Jahren Seniorberater der SSP, charismatisch, BWL-Studium mit Einser-Examen, trotzdem ein unkomplizierter, unterhaltsamer Typ ohne Allüren.

Im Geiste sah er das gesamte Team der SSP vor sich. Waren wirklich Betrüger unter ihnen? Tief in seine Gedanken versunken, blieb Achatz für einen Moment mitten in seinem Wohnzimmer stehen, die Hände hinter dem Rücken verschränkt, und blickte ins Leere. Der Schweiß tropfte ihm inzwischen vom Kinn auf sein Hemd, er merkte es nicht.

Wie glücklich waren die letzten Jahre gewesen! Er war unabhängig, verdiente mit weniger Aufwand mehr Geld als bei der KOMPAG. Eigentlich könnte er restlos zufrieden sein – gäbe es da nicht diese merkwürdigen Zahlungen seiner Kunden an die Liechtensteiner IFS – International Financial Services, die ihm auf Kontoauszügen aufgefallen waren. Die Zahlungen standen im Zusammenhang mit ausgezahlten Fördergeldern, und auf den Überweisungsträgern standen »Anlagetransfer«, »Krisenrücklage« oder ähnliche Verwendungszwecke. Bei der SSP und der Wirtschaftsförderung hatten sie ihm erklärt, dass es sich um einen staatlich organisierten Krisenfonds handele, um einen Spargroschen für Südtiroler Unternehmen, die in eine finanzielle Schieflage gerieten.

So etwas konnte man ihm als gestandenem Berater allerdings nicht weismachen. Also hatte er mit seinen Nachforschungen begonnen und schließlich auf eigene Kosten einen Privatdetektiv engagiert, Peter Farmer, Spezialist für Wirtschaftskriminalität. Von Farmer wusste er inzwischen, dass die Zahlungen an die IFS wohl tatsächlich nicht sauber waren, doch auch Farmer konnte die Transfers bis jetzt weder erklären noch feststellen, wer hinter diesen Deals stand. Wahrscheinlich war der Drahtzieher tatsächlich jemand von der SSP, denn man musste dafür den Kunden sehr gut kennen und ausgezeichnete Kontakte in Südtirol haben.

Plötzlich durchbrach ein ohrenbetäubender Donnerschlag die Stille in seiner Wohnung hoch oben über den Dächern von Augsburg und riss ihn aus seinen Gedanken. Ein mächtiges Gewitter war aufgezogen. Sekunden später ergoss sich eine Sintflut über die Stadt. Um ihn herum wurde es Nacht. Er schaltete das Licht nicht ein, sondern stellte sich vor sein Fenster, beobachtete geistesabwesend die Blitze, die die Dunkelheit für den Bruchteil einer Sekunde durchbrachen. Schwere Regentropfen klatschten stakkatoartig gegen das Fenster. Es war ein infernalisches Spektakel. Das laute, gleichförmige Rauschen des Regens erfasste Achatz ganz und gar, es sog ihn geradezu auf. Ihm war, als würde sein Bewusstsein mit der Naturgewalt verschmelzen.

Bald musste er wieder nach Bozen, das nächste Projekt begann. Die Expansion der Firma Rödderlink. Wieder ein Kunde, der über ihn zur SSP gekommen war. Es war paradox. Einerseits war er es, der den Südtirolern die Kunden brachte, die das schnelle Wachstum der Firma überhaupt erst ermöglichten. Andererseits saß offenbar ausgerechnet bei der SSP jemand, der in Betrügereien großen Stils verstrickt war, und niemandem außer ihm war das aufgefallen. Und jetzt steckte er selbst mittendrin in diesem Schlamassel.

Bald würde er dem Drahtzieher unweigerlich begegnen. Davor graute ihm, denn er war sich der Gefahr bewusst, dass er zwar nicht den Betrüger durchschaut hatte, dieser aber ihn. Seine und Farmers Recherchen, sein scheinbar beiläufiges Nachfragen, konnten nicht unbemerkt geblieben sein, genau das, was er unbedingt hatte vermeiden wollen. Damit war der Täter Achatz einen entscheidenden Schritt voraus. Aber jetzt gab es kein Zurück mehr.

***

Saint Tropez

Er genoss es, auf den sanften Wellen des Mittelmeeres dahinzugleiten, alleine auf seiner Achtzehn-Meter-Jacht. Es war ein Ausbruch aus der alltäglichen Welt. Nicht, dass er mit diesem Alltag unzufrieden war! Im Gegenteil, er hatte alles erreicht, was er erreichen wollte, auch wenn er sich insgeheim manchmal nach einem normalen, harmonischen Familienleben ohne Probleme und Krisen und einem stressfreien Beruf mit geregelten Arbeitszeiten sehnte.

Immerhin konnte er seiner größten Leidenschaft nachgehen, eine Erfüllung, die er sich hart hatte erarbeiten müssen. Aber es hatte sich gelohnt. Denn dieser Luxus bedeutete für ihn die totale Freiheit, ein wahnsinnig erregendes Gefühl! Niemand käme jemals auf die Idee, dass ausgerechnet er immer wieder an die Küste fuhr und dort ein derartig elegantes Schiff besaß.

Die Jacht hatte über siebenhunderttausend Euro gekostet, dazu die laufenden Kosten für Liegeplatz, Wartung, Sprit – und der gefälschte Bootsführerschein. Doch das war bei Weitem nicht alles, was er für ein großartiges Lebensgefühl brauchte. Er besaß ein feudales Anwesen in der Nähe von Saint Tropez, in dessen Garage ein BMW-M-6-Cabrio stand. All das kostete viel Geld, und wenn man auf absolute Diskretion angewiesen war, konnte man schlecht fremdfinanzieren. Man musste bar zahlen, und manchmal auch ein bisschen mehr, um die eine oder andere Formalität zu umgehen.

Er hatte frühzeitig Wege gefunden, diesen Lebensstil zu finanzieren. Es war erschreckend, wie blass, wie konturenlos viele Menschen waren, so leicht zu durchschauen, zu manipulieren, unter Druck zu setzen. Und er machte sich das zunutze. Ein Außenstehender würde das vielleicht skrupellos nennen. Er hingegen bezeichnete es als das legitime Ausspielen seiner Überlegenheit gegenüber solchen Menschen. Sie waren selbst schuld, sie hatten es nicht besser verdient. Damit hatte er von jeher Erfolg gehabt, und er würde auch zukünftig damit Erfolg haben. Sein Platz war auf der Sonnenseite des Lebens.

Das Einzige, was seine Freude zurzeit ein wenig trübte, war der merkwürdige Auftritt dieses angeblichen Beamten der Aufsichtsbehörde für internationale Finanztransaktionen. Wie hatte der Wicht so einen Schwachsinn überhaupt glauben können? Und wie waren diese Leute dahintergekommen? Vor allem – WER war dahintergekommen? Es war doch ein todsicherer Plan. Der Wicht selbst, diese Kreatur von einem Menschen, konnte es nicht gewesen sein. Es gab genügend Druckmittel, der wäre niemals so dämlich, das Maul aufzureißen. Denn er würde mehr drinhängen als jeder andere.

Wie amüsant es war, ihn wie eine Marionette in jede beliebige Richtung zu lenken. Hechelnd wie ein Hündchen fraß ihm der Kerl aus der Hand. Er hatte gar nicht begriffen, dass er längst nicht mehr Herr seines eigenen Willens war. Umso weniger war anzunehmen, dass ausgerechnet er die undichte Stelle war.

Doch es war gleichwohl offensichtlich, jemand hatte begriffen oder ahnte zumindest, dass die IFS nicht das war, wofür sie sich ausgab. Allzu viele kamen nicht in Frage, denn man brauchte durchaus Wissen, eigentlich sogar Insiderwissen, um die Konstruktion nachzuvollziehen. Im Grunde gab es nur einen, der dahinterstecken konnte: der Erbsenzähler. Immerhin war dieser Pedant noch nicht allzu weit gekommen. Wer oder was hinter der IFS steckte, war kaum herauszubekommen. Zu diesem Zweck hatten sie die Gesellschaft schließlich in Liechtenstein gegründet und nirgendwo sonst.

Jedenfalls war es noch nicht zu spät. Und damit war klar, was als Nächstes geschehen musste. Es stand zu viel auf dem Spiel.

2

Bozen, Mittwoch, 10. Juni

»Vince! Iss deine zweite Portion Tiramisu, ich habe es extra für dich gemacht.«

»Nun lass den Jungen in Ruhe, Antonia, *carissima,* wenn er doch nicht mehr mag!«

»Quatsch, nicht mehr mag … er hat doch kaum was von dem Hühnchen gegessen. Ich dachte, das ist, weil er sich auf das Tiramisu freut, aber von wegen!«

Vincenzo mochte es gar nicht, wenn seine Mutter ihn Vince nannte, er war überhaupt kein Freund von Spitznamen. Wofür hatte man einen richtigen, vollwertigen Namen? Und das »Hühnchen«, von dem seine Mutter sprach, war kein Hühnchen, sondern ein ausgewachsenes Huhn, ein regelrechtes Monstervieh. »Mama, ich bin einfach nur satt, und nenn mich nicht immer Vince. Du kannst mir das Tiramisu gerne einpacken, ich esse es heute Abend.«

Sein Vater, Piero Bellini, und seine Mutter, Antonia, betrieben in der Altstadt, wenige hundert Meter von der Questura entfernt, eine Trattoria mit Außengastronomie. Unter der Woche öffneten sie erst um vierzehn Uhr, und so konnte sich Vincenzo mittags manchmal kulinarisch verwöhnen lassen. Dafür half er abends gelegentlich in der Küche aus, wenn besonders viel los war. Er war ein Familienmensch, auch wenn ihm seine Traumfrau scheinbar noch nicht begegnet war. Zwar war er seit gut einem Jahr mit Gianna zusammen, aber es schien nicht zu passen. Ihre Lebensziele waren einfach zu unterschiedlich.

Er wollte unbedingt Kinder, mindestens zwei, immerhin war er achtunddreißig. Sie wollte keinesfalls welche, sie mochte ihren Karrierepfad nicht verlassen. Die Arbeit als Anwältin in der Kanzlei ihrer Eltern in Mailand machte ihr Spaß, sie hatte dort beste Entwicklungschancen. Kinder passten nicht in dieses Konzept und das, obwohl sie bereits sechsunddreißig war. Sie liebte exotische Reiseziele, er hingegen war der Meinung, seine Heimat biete ihm genug, vor allem ein unerschöpfliches Repertoire an Bergtouren.

Gianna fand Bergsteigen total langweilig, sie verausgabte sich lieber in ihrem Mailänder Fitnessstudio. Bergwandern sei ein Althersport, hatte sie abfällig angemerkt, bevor sie das erste Mal widerwillig mit Vincenzo auf Tour ging. Nach fünfzehn Kilometern und tausend Metern Anstieg begriff sie, dass dies eine Fehleinschätzung war. Sie war so erschöpft, dass sie schon auf der Rückfahrt im Auto einschlief.

Es waren nicht bloß diese Gegensätze. Vincenzo kam auch nicht dagegen an, dass ihn das weibliche Geschlecht magisch anzog. Frauen faszinierten ihn nun mal. Mitunter reichte eine flüchtige Begegnung auf der Straße. In seiner Zeit als Ispettore in Brixen hatte er in einem Fall mehrfach eine attraktive Frau wegen unerlaubter Prostitution zu verhören. Es war ihm schwergefallen, sich auf sachliche Fragen zu beschränken, zumal seinem Gegenüber Vincenzos Nervosität keineswegs verborgen geblieb war. Ihr hatte es Spaß gemacht, mit ihren Reizen und ihrer Wirkung zu kokettieren. Er war heilfroh, als er das letzte Verhör überstanden hatte.

Aber Gianna war nach seiner Jugendliebe Theresa seine erste ernsthafte Beziehung, und er wusste, dass er sich bei ihr keine Eskapaden erlauben durfte. Zumal Gianna alles hatte, was ihn bei einer Frau anmachte. Das erging ihr umgekehrt nicht anders. »Du bist genau mein Typ«, hatte sie ihrem athletischen Vincenzo mit den kurzen, fast schwarzen Haaren und den hellbraunen Augen nicht nur einmal gesagt.

Antonia riss ihn aus seinen Gedanken, als sie mit drei Espressi an den Tisch kam. »Habt ihr euch eigentlich Gedanken gemacht, was wir Erika zum Geburtstag schenken können?«

»Das ist nicht schwierig. Schenkt ihr einen Essenskorb mit Südtiroler Spezialitäten. Vergesst nicht ihre heiß geliebte Bergblütencremesuppe. Abends könnt ihr ausgiebig für sie und Rudolf kochen. Sie lieben das.«

Erika und Rudolf waren Vincenzos Tante und Onkel mütterlicherseits. Sie wohnten in Nürnberg. Tante Erikas Geburtstage feierten sie gerne in Bozen, um die Familie zu sehen und die Südtiroler Küche zu genießen. Weil sie nicht gerade im Geld schwammen, quartierten sie sich dann bei Vincenzo in seiner geräumigen Wohnung in Sarnthein ein. Er mochte die beiden zwar gern, schätzte es allerdings gar nicht, wenn ihm jemand seinen Haushalt durcheinanderbrachte. Aber Antonia, seine Mutter, hatte ihm unmissverständlich zu verstehen gegeben, dass sie ihrer Schwester gegenüber verpflichtet sei. Mama war verpflichtet, aber er musste die Tante unterbringen – was für eine bemerkenswerte Logik.

Wenig später schlenderte Vincenzo zurück in die Questura und dachte dabei voller Vorfreude an das übernächste Wochenende. Hans Valentin hatte eine neue Tour geplant, wieder eine echte Herausforderung: die Besteigung des Schneebiger Nock in der Rieserfernergruppe von Rein in Taufers aus. Mehr als siebzehnhundert Meter Höhenunterschied, einige Klettereien, ein Gletscher. Diesmal musste er wenigstens nicht mutterseelenallein über einen nervenaufreibenden Klettersteig zu einem Treffpunkt kommen. Andererseits hatte ihn dieses Erlebnis geradezu beflügelt – die Ausgesetztheit, die Erfahrung, über sich selbst hinauszuwachsen. Klettern schien wie eine Droge zu wirken.

In diesem Moment bemerkte er allerdings ein leichtes Kratzen im Hals. Hatte er sich beim Joggen unterkühlt? Dann könnte er den Gipfel vergessen.

***

»Du weißt Bescheid. Im Laufe dieser Woche bekommst du die Eckdaten von Rödderlinks Expansionsplänen. Der Geschäftsplan soll binnen zwei Wochen fertig sein, der wird dir dann wie immer von SSP automatisch zugeschickt. Sorg bis dahin dafür, dass alle Anträge ausgefüllt sind, damit schnell Kohle fließt.«

»Sollen wir nicht dieses eine Mal auf unseren Zuschlag verzichten? Wäre doch kein Drama, wenn wir uns einmal zurückhalten, nicht wahr. Immerhin sind sie uns auf die Schliche gekommen. Von offizieller Seite, nicht wahr!«

»Mein Gott, was bist du für ein armseliger Feigling. Erst kassierst du jahrelang ab, dann ziehst du wegen eines fernen Donnergrollens sofort den Schwanz ein. Wenn ich das schon höre, offizielle Seite! Da hat jemand blind rumgestochert, das ist alles.«

»Du hast gut reden, bei dir haben die Leute nicht angerufen.«

»Und du hast ihnen exakt das gesagt, was du ihnen sagen solltest. Alle haben dir geglaubt, dass es sich um eine reine Routineangelegenheit handelt. Niemand hat weiter nachgefragt oder tiefer gebohrt. Wie

ich es vorhergesagt habe. Du solltest inzwischen begriffen haben, dass meine Pläne perfekt sind. Ich mache niemals Fehler! Also vertrau mir gefälligst und hör auf, so einen Blödsinn zu verzapfen!«

»Das hast du in den falschen Hals gekriegt. Selbstverständlich vertraue ich dir, nicht wahr. Sollten wir uns nicht trotzdem ein Weilchen zurückziehen? Wenn sich die Lage wieder beruhigt hat, können wir weitermachen, der Rahmen dafür ist perfekt, nicht wahr.«

»Bist du bescheuert? Hast du auch nur eine Sekunde darüber nachgedacht, dass das dann wirklich verdächtig wäre? Sparfonds, Krisenzeiten, Schutz von Steuergeldern, blablabla, fertig. Du machst genauso weiter wie besprochen. Du hast es doch ohnehin leicht, weil ich dir alles vorkaue. Du treibst mich wirklich zur Weißglut!«

»Entschuldige, du hast ja recht. Ich hab halt nicht so dicke Nerven wie du, nicht wahr. Wann sehen wir uns wieder?«

»Unser Plan muss ohne allzu viel Kontakt laufen. Die anspruchsvollen Jobs wirst du wie üblich mir überlassen, dann kann nichts schiefgehen. Ciao.«

Was für ein unsägliches Getier. Dieses ewige, nervige »nicht wahr«, widerlich. Eines war klar: Wenn sich die Wogen nicht bald wieder glätteten, würde der Kakerlak so nervös werden, dass er sich irgendwann verplapperte. Auch wenn das für ihn selbst nicht sonderlich gefährlich war, wusste man nie, wie ein in die Enge getriebener Wicht reagieren würde. Angeschossene Wichte waren unzurechnungsfähig. Er würde handeln müssen. Aber jetzt noch nicht. Es machte zu viel Spaß, mit dieser Laborratte zu experimentieren, sie zu konditionieren. Außerdem gab es Wichtigeres zu tun.

3

Rein in Taufers, Samstag, 20. Juni

Es war die übliche Runde, die sich zu einer Bergtour traf: Arthur Achatz und die Berater der SSP – Klaus Mantinger, Franz Junghans, Fabio Franco, Ernesto Panzini und Sabrina Parlotti. Sie hatten sich am Vorabend im Hotel Hochgall einquartiert, um am nächsten Morgen zeitig aufbrechen zu können.

Diesmal jedoch schlossen sich ihnen zum ersten Mal zwei weitere Mitwanderer an, Salvatore Gemini und Hans-Georg Schimmel, die Firmeninhaber, die jedoch erst morgens aus Bozen angereist waren. Klaus Mantinger, Organisator der Tour und ein sonnengebräunter, durchtrainierter Läufertyp, sah die beiden zuerst. »*Buongiorno*, Signor Gemini, warten Sie schon lange?«

»Keineswegs, Signor Mantinger, wir sind gemütlich durch den Ort gelaufen. Wunderschön hier, richtig paradiesisch.«

»Dann dürfen Sie sich auf die Kofler-Alm freuen. Wenn wir da sind, haben Sie einen unbeschreiblichen Blick in die Rieserferner.«

Salvatore Gemini war Geschäftsführer und zugleich Mitbegründer der SSP, ein undurchsichtiger, distanzierter Mensch, hager, drahtig, mit einem schmalen und kantigen Gesicht. Achatz hatte ihn von Anfang an nicht gemocht. Allerdings hatte er mit ihm wenig zu tun, genauso wenig wie mit dem Deutschen Hans-Georg Schimmel, Geminis Partner bei der SSP, der ihm ebenfalls suspekt war. Schimmel war ein aalglatter Typ, der sich viel weniger um die Geschicke seiner Firma zu kümmern schien als Gemini. Der wirkte in ihren Meetings stockarrogant, Schimmel hingegen eher teilnahmslos. Trotzdem war er gleichberechtigter Partner. Das passte nicht recht zusammen.

Nach der ersten Projektwoche mit der Firma Rödderlink war für heute jedenfalls der Arthur-Hartdegen-Weg geplant. Achatz musste schmunzeln, als er an sein letztes Telefonat mit Sabrina dachte. »Diesmal machen wir eine ganz besondere Tour, dir zu Ehren, sozusagen. Klaus hat eine Superidee.«

»Das klingt spannend, erzähl!«

»Der Arthur-Hartdegen-Weg. Das wäre unsere bislang anspruchsvollste Tour. Sie gilt als eine der schönsten Wanderungen der Alpen. Fünfzehn Kilometer, an die tausend Meter Anstieg, ein paar etwas knifflige Stellen. Klaus meinte, der Arthur-Weg zu Ehren von Arthur, das hat doch was. Wenn dir das zu viel ist, plant Klaus was Einfacheres.«

Er traute sich die Tour ohne Weiteres zu. Das Einzige, was von seinem Herzinfarkt zurückgeblieben war, waren gelegentliche Rhythmusstörungen, aber die hatten er und sein Hausarzt im Griff. Normalerweise hätte sich Achatz tatsächlich auf die Wanderung gefreut; dieses Mal wurde das Treffen jedoch überschattet von Farmers Nachforschungen.

Vor seinem Aufbruch nach Bozen hatte er allerdings nichts Neues mehr erfahren. Um so wenig Verdacht wie möglich auf sich zu lenken, nahm er nur selten direkt Kontakt mit Farmer auf. Deshalb hatte er sich eigens ein anonymes Schließfach einrichten lassen, in dem Farmer mit Hilfe eines Zweitschlüssels Beweismaterialien deponieren konnte. War das geschehen, dann würde ihn Farmer über eine zufallsgenerierte E-Mail-Adresse informieren. Bis heute war keine entsprechende Meldung eingegangen.

»... mir eure schweren Sachen?«, hörte Achatz plötzlich Mantinger mitten in seine Gedanken hinein sagen.

Mit einem Ruck kehrte er in die Gegenwart zurück. »Wie bitte?«

»Mensch, Arthur, schläfst du noch? Ihr sollt uns eure schweren Sachen geben, ihr seid in dieser Runde am wenigsten trainiert. Die Tour ist anspruchsvoll, also nehmen die Fittesten von uns euch das schwere Gepäck ab.«

»Richtig, das hattest du angekündigt.« Achatz kramte in seinem Rucksack und gab Mantinger ein paar Utensilien, welche dieser zum Teil an andere weiterreichte. »Okay, wie sieht es mit Ihnen aus, Signori? Sollen wir Ihnen die schweren Sachen auch abnehmen?«

Schimmel, der einen Hang zu Luxus und Bequemlichkeit hatte, nahm das Angebot gerne an, Gemini winkte ab: »Danke, Signor Mantinger, ich denke, das schaffe ich alleine. Im Gegenteil, geben Sie mir ruhig auch ein bisschen Gepäck von Signor Achatz.«

Dieser Gemini, dachte Achatz. Was hatte ihn und Schimmel dazu bewogen, mitzugehen? Die beiden Geschäftsführer vermieden sonst jeden privaten Kontakt zu ihren Mitarbeitern, die sie zudem konsequent siezten. Vermutlich deshalb waren sie noch nie zu einer ihrer

Touren mitgekommen. Ausgerechnet für heute hatten sie sich ungefragt angekündigt, angeblich, weil sie sich freuten, endlich einmal diesen herrlichen Weg unter professioneller Führung gehen zu können. Das gefiel ihm nicht, denn er ahnte, dass Gemini durchaus hinter den unlauteren Machenschaften stecken konnte. Auch wenn bislang jeglicher Beweis fehlte: Er verfügte über alle notwendigen Kontakte, kannte jeden Kunden persönlich und war gerissen genug. Er wäre der perfekte Täter, vielleicht sogar im Duett mit Schimmel. Und nun waren beide überraschend dabei. Was hatten sie bloß vor?

Um acht Uhr brach die Gruppe auf.

***

Um diese Zeit war Vincenzo mit Hans Valentin längst unterwegs. Vincenzos Sorge, er könnte sich eine Grippe gefangen haben, hatte sich wie so oft als unbegründet erwiesen.

Er verfügte über eine gut sortierte Hausapotheke: Aspirin, ACC Akut, Gelomyrtol forte Schleimlöser, Zeckenschutzspray, Salben, diverse Grippemittel. Zudem hatte er stets eine veritable Auswahl an Vitamin- und Mineralstoffpräparaten vorrätig. Für ihn stand außer Frage, dass selbst in frischen Lebensmitteln nicht mehr genug davon enthalten war. Nach dem ersten Anflug eines Halskratzens hatte er sich ausgiebig aus seinem Wunderschrank bedient – mit Wirkung. Am nächsten Tag war das Kratzen verschwunden gewesen, er fühlte sich wie neugeboren. Das – davon war er felsenfest überzeugt – hatte er ausschließlich seinem Medikamentenmix sowie einer drastisch erhöhten Vitaminration zu verdanken.

Entsprechend genesen, war er mit Valentin um halb sieben aufgebrochen. Inzwischen hatten sie die Kasseler Hütte erreicht. Vincenzo hatte den von imposanten Gletschern umsäumten Gipfel des Schneebiger Nock oft vom Arthur-Hartdegen-Weg aus bewundert, er freute sich, diesen markanten Berg endlich zu besteigen. Und er war gespannt, ob er nach der Schwarzenstein-Erfahrung besser mit dem Klettern zurechtkam. Er konnte nicht ahnen, dass sich auf der anderen Seite des Tales ein Drama abspielen sollte, das auch sein Leben einschneidend verändern würde.

***

Es ging steil über eine kleine Wiese bergauf, ein kurzes Stück über eine Straße, schließlich in den Bergwald hinein. Nach zwei Stunden erreichten sie ein Hochtal, das einen grandiosen Blick auf eine lang gezogene, hufeisenförmige Kette von gletscherbedeckten Dreitausendern freigab. Die Landschaft war geprägt von sanften, blumenübersäten Almwiesen. Schon nach diesem kurzen Marsch befanden sie sich inmitten einer unberührten Bergwelt.

Sie blieben stehen und schauten, keiner sagte ein Wort. Wasserplätschern war das vorherrschende Geräusch: kleine Bäche und Rinnsale, die aus den Gletschern über steile, vom Wasser ausgewaschene Felsflächen rieselten, und zahlreiche Katarakte, die nicht selten mehr als hundert Meter in die Tiefe stürzten.

»Nun«, sagte Mantinger nach einer Weile in die andächtige Stille hinein, »jetzt wisst ihr, warum dieser Weg zu den schönsten der Alpen zählt.« Er deutete auf die vor ihnen liegende Gebirgskette und beschrieb dabei mit der rechten Hand langsam einen Halbkreis. »Wir gehen heute auf den Lenkstein zu, das ist der links mit dem flachen Gipfel. Dann wandern wir unterhalb der Gletscher in großem Bogen an der gesamten Bergkette entlang. Der in der Mitte, mit dem großen, steilen Gletscher, ist der Hochgall, der höchste Gipfel der Rieserferner, über dreitausendvierhundert Meter hoch! Ich war da bestimmt schon fünfmal oben. Ganz hinten könnt ihr die Kasseler Hütte erkennen. Wenn wir dort angekommen sind, habt ihr es fast geschafft. Danach geht es nur noch bergab. Aber täuscht euch nicht! So nah die Hütte auch zu sein scheint, der Weg dorthin ist verdammt lang. Wir machen hier eine Frühstückspause. Dann gehen wir bis zur Ursprungalm durch. Ich denke, dass wir gegen Mittag dort sind.«

Sie öffneten ihre Rucksäcke, verteilten Speck, Kaminwurzen und das für Südtirol typische Schüttelbrot, ein hartes, knuspriges Fladenbrot aus Roggenmehl, Wasser, Hefe, Salz und Gewürzen. Dazu tranken sie Wasser, außer Achatz. Er trank grundsätzlich Cola. Franz Junghans reichte ihm lachend eine Halbliterflasche. »Wegen Unterzuckerung machst du auf dieser Wanderung jedenfalls nicht schlapp.«

Nach einer Stunde brachen sie wieder auf. Jetzt war der Weg angenehmer, es ging nur noch sachte bergan durch herrliche Wiesen, immer mit Blick zur Rieserfernergruppe mit ihren Gletschern. Trotz dieser Naturschönheiten blieb Achatz angespannt, er spürte, dass irgendetwas geschehen würde. Sein Gefühl trog ihn nicht.

Während er ein Stück hinter den anderen ging, ließ sich Salvatore Gemini zurückfallen und sprach ihn unvermittelt an. »Signor Achatz, ich hatte leider bis jetzt keine Gelegenheit, ungestört unter vier Augen mit Ihnen zu reden.«

Das war der Moment, auf den er gewartet hatte. Gemini war bestimmt nur mitgekommen, um ihn zur Rede zu stellen. Er musste dieses Spiel mitspielen. »Sicherlich, Signor Gemini, worum geht es?«

»Wie Sie von Signora Parlotti wissen, wurden einige unserer Kunden von einem Mitarbeiter der Aufsichtsbehörde für internationale Finanztransaktionen zu ihrer Krisenrücklage befragt. Nicht, dass es mich überrascht, wenn ein staatlich finanzierter Krisenfonds überprüft wird. Ich finde es allerdings auffällig, dass ausgerechnet wir dermaßen intensiv kontrolliert werden. Da drängt sich der Verdacht auf, dass die Behörde irgendwelche Hinweise bekommen hat. Signora Parlotti erzählte nun bei unserem letzten Jour fixe, Sie hätten sie in einem Telefonat ... sagen wir mal, sehr intensiv nach den Prüfungen befragt. Deshalb würde ich gerne von Ihnen erfahren, ob Sie mehr wissen als ich, zumal durchweg Kunden betroffen sind, die über Sie gekommen sind.«

Das hatte Achatz vorhergesehen. Gemini versuchte herauszufinden, wie viel er bereits wusste. »Ich weiß nicht mehr. Ich habe nachgehakt, gerade weil die betroffenen Kunden von mir kamen. Das ist mir meinen Kunden gegenüber nämlich unangenehm. Wenn Sie sich über die Intensität der Prüfungen gewundert haben, haben Sie Ihrerseits doch gewiss recherchiert, wer oder was die IFS ist, oder?«

»Ja, ich habe mit der Wirtschaftsförderung gesprochen. Ich frage mich bloß, warum dieser Beamte unsere Kunden angesprochen hat. Irgendjemand muss ihn mit einem klaren Auftrag geschickt haben, denn er hat explizit Fragen zu den Transferzahlungen nach Liechtenstein gestellt. Der Mann war zudem Deutscher, insofern habe ich sofort an Sie gedacht. Wenn Sie dahinterstecken, Signor Achatz, dann müssen Sie das sagen. Vertrauen ist die Basis unserer Geschäftsbeziehung!«

Eines musste man Gemini lassen: Er kam ohne Umschweife auf den Punkt. Diese direkte, offensive Art zeugte von einem hohen Maß an Selbstsicherheit und Souveränität. Das passte bestens in das

Charakterprofil, das Achatz von dem Betrüger erstellt hatte. »Signor Gemini, wir sind uns einig, dass dieser Mann nicht ohne Grund gekommen ist. Aber nur, weil er Deutscher war, heißt das noch lange nicht, dass ich etwas damit zu tun habe. Jeder von uns könnte der Aufsichtsbehörde einen Tipp gegeben haben. Auch einer unserer Kunden, der sich Gedanken gemacht hat, weil ihm seine eigenen Zahlungen an die IFS seltsam vorkamen.«

»Nein«, sagte Gemini bestimmt, »keiner unserer Kunden hat irgendwas damit zu tun. Fakt ist, dass jemand rumgeschnüffelt hat. Fakt ist weiterhin, dass die meisten unserer Kunden Gelder an die IFS transferiert haben. Und wir wissen, warum sie das getan haben, auch Sie!«

»Von wegen! Ein Liechtensteiner Fonds für Südtiroler Firmen. Das stinkt doch zum Himmel!«

»Wie gesagt, Signor Achatz, ich habe das mit der Wirtschaftsförderung abgeklärt. Dieser Fonds wurde vom Amt, also von offizieller Seite, eingerichtet, um einen Teil der Subventionen einem Krisenfonds zuzuführen. Was meinen Sie, wie viel Fördergelder in den Sand gesetzt werden, weil Unternehmen Insolvenz anmelden müssen? Das kostet den Steuerzahler ein Vermögen. Das ist bei Ihnen in Deutschland nicht anders. Jetzt kann ein bedrohtes Unternehmen Gelder aus dem Fonds erhalten. Das ist Wirtschaftsförderung für die Wirtschaftsförderung und damit Schutz vor der Verschwendung von Steuergeldern.«

Gemini hatte sich eine schlüssige Erklärung zurechtgelegt, mit der man beunruhigte Kunden zufriedenstellen konnte. Aber nicht einen Arthur Achatz! Er hatte Dutzende Firmen zahlreicher Branchen in der ganzen Welt beraten, und zwar als KOMPAG-Partner, nicht als Südtiroler Feld-, Wald- und Wiesenberater. Er hatte wahrlich genug Abgründe kennengelernt. Irgendein Gemini, der ihn offensichtlich für ziemlich naiv hielt, konnte ihn nicht irreführen. Nachdem die Katze nun aus dem Sack war, konnte Farmer seine Ermittlungen zukünftig auf Gemini konzentrieren.

Achatz wartete nur noch darauf, dass Gemini ihm durch die Blume drohen würde. Wiederum wurde er nicht enttäuscht. »Signor Achatz, ich kann nicht beweisen, dass Sie Ihre Finger im Spiel haben, aber darum geht es auch nicht. Halten Sie sich in Zukunft gefälligst zurück und konzentrieren sich auf das, wofür unsere Kunden Sie bezahlen: Beratung! Wenn ich Ihnen sage, dass dieser Fonds sauber ist, dann ist er sauber. Ich will hier keine Unruhe. Das sieht Signor Schimmel nicht anders. Wenn Sie so weitermachen, sind Sie für die Konsequenzen selbst verantwortlich. Ist das bei Ihnen angekommen?«

Alles passte bestens zusammen. Sobald er wieder in Augsburg war, würde er Farmer von diesem Gespräch berichten. Man musste diesen Menschen schnellstens aus dem Verkehr ziehen, den Liechtensteiner Behörden eine Straftat anzeigen und damit Zugang zu den IFS-Konten bekommen. Hoffentlich war das Geld nicht schon auf nicht nachvollziehbaren Wegen verschwunden. »Signor Gemini, ich habe Sie verstanden! Allerdings bin ich nicht Ihr Ansprechpartner, weil ich damit nichts zu tun habe. Wenn Sie mir sagen, dass wir von einem Programm der Wirtschaftsförderung sprechen, glaube ich Ihnen das. In Südtirol kennen Sie sich besser aus als ich.«

»Sie sagen es, Signor Achatz.« Ohne eine weitere Entgegnung abzuwarten, beschleunigte Gemini seinen Schritt, schloss zu den anderen auf und redete auf Schimmel ein, der sich mehrmals zu Achatz umdrehte.

Mittags erreichten sie die Ursprungalm. Panzini schlug vor, ein Bier zu trinken, aber die anderen wollten noch die letzten Anstiege hinter sich bringen, ohne Zeitdruck bis zur Kasseler Hütte gehen und erst dort eine längere Rast einlegen. Nach kurzer Zeit kamen sie an einen Fluss, der aufgrund des Schmelzwassers aus den Gipfellagen erheblich angeschwollen war. Eine schmale Holzbrücke ohne Geländer führte auf die andere Seite. »Das ist der Ursprungbach«, erklärte Mantinger. »So reißend ist der selten, das kommt von den Jahrhundertschneemassen aus dem letzten Winter. Seid vorsichtig, wenn ihr über die Brücke geht. Wenn wir drüben sind, machen wir eine kurze Trinkpause, dann nehmen wir uns die beiden letzten Anstiege vor.« Mantinger ging voran, die Übrigen folgten ihm. Achatz wollte warten, bis auch Gemini hinübergegangen war, doch der bedeutete ihm, voranzugehen. Achatz betrat die Brücke, Gemini folgte ihm als Letzter. Er war dicht hinter ihm.

***

Auf dem Weg zum Nordgrat des Schneebiger Nock hatten Vincenzo und Hans einige Kletterpassagen und eine senkrechte Leiter zu meistern. An einigen Stellen ging es unter ihnen senkrecht abwärts. Einmal mussten sie eine Felswand queren, die Vincenzo an seinen Klettersteig zur Schwarzensteinhütte erinnerte. Wieder diese Blicke in die Tiefe, wieder diese Eisennägel. Doch diesmal blieben Panikattacken aus. Er bewegte sich viel selbstverständlicher am Drahtseil, auch über die Eisenstifte. Er war sicherer geworden, und das lag nicht allein an Hans Valentins Begleitung. Nach den Kletterpassagen überschritten sie den Rest eines schrumpfenden Gletschers.

»Ein Gedanke hat mich seit unserer letzten Tour nicht mehr losgelassen, Hans. Wir sind doch über diesen schmalen Eisgrat balanciert. Was wäre eigentlich passiert, wenn ich abgerutscht und runtergefallen wäre?«

»Nichts.« Hans Valentin lachte, als er in Vincenzos ungläubiges Gesicht blickte. »Wenn du fällst, springe ich auf der anderen Seite runter. Wir sind doch angeseilt. Es kann nichts passieren, wir ziehen uns dann problemlos wieder rauf. Jeder Bergführer beherrscht das.« Vincenzo war verblüfft. Er konnte sich nicht vorstellen, dass jemand freiwillig von einem Grat springt, egal, ob angeseilt oder nicht. »Willst mir weismachen, dass du aus freien Stücken von einem Grat runterspringen würdest?«

»Das musste ich schon während der Bergführerausbildung machen. Weißt du, was? Wenn wir uns das nächste Mal treffen, bringe ich dir ein paar Grundregeln jenseits der Klettersteige bei. Dann springst du auch von einem Eisgrat runter oder in eine Gletscherspalte. Du wirst sehen, das macht richtig Spaß, wenn du deine Angst erst mal überwunden hast. Auch das Abseilen ist ein irres Gefühl. Wir machen das anfangs an Übungswänden. Wenn du sattelfest bist, besteigen wir eine der Drei Zinnen. Danach wirst du über den Klettersteig zur Schwarzensteinhütte nur noch müde lächeln. Mit solchen technischen Fähigkeiten kannst du dir eine Bergwelt erschließen, die dir noch unbekannt ist. Es gibt nämlich nicht nur in Südtirol Berge. Vielleicht stehen wir irgendwann einmal zusammen auf sechs- oder siebentausend Metern. Wie ich dich inzwischen einschätze, würde dich das persönlich weiterbringen.«

Hans' Worte schmeichelten ihm zwar, aber er musste wieder an seine letzte Klettersteigerfahrung denken. Ihm war klar, dass der

Leistungssprung von diesem Schwierigkeitsgrad bis zu einem Siebentausender ungefähr so groß war wie der von einem Sonntagsspaziergang zum Triathlon. Nein, er würde nie eine solche Höhe erreichen, auch wenn ihn dieser Gedanke faszinierte. Dafür hätte er viel früher mit dem Klettern anfangen müssen.

***

Sie waren in der Mitte der Brücke angekommen, Gemini ging unmittelbar hinter Achatz. Die anderen waren schon drüben, bogen gerade um die nächste Kehre. Achatz fühlte sich unbehaglich wegen der fehlenden Geländer, vor allem jedoch, weil Gemini hinter ihm war. Ausgerechnet Gemini.

Als Achatz sich zu ihm umdrehen wollte, rutschte er auf den glitschigen Holzbohlen aus. Mit rudernden Armen versuchte er vergeblich, das Gleichgewicht zu halten. Gemini machte einen schnellen Schritt auf ihn zu und fasste ihn am rechten Arm. *Das war's*, dachte Achatz.

Doch Gemini zog ihn auf die Mitte der Brücke zurück. Vorwurfsvoll sah er ihn an. »Mein Gott, Achatz, sind Sie verrückt? An solchen Stellen müssen Sie höllisch aufpassen! Haben Sie eine Vorstellung, was passiert, wenn Sie da reinfallen?«

Achatz' Puls hatte sich rapide beschleunigt. Er spürte ein Stechen in der Brust. Es dauerte eine Weile, bis er wieder einigermaßen Luft bekam. »Das war knapp«, keuchte er. »Danke, Signor Gemini, Sie haben mir das Leben gerettet.«

»Wir wollen nicht übertreiben. So gewaltig ist dieser Bach nun auch wieder nicht. Aber Sie hätten sich ernsthaft verletzen können. Kommen Sie, wir gehen weiter. Passen Sie besser auf, wo Sie hintreten.«

Achatz war fast ein wenig überrascht, dass Gemini die Gunst des Augenblicks nicht genutzt hatte. Er hätte gar nichts tun müssen, Achatz wäre kopfüber in das tosende Gewässer gefallen. Aber ein Menschenleben als Preis für ein paar Überweisungen nach Liechtenstein war ihm wahrscheinlich zu hoch. Denn Achatz war überzeugt, dass er einen Sturz in diesen reißenden Fluss kaum überlebt hätte.

Als sie um die kleine Biegung kamen, saßen die anderen auf einem großen Felsen. Vorwurfsvoll sagte Mantinger: »Da seid ihr ja endlich, wir dachten schon, ihr wollt ein Bad nehmen. Setzt euch, trinkt was. Ihr seht ja selbst, wie steil es da vorne raufgeht! In zehn Minuten gehen wir weiter.«

Franz Junghans hatte seine Flasche schon verstaut. Jetzt sah er den still dasitzenden Fabio Franco an, der versonnen in Richtung Ursprungtal blickte. »Na, Fabio, du bist heute nicht gerade der Inbegriff der Gesprächigkeit. Wo bist du mit deinen Gedanken?«

»Nirgendwo.«

»Komm, sei ehrlich«, flachste Ernesto Panzini, »du wärst jetzt viel lieber in deinem Weinberg, oder?«

»Oder noch lieber in Florenz, stimmt's? Das behauptest du zumindest immer«, frotzelte Junghans weiter, »aber das nimmt dir ja kein Mensch ab. Wir sind doch unter uns. Erzähl mal, was du tatsächlich in deinen Urlauben treibst.«

Fabio Franco war Mitte fünfzig, etwas eigenbrötlerisch, aber absolut zuverlässig. Und er hatte ein Hobby, in das er sich dermaßen verbissen hatte, dass seine kinderlose Ehe daran gescheitert war: ein kleiner Weinberg in Sankt Magdalena, in dem er nach Feierabend jede freie Minute verbrachte. Umso verwunderlicher war es, dass er ausgerechnet in seinen Urlauben selten dort war, sondern verreiste. Wohin, wusste niemand.

Erbost blickte er von einem zum anderen. »Redet nicht so einen Blödsinn«, fauchte er. »Ich fahre nach Florenz, manchmal mache ich einen Abstecher an die Küste. Und ich wäre nicht lieber in meinem Weinberg. Ich mache diese Touren genauso gerne wie ihr. Hört endlich auf damit!«

Doch auch Mantinger fand Gefallen daran, den geschätzten Kollegen aufzuziehen. »Ein Weinberg ist bestimmt ein teures Hobby, oder? Wovon bezahlst du das eigentlich? Ich meine, wir verdienen ja nicht schlecht – könnte übrigens bald ein bisschen mehr sein, Signor Gemini.« Er grinste seinen Vorgesetzten breit an. »Aber reicht das für einen Weinberg?«

Ernst erwiderte Franco Mantingers forschenden Blick. Leise sagte er: »Du bist neugierig, mein Lieber. Ich habe nichts zu verbergen. Ich habe erstens gespart, zweitens gönne ich mir kaum etwas anderes. Dann reicht das Gehalt.«

»Verstehe«, sagte Mantinger beschwichtigend, »geht uns nichts an. Kommt, Leute, weiter, wir haben noch was vor uns.« Sie setzten sich in Bewegung.

Es war in der Tat sehr steil. Achatz spürte, dass er sofort wieder anfing zu schwitzen. Außerdem bekam er immer schlechter Luft. »Mein Gott, ist das anstrengend!«, schnaufte er. »Mir wird schlecht, ich habe den Eindruck, der Gletscher vor uns leuchtet gelb. Das ist doch unmöglich! Und dann ist da so ein Ziehen in der Brust. Ich denke, mehr ist für mich heute nicht drin. Ich bin froh, wenn wir an der Hütte sind.«

»Sollen wir einen Moment stehen bleiben?«, fragte Mantinger.

»Nein, lasst uns weitergehen«, stieß Achatz hervor, »dann haben wir es bald hinter uns.«

Nach weiteren zehn Minuten wurde der Weg flacher, und sie kamen auf eine Gruppe großer Felsplatten zu. Vor ihnen tauchte ein Schild auf, das nach links zeigte. »Lenkstein« stand darauf. Der Schmerz in Achatz' Brust wurde jetzt rasch stärker. Ihn überkam Panik, er kannte die Symptome, aber nicht in dieser Form.

»Mein Gott, Arthur, was ist mit dir los?«, fragte Sabrina Parlotti. »Du wirst plötzlich kreidebleich.«

»Ich weiß nicht, ich habe ein starkes Ziehen in der Brust, bekomme ganz schlecht Luft.«

»Wie bitte?«, rief Mantinger aufgeregt. »Arthur, los, setz dich sofort hin. Fabio, hol Wasser aus dem Rucksack.« Mantinger kramte sein Handy aus der Seitentasche seiner Wanderhose. Mit omnitel hatte man seit diesem Jahr auch hier oben Empfang. Ohne zu zögern rief er die Bergrettung an. »Notfall, wir sind auf dem Arthur-Hartdegen-Weg, Abzweig zum Lenkstein. Wir haben hier möglicherweise einen Herzinfarkt. Beeilen Sie sich, es geht ihm schlecht.«

»Wir schicken sofort einen Hubschrauber.«

Während Achatz sich mit schmerzverzerrtem Gesicht auf einer der Felsplatten niederließ, redeten alle wild durcheinander. Lediglich Junghans blieb ruhig und sagte beiläufig: »Mensch, Leute, jetzt werdet doch nicht gleich so panisch. So schnell kriegt man keinen Herzinfarkt. Das wird ein Schwächeanfall sein, das geht in ein paar Minuten vorüber.« Niemand hörte ihm zu.

***

Nachdem sie den Gipfel erreicht hatten, setzten sie sich an das Gipfelkreuz und breiteten ein Südtiroler Picknick vor sich aus. Valentin zauberte eine Flasche Lagrein aus seinem Rucksack hervor. »Bist du bei Gianna weitergekommen? Hast du ihr vorgeschlagen, sich eine Kanzlei in Bozen zu suchen, damit ihr zusammenziehen könnt?«

»Mein Vorstoß hat nichts gebracht. Sie meint, dass sie in der Kanzlei ihrer Eltern ›perfekte Entwicklungschancen‹ hat, wie sie es nennt. Ich habe schon Zweifel, dass das auf die Dauer mit uns gut geht.«

»Du gibst zu schnell auf«, sagte Valentin. »Gianna ist eine außergewöhnliche Frau, für die lohnt es sich zu kämpfen. Außerdem solltest du dich auch mal in ihre Situation hineinversetzen. Sie ist ein Stadtmensch, will Karriere machen und findet bei ihren Eltern optimale Bedingungen vor. Würdest du umgekehrt für Gianna nach Mailand gehen?«

»Hast ja recht, Hans. Trotzdem …«

Weiter kam er nicht, weil sich aus Südwesten ein lautes Geräusch näherte. Sie drehten sich um. Ein Hubschrauber flog in niedriger Höhe direkt auf sie zu. Valentin blinzelte gegen das Sonnenlicht. »Das ist einer von der Bergrettung. Hoffentlich ist nichts Schlimmeres passiert. Zum Spaß sind die nicht hier.« Der Hubschrauber flog vor ihnen über die Grathöhe des Fernerköpfl, so nah, dass sie den Piloten und mindestens drei weitere Insassen erkennen konnten. Die Rotorblätter machten einen Höllenlärm.

»Da ist was passiert!«, schrie Valentin gegen den Krach an. »Ist wahrscheinlich jemand abgestürzt, vielleicht am Wildgall, den unterschätzen viele.« Aber der Hubschrauber flog in einer Linksschleife am Wildgall vorbei, direkt in Richtung Ursprungalm.

***

Achatz hatte heftige Schmerzen, er konnte kaum noch atmen. Aufgeregt drängte sich die Gruppe um ihn. Sabrina Parlotti hatte sich neben ihn gesetzt und seinen Kopf in ihren Schoß gelegt. Sie streichelte ihm die Wangen, Tränen liefen ihr über das Gesicht.

Neben ihr saß Fabio Franco und redete beruhigend auf sie ein: »Mach dir keine Sorgen, Sabrina, wir haben schnell reagiert. Jeden Moment ist der Notarzt hier.«

Gemini kniete neben Achatz, um ihm Jacke und Hemd zu öffnen. Mantinger war auf einen höher gelegenen Felsen gestiegen, um dem Hubschrauber Zeichen zu geben. Leichenblass standen die Übrigen daneben und sahen hilflos zu.

Achatz' Schmerzen wurden unerträglich. Er zitterte und war schweißgebadet. Wie durch einen Nebel vernahm er Bewegungen um sich herum. Er spürte Sabrinas Hände an seinem Kopf, ein beruhigendes Gefühl. Ihm war klar, dass er jetzt sterben würde. Nach dem Tod von Maria und Johannes hatte er sich oft gefragt, ob Menschen es wussten, wenn sie starben. Gab es dafür einen angeborenen Instinkt? Nun spürte er es. Seine Schmerzen schienen nachzulassen. Er fühlte nichts mehr in Armen und Beinen. Von weit her vernahm er ein Geräusch, ein merkwürdiges, wiederkehrendes Geräusch. Es schien näher zu kommen, lauter zu werden. Oder bildete er sich das bloß ein?

Wie seltsam! Er hatte immer gedacht, dass das ganze Leben vor einem abläuft, wenn man stirbt. Aber das stimmte nicht. Er sah bloß seine Familie, hörte sie lachen, aus einer merkwürdigen, dimensionslosen Ferne. In seinem Kopf war sonst nichts, kein einziger Gedanke. KOMPAG, SSP, IFS – was war das? Er sah nur Maria und Johannes, so nah, als wäre er bei ihnen. Warum hatte er in seinem Leben so viel Zeit für Unnützes verplempert?

Mit einem waghalsigen Manöver setzte der wendige Helikopter am Rand der Felsplatte auf. Drei Männer in weißen Kitteln stürmten aus der Kabine. »Ich bin Dottore Tadini, Krankenhaus Bruneck. Bitte treten Sie zur Seite.« Der grauhaarige Arzt kniete sich neben Achatz, dessen Augen geschlossen waren, und klebte ihm die EKG-Elektroden an. Um Platz zu machen, legte Sabrina Parlotti Achatz' Kopf vorsichtig auf den Fels und stand auf. Wimmernd hielt sie sich die Hände vors Gesicht, ihr Körper wurde von Schluchzern geschüttelt. Mantinger nahm sie in den Arm und sprach beruhigend auf sie ein.

Das EKG zeigte eine Nulllinie. Der Dottore legte Achatz zwei Finger an den Hals und schüttelte den Kopf. »Mein lieber Mann …« Zu einem der Sanitäter sagte er: »Battista, eine Adrenalinspritze, *avanti*, und bereiten Sie den Defibrillator vor.«

»Was ist los?«, rief Mantinger. »Nun reden Sie schon!« Dottore Tadini beachtete ihn nicht. »Verdammt, das habe ich so noch nicht erlebt. Das gibt es doch gar nicht! Los, Battista, setzen Sie den Defi an. Machen Sie schon! Schnell!« Dann blickte er in die Runde. »Erzählen Sie mir, was passiert ist. Und vor allem wann, jedes Detail. *Pronto!*«

Gemini und Franco waren am ruhigsten geblieben. Sie berichteten dem Arzt so genau wie möglich, dass Achatz im Aufstieg erstmals über Schmerzen, Halluzinationen und Atemnot geklagt und wie sich sein Zustand oben dann sehr schnell verschlechtert hatte.

Achatz' Brust bäumte sich unter den Elektroschocks des Defibrillators auf, aber er schien nicht zu reagieren. »Los, in den Hubschrauber mit ihm. Wer hat angerufen? Sie? Geben Sie mir Ihre Nummer. Steigen Sie ab, fahren Sie nach Hause, wir rufen Sie an.« Die Rettungsassistenten hatten Achatz auf eine Trage gelegt und brachten ihn im Laufschritt zum Helikopter. Tadini sprang eilig hinterher. Der Hubschrauber hob ab und verschwand in Richtung Bruneck.

Verstört sahen die Kollegen dem Hubschrauber nach, bis er hinter dem Fernerköpfl verschwunden war. Dann folgten sie Mantinger zurück zum Abzweig ins Ursprungtal. In den ersten Minuten sprachen sie noch aufgeregt durcheinander, dann wurden sie immer schweigsamer. Sabrina Parlotti hatte aufgehört zu weinen, aber ihre Augen waren geschwollen, sie sah elend aus.

Nach zwei Stunden hatten sie den Parkplatz des Hotels erreicht. Auf der Rückfahrt nach Bozen sprachen sie kein Wort. Als sie sich verabschiedeten, sagte Mantinger in beruhigendem Tonfall: »Tadini ruft bestimmt heute noch an, um mitzuteilen, dass es Arthur wieder besser geht. Wir haben schließlich sofort reagiert. Ich gebe euch auf jeden Fall sofort Bescheid.«

***

Vincenzo Bellini und Hans Valentin hatten die Aktion von ihrem Aussichtsplatz auf dem Schneebiger Nock verfolgt. »Dass die tatsächlich auf dieser kleinen Platte gelandet sind«, sagte Valentin. »Sie heben schon wieder ab! Was immer passiert ist, eine Lappalie ist das nicht.«

»Vielleicht Herzinfarkt?«, meinte Vincenzo. Mit einem Nicken machte sich Valentin daran, den Rucksack zu packen, die Lust auf das Picknick war ihnen vergangen. In diesem Moment schwebte der Hubschrauber auf Augenhöhe an ihnen vorbei, und sie konnten für einen kurzen Moment erkennen, wie sich drei Männer in Kitteln über jemanden beugten. Sekunden später war er aus ihrem Blickfeld verschwunden.

Sie sahen sich betreten an. »Das sieht nicht gut aus. Komm, Vincenzo, wir brechen auf. Wir haben ein Stück Klettersteig in der senkrechten Wand vor uns, und zwar runter, das ist ziemlich anspruchsvoll. Konzentrier dich gut. Versuch nicht an das zu denken, was du gerade erlebt hast. Nach dem Klettersteig kommt dann einfaches Wandergelände.«

4

Bozen, Montag, 22. Juni

Vincenzo grüßte Paolo Verdi mit einem Kopfnicken. Der kleine, untersetzte Mann arbeitete seit zwölf Jahren am Empfang der Questura und war damit zufrieden. Er hatte keinen beruflichen Ehrgeiz, verbrachte am liebsten so viel Zeit wie möglich mit seiner Familie. Ihm waren die geregelten Dienstzeiten im Polizeiinnendienst lieber als der Karrierepfad eines Commissario mit Wochenendeinsätzen, Nachtschichten und der permanenten Gefahr, eine unglückliche Witwe mit drei kleinen Kindern zu hinterlassen. Diese bescheidene Einstellung war einer der Gründe, warum Paolo Verdi in der Questura beliebt war. Er war ein freundlicher und gutmütiger Zeitgenosse, hatte immer ein offenes Ohr, wenn ein Kollege sich ihm mit seinen Problemen anvertraute.

Mit Vincenzo hatte er einen Deal. Er bekam, so oft er wollte, Tipps, was er mit seiner Familie in den Bergen unternehmen konnte, ohne sie zu überfordern. Dafür legte er ihm jeden Morgen seine eigene Ausgabe der *Dolomiten – Tagblatt der Südtiroler* auf den Schreibtisch. Von einer Vorahnung getrieben, beugte sich Vincenzo über die Zeitung. Schon auf der ersten Seite sprang ihm eine Schlagzeile ins Auge:

Tod auf dem Arthur-Hartdegen-Weg

Pustertal – Am Freitag ist auf dem Arthur-Hartdegen-Weg auf Höhe der Ursprungalm der 58-jährige Arthur Achatz aus Deutschland aus noch nicht abschließend geklärter Ursache verstorben. Er war mit einer Gruppe von Mitarbeitern der Firma SSP aus Bozen unterwegs, als er kurz hinter der Ursprungalm über starke Schmerzen in der Brust klagte. Ein Mitarbeiter verständigte daraufhin die Bergrettung, die mit einem Arzt und zwei Rettungsassistenten aus der Klinik Bruneck im Hubschrauber zum Unglücksort flog. Als die Rettungskräfte dort eintrafen, konnten sie bei Achatz keinen Herzschlag mehr feststellen. Sie leiteten eine sofortige Reanimation ein, die sie auf dem

Flug nach Bruneck fortsetzten. Vergeblich. Der behandelnde Arzt, Dr. Tadini, spricht von einem tragischen Fall. Er gab vor der Presse folgende Stellungnahme ab: »Es war offensichtlich, dass Signor Achatz einen Herzinfarkt hatte. Wir werden zwar noch einige Untersuchungen vornehmen, aber ich denke, dass es bei der Diagnose bleiben wird. Der Mann hatte vermutlich großes Pech.« Wenn sich Dr. Tadinis Diagnose bestätigt, wäre dies der dritte Herzinfarkt auf dem Arthur-Hartdegen-Weg in diesem Jahr, jedoch der erste mit Todesfolge. Sollten sich in diesem Fall neue Anhaltspunkte ergeben, werden wir unsere Leser informieren.
Fabiano Fasciani

Nachdenklich schüttelte Vincenzo den Kopf. Es hatte den armen Teufel also tatsächlich erwischt. Vermutlich hatte er sich übernommen. Ob er selbst es nicht mitunter übertrieb? Vincenzo machte regelmäßig Sport. Aber wo verlief die Grenze zwischen gesundheitsfördernd und schädlich? Während einer Infektion konnte gerade bei Leistungssportlern starke körperliche Anstrengung zu einem plötzlichen Herztod führen. Deshalb hatte er letzte Woche überlegt, die Tour mit Hans Valentin abzusagen, obwohl seine Halsschmerzen längst abgeklungen waren. Oder wenn er an seine Bergrunde dachte, die er in den Sommermonaten mindestens zweimal pro Woche lief. Sie führte ihn von seiner Wohnung aus nach Westen zur Sarner Skihütte, dann entlang des Almbaches zum Auener Joch mit seinem atemberaubenden Panoramablick, weiter nach Südosten zu den Putzwiesen und schließlich über das Putzenkreuz zurück nach Hause. Mehr als tausend Höhenmeter, über zehn Kilometer. Die wenigsten Menschen in seinem Alter würden das durchhalten. Ob er damit seine Gesundheit aufs Spiel setzte? Er wollte auf keinen Fall so enden wie dieser Pechvogel aus Deutschland. Vincenzo legte die Zeitung beiseite, ohne zu ahnen, dass ihm der Name Arthur Achatz bald wieder begegnen würde.

***

Wie glatt es gelaufen war, wie perfekt. Er konnte nicht umhin, sich zu bewundern. Manchmal gab es in extremen Situationen, in denen die meisten Menschen einknickten, eben Dinge, die einfach getan werden mussten.

Und er tat sie. Das war eine der vielen Eigenschaften, die er seinen Mitmenschen voraushatte. Es war nicht einfach gewesen, die richtige Gelegenheit abzupassen. Aber es hatte funktioniert, niemand hatte auch nur den Hauch eines Zweifels. Jetzt konnte er sich überlegen, welches Boot er als Nächstes kaufen würde. Nur eines war noch zu tun: Der Wicht musste beruhigt werden. Er rief ihn von seinem Zweithandy mit Prepaidkarte an: »Hast du die Fördergeldanträge für Rödderlink vorbereitet?«

»Achatz ist tot!«

»Was du nicht sagst. Was hat das mit den Anträgen zu tun?«

»Bist du verrückt? Du kannst doch wegen unserer Sache keinen Menschen umbringen. Da mache ich nicht mehr mit, nicht wahr! Ich steige aus!«

Es war zum Heulen. Er konnte Schwächlinge nicht ertragen, sie widerten ihn an. Wer Skrupel hatte, sollte von solchen Geschäften die Finger lassen. Bei seinem nächsten Bootsausflug würde er sich überlegen, inwieweit die Küchenschabe ersetzbar war. »Wer sagt, dass ich jemanden umgebracht habe? Bist du durchgeknallt?«

»Das kann doch kein Zufall sein, dass es den armen Kerl ausgerechnet jetzt erwischt hat, nicht wahr.«

»Armer Kerl, wenn ich das schon höre! Ein erbsenzählender Bürokrat war das. Aber Herzinfarkt ist Herzinfarkt. Schließlich war das nicht sein erster.«

»Und du hast wirklich nichts damit zu tun?«

»Ich bringe doch niemanden um, du Idiot! Ich versuche lediglich, Geld zu verdienen, indem ich cleverer bin als andere. Beantworte gefälligst meine Frage, ich habe nicht ewig Zeit. Sind die Anträge vorbereitet?«

»Ja, das habe ich am Wochenende erledigt. Sobald der Geschäftsplan vorliegt, kann ich die Auszahlung anweisen, nicht wahr. Mensch, was bin ich erleichtert, dass du damit nichts zu tun hast.«

»Verkneif dir zukünftig derartige Unterstellungen, das schadet unserem Vertrauensverhältnis. Sobald unser Anteil in Liechtenstein ist, gibt es wieder Bares. Ich lege auf, ciao.« Keine Frage, von anderen in irgendeiner Weise abhängig zu sein, entsprach nicht seinem Stil. Nur alleine war er unschlagbar. Er würde sich nicht bloß einen Ersatz für

diesen Dilettanten, sondern gleich ein neues Geschäftsmodell überlegen. Man konnte nie wissen.

***

Nachdem er von Achatz' Tod erfahren hatte, hatte Gemini eine Dringlichkeitssitzung angesetzt. Der Super-GAU war eingetreten. Mit betretenen Gesichtern saßen die Berater der SSP im kleinen Besprechungsraum. Auch Hans-Georg Schimmel lehnte schwerfällig und schweigend in seinem Freischwinger. Lediglich Gemini war noch nicht da, er müsse noch mit einem Kunden telefonieren, hatte er gesagt.

Sabrina Parlotti, die aussah, als hätte sie die ganze Nacht nicht geschlafen, ergriff als Erste das Wort: »Ich kann das alles noch gar nicht begreifen. Die ganze Woche mit Rödderlink – nichts, Freitagabend im Hotel – nichts, bis zur Ursprungalm – nichts. Dann, auf einmal, wie aus heiterem Himmel, unfassbar.«

»Sabrina«, sagte Franco in beruhigendem Tonfall, »Arthur hatte schon einmal einen Herzinfarkt. Wir haben ihn gewarnt, sich nicht zu überschätzen. Es war eben ein Unglück.«

»Wie kannst du nur so herzlos daherreden?«

»Das hat nichts mit herzlos zu tun, aber ich merke, dass du dir Vorwürfe machst. Das musst du nicht. Es war allein Arthurs Entscheidung.«

Klaus Mantinger nickte. »Außerdem sind wir langsam gegangen, haben Pausen gemacht, seine schweren Sachen getragen. Er hatte höchstens drei Kilo auf dem Rücken. Und wir haben in all den Jahren bestimmt an die dreißig Touren gemacht. Der Arthur-Hartdegen-Weg ist zwar anspruchsvoll, aber so schlimm nun auch wieder nicht. Fabio hat recht. Es war ganz großes Pech.« Gerade als Parlotti zu einer Entgegnung ansetzen wollte, betrat Gemini den Raum.

Wie immer, wenn er erschien, verstummten alle Gespräche abrupt. Noch bevor er sich gesetzt hatte, eröffnete er ansatzlos einen kurzen Monolog. »*Buongiorno,* Kollegen, das ist heute ein unerfreulicher Anlass für ein Meeting. Ein tragischer Unglücksfall, menschlich ein Drama. Und auch, das möchte ich betonen, ein Drama für uns. Signor Achatz ist mit seinen Kontakten in Deutschland schlichtweg unersetzlich. Ich habe in unser Auftragsbuch geschaut, aber ich will es von Ihnen selbst hören. Wer hat welche Projekte laufen, welche sind beauftragt, wie hoch sind die Umsätze? Und womit war Achatz zuletzt beschäftigt?«

Nach einem Augenblick betretenen Schweigens holte Parlotti tief Luft: »Bitte entschuldigen Sie, Signor Gemini, finden Sie das nicht geschmacklos, richtig geschmacklos? Arthur ist vor zwei Tagen vor unseren Augen gestorben, und Sie denken an seine Projekte?«

Gemini blieb völlig ungerührt. »Signora Parlotti, Ihre menschlichen Regungen in allen Ehren. Glauben Sie mir, ich bin nicht weniger betroffen, aber ich habe ein Unternehmen zu führen, das Ihnen sichere Arbeitsplätze bietet. Unser Erfolg ist seit der Allianz mit Signor Achatz eng mit dessen Namen verknüpft. Und daher müssen wir uns schleunigst überlegen, wie es weitergeht. Also?«

Kühl und gelassen wie immer legte Mantinger in knapper Form dar, dass die SSP noch circa ein halbes Jahr ausgelastet sei.

»Gut«, sagte Gemini, »kein Grund, sich darauf auszuruhen. Wir werden dreierlei tun: Wir werden alle Kunden aus Deutschland über diesen Unglücksfall informieren, das übernehme ich persönlich. Sie, Signora Parlotti, Signor Junghans«, er nickte den beiden zu, »werden später nachtelefonieren und Ihre eigenen guten Kontakte für die Akquise nutzen. Sie, Signor Panzini, kümmern sich um unsere italienischen und französischen Kunden. Ich erwarte von Ihnen binnen der nächsten zwei Wochen einen Bericht. Jetzt gehen Sie wieder an Ihre Arbeit. Versuchen Sie, Achatz' Tod so schnell wie möglich zu verarbeiten. Geschehen ist geschehen. *Buongiorno*.« Ohne eine Reaktion seiner Mitarbeiter abzuwarten, stand Gemini auf und verließ, gefolgt von Schimmel, den Raum.

Mantinger schüttelte den Kopf. »Ich weiß zwar, wie cool Gemini ist, aber dieser Auftritt war trotzdem verblüffend.«

»Ich finde, er hat recht«, entgegnete Junghans. »Wer hat etwas davon, wenn unser Laden den Bach runtergeht? Das wäre nicht in Arthurs Sinne. Also, ich kann das nachvollziehen. Und jetzt müssen wir eben einspringen.« Energisch stand er auf und verließ das Besprechungszimmer.

5

Freitag, 26. Juni

Die Woche in der Questura war ruhig verlaufen, so wie immer. Manchmal fragte sich Vincenzo, ob Bozen beruflich gesehen tatsächlich das Richtige für ihn war. Zwar konnte er sich nicht vorstellen, jemals seine Heimat zu verlassen, andererseits fehlte ihm die Herausforderung. Auf dem Klettersteig hatte er gefühlt, wie berauschend es war, bis an seine Grenzen zu gehen und darüber hinaus. Das hätte er gern auch in seinem Beruf erlebt. Aber da durfte er sich nichts vormachen. In einem Umfeld wie Bozen gehörte ein Handtaschendiebstahl schon zu den kriminellen Highlights. Ein Kapitalverbrechen würde er wohl kaum einmal aufklären können. In diesem Sinne hatte Gianna recht, wenn sie beharrlich betonte, dass Mailand für seine Karriere das bessere Umfeld bot. Heimat oder Karriere. Ihm war, als würde er aus diesem Teufelskreis niemals herauskommen.

Er verließ die Questura in Richtung Bahnhof, um den Fünfzehn-Uhr-Zug nach Mailand nicht zu verpassen. Drei Wochen lang hatte er Gianna nicht gesehen, und er war gespannt und voller Vorfreude. Als er in seinem Abteil saß, überlegte er, was Gianna wohl für den heutigen Abend vorbereitet hatte. Sein Geburtstag fiel ihm ein, den er bei ihr in Mailand verbracht hatte.

Gianna hatte eine Altbauwohnung in der Via Ancona, unweit der Basilica di San Simpliciano, einer der ältesten Kirchen Mailands. Als sie ihm damals öffnete, sah er, dass sie überall in der Wohnung Kerzen aufgestellt hatte. Es gab selbst gemachte Minestrone, Lamm mit Rosmarinkartoffeln, Zabaione nach einem Rezept ihrer Großmutter, schließlich eine verführerische Käseauswahl. Dazu einen phantastischen Barolo, Jahrgang 98.

Nachdem sie den Tisch abgeräumt hatte, sagte Gianna zu ihm: »Das hast du morgen Abend vor, Vincenzo!«, und hielt ihm zwei Karten für »Aida« in der Scala vors Gesicht. Er wusste, wie schwierig es war, Karten für die Scala zu bekommen, und was sie kosteten, zumal Gianna die besten Plätze genommen hatte, mitten im Parkett. Als sie ihn herausfordernd ansah, gab er ihr einen langen, dankbaren Kuss, der immer leidenschaftlicher wurde. Erregt schob er die Hände unter ihre Bluse und streichelte ihre warme, glatte Haut. Sie zog ihn hoch, dann bugsierte sie ihn nachdrücklich ins Schlafzimmer.

»Komm, mein schöner Kommissar, wir haben noch viel Zeit bis zur Aida. Du wirst es kaum glauben, ich habe immer noch Hunger – auf dich!« Als Gianna ihn auf ihr Bett warf und buchstäblich über ihn herfiel, wirbelte ihr blondes Haar, das sie offen trug, in wilden Strähnen über ihr Gesicht.

Vincenzo liebte das. Der Gegensatz zu der strengen, unnahbaren Persönlichkeit, die sie mit den sonst meist hochgesteckten Haaren zeigte, machte ihn an.

Er war noch nie einer Frau mit derart krassen Gegensätzen begegnet. In ihrem Beruf, der ihm ohnehin etwas suspekt war, gab sie sich sachlich, unterkühlt, manchmal abweisend. Das war auch so, wenn er sie in der Kanzlei anrief. Er fühlte sich dann oft abgefertigt und tat es daher ungern. Dann gab es diese andere Seite, leidenschaftlich, emotional, mit einem geradezu überschäumenden Temperament. Im Bett war sie genauso selbstbewusst wie im Beruf. Sie wusste, was sie wollte, und sie holte es sich.

»Mein schöner Kommissar«, so hatte Gianna ihn von Anfang an genannt. Kennengelernt hatten sie sich vor gut einem Jahr, am 18. Mai in Mailand. Nach dem Fußballspiel AC Mailand gegen Udinese Calcio, das Mailand vier zu eins gewonnen hatte, war er mit seinem Freund noch in ein Café gegangen. Am Nachbartisch saß Gianna mit einer Freundin. Nach dem ersten Blickwechsel wusste Vincenzo, dass er diese Frau wollte. Ihre Miene verriet ihm, dass das auf Gegenseitigkeit beruhte.

Schon am nächsten Wochenende besuchte er sie in Mailand. Es war das erste und letzte Mal, dass er auf ihrem Wohnzimmersofa schlief. Bei der Verabschiedung küsste sie ihn, lächelte ihn an und sagte: »Mein schöner Kommissar.« Für ihn war es, von seiner Jugendliebe Teresa abgesehen, das erste Mal, dass eine Frau nicht bloß seine Phantasien, sondern auch seine Neugier weckte. Er wollte alles von ihr wissen, wie sie fühlte, wie sie dachte, wie sie tickte. Womit er ihr eine Freude machen konnte. Ihm war schon nach kurzer Zeit bewusst, dass er sich ernsthaft verliebt hatte.

Vielleicht bot sich an diesem Wochenende die Gelegenheit, noch einmal mit Gianna über ein baldiges Zusammenleben zu sprechen?

***

Bei der SSP herrschte auch am Freitagnachmittag noch rege Betriebsamkeit. Der hektische Arbeitsalltag hatte die Gedanken an Arthur Achatz schnell verblassen lassen, kaum verwunderlich, da keiner der Kollegen persönlich eng mit ihm verbunden war. Achatz war bald kein Gesprächsthema mehr. Lediglich Ernesto Panzini saß gedankenversunken an seinem Schreibtisch und rieb sich die hohe Stirn. Schon die ganze Woche beschäftigte ihn die Frage, wie Achatz so plötzlich sterben konnte, so ganz ohne jede Vorwarnung.

Soweit Panzini es beurteilen konnte, hatte Achatz gesund gelebt und keinerlei Beschwerden gehabt. Sein Herzinfarkt lag schon viele Jahre zurück, mit jeder gemeinsamen Tour war er ausdauernder geworden, und beim Anstieg hatte er auch am letzten Samstag gut mitgehalten. Er selbst lebte ungesünder und war weniger fit, trotzdem hatte er noch nie Herzprobleme gehabt. Na gut, er selbst war ein paar Jahre jünger, aber er fand das merkwürdig. Je länger er darüber nachdachte, desto mehr beschlichen ihn Zweifel. Vielleicht hatte doch jemand seine Finger im Spiel? Das war eigentlich unvorstellbar, wer sollte so etwas tun? Vor allem, warum und wie? Panzini hatte seine Gedanken bisher für sich behalten, er wollte sich bei den anderen nicht lächerlich machen. Ob wohl eine nähere Untersuchung oder gar eine Obduktion angeordnet wurde? Eher nicht, Herzinfarkte waren im Hochgebirge keine Seltenheit. Aber was sollte er mit diesen Überlegungen anfangen? Zur Polizei gehen? Die würden ihn auslachen. Aber dieses blöde Gefühl, diese Ungewissheit … Irgendetwas musste er unternehmen.

Einer Intuition folgend griff Panzini zum Telefon. »*Pronto!* Praxis Laurenzi, was können wir für Sie tun?«

»Ernesto Panzini, kann ich bitte mit Dottore Laurenzi sprechen? Es ist dringend.«

»Einen Moment, bitte.«

»*Pronto!* Ernesto, schön, dass du dich mal wieder meldest, aber hier in der Praxis ist es ungünstig.«

»Ich weiß, deshalb komme ich sofort auf den Punkt. Du hast von dem Todesfall auf dem Arthur-Hartdegen-Weg gehört?«

»Ja, Arthur Achatz, warum? War das etwa euer Partner, von dem du mir so viel erzählt hast? Warst du dabei?«

»Ja, war er, und ich war dabei. Genau das ist mein Problem.«

»Ich verstehe nicht ganz.«

»Ehrlich gesagt, Daniele, mir kommt dieser Herzinfarkt merkwürdig vor.« Panzini schilderte Laurenzi, warum er nicht recht an einen simplen Unglücksfall glauben mochte.

»Das finde ich nachvollziehbar, Ernesto, aber wie kann ich dir dabei helfen? Das Wartezimmer ist voll.«

»Ich will dich wirklich nicht lange aufhalten. Mir geht es darum, ob es Medikamente oder Substanzen gibt, die zu einem Herzinfarkt führen, und ob und wie lange man diese nachweisen kann.«

»Mein Gott, Ernesto, ich glaube, deine Phantasie geht mit dir durch ...«

Panzini unterbrach ihn sofort. »Gibt es solche Substanzen oder nicht?«

»Freilich, aber ...«

»Bitte, Daniele, erzähl es mir einfach! Ich will das nicht auf sich beruhen lassen. Ich mochte Arthur Achatz.«

»Okay, ich treffe heute Abend ein paar Kollegen. Danach fahre ich in meine Hütte auf dem Penegal. Willst du mich dort besuchen?«

»Gerne, wann?«

»Ich denke, ich bin zwischen zehn und halb elf oben. Komm gegen elf.« Panzini legte auf. Er freute sich, den alten Freund wiederzusehen und seine Meinung zu hören, auch wenn er nicht wusste, was er mit der Information anfangen würde. Er beschloss, Feierabend zu machen und nach Hause zu fahren. Er war innerlich zu aufgewühlt, um noch zu arbeiten.

Auf dem Weg durch den Flur lief ihm ein aufgeregter Fabio Franco über den Weg. »Ernesto, ist dir mein Autoschlüssel irgendwo begegnet? Ich kann ihn nirgends finden.«

»Nein, keine Ahnung, hast du schon überall nachgesehen?«

»Sicher, ich habe auch die anderen gefragt. Vergeblich.«

»Hast du den Schlüssel nicht immer in deiner Schublade?«

»Doch, aber da ist er nicht. Wie soll ich denn jetzt nach Hause kommen?«

»Glaub mir, der taucht von selbst wieder auf. Ich gehe auch gerade und kann dich mitnehmen.«

»Danke, Ernesto, das Angebot nehme ich an. Ich brauche den Wagen am Wochenende sowieso nicht.«

***

Am späten Nachmittag erreichte Vincenzos Zug Mailand. Gianna stand nicht, wie verabredet, am Bahnsteig und war auch sonst nirgends zu entdecken. Vincenzo stellte sich an einen Stehtisch, von dem aus er den Bahnsteig im Blickfeld hatte, und bestellte sich einen Caffè Doppio. Erst nach einer geschlagenen halben Stunde kam Gianna angerannt. Sie wirkte angespannt und sauer, sah noch strenger und unnahbarer aus als sonst, wenn sie direkt aus der Kanzlei kam.

»Sorry, Vincenzo«, – kein »schöner Kommissar« –, »ich habe einen dermaßen miesen Fall, das kannst du dir nicht vorstellen. So ein widerwärtiger Schmerbauch versucht, seine Frau, die er selbst in den Wind geschossen hat, auch noch abzuzocken. Wir sollen die Arme anwaltlich vertreten, die kam gar nicht dazu, mir darzulegen, was passiert ist, weil sie ununterbrochen geheult hat. Das ist das Allerletzte. Tut mir leid, dass ich dich nicht wenigstens auf dem Handy angerufen habe.«

Vincenzo grinste unbeholfen und murmelte »Kein Problem«, aber er ahnte, dass seine Annäherungsversuche an diesem Wochenende wirkungslos verpuffen würden.

Auch wenn es Vincenzo nicht sonderlich interessierte, gab es zunächst nur ein Thema, die arme Frau des Schmerbauchs. Auf sein Drängen hin gingen sie schließlich in eine kleine Trattoria, bestellten ein paar Antipasti und eine Flasche Amarone. Vincenzo hoffte, Gianna allmählich auf interessantere Themen lenken zu können. In der Tat entspannte sie sich, und während sie aßen, erkundigte sie sich, wie seine Woche gewesen sei.

Ermutigt durch diesen Stimmungswechsel wagte er seinen Vorstoß: »Du, Gianna, ich hab mir das alles noch mal durch den Kopf gehen lassen, mit uns, meine ich. Sieh mal, nach Mailand könntest du jederzeit zurück, die Kanzlei gehört schließlich deinen Eltern. Sie kennen mich, wissen, dass es uns ernst ist. Und sie sind Familienmenschen. Sie werden dir immer ein Hintertürchen offenhalten. Ich könnte in Bozen …« Weiter kam er nicht.

Genervt unterbrach ihn Gianna: »Vincenzo, wir haben das doch zigmal durchgekaut. Wir sind noch nicht so lange zusammen, als dass ich eine derartig weitreichende berufliche Entscheidung treffen würde, und das, um in die Provinz zu ziehen. Meine Eltern kennen dich außerdem nicht wirklich, denn meinem Vater gehst du konsequent aus dem Weg. Lass uns den Amarone trinken, bei mir gibt es dann noch einen Absacker. Ich muss übrigens morgen noch mal in die Kanzlei. Wir haben nur noch eine kurze Entgegnungsfrist.«

Damit war das Thema erledigt. Schon um zehn lagen sie im Bett. Während Gianna sofort einschlief, lag Vincenzo noch lange wach und grübelte. Wieder einmal war er der Gianna begegnet, die ihm unerreichbar weit weg vorkam. Warum hatte sie bloß diese zwei Gesichter? Er konnte verstehen, dass sie sich über einen solchen Fall aufregte. Aber warum gelang es ihr nicht umzuschalten, wenn sie ihn sah? Trotz ihrer kurzen Auseinandersetzung hätten sie sich einen schönen Abend machen können. Natürlich, das musste er sich selbst ankreiden, eine Diskussion über die Zukunft hätte er in dieser Situation besser nicht anstoßen sollen. Aber was hätte das ihrem Fall geschadet, wenn sie zwar um zehn im Bett gewesen wären, aber erst um Mitternacht geschlafen hätten? Er fragte sich nicht zum ersten Mal, ob sich das ändern würde, wenn sie länger zusammen waren.

***

Am Freitagabend waren die Bürogebäude der SSP verlassen. Es war schon fast Nacht, durch die vielen, hohen Bäume auf dem riesigen parkähnlichen Grundstück am Rand von Bozen lag das Gebäude immer etwas früher im Dunkeln. Lediglich die spärliche Außenbeleuchtung spendete fahles Licht. Auf dem weitläufigen Parkplatz standen nur noch wenige Autos. Es war still und ungewöhnlich warm, in den Grünanlagen zirpten die Grillen. Die Schwüle ließ auch nachts nicht mehr von der Stadt ab.

Da trat in der Nähe der Straßenzufahrt mit ihrem großen elektrischen Tor unvermittelt eine Gestalt aus dem Schatten eines Baumes. Sie war fast schwarz gekleidet und verschmolz beinahe mit der Dunkelheit. Trotz des lauen Abends trug sie eine Wollmütze, die sie tief ins Gesicht gezogen hatte. Langsam und stets im Schutz der Bäume bewegte sich die dunkle Gestalt rechts vom Zufahrtsweg auf das imposante Eingangsportal zu, blickte sich immer wieder um. Das Zirpen der Insekten verstummte für einen Augenblick. Sofort verbarg sich der mysteriöse Besucher hinter einem Baum.

Als das Konzert der Grillen erneut einsetzte, huschte die Gestalt weiter. Wenige Meter vor dem Eingangsportal blieb sie plötzlich stehen, ging in die Hocke und schaute sich nach allen Seiten um. Nachdem sie sich versichert hatte, dass niemand in der Nähe war, stand sie auf und trat aus den Baumschatten hervor. Zügig ging sie auf eine kleine Gruppe von Fahrzeugen zu, die gleich links neben dem Eingangsportal parkten. Vor einem schwarzen Mitsubishi Pajero griff sie in ihre Jackentasche, zog etwas hervor und hielt es in Richtung Auto. Man konnte das leise Klicken der Zentralverriegelung hören. Schnell und wendig schlüpfte die Gestalt auf den Fahrersitz. Wenige Sekunden später rollte der Geländewagen im Schritttempo und ohne Scheinwerfer über die gekieste Zufahrt. Der Sechszylinder war kaum zu hören. Das elektrische Tor schwang lautlos auf, der Mitsubishi bog zügig nach rechts ab. Hinter ihm schloss sich das Tor genauso geräuschlos wieder.

Vierhundert Meter weiter gingen die Scheinwerfer an, und der Wagen fuhr, jetzt wesentlich schneller, in Richtung Eisack davon.

***

Panzini wurde die Unruhe nicht los. Er hatte ein paar Spaghetti in sich hineingeschaufelt, dabei wahllos im Fernsehen hin- und hergezappt und trank, obwohl er später noch den Mendelpass hinauffahren wollte, seinen Lieblingswein, einen Gewürztraminer. Genießen konnte er ihn nicht, er war viel zu aufgewühlt, zu gespannt auf das, was ihm Daniele gleich erzählen würde.

Was erwartete er sich eigentlich? Wahrscheinlich waren das doch alles nichts als Hirngespinste. Dennoch, da war irgendetwas, was ihm schon vorher, noch vor Achatz' Herzinfarkt, aufgefallen war, aber er hatte es nicht bewusst abgespeichert, konnte sich beim besten Willen nicht mehr erinnern. Es hatte mit Achatz' Gepäck zu tun. Fragte sich bloß, was? So sehr er sich auch anstrengte, es wollte nicht klick machen. Er schaute auf seine Armbanduhr: zweiundzwanzig Uhr dreißig. Er leerte das Glas in einem Zug, nahm seine kleine Reisetasche, die er gleich beim Nachhausekommen gepackt hatte, verließ sein Haus und stieg in seinen BMW Z3. Er machte sich eigentlich nichts aus Autos, aber nachdem ihn häufig Kunden auf seinen alten Fiat angesprochen hatten, war ihm nichts anderes übrig geblieben, als sich etwas Standesgemäßeres zuzulegen. Da er als Witwer kein großes Auto brauchte, hatte er sich für den kleinen Sportwagen entschieden.

Als er die Südtiroler Weinstraße erreichte, war es fast elf. Wenn er ankam, hatte Daniele bestimmt längst einen Lagrein entkorkt. Weil um diese Zeit nichts mehr los war, gab Panzini Gas. Wenige Minuten später bog er kurz vor Kaltern nach rechts zum Mendelpass ab. Auf den vierzehnhundert Meter hohen Pass führten etliche Kehren und Steilkurven, die immer wieder spektakuläre Tiefblicke auf den Kalterer See und die Lichter der kleinen Orte an der Südtiroler Weinstraße freigaben.

Ungefähr auf tausend Meter flachte die Straße vorübergehend ab, schlängelte sich aber eng an schroffen Steilfelsen entlang. Auf der anderen Straßenseite ging es steil in die Tiefe. Panzini genoss die Fahrt, es kam ihm vor, als würde sein BMW wie auf Schienen um die Kurven schnüren. Er fuhr fast hundert. Plötzlich, in einer scharfen Rechtskurve, reagierte er einen Augenblick zu spät. Schon war er auf der Gegenspur und sah den Abgrund auf sich zukommen. Nur noch im Reflex gelang es ihm, das Lenkrad in letzter Sekunde herumzureißen und zu bremsen.

Schweiß lief ihm übers Gesicht, seine Hände klebten. »Mein Gott, Ernesto«, sagte er laut zu sich selbst, »was soll dieser Wahnsinn? Ist doch egal, ob du fünf Minuten früher oder später ankommst. Konzentrier dich gefälligst!«

Er fuhr langsamer weiter und erreichte nach wenigen Minuten die Passhöhe mit ihren Hotels und Restaurants. Dort zweigte eine kleine, unbeleuchtete Straße nach rechts ab zum Hotel und dem Aussichtspunkt des Monte Penegal. Ein wenig abseits hatte sich Daniele dort eine urige Berghütte errichtet.

Die schmale Straße überwand die ersten zweihundert Höhenmeter in einigen engen Kehren. Seit dem Abzweig zum Pass war Panzini kein Fahrzeug mehr entgegengekommen, niemand fuhr zu so später Stunde noch in die Berge. Innerlich noch immer voller Unruhe, merkte er kaum, wie er bei der Auffahrt um die schmalen Kurven allmählich wieder schneller wurde. Bald nutzte er auch die Gegenspur, um die Kehren in spitzem Winkel anzufahren und Zeit zu gewinnen. Schon näherte er sich der letzten und engsten Kehre, bald hatte er es geschafft.

Doch hinter der Kurve geschah etwas Merkwürdiges, etwas, was Panzini an diesem Ort um diese Zeit niemals erwartet hätte. Sein Adrenalinspiegel schnellte in die Höhe, sein Puls beschleunigte sich. Unvermittelt blickte er in ein einziges riesiges Lichtermeer. Da seine Augen sich längst an die Dunkelheit gewöhnt hatten, konnte er fast nichts mehr sehen. Vor Schreck riss er die rechte Faust in die Höhe und brüllte in das grelle Nichts: »Verdammte Touristen, saufen sich erst zu und fahren dann noch!«

Auf einmal machte das Lichtermeer mit quietschenden Reifen einen Satz nach vorne und raste direkt auf seinen BMW zu. Panzini wurde starr vor Schreck, wie gelähmt starrte er auf die grellen Scheinwerfer, die unbeirrt auf ihn zukamen. In seinen Ohren rauschte das Blut, längst hätte er mit voller Kraft auf die Bremse treten müssen, sein Puls dröhnte wie Hammerschläge. Aber er war unfähig zu reagieren. In Bruchteilen von Sekunden war das Lichtermeer fast auf seiner Höhe. In Panik riss er das Lenkrad nach rechts, einfach nur weg von dem gleißenden Unheil schräg links vor ihm. Leitplanken fehlten an dieser Stelle, vermutlich sollten sie erneuert werden, vor ihm war der Abgrund.

Panzini sah nur noch das Licht. Vollständig geblendet, hatte er jegliche Orientierung verloren, seine Hände hielten sich krampfhaft an dem kleinen Sportlenkrad fest. Dann spürte er einen Aufprall irgendwo hinten am Wagen, wie durch einen Nebel vernahm er das typische Geräusch, wenn Blech auf Blech aufschlägt. Der kleine Z3 machte einen Sprung nach vorn, die Vorderräder drehten im Leeren, Panzini schrie. Unter ihm öffnete sich die Dunkelheit.

Das Lichtermeer schrumpfte auf zwei Abblendlichter zusammen und entfernte sich rasch in Richtung Mendelpass.

6

Mailand, Samstag, 27. Juni

In der Via Ancona klingelte der Wecker um sieben Uhr. Gianna musste in die Kanzlei.

Es war ihr nicht verborgen geblieben, dass Vincenzo enttäuscht war, weil das Wochenende anders verlief als geplant und weil sie sich gestritten hatten. Warum konnte er nicht verstehen, dass sie sich noch nicht zu einem solchen Schritt durchringen konnte? Käme Vincenzo nach Mailand, wäre das eine kluge Entscheidung für beide, davon war sie überzeugt. Diese Stadt hatte viel zu bieten, anders als die Provinz. Und man hatte als Commissario viel bessere Aufstiegschancen. Außerdem verfügte ihr Vater über gute Verbindungen.

Aber davon wollte ihr Freund nichts wissen. Überhaupt schien es ihm an Ehrgeiz zu mangeln. Egal, wann und wo sie sich trafen, er konnte sich sofort auf sie einstellen, niemals schien er in Gedanken noch bei einem Fall zu sein. Einerseits schmeichelte ihr das, andererseits fand sie es merkwürdig. Und es ärgerte sie, dass er so wenig Verständnis dafür zeigte, wenn ihr der Beruf wichtiger war. Er begriff nicht, dass jemand, der seinen Beruf im wahrsten Sinne des Wortes als Berufung empfand, nicht einfach umschalten konnte wie mit einer Fernbedienung.

Das war ihr größtes Problem in dieser Beziehung. Sie bevorzugte zielstrebige Männer, bei denen der Beruf an erster Stelle stand. Sie hatte ihren Vater stets für seinen Einsatz bewundert und dass er es so weit gebracht hatte, ohne die Familie zu vernachlässigen.

Und ständig redete Vincenzo von seinen heiß geliebten Bergen. Wenn man in der Mailänder Peripherie lebte, war man auch schnell im Gebirge, was machte das für einen Unterschied? Vincenzo war so anders als sie, und ob das auf die Dauer gut ging, wusste sie noch nicht. Deshalb war es verfrüht, über Jobwechsel und Umzüge nachzudenken.

Sie sah den schlafenden Vincenzo eine Weile an. Du hast einen starken Charakter, dachte sie, und du siehst phantastisch aus. Deshalb fand sie ihn trotz aller Gegensätze so anziehend. Sie stand auf und fuhr in die Kanzlei.

***

Penegal

Seit dem Aufstehen versuchte Daniele Laurenzi vergeblich, seinen Freund Ernesto Panzini zu erreichen. Inzwischen war es fast Mittag, aber er hatte immer noch nichts von ihm gehört und begann, sich ernsthafte Sorgen zu machen. Er rief Panzinis Kollegen an, soweit er sie von gemeinsamen Ausflügen kannte.

Klaus Mantinger erreichte er auf einer Bergtour. »Tut mir leid, Dottore Laurenzi, ich kann Ihnen nicht weiterhelfen. Sie haben wahrscheinlich mitbekommen, was mit unserem Partner Arthur Achatz passiert ist. Wir waren noch am Freitag viel zu niedergeschlagen, um großartig zu reden. Keine Ahnung, wo Ernesto stecken könnte. Ich wusste auch nicht, dass er mit Ihnen verabredet war. Außerdem bin ich schon seit gestern Nachmittag unterwegs.«

»Dann will ich Sie nicht länger aufhalten, vielen Dank, Signore. Viel Spaß auf Ihrer Tour!«

Auch Fabio Franco hatte nichts von Panzini gehört, Junghans war erst gar nicht zu erreichen. Laurenzi blieb wohl nichts anderes übrig, als nach Bozen zu fahren. Sollte er Panzini dort nicht antreffen, musste er die Polizei informieren. Er stieg in seinen Wagen und fuhr langsam den Berg hinab in Richtung Mendelpass.

***

Mailand

Vincenzo fand das Bett neben sich leer. Er seufzte, das war typisch Gianna. Er kam ihretwegen nach Mailand, aber sie hatte nichts Besseres zu tun, als sich um irgendeinen Fall zu kümmern. Das musste er wohl akzeptieren, ob es ihm passte oder nicht. Er stand auf und rief in der Kanzlei an, um Gianna zu fragen, wann sie nach Hause kam.

»*Pronto!* Hier Dottore dal Monte.« So ein Pech, er hatte ihren Vater am Apparat. Das hätte er sich gerne erspart.

»*Buongiorno*, Dottore, Vincenzo Bellini. Kann ich bitte mit Ihrer Tochter sprechen?«

»*Certamente*, Vincenzo, wir haben ohnehin gerade von Ihnen geredet. Es ist jammerschade, dass wir Sie erst zweimal gesehen haben, obwohl Sie schon über ein Jahr mit meiner Tochter zusammen sind. Ich habe Gianna vorgeschlagen, dass ihr uns heute Abend besucht und wir zusammen essen. Meine Frau ist nämlich eine exzellente Köchin.«

Was für eine Bescherung! Das Wochenende drohte zu einem Fiasko zu werden. Eigentlich hatte er Gianna vorschlagen wollen, dass er einkaufte und abends für sie kochte. Nur sie beide, auf ihrem schönen Balkon. Und jetzt das. Ihre Eltern würden nach seinen Karriereplänen fragen und beiläufig erwähnen, wie ausgezeichnet hierfür doch eine Stadt wie Mailand geeignet sei und was für überaus nützliche Verbindungen ihr Vater als angesehener Anwalt habe. Aber eine Absage wäre ein Affront. Es half alles nichts, da musste er durch. »*Sì*, Dottore dal Monte, *mille grazie*, ich freue mich sehr.«

»Wunderbar, Vincenzo, dann sehen wir uns heute Abend um acht Uhr. Und nennen Sie mich bitte Alfredo!«

Nachdem er aufgelegt hatte, setzte Vincenzo kopfschüttelnd einen Espresso auf. Alfredo, auch das noch. Er sah sich heute Abend schon in steifer, förmlicher Atmosphäre bei Alfredo und … meine Güte, den Namen von Giannas Mutter hatte er glatt vergessen … jedenfalls dort sitzen und sich Löcher in den Bauch fragen lassen. Schlimmer hätte es kaum kommen können.

***

Fast schon erschreckend, wie simpel es wieder gewesen war, fast wie ein Spiel. Was ist eigentlich ein Genie? Jemand, der für alles einen Plan hatte? Mitnichten, das ist ein bornierter Erbsenzähler. Ein Genie kannte das eherne Gesetz des Lebens, dass kein Plan je vollkommen war. Es war allen grundsätzlich einen Schritt voraus, hatte eine übergeordnete Vision, versuchte jedoch gar nicht erst, jede mögliche Entwicklung einzukalkulieren. Das Genie ließ die Dinge auf sich zukom-

men. Es handelte, wenn es so weit war – schnell, kaltblütig, nachhaltig. Dieser Idiot, dieser debile, mit Dummheit geschlagene Idiot! Hat irgendeinen ominösen Verdacht und ist dann so hirnverbrannt, von seinem Schreibtisch aus diesen Laurenzi anzurufen. Ihm musste doch klar gewesen sein, dass jeder sein Gespräch mitbekommen konnte. Und er selbst? Er hatte spontan und flexibel reagiert, wie immer. Dabei wünschte er sich insgeheim, es wäre nicht immer derart banal und nahezu anspruchslos. Ihm fehlte die Herausforderung, das Besondere, der Kick.

Wobei, wenn man es recht bedachte, ganz glatt war es gar nicht gelaufen. Er war davon ausgegangen, dass eine Batterie von sechs ultrastarken Scheinwerfern ausreichen würde, diesen Trottel von der Straße zu drängen. Aber er schien noch irgendwie reagiert zu haben. Ihm war gar nichts anderes übrig geblieben, als ein wenig nachzuhelfen. Eine kleine Beule, mehr nicht. Trotzdem eine Gefahr. Eine Beule, das bedeutete Spuren, die zu hinterlassen er eigentlich nicht im Sinn gehabt hatte. Doch das schuf eine gänzlich neue Situation, anregenden Nervenkitzel. Und diese Idee mit dem verlegten Schlüssel! Ob ihm die Zukunft noch mehr solcher Chancen bieten würde, seine Überlegenheit unter Beweis zu stellen?

***

Penegal

Um fünfzehn Uhr war die gesamte Zufahrtsstraße zum Penegal abgeriegelt. Laurenzi hatte direkt nach der ersten Kehre die Brems- und Schleuderspuren bemerkt, war ausgestiegen und hatte bangen Blickes den Abhang hinuntergeschaut. Abgesehen von einigen Splittern am Straßenrand konnte er auf Anhieb nichts sehen. Konzentriert spähte er in die Tiefe, bis er das Wrack schließlich weit unter sich entdeckte. Es gab für ihn keinen Zweifel, dass es Panzinis Auto war, was da zerschellt zwischen Felsen und Bäumen lag. Mit einem Kloß im Hals wählte er die Nummer der Carabinieri.

Während die Spurensicherung sich um Bremsspuren und Scherben kümmerte, trafen einige Mitglieder der Bergwacht ein, weil es den Carabinieri unmöglich war, ohne professionelle Unterstützung bis zum Wrack vorzudringen. Sie fanden Panzini noch angeschnallt auf dem Fahrersitz. Er war fürchterlich zugerichtet, hatte nicht den Hauch einer Chance gehabt. Der erste Eindruck: zu schnell gefahren, vermutlich unter Alkoholeinfluss.

Am späten Nachmittag wurde die Passstraße wieder freigegeben. Panzinis Leichnam wurde in die Gerichtsmedizin gebracht, möglicherweise würde eine Obduktion angeordnet. Die Befragung von Dottore Laurenzi ergab keine nennenswerten Hinweise, man konnte lediglich den Unfallzeitpunkt bestimmen. Laurenzi, der stärker unter Schock stand, als ihm bewusst war, ließ den Verdacht seines Freundes unerwähnt.

***

Mailand

Pünktlich klingelten Gianna und Vincenzo bei Familie dal Monte in der Via Don Ernesto Vercesi. Selbstverständlich wohnten Giannas Eltern in einer der begehrtesten Lagen Mailands, für Durchschnittsverdiener unbezahlbar. Ebenso selbstverständlich konnten sie sich dort eine schlossartige Villa leisten. Alles war genauso, wie Vincenzo es sich vorgestellt hatte. Ihm war völlig klar, wie dieser Abend verlaufen würde. Er fühlte sich fehl am Platz, sehnte sich nach seinem eigenen kleinen Reich in Sarnthein.

Gianna war um drei nach Hause gekommen und hatte einen griesgrämigen Vincenzo angetroffen, der permanent fragte, warum sie ihm das antue. Es gelang ihr nicht, ihn aufzumuntern. Auch in diesem Moment, als sie vor der Tür ihrer Eltern standen, entging ihr nicht, wie angespannt er war. Sie seufzte innerlich.

Die erste Überraschung erlebte Vincenzo, als Dottore dal Monte die Tür öffnete. Entsprechend seiner vagen Erinnerung an die kurzen Begegnungen mit Giannas Eltern in der Kanzlei hatte er einen fein herausgeputzten Patrone mit herrischem, herablassendem Blick, gekleidet mindestens in einen Brioni-Anzug mit seidenem Einstecktuch erwartet. Tatsächlich lächelte ihm ein freundlicher Alfredo in lässiger Jeans und Poloshirt entgegen. »Prima, dass ihr gekommen seid, wir haben uns sehr auf euch gefreut.«

Alfredo führte sie in ein Vestibül mit einer gewölbten, stuckverzierten Decke. Helle Naturholzböden, in zarten Ockerfarben gehaltene, mit Monet-Drucken verzierte Wände, ein eleganter schwarzer Flügel und einige moderne Skulpturen aus einem Mailänder Atelier verbreiteten eine überraschend heimelige, warme Atmosphäre. Dort empfing sie Giannas Mutter.

»Herzlich willkommen, Vincenzo. Ich freue mich, den Freund meiner Tochter ein bisschen besser kennenlernen zu dürfen. Ich verschwinde für eine Weile in der Küche, um mich ums Essen zu kümmern. Macht es euch inzwischen bequem.«

Erstaunt bemerkte Vincenzo, dass er sich weniger unwohl fühlte als befürchtet. Er hatte sich nicht vorstellen können, dass es Rechtsanwälte gab, die sich wie normale Menschen benahmen. Deshalb war ihm Giannas Beruf suspekt. Doch normal ging es weiter.

»Vincenzo«, sagte Alfredo, »was möchten Sie trinken? Gianna liebt Prosecco, aber ich muss ehrlich sagen, dass ich vor dem Wein zum Essen am liebsten ein Bier trinke.«

Als sie das Haus dal Monte verließen, war es nach Mitternacht. Beim Essen hatte von Anfang an eine gelöste Stimmung geherrscht, es war, als würde man sich schon seit Jahren kennen. Niemand hatte ihn nach seinen Plänen gefragt oder ihm nützliche Verbindungen angeboten. Stattdessen wollten Giannas Eltern alles über die einzigartigen Dolomiten wissen. Sie sprachen weder über die Kanzlei noch über sonstige berufliche Belange. Nach drei Stunden hatten sie drei Flaschen Brunello geleert, bei der vierten bot ihm Alfredo das Du an.

»Gianna, deine Eltern sind richtig klasse«, sagte Vincenzo auf der Rückfahrt und lallte dabei ein wenig. »Hab sie vorher ja bloß zweimal gesehen, aber nach diesem Abend …«

Gianna musste lachen. »Sonst, mein schöner Kommissar, hätte ich kaum so ein gutes Verhältnis zu meinen Eltern. Du hast manchmal derartige Vorurteile, das passt gar nicht zu dir. Vielleicht warst du einfach unsicher.«

»Unsicher? Wer? Ich? Quatsch! Ich dachte, das sind bestimmt typisch arrogante Rechtsanwälte. Weißt du, die haben so eine impertinente Art, uns Polizisten das Leben zur Hölle zu machen. Dein Vater ist dagegen aus einem ganz anderen Holz geschnitzt.«

Am Sonntag stieg Vincenzo zufrieden in den Zug zurück nach

Bozen. Er hatte das Gefühl, dass dieses Wochenende trotz des unerfreulichen Starts für sie ein Schritt in die richtige Richtung war. Und so gab er sich alle Mühe, den verheißungsvollen Blick der schwarzhaarigen Schönheit auf der anderen Seite des Ganges, die offensichtlich Gefallen an ihm fand, nicht zu erwidern.

7

Bozen, Montag, 29. Juni

Das erste Meeting war für acht Uhr angesetzt. Die Manager von Rödderlink hatten mehrere Standorte angesehen und sich für Bozen entschieden. Da der Geschäftsplan längst fertig war, konnten die Fördergeldanträge ohne Zeitverzögerung verschickt werden. Bis auf Ernesto Panzini waren alle pünktlich eingetroffen.

Gemini sagte in die Runde: »Wir warten noch zehn Minuten auf den Kollegen Panzini, dann legen wir ohne ihn los. Wir haben diese Woche ein straffes Programm vor uns.«

»Hast du eigentlich deinen Autoschlüssel wiedergefunden, Fabio?«

Franco lächelte ein wenig verlegen. »Tja, Sabrina, in der Tat, gerade eben. Ich habe noch mal in allen Schubladen nachgesehen, da lag er eins tiefer und war witzigerweise ausgerechnet in die Akte Rödderlink gerutscht. Am Freitag war ich wahrscheinlich einfach zu hektisch.«

»Hast du den Wagen am Wochenende nicht gebraucht?«, mischte sich Junghans ein. Franco schüttelte den Kopf. »Ich hatte nichts Besonderes vor. Außerdem war ich angeschlagen, wahrscheinlich ein Magen-Darm-Infekt. Ich habe mir heute Morgen ein Taxi genommen. Am Freitag hat mich zum Glück Ernesto nach Hause gebracht.«

»Apropos Ernesto, es ist inzwischen Viertel nach acht, wir müssen anfangen, hilft ja alles nichts. Hat Ihnen Panzini am Freitag irgendwas gesagt, Dottore Franco? Hat er vielleicht heute Morgen Auswärtstermine und vergessen, sie im Outlook einzutragen?«

»Nein, wir haben kaum gesprochen, er wirkte nur ein wenig angespannt.«

»Wir können nicht länger warten. Signor Mantinger, erläutern Sie bitte noch mal die Eckdaten des Geschäftsplans.«

***

Vincenzo wurde von einem aufgeregten Paolo Verdi abgefangen. »Gut, dass du kommst, Vincenzo, Baroncini hat schon zweimal nach dir gefragt. Er sagte, es gäbe möglicherweise einen dringenden Fall, um den du dich kümmern musst, schnellstens, das hat er betont. Du sollst sofort in sein Büro kommen. Das hat er noch mehr betont.« Dottore Baroncini war der Vice-Questore und Vincenzos direkter Vorgesetzter.

Vincenzo war irritiert, neun Uhr war keineswegs ein unüblicher Dienstbeginn. Im Gegenteil: In der Questura ging es eher gemächlich zu, viele Kollegen erschienen erst viel später. Es musste etwas Bedeutendes geschehen sein.

Nachdem Baroncinis Sekretärin, Signora Sacchini, ihn angekündigt hatte, betrat Vincenzo das Büro des Vice-Questore. Im grauen Maßanzug saß Baroncini hinter seinem Schreibtisch, seine blauen Augen funkelten hellwach hinter der Brille. »Setzen Sie sich, Bellini, es kann sein, dass wir es mit einem Kapitalverbrechen zu tun haben«, sagte er. Dann kam er wie gewohnt ohne Umschweife auf den Punkt: »Kennen Sie den Penegal? Waren Sie schon mal dort?«

»Ja, das ist ein beliebter Aussichtspunkt. Warum fragen Sie?«

Ohne darauf einzugehen, fuhr Baroncini fort: »Dann sind Sie sicherlich mit dem Wagen hochgefahren, oder?«

Vincenzos Neugier war nun endgültig erwacht. »Ja, Dottore, man kann dort oben phantastische Sonnenaufgänge erleben. Was ist denn passiert?«

Baroncini schob Vincenzo ein paar Fotos zu. »Sehen Sie sich das an. Es gab einen tödlichen Unfall, auf der Nebenstraße zum Penegal. Ich wollte zuerst mit Ihnen sprechen, weil ich weiß, dass Sie die umliegende Bergwelt gut kennen. Ist diese Straße gefährlich?«

Vincenzo schloss die Augen und rief sich den Weg zum Penegal ins Gedächtnis. »Wenn man sie nicht kennt und zu schnell fährt, vielleicht. Fällt das denn nicht in den Zuständigkeitsbereich der Carabinieri?«

»Das herauszufinden ist Ihre Aufgabe. Am Samstagmittag ging bei den Carabinieri ein Anruf vom Penegal ein, ein Auto sei in die Schlucht gestürzt. Alles deutete zunächst auf einen Verkehrsunfall hin. Der Fahrer ist nachts dort entlanggefahren, in einem Sportwagen, er hatte 0,5 Promille im Blut. Vielleicht zu viel für diese Strecke. Eines ist aber auffällig: Die Spurensicherung fand am hinteren linken

Kotflügel fremde Lackspuren. Das kann alles Mögliche bedeuten, auch, dass die schon vorher da waren. Wenn nicht, haben wir es zumindest mit Fahrerflucht zu tun. Dann sind wir zuständig. Die Blechteile sind unten bei Signor Reiterer, sie versuchen, aus den Lackspuren den Fahrzeugtyp zu ermitteln.« Anton Reiterer war seit vielen Jahren Leiter der Spurensicherung, ein Urgestein der Questura. Er war kompetent, zuverlässig, schnell und hatte einen Hang zur Ironie.

»Wer ist das Opfer?«

»Ein Ernesto Panzini. Ich möchte, dass Sie sich in die Akte einlesen. Die Spurensicherung meldet sich bei Ihnen, sobald sie den Fahrzeugtyp herausgefunden haben. Vielleicht gibt es dann auch noch andere Hinweise. Informieren Sie mich, sobald Sie etwas Neues erfahren.«

Vincenzo nahm die Akte mit in sein Büro und begann darin zu blättern. Viel mehr gab es dort nicht nachzulesen, im Grunde bloß das, was der Vice-Questore schon erzählt hatte. Ein Detail aber fiel ihm sofort auf: Das Opfer war Mitarbeiter der Firma SSP – South Tyrol Strategy Partner in Bozen. Der Deutsche, den der Herztod auf dem Arthur-Hartdegen-Weg ereilt hatte, hatte auch bei der SSP gearbeitet. Das war ein merkwürdiger Zufall. Vielleicht ging es um mehr als zwei simple Unfälle?

Von wachsender Neugier getrieben, machte er sich auf den Weg zur Spurensicherung, ohne auf Reiterers Anruf zu warten. »*Buongiorno*, Signor Reiterer, ich komme wegen des Unfalls auf dem Penegal. Hat die KTU neue Erkenntnisse gebracht? Uns interessieren besonders die Lackspuren.«

Reiterer sah von seinem Rasterelektronenmikroskop auf. »*Buongiorno*, Commissario, wie immer ist Ihre Sache dringender als alles andere. Wie Sie sehen, arbeite ich gerade daran. Werter Kollege, ich rege hiermit an, dass Sie in der Questura sammeln gehen und mir ein allumfassendes Analysegerät besorgen. Das kann ich dann auf irgendwas oder irgendwen draufhalten, und schon liefert es mir eine vollständige Analyse. Aber die verstehe dann selbstredend nur ich, weil ich allein der Fachmann bin, denn sonst wäre ich ja überflüssig. – Spaß beiseite. Wir haben noch keine verwertbaren Erkenntnisse. Es war vermutlich ein Pajero, ein Geländewagen, den genauen Typ haben wir noch nicht. Ich schätze, bis zum Nachmittag wissen wir mehr. Ich komme dann zu Ihnen.«

Als Vincenzo schon fast wieder an der Tür war, rief Reiterer ihm nach: »Denken Sie an das Analysegerät, Bellini! Es muss alles können. Das wären für jeden bloß ein paar Monatsgehälter, dann erfindet mir das irgendwer, da bin ich mir sicher.«

Ohne sich noch einmal umzudrehen, antwortete Vincenzo: »Ich werde Baroncini diesen Vorschlag unterbreiten. Mal sehen, was er davon hält.«

Es war inzwischen fast elf Uhr. Vincenzo beschloss, alles Wissenswerte über die SSP zu sammeln und dann zu seinen Eltern in die Trattoria zu gehen. Es gab schließlich einiges zu erzählen.

Eine Stunde später saß er bei Ladiner Tultres, großen Teigtaschen mit einer Quark-Spinat-Füllung, mit seinen Eltern zusammen. Antonia besaß einen gewissen Pioniergeist. Schon bald, nachdem sie und Piero ihre Trattoria in Bozen eröffnet hatten, war sie auf die Idee gekommen, die klassische Speisekarte um »Ladinische Gerichte« zu erweitern. Crafuns mori, Tultres, Puncerli und Cancì blanc lockten zusätzlich zur Stammkundschaft aus Einheimischen und den Touristen, die gerne in Italien in eine Trattoria gingen, viele Gäste an, die jene eigentümlichen Spezialitäten aus dem Herzen der Dolomiten probieren wollten. Sogar in einigen Reiseführern wurde die Trattoria deshalb inzwischen erwähnt.

»Erzähl, Junge, wie war dein Wochenende in Mailand?«

»Ausgesprochen gelungen, Mama. Wir waren Samstagabend bei Giannas Eltern zum Essen eingeladen.«

Antonia sah ihren Sohn misstrauisch an. »Bei diesen Rechtsanwälten? Das war gelungen? Ich verstehe ohnehin nicht, was du mit einer Rechtsanwältin willst, und dann auch noch aus Mailand. Das ist nicht deine Welt, Vince. Schuster, bleib bei deinen Leisten. Du hast dich immer so gut mit Teresa verstanden. Sie ist so ein hübsches Mädchen, und ganz natürlich. Ihre Eltern leben hier in Bozen, herzensgute, einfache Menschen. Mit Teresa hättest du keine Probleme, dafür einen Stall voll Kinder.«

Vincenzos Eltern taten sich schwer, Gianna zu akzeptieren. Nicht, weil sie sie nicht mochten, sondern weil sie nicht in ihr Weltbild passte. Sie waren der Meinung, dass Rechtsanwälte – wenn man sie denn überhaupt brauchte – Männer sein mussten. Und Mailand war aus ihrer Sicht Ausland. Für sie wäre Teresa die perfekte Schwiegertochter gewesen. Sie war freundlich, einfach und wollte ein Leben als Hausfrau und möglichst viele Kinder. Das passte genau zu den Wertvorstellungen seiner Eltern. Außerdem waren sie gut mit Teresas Eltern befreundet, die im benachbarten Meran eine Pizzeria betrieben. Beide Elternpaare hatten sich nichts sehnlicher gewünscht, als dass ihre Kinder einmal gemeinsam vor dem Traualtar stünden und die Familien vereinigten. Dass Teresa bald ihren Matteo heiraten wollte, ignorierte insbesondere Antonia geflissentlich. Auch wenn Vincenzo sich selbst nicht sicher war, ob seine Beziehung mit Gianna Zukunft hatte, ärgerte ihn diese von Vorurteilen gezeichnete Haltung seiner Mutter.

»Mama, du kennst doch Gianna kaum. Glaub mir, sie ist das liebenswerteste Mädchen, das man sich vorstellen kann. Du tust gerade so, als käme sie von einem anderen Stern. Und ständig dieses Gerede von Teresa. Teresa hier, Teresa da, du meine Güte, das ist bald zwanzig Jahre her, und du sprichst noch immer von ihr. Akzeptier endlich, dass ich jetzt mit Gianna zusammen bin und nicht mehr mit Teresa, sonst komme ich zukünftig mit Gianna nicht mehr zu euch. Giannas Eltern sind übrigens ganz anders, als ich sie mir vorgestellt habe. Alfredo, also Giannas Vater, ist privat total locker.«

Antonia versuchte, sich nicht anmerken zu lassen, dass sie tödlich beleidigt war. »Kann man sich bei solchen Leuten zwar nicht vorstellen, aber wenn du es sagst.«

»Bestimmt, glaubt mir. Vielleicht werdet ihr sie bald kennenlernen.«

»Das hat Zeit, Vince, es reicht auch im Spätherbst, wenn die Saison vorbei ist. Und es ist wahr, wir hätten uns gewünscht, dass du Teresa heiratest und uns Enkel schenkst. Ist das ein Verbrechen? Aber gut, sei's drum. Was gibt es Neues in der Questura?«

Vincenzo war erleichtert, dass diese leidige Diskussion beendet war. Beim Thema Beruf wähnte er sich in sicheren Gewässern. Er täuschte sich. »Es kann tatsächlich sein, dass ich meinen ersten Mordfall als verantwortlicher Commissario habe. Natürlich kann ich nicht darüber sprechen.«

Seiner Mutter fiel vor Entsetzen die Gabel aus der Hand. »Einen Mordfall?« Ihre Stimme überschlug sich fast. »Bist du des Wahnsinns? Willst du umgebracht werden?«

Endlich beteiligte sich auch Piero an der Diskussion. »Antonia, *carissima*, dein Sohn ist Commissario, da kann es schon vorkommen, dass er einen Mord aufklären muss.«

»Wieso? Es gibt genug Commissari mit mehr Erfahrung, die sollen das übernehmen. So weit kommt das noch, dass mein eigen Fleisch und Blut sich in Lebensgefahr begibt!«

»Mama, wie soll ich Erfahrungen sammeln, wenn ich nicht ermittle? Außerdem ist noch gar nicht klar, ob es ein Mord ist. Wahrscheinlich doch bloß ein Unfall.«

So war seine Mutter. Impulsiv, emotional, gluckenhaft und von einem ausgeprägten mütterlichen Beschützerinstinkt getrieben. Das betraf alle Facetten seines Lebens, die privaten wie die beruflichen. So sehr er seine Mutter liebte, dieses Klammern ging ihm auf die Nerven. Schließlich war er längst erwachsen. Dabei fiel ihm ein, dass Tante Erika und Onkel Rudolf nächstes Wochenende kamen, um sich bei ihm einzuquartieren, ausgerechnet jetzt, wo es mit Gianna ein bisschen besser lief. Wieder ein Wochenende, an dem er sie nicht sehen konnte.

Als er in die Questura zurückkam, waren alle Gedanken an Eltern, Jugendlieben, Tanten und Onkel wie weggewischt. War Reiterer weitergekommen? Gab es Hinweise, dass es kein Unfall war? Er ging direkt in sein Büro, und in der Tat, er fand eine kleine Notiz auf seinem Schreibtisch: »Reiterer hat Informationen für dich, du kannst jederzeit zu ihm runterkommen. Gruß, Paolo«. Aufgeregt lief Vincenzo in die Spurensicherung. Reiterer saß an seinem Schreibtisch.

»Was haben Sie rausgefunden, Signor Reiterer?«

»Nehmen Sie erst mal Platz, Commissario, es gibt einiges zu berichten. Möchten Sie einen Espresso?«

Danach stand Vincenzo in diesem Moment nicht der Sinn. »Nein danke, also, was gibt es für Neuigkeiten?«

»Dass Commissari immer so hektisch sein müssen. Nun gut, die minimalen Lackspuren sind von einem Mitsubishi Pajero 3,8 V6, das neue Modell, das Flaggschiff des Pajero. Die Spuren sind frisch. Es ist anzunehmen, dass sie von dem Unfall am Penegal stammen.«

»Also haben wir eine klassische Fahrerflucht?«

Reiterer rieb sich nachdenklich das Kinn. »Wäre denkbar, aber es gibt einige Auffälligkeiten. Nun setzen Sie sich doch! Sie machen mich ganz nervös. – Danke. Also, zunächst einmal konnten wir den Aufprallwinkel berechnen. Wenn sich zwei Autos auf derselben Spur begegnen, wenn also beispielsweise das Opfer auf die Gegenspur gekommen wäre, weil es zu schnell war, dann hätten wir einen sehr spitzen Aufprallwinkel. Ungefähr so.« Reiterer stieß spitz mit der einen Hand auf die andere. »Das ist hier aber nicht der Fall.«

Trotz Reiterers gestenreicher Erklärung verstand Vincenzo nicht, worauf er hinauswollte. »Können Sie mir das bitte genauer erklären?«

»Als der Pajero den Z3 getroffen hat, befand er sich beinahe im rechten Winkel zur Fahrbahn, mit der Schnauze fast schon in Richtung Abgrund. Mit anderen Worten, als der bullige, schwere Pajero den BMW gerammt hat, war der kleine, leichte Sportwagen längst ins Schleudern geraten und von der Fahrbahn abgekommen. Stellen Sie sich vor, dass Sie nachts vom Penegal Richtung Pass fahren. Plötzlich kommt Ihnen ein Fahrzeug entgegen, dass wild hin- und herschleudert. Das würden Sie bereits vor der Kehre allein aufgrund der hektischen Scheinwerferbewegungen bemerken. Können Sie sich vorstellen, dass Sie dann trotzdem noch mit diesem Fahrzeug zusammenstoßen würden?«

Vincenzo begriff allmählich, dass er seiner Mutter wohl einigen Kummer machen würde. »Wollen Sie damit andeuten, dass das Absicht war, Signor Reiterer? Vorsatz?«

»Das ist nicht auszuschließen. Was hinzukommt: Wir konnten nirgendwo Bremsspuren entdecken, die zu einem Pajero passen. Dafür haben wir nahezu auf Höhe des Kurvenknicks Reifenabriebspuren entdeckt, die auf ein abruptes Anfahren hindeuten. Wenn man bedenkt, dass Panzini bergauf gefahren ist, muss der Fahrer des Pajero sich seiner Sache sehr sicher gewesen sein. Der ist nicht blind drauflosgefahren, nein, der hat diesen Aufprallwinkel berechnet. Der wusste genau, was er tat!«

Für Vincenzo bedeutete dies den ersten Mordfall in eigener Verantwortung. Hin- und hergerissen zwischen einer gewissen Aufregung über diese Herausforderung und einem schlechten Gewissen, weil er so aufgeregt war – immerhin war ein Mensch zu Tode gekommen –, marschierte er geradewegs in Baroncinis Büro. Er berichtete ihm von den Erkenntnissen der Spurensicherung.

Der Vice-Questore rieb sich den kurzen, gepflegten Bart. »Ich habe so etwas geahnt. Nach einem Unfall sah das in der Tat nicht aus. Sie werden die Ermittlungen in diesem Fall leiten. Mit Ispettore Marzoli bilden Sie ein Zweierteam. Alle kleineren Fälle, die Sie derzeit bearbeiten, geben Sie ab. Ich erwarte, dass Sie mich über jede neue Entwicklung auf dem Laufenden halten. Seien Sie sich bewusst: Mordfälle sind für eine Touristenregion grundsätzlich schlecht. Der Capo della Polizia und der Bürgermeister werden mächtig Druck machen. Von der Presse ganz zu schweigen.«

Auf dem Rückweg in sein Büro wurde Vincenzo klar, dass ihm der Vice-Questore eine große Verantwortung übertragen hatte. Es gab dienstältere, erfahrenere Kollegen in der Questura, aber er sollte die Ermittlungen leiten. Nachdem seine bisherigen Fälle ihn eher unterfordert hatten, bekam Vincenzo damit eine große Chance.

Es war ein Vertrauensbeweis, zugleich jedoch die unausgesprochene Aufforderung, sich hundertprozentig auf den Fall zu konzentrieren. Die Verantwortung war unerwartet gekommen, sie konnte seine Karriere in der Questura nachhaltig beeinflussen, und das verunsicherte ihn ein wenig. Aber sie war, so wie sein Klettersteig zur Schwarzensteinhütte, genau die Herausforderung, auf die er gewartet hatte.

Er griff zum Hörer. »Marzoli, ich komme vom Vice-Questore. Sie haben von dem Unfall am Penegal gehört?«

»Ja, Commissario, und?«

»Nun, es war kein Unfall. Bitte kommen Sie in mein Büro. Dann erkläre ich es Ihnen.«

Der gewichtige Giuseppe Marzoli ließ sich mit seinen stattlichen hundertfünfzehn Kilo auf Vincenzos filigranen Freischwinger plumpsen, der dabei bedrohlich knarrte. Marzoli war ein leidenschaftlicher Esser. Das betraf vor allem die Menge. Er war dabei keineswegs im eigentlichen Sinne fett, sondern insgesamt von recht massiver, kräftiger Statur. Seine sanften braunen Augen standen dazu in einem bemerkenswerten Gegensatz. Nachdem Vinzenco ihn unterrichtet hatte, erläuterte er ihm, dass sie fortan ein Ermittlungsteam bilden würden.

»Mein Gott«, sagte Marzoli, »ausgerechnet Mord …« Sehnsüchtig blickte er zu den Cantuccini, die wie immer auf Vincenzos Schreibtisch standen.

Vincenzo bemerkte es und schob seinem Kollegen die Etagere mit den Cantuccini zu. »Dottore Baroncini vertraut uns, also werden wir diesen Fall lösen. Panzini hatte keine engen Familienangehörigen. Wir beginnen unsere Ermittlungen daher in seinem beruflichen Umfeld. Zuerst müssen wir herausfinden, was Panzini um diese Zeit auf dem Penegal wollte. Wir sprechen noch heute mit diesem Dottore Laurenzi, der den Unfall gemeldet hat. Das übernehmen Sie, sprechen Sie bitte auch noch mal mit den Carabinieri und den Männern von der Bergwacht. Ich fahre derweil zum Penegal, vielleicht fällt mir irgendetwas auf. Die Kollegen überprüfen inzwischen, wie viele Pajero V6 in Bozen zugelassen sind. Danach mache ich mich auf den Weg zur SSP und rede mit Panzinis Kollegen. Morgen machen wir in aller Frühe weiter. Wir dürfen keine Zeit verlieren.«

***

Im Gespräch mit Dottore Laurenzi fand Marzoli schnell heraus, warum Panzini auf den Penegal wollte.

Vincenzo erreichte unterdessen den Unfallort. Den Wagen ließ er am Pass stehen und ging zu Fuß weiter. Er sah sich um, versuchte sich vorzustellen, was Freitagnacht geschehen sein konnte. Jetzt, da er die Gegebenheiten nicht bloß in seiner Erinnerung, sondern real vor Augen hatte, kam ihm ein tödlicher Unfall noch unwahrscheinlicher vor. Was hatte sich hier abgespielt?

Er schloss die Augen, sah einen Z3, der den Pass hinaufgerast kam, rechts in die Zufahrtsstraße zum Penegal abbog und sofort wieder Gas gab. Schnell bog er um die Serpentinen in Richtung Aussichtspunkt, näherte sich der letzten Kurve. Hier kam ihm unvermittelt ein großer Geländewagen entgegen, schoss vielleicht direkt auf ihn zu. Da die enge Kehre den Pajero lange verdeckte, konnte Panzini den Wagen wahrscheinlich trotz Scheinwerfern erst spät sehen. Dennoch hätte er selbst bei sehr hoher Geschwindigkeit noch reagieren können, zumal er bergauf unterwegs war. Eine Vollbremsung hätte ausgereicht, um nicht in die Schlucht zu stürzen. Der Pajero hätte ihn mit voller Wucht in den Abgrund schleudern müssen, doch diesen Rückschluss ließ die kleine Macke am Kotflügel des Z3 nicht zu. Warum hatte Panzini so spät reagiert?

Vincenzo stellte sich den Penegal bei Dunkelheit vor, er kannte die Straße gut, er war oft genug nachts hier heraufgefahren. Selten war ihm jemand begegnet, er wäre niemals auf die Idee gekommen, dass ihm hier etwas zustoßen könnte. Warum gab es keine Bremsspuren? Wie war eigentlich die Nacht von Freitag auf Samstag gewesen? Vollmond? Sternenklar? Nein, kein Vollmond, es war sehr düster. Da es hier oben keinerlei künstliches Licht mehr gab, musste es zur Tatzeit stockfinster gewesen sein.

Penegal, Pass, Sportwagen, Serpentinen, Nacht, Geländewagen, Dunkelheit.

Wieder sah Vincenzo vor seinem geistigen Auge den Z3 um die Kehren rasen. Dunkelheit, finstere Nacht … Nacht, Dunkelheit. Aber ja! Das war die Lösung, vollkommene Dunkelheit! Natürlich. Nicht der Crash hatte den Z3 ins Schleudern gebracht. Der Pajero musste mit laufendem Motor vor der Kehre gestanden haben, ohne Licht, schwarz, nicht erkennbar für Panzini. Als der Z3 nah genug herangekommen war, schaltete der Täter urplötzlich das Fernlicht an, mit Sicherheit auch einige zusätzliche Reihenscheinwerfer, wie es sie bei Geländewagen häufiger gab. Panzini wurde völlig überrascht und war sofort geblendet. So schnell konnte sich das menschliche Auge nicht anpassen.

Noch ehe Panzini reagieren konnte, war der Pajero auf ihn zugeschossen, er riss das Lenkrad reflexartig herum und bums – kurz vor dem Abgrund versetzte ihm der Pajero sozusagen den Todesstoß. So musste es abgelaufen sein. Es gab gar keine andere Erklärung. Wie kaltblütig musste sein Mörder sein! Vinzenco ging zurück zum Auto. Er wollte schnellstens zur SSP.

***

Dass sie überhaupt noch nichts von den Carabinieri gehört hatten … War er tatsächlich noch nicht gefunden worden? Möglich wäre es, schließlich war der Abgrund an dieser Stelle erfreulich tief. Aber selbst wenn sie kämen, was würde das schon ändern? Dann wüsste eben jeder, dass man innerhalb weniger Tage gleich zwei liebe Kollegen auf tragische Weise verloren hatte. Immerhin waren sie jetzt nicht mehr so dringend auf Neuprojekte angewiesen, Panzinis Position musste in dieser Situation nicht neu besetzt werden. Ein weiterer Vorteil.

Ob sie die Ermittlungen einstellen würden? Wahrscheinlich nicht.

Machten sie ihre Arbeit ordentlich, dann mussten sie die Spuren finden. Er hatte zwar nicht vorgehabt, irgendwelche Hinweise zu hinterlassen, aber sie sorgten für einen zusätzlichen Nervenkitzel. Die Beule, die ließe sich leicht erklären, sie hatten sozusagen die Tatwaffe, aber noch lange nicht den Täter. Jeder hätte den Wagen fahren können – spannend, sehr spannend. Er freute sich schon auf diese stümperhafte Wald- und Wiesenpolizei, was für ein prickelndes Katz-und-Maus-Spiel! Selbstverständlich hatte er auf allen Ebenen Vorsorge getroffen und mögliche Komplikationen vorhergesehen. Er wusste, irgendwann könnte ihm einmal jemand auf die Schliche kommen. Längst hatte er entsprechende Gegenmaßnahmen getroffen. Und bei Entwicklungen, die er nicht vorhersah, war seine Fähigkeit zur Improvisation seine beste Waffe. So etwas machte ihm Spaß, es inspirierte ihn. Er konnte in aller Seelenruhe zusehen, wie sein jüngster Akt der Improvisation griff. Die Polizei würde sich an seinem Genie die Zähne ausbeißen.

***

Vincenzo fuhr auf den großen Besucherparkplatz. Die Firma hatte sich eine vornehme Gegend ausgesucht – das also war die Welt der Unternehmensberater. Er stieg aus und ging auf den gläsernen Eingangsbereich zu, den man über einige breite Stufen aus hochwertigem Naturstein erreichte. Plötzlich blieb er wie vom Donner gerührt stehen. Direkt neben dem Eingang parkte ein schwarzer Mitsubishi Pajero V6. Das war doch nicht möglich, das musste Zufall sein. Kein Mensch wäre so dumm, mit seinem Wagen einen Mord zu verüben, dabei Spuren zu hinterlassen und dann mitten auf dem Firmengelände zu parken, so als wäre nichts geschehen.

Er schaute sich um. Als er sicher war, dass ihn noch niemand bemerkt hatte, ging er um das Auto herum.

War das denn die Möglichkeit? Eine Beule, eher eine kleine Delle, exakt an der Stelle, die ihm Reiterer beschrieben hatte. Und neben den serienmäßigen Scheinwerfern eine weitere Lichterreihe, sechs an der Zahl, genug, um einen entgegenkommenden Fahrer zu blenden, wenn sie plötzlich eingeschaltet wurden.

Kopfschüttelnd rief er in der Questura an. Er brauchte die Spurensicherung und Marzoli. Seinen Wagen stellte er um, direkt hinter den Pajero, damit niemand damit verschwinden konnte, ehe die Kollegen eintrafen.

Zielstrebig ging Vincenzo zum Empfang. Da er sich auf der Homepage der SSP umgesehen hatte, wusste er, wer die Firma leitete. »Guten Tag, ich bin Commissario Vincenzo Bellini. Ich möchte mit Signor Salvatore Gemini sprechen.«

»Oh mein Gott, ist irgendwas mit Signor Panzini?«

»Signor Gemini, bitte.«

Die erschrockene Dame vom Empfang führte ihn in ein kleines Besprechungszimmer, Gemini, hager und energisch, erschien nach kaum einer Minute. »Was kann ich für Sie tun, Commissario?«

»Ist es richtig, dass Ernesto Panzini bei Ihnen beschäftigt ist?«

»Ja, er ist heute nicht zur Arbeit erschienen. Ist ihm etwas zugestoßen?«

Vincenzo berichtete, was geschehen war, ohne den Mordverdacht zu erwähnen. Dann fragte er: »Wem gehört der schwarze Pajero draußen auf dem Parkplatz?«

»Dottore Franco, einem unserer Berater. Warum fragen Sie?«

Vincenzo fand es erstaunlich, wie gelassen Gemini blieb, hatte man ihm doch soeben mitgeteilt, dass einer seiner Mitarbeiter tödlich verunglückt war. »Ich möchte mit Dottore Franco sprechen.«

»Natürlich, ich hole ihn, einen Moment bitte.« Nach kurzer Zeit kam Gemini zurück, in seiner Begleitung ein schlanker Mann jenseits der Fünfzig, dessen braunes Haar bereits leicht angegraut war. Vincenzo bat, mit Dottore Franco allein sprechen zu dürfen.

Franco schien geschockt über die Nachricht von Panzinis Tod am Penegal. »Der arme Ernesto, das kann doch nicht wahr sein! Er hat mich noch am Freitag nach Hause gefahren. Und jetzt soll er tot sein?«

Vincenzo wurde sofort hellhörig. »Warum hat Panzini Sie nach Hause gefahren? Sie haben doch einen eigenen Wagen.«

»Das stimmt, aber am Freitag war der Schlüssel verschwunden, ich konnte ihn nirgends finden. Ich dachte mir, dass ich bis Montag warte und dann noch mal in Ruhe nachschaue. Wenn man nervös ist, übersieht man schnell was. In der Tat habe ich den Schlüssel heute Morgen auf Anhieb gefunden. Er war in eine Akte gerutscht.«

»Soso, in eine Akte. Das heißt also, dass Sie den Wagen das ganze Wochenende über nicht benutzt haben?«

»Richtig. Warum fragen Sie mich das alles?«

Ohne darauf einzugehen, stellte Vincenzo seine nächste Frage. »Sie hätten Ihr Auto jederzeit abholen können, zum Beispiel noch am Freitag. Oder haben Sie keinen Zweitschlüssel?«

»Natürlich habe ich einen Zweitschlüssel. Ich brauchte den Wagen am Wochenende schlicht und ergreifend nicht. Auf dem Firmenparkplatz stand er doch gut.«

»Tja, scheinbar nicht.«

Vincenzo führte Franco, der ihn fragend ansah, nach draußen. »Steht Ihr Wagen an derselben Stelle, an der Sie ihn am Freitag geparkt haben?«

»Wo sollte er sonst stehen?« Irritiert sah er den Polizeiwagen vor seinem Pajero an. »Warum haben Sie mich zugeparkt?«

Vincenzo deutete auf die Beule am vorderen Kotflügel. »Woher stammt das?«

Franco schüttelte ungläubig den Kopf. »Also, das kann ich mir beim besten Willen nicht erklären. Ich bin nirgendwo gegengefahren. Den muss jemand vor meinem Haus gerammt haben und dann einfach abgehauen sein. Komisch, dass ich die Beule nicht schon früher bemerkt habe.«

In diesem Moment fuhr ein weiterer Polizeiwagen mit Reiterer, einem Mitarbeiter der Spurensicherung und Marzoli auf das Firmengelände. »Hallo, Signor Reiterer, das hier ist unverkennbar das betreffende Fahrzeug. Sie können sich gleich an die Arbeit machen.« An Franco gewandt fuhr er fort: »Dottore Franco, es besteht der dringende Verdacht, dass Ernesto Panzini am Penegal mit Ihrem Wagen von der Straße abgedrängt wurde. Wir müssen ihn vorläufig beschlagnahmen. Bitte geben Sie meinen Kollegen den Schlüssel.«

Franco sah Vincenzo skeptisch an. »Wollen Sie damit andeuten, dass das kein Unfall war? Sondern Mord? Mord mit meinem Auto?«

»Darüber reden wir später. Jetzt hätten wir gern den Schlüssel, bitte.«

Vincenzo bestellte Panzinis Kollegen der Reihe nach für den folgenden Tag in die Questura. Als Erster sollte Fabio Franco kommen, den er noch nicht verhaften lassen konnte, solange nicht erwiesen war, dass die Spuren an seinem Pajero tatsächlich von Panzinis Z3 stammten. Dann fuhr er mit Marzoli zurück in die Questura.

»Können Sie sich vorstellen, dass unser erster Mordfall sich derartig simpel lösen lässt? Dass dieser Franco tatsächlich so dumm ist?«

»Wenn sich herausstellt, dass es dieser Pajero war, dann ist es doch eindeutig, oder?«

»Es muss nicht Franco sein, der ihn gefahren hat. Jeder andere hätte auf diese Weise den Verdacht auf ihn lenken können.«

Marzoli nickte zustimmend. »Das ist wahr. Dann wird Reiterer sicherlich Spuren des Fahrers finden, Fingerabdrücke zum Beispiel.«

»Warten wir es ab. Wir treffen uns morgen um sieben Uhr.«

***

Er blickte versonnen auf sein drittes Glas Chianti. Die Polizei, dein Freund und Helfer. Dieser Bellini schien Power zu haben, der verschwendete keine Zeit. Ein interessanter Gegner, er freute sich auf ihn und auf das Verhör morgen in der Questura. Zu dumm, dass sie dabei nichts herausfinden würden.

Das war bestimmt frustrierend für brave, gesetzestreue Beamte. Welch eine beglückende Vorstellung! Er würde sie nach Herzenslust manipulieren, sie auf falsche Fährten locken. Er zog die Fäden, und das konnte kein Commissario auf der Welt verhindern. Weil er es nämlich gar nicht merken würde!

Danach würde es weitergehen, als wäre nichts geschehen. Mit Ausnahme des Wichtes, der blieb ein Risiko. Wenn der erfuhr, was geschehen war, wurde er bestimmt noch nervöser. Es war das Beste, ihn gleich selbst anzurufen.

»Pronto?«

»Brav, nicht mit deinem Namen gemeldet, das hast du fein gemacht. Hör zu, es gab schon wieder einen Unfall. Panzini ist tot.«

»Wie bitte? Was um Himmels willen hast du getan?«

»Beruhige dich, ich habe nichts gemacht. Ein tragisches Unglück, einfach zwei dumme Zufälle nacheinander. Hast du die Auszahlung der Fördergelder für Rödderlink in die Wege geleitet?«

»Zwei Tote innerhalb einer Woche. Und du willst mir weismachen, dass du nichts damit zu tun hast? Wie soll das bloß weitergehen? Wir wandern in den Knast, nicht wahr, lebenslänglich!«

»Hör auf, so einen Blödsinn zu verzapfen! Zwei Tragödien, die ers-

te gewiss ein Glücksfall für uns, c'est la vie, die zweite: Passiert ist passiert. Wir machen weiter wie bisher, basta! Aber wenn du dich nicht am Riemen reißt, lasse ich dich auffliegen. Also?«

»Ich bereue es zutiefst, mich jemals darauf eingelassen zu haben. Ich bleibe trotzdem dabei, nicht wahr, du kannst auf mich zählen.«

»Ich denke, es ist umgekehrt: Du kannst auf mich zählen, denn du bist es, der mich braucht. Wie hoch sind deine Spielschulden noch? Und bei wem hast du sie? Ohne mich bist du ein Nichts. Allem Anschein nach hast du das immer noch nicht begriffen.«

»Entschuldige, du hast ja recht. Die Fördergelder sind raus, sie müssten in drei, vier Tagen auf dem Konto sein.«

»Gut, sobald sich die Wogen geglättet haben, besorge ich Bares. Ach, und noch was: Falls die Polizei in nächster Zeit bei dir auftauchen sollte, bleib locker. Nach solchen Unglücksfällen ein wenig rumzustochern, ist Routine, es kann nichts passieren. Erzähl ausschließlich das, was ich dir eingeimpft habe. Für dich ist es am einfachsten, nicht nachzudenken. Das Denken kannst du getrost mir überlassen.« Damit legte er auf. Vor ihm lagen weitere anspruchsvolle Aufgaben.

8

Dienstag, 30. Juni

Vincenzo war noch vor Baroncini in der Questura. Er hatte es zu Hause kaum ausgehalten, war viel zu nervös, hatte schlecht geschlafen, nicht gefrühstückt. Außerdem spürte er ein merkwürdiges Ziehen in den Handgelenken, und sie waren ein wenig steif. Konnten das erste Anzeichen von Gicht sein? Oder kam es von den Liegestützen und Klimmzügen gestern Abend, die ihn von seinem Fall ablenken sollten? Nachdem er sich seinen ersten Espresso geholt hatte, gab er bei Google »Gicht« und »Symptome« ein. Schmerzhafte Anfälle nachts, Fieber, zuerst die Zehen, geschwollen, nun, das traf alles nicht zu, also war es wenigstens keine Gicht. Aber er musste das beobachten.

Während Vincenzo sich noch überlegte, welche heimtückischen Erkrankungen noch in Frage kamen, klopfte es an seiner Tür. Marzoli trat ein und setzte sich ohne Aufforderung. Sein rundes Gesicht war blass, er hatte Ringe unter den Augen. »Gut, dass Sie auch schon hier sind, Commissario. Ich habe die ganze Nacht kaum ein Auge zugekriegt. Wie gehen wir an den Fall ran?«

Vincenzo zuckte lachend mit den Schultern. »Fragen Sie mich mal. Also, ich schlage vor, dass wir zunächst alle Fakten und Namen zusammentragen. Vielleicht lassen sich auf Anhieb irgendwelche Zusammenhänge erkennen. Dann bereiten wir die Befragungen vor.«

Er ging zu seiner Pinnwand. »Wir haben einen Toten«, er schrieb »Panzini« auf das Papier, »einen Tatverdächtigen namens Fabio Franco, einen Pajero, der auf ihn zugelassen und wahrscheinlich der Tatwagen ist, und wir haben Dottore Laurenzi. Wir haben des Weiteren Gemini und Schimmel und die Berater Mantinger, Sabrina Parlotti und Junghans, also Panzinis enger Kollegenkreis. Außerdem Arthur Achatz, weil Panzini seinetwegen zu Laurenzi wollte. Fällt Ihnen noch was ein?«

»Wir brauchen ein Motiv«, stellte Marzoli fest. »Worum geht es hier eigentlich? Wir haben vielleicht einen Täter, aber kein Motiv. Panzini und Franco schienen nichts weiter als Kollegen gewesen zu sein.«

Vincenzo schrieb »Motiv« mit einem Fragezeichen. Dann setzte er Pfeile zwischen Panzini, Franco und Pajero, zog zudem einen gestrichelten Pfeil zwischen Achatz und Panzini. »Allein die Tatsache, dass der Wagen vom Penegal mit größter Wahrscheinlichkeit Franco gehört, spricht dafür, dass Täter und Motiv bei der SSP zu suchen sind. Panzini war zudem Witwer, keine Freundin, Eltern verstorben, keine Geschwister, völlig unauffällig, ich würde den Privatbereich zunächst ausschließen. Wir müssen uns auf irgendwas konzentrieren. Wir überprüfen nachher alle Alibis, die Tatzeit ist ja eng eingegrenzt, und versuchen herauszufinden, was diese SSP macht und welche Rolle die einzelnen Leute dabei spielen. Aber zuerst gehen wir frühstücken!«

***

Nachdem die Polizei abgezogen war, hatte Salvatore Gemini für den nächsten Morgen eine erneute Dringlichkeitssitzung einberufen. Vorher bat er Franco zu sich. »Dottore Franco, was sollte das gestern, warum hat die Polizei Ihren Wagen mitgenommen? Ich muss das wissen, bevor wir rübergehen.«

»Signor Gemini, ich kann mir das nicht erklären. Am Kotflügel ist eine Beule. Die war am Freitag noch nicht da, oder ich habe sie vorher übersehen. Die denken jetzt, dass Panzini mit meinem Wagen von der Straße abgedrängt worden ist, mit meinem Wagen! Können Sie sich das vorstellen?«

Gemini blickte Franco kühl in die Augen. »Und?«

»Was und?«

»Haben Sie Panzini von der Straße abgedrängt?«

Franco sah seinen Chef einen Augenblick mit offenem Mund an, ehe er antworten konnte. Dann sagte er entrüstet: »Wie können Sie so was auch nur denken? Ausgerechnet von mir? Und warum hätte ich das tun sollen?«

»Das müssten Sie mir erzählen. Wie war das am Freitag mit dem Schlüssel?«

Franco berichtete Gemini von dem verlegten Schlüssel und dass ihn Panzini nach Hause gefahren hatte.

»Verlegt, sagen Sie?« Gemini legte die Fingerspitzen seiner Hände aneinander und blickte nachdenklich durch Franco hindurch.

»Das ist eine ziemlich merkwürdige Geschichte. Und eine höchst unerfreuliche. Wenn Sie nichts damit zu tun haben, mein Lieber, wer hat denn dann Ihren Pajero gefahren, und wie hat er das angestellt?«

»Verdammt noch mal, woher soll ich das wissen? Ich habe mit der Sache nicht das Geringste zu tun. Außerdem waren wir befreundet, Ernesto und ich!«

»Schon gut, beruhigen Sie sich, lassen wir es fürs Erste damit bewenden. Kommen Sie, wir gehen rüber.«

Sie betraten den großen Besprechungsraum, wo neben Schimmel und den anderen Beratern auch die anderen Mitarbeiter der SSP bereits versammelt waren. Grußlos setzte sich Gemini und ergriff sofort das Wort. »Kolleginnen und Kollegen, Sie alle wissen, was passiert ist. Wir haben zwei unerwartete Todesfälle, erst Arthur Achatz, jetzt auch noch Panzini. Aber nicht nur das: Die Polizei ermittelt bei uns, hat einige aus diesem Kreis in die Questura bestellt. Trotz allen Mitgefühls, das wirft auf die SSP ein schlechtes Licht. Was meinen Sie, was hier los ist, wenn das durch die Presse geht?«

Gemini hielt einen fünfminütigen Monolog, in dem er alle Mitarbeiter zu bedingungslosem Stillschweigen der Außenwelt gegenüber verdonnerte. »Für diejenigen von Ihnen, die, wie Signor Schimmel und ich, heute in die Questura müssen, gilt: Arbeiten Sie mit der Polizei zusammen, seien Sie kooperativ, weisen Sie auf die Bedeutung unserer Firma für Südtirol hin. Bitten Sie um Diskretion. Ich glaube nicht, dass irgendeiner von Ihnen etwas mit dem Tod unserer Kollegen zu tun hat. Ich gehe von zwei Unglücksfällen aus, reiner Zufall. Aber wir müssen darauf achten, unbeschadet aus der Sache rauszukommen.«

***

In der Spurensicherung machte Reiterer seinem Ruf als Perfektionist alle Ehre. Binnen weniger Stunden konnte er eine fast lückenlose Analyse vorweisen. »Da Sie mir enttäuschenderweise meinen Wunsch nach einem allumfassenden Analysegerät nicht erfüllt haben, liebe Kollegen, musste ich für Sie eine Nachtschicht einlegen. Ich hoffe, dass Sie daran denken, wenn Sie sich das nächste Mal überlegen, wen Sie zu einem Muskateller einladen könnten. Fakt ist, dass

Panzini mit Fabio Francos Wagen abgedrängt wurde. Alles passt, nicht allein der Lack, auch der Aufprallwinkel und die Gummispuren auf der Straße.«

Reiterer machte eine bedeutungsvolle Sprechpause, die er nutzte, um seinen Espresso in einem Zug zu leeren. »Was wir nicht gefunden haben, sind irgendwelche fremden Spuren. Keinerlei Fingerabdrücke, außer denen von Franco. Auf dem Fahrersitz befanden sich Faserspuren, logisch, Franco wird kaum nackt gefahren sein. Obwohl, bei diesen Unternehmensverrätern weiß man ja nie. Wir analysieren diese Spuren jedenfalls heute noch und schauen, ob sie zu Francos Sachen passen.«

»Angenommen, der Täter hat Handschuhe getragen, dann gäbe es auch keine Spuren, oder?«, fragte Marzoli, ehe er einen der Cantuccini in den Mund schob, die er, wie Vincenzo annahm, aus seinem Büro mitgenommen hatte.

»Nicht am Lenkrad, aber dann würden wir trotzdem Faserspuren finden, die nicht zu Francos Sachen passen. Andererseits, wenn der Täter klug genug ist, würde er alles, was er in der Tatnacht anhatte, sofort vernichten. Ich täte das zumindest.«

»Wir können im Moment keinerlei Motiv erkennen. Natürlich befinden wir uns noch in einer sehr frühen Phase der Ermittlungen.« Reiterer klopfte Vincenzo auf die Schulter. »Sehen Sie, das ist eine klassische Schnittstelle. Ich habe Ihnen die Fakten geliefert, ohne die Sie aufgeschmissen wären, aber Sie müssen zusehen, was Sie damit machen. Sobald ich die Ergebnisse der Faserspurenuntersuchung habe, rufe ich Sie an.«

Mit einem weiteren Caffè Doppio gingen sie zurück in Vincenzos Büro. »Können Sie sich vorstellen, Marzoli, dass Franco so dumm ist, nachts mit seinem eigenen Wagen einen Mord zu verüben und Spuren zu hinterlassen, um ihn danach wieder auf dem Parkplatz abzustellen, als wäre nichts geschehen?«

Marzoli dachte einen Moment nach, ehe er antwortete. Er nutzte diesen Augenblick, um sich gleich mehrere Cantuccini aus Vincenzos Etagere einzuverleiben. Kauend sagte er: »Ich könnte es mir dann vorstellen, wenn es eine bewusste Masche ist.«

»Eine Masche?«

Marzoli griff erneut zu. »Ja, wenn er mit seiner Dummheit kokettiert, weil er uns genau das glauben machen will.«

Vincenzo sah geistesabwesend zu, wie sein Kollege sich den Cantuccino, nachdem er ihn in seinen Espresso getunkt hatte, genussvoll in den Mund schob. »In einer halben Stunde ist Franco hier, dann werden wir sehen, ob er ein Alibi und überzeugende Erklärungen mitbringt.«

Um zwölf Uhr saß ihnen in Vincenzos Büro ein schmaler, nervöser Fabio Franco gegenüber. Vincenzo sprach ihn sofort auf die Ergebnisse der Spurensicherung an: »Dottore Franco, wir können beweisen, dass Ernesto Panzini mit Ihrem Pajero am Penegal vorsätzlich von der Straße abgedrängt wurde. Im Wagen haben wir nur Ihre Fingerabdrücke gefunden. Somit besteht dringender Mordverdacht gegen Sie. Wo waren Sie am Freitag zwischen zehn Uhr abends und zwei Uhr nachts?«

Franco sah Vincenzo entsetzt an und sagte mit erhobener Stimme: »Mord? Hören Sie, Commissario, ich habe nichts mit der Sache zu tun, rein gar nichts. Mord, das ist ja ungeheuerlich!«

Vincenzo blieb freundlich, er fuhr mit sanfter Stimme fort: »Bitte, Dottore Franco, beantworten Sie ausschließlich unsere Fragen. Wo waren Sie?«

Franco lehnte sich in seinem Freischwinger zurück und verschränkte demonstrativ die Arme. »Im Bett, das ist ja wohl nicht unüblich um diese Zeit. Außerdem hatte ich eine Magenverstimmung, ich habe mich schon gegen neun hingelegt.«

»Ich nehme an, es gibt keine Zeugen?«

»Wo denken Sie hin? Ich bin geschieden, habe keine Freundin, ich lebe allein. Irgendwer muss meinen Schlüssel aus der Schublade genommen und später wieder zurückgelegt haben!«

»Gibt es sonst jemanden, der Ihr Alibi bestätigen könnte? Nachbarn, Freunde?«

Franco schüttelte den Kopf. »Niemanden. Ich habe ein eigenes Haus und damit keine direkten Nachbarn. Tja, und was Freunde angeht, ich befürchte, seit der Scheidung von meiner Frau habe ich mich zu sehr zurückgezogen. Als wir noch zusammenlebten, waren wir mit einigen Pärchen befreundet. Zu denen habe ich keinen Kontakt mehr. Einzig mit meinen Kollegen unternehme ich auch privat was.«

Vincenzo nickte nachdenklich. »So wie Panzini. Wie war Ihr Verhältnis zu ihm?«

»Wir waren Kollegen, haben, wie gesagt, manchmal nach Feierabend einen Wein zusammen getrunken, wie auch gelegentlich mit den anderen. Wir alle arbeiten gern zusammen, haben ein kollegiales, freundschaftliches Verhältnis.«

Vincenzo wollte Franco seine Etagere zuschieben, um die angespannte Atmosphäre aufzulockern, stellte jedoch überrascht fest, dass Marzoli sämtliche Cantuccini aufgefuttert hatte. Er bekam eine Vorstellung davon, woher die stattliche Leibesfülle des Ispettore stammte. Er zog die Hand wieder zurück und stellte seine nächste Frage. »Hatten Sie in letzter Zeit Streit?«

»Nein, wir hatten nie Streit.«

»Gibt es im Kollegenkreis sonst jemanden, der Probleme oder Streit mit ihm gehabt haben könnte?«

Franco war jetzt offenkundig genervt. Er verdrehte die Augen. »Commissario, Sie stellen mir vielleicht Fragen! Warum sprechen Sie nicht direkt mit meinen Kollegen? Ich habe jedenfalls nichts Derartiges mitbekommen.«

»Gut, wechseln wir das Thema. Erzählen Sie uns, was die SSP macht. Was ist dabei Ihre Funktion? Welche hatte Panzini?«

Sie erfuhren, dass alle Berater ähnliche Aufgaben hatten: Geschäftspläne erstellen, Standorte präsentieren, darauf achten, dass die staatlichen Vorschriften eingehalten werden, Fördergelder und Zuschüsse beantragen – aus EU-Töpfen oder aus Töpfen des italienischen Staates –, die Kunden in der Umsetzungsphase begleiten, Sprachbarrieren überwinden. Salvatore Gemini hatte die SSP zusammen mit Hans-Georg Schimmel gegründet und war der aktivere der beiden Geschäftsführer, seine langjährigen Kundenkontakte waren unverzichtbar für die Akquise von Neuprojekten. Am konkreten Beratungsgeschäft war er kaum noch beteiligt.

Aus dem Gehörten ergaben sich keinerlei Hinweise auf ein Mordmotiv. Über Panzinis Privatleben erfuhren sie nur wenig. Er stammte aus Turin, hatte dort in einer Steuerkanzlei gearbeitet, wurde dann Geschäftsführer einer Winzergenossenschaft in Bozen und kam schließlich zur SSP. Das war 1999, also vor mehr als zehn Jahren. Er hatte eine schlichte Blindbewerbung geschickt, weil er sich beruflich weiterentwickeln wollte. Seine Frau war früh an Krebs gestorben, keine Kinder, keine feste Freundin, soweit Franco wusste. Das war alles. Ein ganz normaler, unauffälliger Mensch, eine ganz normale Arbeit, keine erkennbaren Ansatzpunkte für die üblichen Mordmotive wie Eifersucht, Neid oder Habgier, keinerlei Stoff für ein hinterhältiges Verbrechen.

Gerade als Vincenzo Franco abführen lassen wollte, fiel ihm noch eine letzte Frage ein. »Dottore Franco, vor einer Woche ist ein Arthur Achatz gestorben, das stand in der ›Dolomiten‹. Er hat für die SSP gearbeitet, oder?«

»In der Tat. Er hat uns unzählige Kunden gebracht. Er ist unersetzlich.«

»Sie waren dabei, als er starb?«

Franco presste die Lippen zusammen. »Leider, es war schrecklich.«

»Erzählen Sie uns bitte aus Ihrer Perspektive, was geschehen ist und wie Sie es erlebt haben.«

Sie erfuhren, wie schnell Achatz gestorben war. Kein Wunder, dass dieser Dottore Tadini, den Vincenzo vermutlich höchstpersönlich im Hubschrauber der Bergwacht gesehen hatte, selbst überrascht gewesen war. »Ist Ihnen irgendetwas merkwürdig vorgekommen, bei Achatz' Tod, meine ich?«

Franco sah Vincenzo irritiert an. »Merkwürdig? Nein, wieso? Er hatte einen Herzinfarkt, und das war nicht sein erster. Er hat sich wohl übernommen.«

Vincenzo beobachtete Franco einen Moment, ehe er weitersprach. Diese Verblüffung, war die gespielt oder echt? »Wie erklären Sie es sich, Dottore Franco, dass Panzini das ganz anders gesehen hat?«

»Was hat er anders gesehen?«

Vincenzo konnte nach wie vor nicht einschätzen, ob dieses Erstaunen aufrecht oder gekünstelt war. »Er glaubte nicht an einen Herzinfarkt, Dottore Franco, zumindest nicht an einen natürlichen. Er vermutete, jemand könnte nachgeholfen haben. Deshalb wollte er am Freitag auf den Penegal, um dort einen befreundeten Arzt zu treffen. Und genau dort wird er in den Abgrund gestürzt. Merkwürdiger Zufall, finden Sie nicht?«

»Also, ich bin total baff. Ich höre das alles zum ersten Mal!«

»Sie wussten also nicht, dass Panzini zum Penegal wollte?«

Franco schlug energisch mit der flachen Hand auf den Tisch, er war anscheinend sehr gereizt. »Verdammt noch mal, nein! Was soll das überhaupt alles?«

Vincenzo hob abwehrend die Hände und schüttelte den Kopf.

»Beruhigen Sie sich, Signore! Das war's fürs Erste. Da Sie unter dringendem Tatverdacht stehen, muss ich Sie allerdings vorläufig in Untersuchungshaft nehmen.«

Während Marzoli Franco abführte, starrte Vincenzo auf die Pinnwand. Es schien ein eindeutiger Fall zu sein, auch wenn die restlichen Befragungen noch ausstanden. Alles sprach gegen Franco. Wenn er der Täter war, würden sie irgendwann das Motiv finden.

Allein, er glaubte nicht, dass er soeben einen Mörder verhört hatte. Vincenzo besaß ein gewisses Gespür für Situationen und Stimmungen, und Franco hatte trotz seiner sichtbaren Nervosität ehrlich überrascht gewirkt. Zittrige Hände, ein feiner Schweißfilm auf der Stirn, eine manchmal zu schrille Stimme, das waren typische Reaktionen bei einem Affektmörder mit einem gewissen Unrechtsbewusstsein, aber auch bei einem zu Unrecht Verdächtigten. Nicht die eines eiskalt berechnenden Killers. Und genau damit hatten sie es hier zu tun, das stand für Vincenzo außer Frage.

***

Bruneck

Dottore Tadini, Chefarzt der Inneren des Krankenhauses in Bruneck, war gestresst und genervt. Ständig neue Einsparungen beim Pflegepersonal, aber auch in der Verwaltung. Gleichzeitig die immer weiter ausufernde Bürokratie. Das passte nicht zusammen. Er kam sich inzwischen vor wie ein Mädchen für alles. Er füllte Formulare aus, schrieb Berichte, musste ominöse Verfahrens- und Arbeitsanweisungen entwickeln – diese überflüssigen und zeitraubenden Anforderungen des Qualitätsbeauftragten, dem sie neuerdings jeden Arbeitsschritt nachweisen mussten –, er setzte Infusionen, nahm Blut ab, sogar die Geschirrspülmaschine räumte er selbst ein.

Seine Aufgabe war es, diese Station zu leiten, für reibungslose Abläufe zu sorgen und zu operieren. Überflüssiger Papierkram und öde Hilfsarbeiten standen nicht in seiner Stellenbeschreibung. Es war sein Job, Leben zu retten, aber anscheinend konnten oder wollten diese einfältigen Politiker nicht begreifen, dass Gesundheit und Wohlergehen Existenzbedürfnisse des Menschen waren. Dagegen war er machtlos. Es war zum Heulen.

Während er wütend durch den Flur rannte, um sich in der Registratur Druckerpapier zu besorgen, lief ihm Schwester Ursula über den Weg. »Ah, Dottore Tadini, gut, dass ich Sie treffe, ich wollte gerade zu Ihnen. Was ist denn jetzt mit dem Toten aus Rein in Taufers?« Tadini verzog das Gesicht, sah Schwester Ursula grimmig an und fragte brüsk: »Toter? Rein in Taufers? Wovon sprechen Sie?«

»Na, der Herzinfarkt vom Arthur-Hartdegen-Weg.«

»Ach der, was soll mit ihm sein?«

»Wollen Sie noch weitere Untersuchungen durchführen oder nicht? Der Mann liegt seit einer Woche in der Kühlung. Irgendwann müssen wir ihn überführen.«

Tadini blickte nervös auf seine Armbanduhr. »Ich entsinne mich. Der hatte Pech. Ein Herzinfarkt, kein Zweifel, ein heftiger dazu, ein Drama. Das kommt im Hochgebirge leider vor. Da gibt es nichts mehr zu untersuchen.«

»Gut, Dottore, aber was ist mit der Überführung des Leichnams?«

»Auch das noch. Bitte bringen Sie mir den ganzen widerlichen Formularkram in mein Büro, ich erledige das gleich. Und legen Sie mir das Merkblatt für Deutschland dazu. Ich hasse diese ausufernde Bürokratie.«

Er hastete durch den schmucklosen sterilen Gang. Zweifelsohne hatte die Aufregung seinen Blutdruck wieder in ungesunde Höhen getrieben. Wo wollte er eigentlich hin? Es war zum Verrücktwerden, man kam nicht mehr zur Ruhe. Gut, dass er einen weiteren Fall zu den Akten legen konnte. Ein Herzinfarkt, was sonst? Wollte er jeden Todesfall mit eindeutiger Diagnose weiter untersuchen, könnten sie das Klinikpersonal gleich verdoppeln, aber das Gegenteil war der Fall. Nein, man musste sehen, dass man die Dinge schnell abarbeitete, um wenigstens denen zu helfen, die noch lebten. Richtig! Die Registratur, Druckerpapier, das war es.

***

Gemini hatten sie als Nächsten vorgeladen. Er nahm den angebotenen Espresso an und blickte Vincenzo und Marzoli ruhig an. »Also, meine Herren, wie kann ich Ihnen helfen?« Der Geschäftsführer der SSP wirkte gelassen, distanziert. Der Tod eines seiner engsten Mitarbeiter schien ihn nach wie vor nicht übermäßig zu berühren.

»Signor Gemini, Panzini wurde mit Dottore Francos Fahrzeug in den Abgrund gedrängt, das ist inzwischen erwiesen. Wir möchten von Ihnen wissen, ob Ihnen mögliche Probleme zwischen den beiden bekannt sind.«

Geminis Antwort fiel wenig spektakulär aus. »Nein.«

»Signor Gemini, wir sind auf Ihre Mitarbeit angewiesen. Gab es zuletzt irgendwelche Spannungen in der SSP? Wissen Sie von Streitereien, hat Panzini irgendjemandem die Frau ausgespannt? Egal was, alles ist wichtig und hilft uns weiter.«

Gemini richtete sich kerzengerade auf und dachte einen Moment nach, ehe er antwortete. Dann verschränkte er die Arme vor dem Oberkörper und sagte im distinguierten Tonfall eines Adeligen des britischen Empire: »Nichts dergleichen, Signori, jedenfalls so weit ich es beurteilen kann. Ich pflege zu meinen Mitarbeitern keine persönlichen Kontakte. Ihre Privatangelegenheiten sind, solange sie dem tadellosen Ruf meiner Firma nicht abträglich sind, für mich nicht von Interesse. Und auf diesen Ruf bitte ich Sie Rücksicht zu nehmen, meine Herren. Wir haben eine große Bedeutung für die Südtiroler Wirtschaft. Durch uns finden viele Gesellschaften aus dem Ausland den Weg zu uns. Das bedeutet Arbeitsplätze und macht uns unabhängiger vom Tourismus. Bitte seien Sie bei Ihren Ermittlungen so diskret wie möglich.«

Sie erfuhren nichts Neues von Salvatore Gemini. Seine Selbstbeherrschung, seine Fassade war dermaßen undurchdringlich, dass es Vincenzo nicht gelang, sich ein Bild von dem Menschen dahinter zu machen. War er wirklich so? Sagte er die Wahrheit oder log er und verschwieg irgendetwas?

Die übrigen Befragungen brachten ebenfalls keine neuen Erkenntnisse. Alle bestätigten Francos Aussage, keiner traute ihm einen Mord zu.

Klaus Mantinger bemerkte süffisant: »Verehrter Commissario Bellini, wären Sie mit Ihrer Ausbildung nicht durchaus in der Lage, ein Auto mit Funkfernbedienung kurzzuschließen, um es sich unbemerkt auszuleihen? Es könnte jeder gewesen sein. Ich kann mir beim besten Willen nicht vorstellen, dass irgendjemand von der SSP ein Mörder ist.« Mantinger selbst hatte ein schwer überprüfbares Alibi. Angeblich hatte er allein auf einem Gipfel übernachtet. »Ich liebe die Einsamkeit und Sonnenuntergänge«, sagte er.

Ein völlig wasserdichtes Alibi konnte keiner der Befragten vorweisen. Bis auf Schimmel waren sie alle entweder Single, verwitwet oder geschieden, das schien für Berater typisch zu sein. Niemand von ihnen war am Freitag unterwegs gewesen, sie waren alle zu Hause – behaupteten sie zumindest.

Mit Ausnahme von Schimmel. Er sei allein durch Bozen gelaufen, sagte er – allein, als Familienvater, mitten in der Nacht. »Ich habe viel Ärger zu Hause, Commissario, ich musste mal auf andere Gedanken kommen. Können Sie das nicht verstehen?« Es spielte keine Rolle, ob sie es verstehen konnten. Sein Alibi war weder überprüfbar noch glaubwürdig.

Sabrina Parlotti war nicht weniger verdächtig, bloß weil sie eine Frau war. Diese Art des Mordes bedurfte keiner physischen Kraft, jeder hätte den Pajero fahren können. Aber wie bei den anderen fehlte auch bei ihr ein erkennbares Motiv. Alle hatten Panzini und Achatz gemocht, niemandem waren die Umstände von Achatz' Herztod merkwürdig erschienen. Es war zum Haareraufen. Ratlos beendeten sie die Verhöre.

Zu Hause angekommen, lief Vincenzo seine Bergrunde, brachte Gianna schonend bei, dass sie sich wegen seines Verwandtenbesuchs dieses Wochenende nicht sehen konnten, und setzte sich schließlich mit einer Flasche Gewürztraminer auf den Balkon. In Bozen unten war es weiterhin ungewöhnlich warm und schwül für einen Juniabend. In Sarnthein, rund siebenhundert Meter oberhalb von Bozen, war das völlig anders. Zwar konnte Vincenzo im T-Shirt auf dem Balkon sitzen, aber die Luft war nicht drückend, sondern angenehm lau und erfüllt von einem weichen, würzigen Duft.

Das war einer der Gründe, warum er sich damals für die Wohnung entschieden hatte. Was ihm besonders gefiel, war die idyllische Lage des Ortes, direkt an der Talfer, die auf über zweitausendsiebenhundert Metern Höhe am Penserjoch entspringt, um in Bozen in den Eisack zu münden. Vincenzos Neubauwohnung lag auf der

Westseite des Flusses, die Hauptstraße führte am östlichen Ufer entlang. Von seinem Balkon aus hatte er einen unverbaubaren Blick zur Burg Reinegg und auf das Massiv des zweitausendfünfhundert Meter hohen Villander Berges.

Allein dieser Blick rechtfertigte die tägliche nervenaufreibende Fahrt. Von Bozen kommend, erschlossen nicht weniger als einundzwanzig Tunnel die steile Schlucht der Talfer. Viele waren so eng, dass schon zwei entgegenkommende Pkw nur wenig Platz zwischen sich hatten. Wenn sich aber zwei Lastwagen oder Busse begegneten, ging es oft um Zentimeter, nur im Schritttempo konnten sie aneinander vorbeifahren. Hinter ihnen bildeten sich lange Staus, und es ging nur sehr langsam voran, Tunnel für Tunnel. Weiter oben öffnete sich das Sarntal, dann konnte man schneller fahren. Obwohl die Strecke kaum länger als zwanzig Kilometer war, brauchte Vincenzo an schlechten Tagen eine Stunde. Ohne Busse und Lkw waren es manchmal kaum mehr als zwanzig Minuten.

Diese kleine Unannehmlichkeit hatte er für den herrlichen Ausblick und die ruhige Umgebung gerne in Kauf genommen. Er konnte stundenlang mit einem Glas Wein auf seinem Balkon sitzen und den Blick in die Natur genießen. Als er den Gewürztraminer entkorkte, merkte er allerdings wieder dieses unangenehme Ziehen in den Handgelenken. Er nahm sich vor, am nächsten Morgen als erstes »Arthrose« zu googeln, irgendwoher mussten diese Beschwerden doch kommen. Das war nie und nimmer ein gewöhnlicher Muskelkater.

Er wischte diese Gedanken fort, genoss sein erstes Glas und ließ den Tag Revue passieren. Signora Parlotti konnte er sich am wenigsten als eiskalte Mörderin vorstellen. Im Gegenteil, sie hatte eine ganz eigene, fast naive Art. Sie schien während des Verhörs mit den Tränen zu kämpfen. Obwohl sie unauffällig gekleidet war, mit Jeans und einer hochgeschlossenen Bluse, fand er sie anziehend. Sie war sehr hübsch, hatte lange dunkle Haare, eine sportliche Figur. Er konnte nicht einschätzen, ob ihr ihre Wirkung auf Männer nicht bewusst war oder ob sie mit ihrer unschuldigen Fassade kokettierte. Jedenfalls war es ihm während der Befragung nicht ganz gelungen, seine erregenden Phantasien zu unterdrücken. Hoffentlich hatten ihm weder die Signora noch sein Kollege Marzoli etwas angemerkt. Das wäre peinlich.

Mit diesem unangenehmen Gefühl ging er noch vor elf ins Bett und fiel in einen unruhigen Schlaf. Im Traum begegnete ihm nicht Sabrina Parlotti, sondern ein hünenhafter Dämon in Menschengestalt. Er hatte Hände mit riesigen Krallen, eine der Hände war dick verbunden, und er stieß mit einem Monstertruck reihenweise Menschen in einen Abgrund. Dabei lachte er schauderhaft.

9

Bozen, Mittwoch, 1. Juli

Der Vice-Questore war zufrieden, weil es schon wenige Tage nach der Tat eine Verhaftung gegeben hatte. »Gratuliere, Commissario, das war gute Arbeit«, lobte er und strich sich über den eleganten Bart. »Die ersten Tage sind bekanntermaßen die entscheidenden. Kommt man in dieser Phase nicht voran, wird es schwierig. Erzählen Sie, wie es zu dieser schnellen Verhaftung kam.«

Es fiel Vincenzo nicht leicht, dem Vice-Questore die gute Laune zu verderben. Aber ihm blieb nichts anderes übrig, als die Situation so zu schildern, wie sie war: unbefriedigend. Er schloss: »Somit haben wir zwar einen Fabio Franco in Untersuchungshaft, gegen den alle Indizien sprechen, der allerdings keinerlei Motiv zu haben scheint. Indizien sind keine Beweise.«

»Ärgerlich. Aber Sie haben recht. Indizien allein reichen für eine Verurteilung nicht aus. Was gedenken Sie als Nächstes zu tun, Commissario?«

»Panzinis Privatleben ebenso durchleuchten wie das seiner Kollegen, obwohl er offenbar kaum ein Privatleben hatte. Vielleicht stoßen wir dabei auf bislang unbekannte Zusammenhänge. Außerdem müssen wir wissen, wer und was in die Geschäfte der SSP involviert ist. Und ich würde mit Dottore Tadini sprechen, der den Tod von Arthur Achatz untersucht hat.«

Baroncini sah Vincenzo fragend an. »Wer ist Arthur Achatz?«

»Der Tote auf dem Arthur-Hartdegen-Weg, an dessen natürlichen Herzinfarkt Panzini nicht geglaubt hat.«

»Ah, ich erinnere mich. Gut, Bellini, erzählen Sie weiter.«

Vincenzo war erleichtert, dass Baroncini die Wahrheit wichtiger war als eine schnelle Erledigung des Falls. Ermutig fuhr er fort: »Falls Dottore Tadini Zweifel hat, sollten wir eine Obduktion des Leichnams anordnen. Wie schätzen Sie die Chancen ein, Dottore?«

»Vor diesem Hintergrund? Gut. Brauchen Sie noch Unterstützung?«

»Könnte vielleicht jemand in den Vorgeschichten der Beteiligten stöbern? Herkunft, Werdegang, Familie, Gründe für Trennungen? Dann könnten wir uns derweil auf die SSP konzentrieren, denn ich bin überzeugt, dort liegt der Schlüssel.«

»Das lasse ich Signora Sacchini machen. Gehört zwar nicht zu ihren Aufgaben, aber ich weiß nicht, wen ich sonst dafür abstellen könnte. Fahren Sie nach Bruneck und sprechen Sie mit Dottore Tadini.«

***

»Es ist unbegreiflich«, sagte Gemini und ließ seinen Blick von einem zum anderen wandern, »noch vor wenigen Wochen haben wir zu acht hier gesessen und uns überlegt, wie wir Rödderlink optimal unterbringen können. Jetzt sitzen wir hier zu fünft und können nicht verstehen, was geschehen ist. Kollegen, was ist gelaufen zwischen Panzini und Franco? Was habe ich nicht mitbekommen?«

»Es gibt unseres Wissens nichts, Signor Gemini«, antwortete Mantinger, »das ist ja gerade das Merkwürdige.«

Sabrina Parlotti warf ihr langes dunkles Haar nach hinten und fragte: »Was hat Fabio eigentlich in all den Jahren getrieben, wenn er am Wochenende und im Urlaub in geheimer Mission unterwegs war, anstatt in seinem geliebten Weinberg zu arbeiten? Das kam uns doch allen komisch vor.«

Mantinger sah sie an. »Gut, Sabrina, aber was hat das hiermit zu tun?«

Parlotti zuckte mit den Schultern. »Keine Ahnung, ich suche bloß nach Anhaltspunkten, einem Grund, einem Motiv, irgendetwas, wo man suchen könnte. Sollten wir der Polizei das nicht erzählen?«

Gemini nickte zustimmend. »Sie haben recht. Jeder Hinweis ist von Bedeutung. Wir müssen schnellstmöglich aus diesem Schlamassel wieder herauskommen.«

In diesem Moment ging die Tür auf, und Signora Evangelista vom Empfang sagte aufgeregt: »Bitte entschuldigen Sie die Störung! Draußen ist wieder jemand aus der Questura, der will Sie sprechen.«

»Kein Problem«, sagte Gemini, »ich komme sofort.«

»Er will Sie alle sprechen!«

»Na, dann bitten Sie ihn herein, und bringen Sie uns noch eine Tasse.«

Der schwere Körper von Marzoli schob sich in den Raum. Er war morgens wieder viel zu aufgeregt gewesen, um zu frühstücken, und nahm den Kaffee dankend an. »Im Moment interessieren mich zwei Themen: Dottore Franco und Ihre Firma. Da Sie jetzt genug Zeit hatten, in sich zu gehen, richte ich an Sie alle nochmals die Frage, ob jemandem von Ihnen bekannt ist, dass es Streit zwischen Franco und Panzini gegeben hat, Eifersüchteleien, Geldprobleme, was auch immer.«

Parlotti erzählte dem Ispettore von Francos unbekannten Wochenendaktivitäten. Ansonsten gab es nichts zu berichten, Panzini war ein angenehmer, eher introvertierter Mensch gewesen.

Über die SSP erfuhr Marzoli, dass sie mit externen Partnern zusammenarbeitete, wobei Arthur Achatz aufgrund seiner Kontakte besonders wichtig gewesen war, zudem mit Banken, die die Gründungsvorhaben der Firmen finanzieren sollten, sowie mit der staatlichen Wirtschaftsförderung, weil es für viele der Vorhaben Fördergelder oder zinsgünstige Darlehen gab. Darüber hinaus konnte man auf eine Steuerkanzlei zurückgreifen, die sich um die Steuerangelegenheiten der Kunden kümmerte, und auf diverse Dolmetscher, die halfen, Sprachbarrieren zu überwinden. »Dann geht es also immer um sehr viel Geld, oder?«

»Das ist einzelfallabhängig«, erklärte Gemini sachlich. »Zu uns kommen Tochterfirmen großer Unternehmen, die hier eine eigene Produktionsstätte mit fünfzig oder hundert Mitarbeitern eröffnen wollen, die benötigen nicht selten mehrere Millionen. Ebenso gibt es den kleinen Dienstleister, der immer davon geträumt hat, nach Südtirol auszuwandern, sein Geschäft in Deutschland aufgibt und den Schritt wagt. Dann sprechen wir vielleicht von ein paar zehntausend Euro.«

Marzoli rieb nachdenklich sein Kinn. »Hat es dabei jemals Unregelmäßigkeiten gegeben?«

»Was für Unregelmäßigkeiten?«

»Wenn es um so viel Geld geht, könnte doch jemand auf die Idee kommen, sich ein Stück vom Kuchen abzuschneiden, oder?«

»Ispettore«, schmunzelte Gemini, »bitte entschuldigen Sie, ich glaube, Ihre Phantasie geht mit Ihnen durch. Es handelt sich bei der Vergabe von Fördermitteln um eine Angelegenheit im öffentlichen Interesse. Wir müssen über die verwendeten Gelder umfangreiche

Nachweise liefern, müssen Dutzende Verordnungen und Richtlinien beachten. Da können Sie nicht einfach etwas ›abschneiden‹.«

Marzoli nickte. »Denken Sie bei meiner nächsten Frage bitte genau nach, jeder Hinweis kann relevant sein: Hat es dabei in letzter Zeit irgendwelche ungewöhnlichen Vorkommnisse gegeben?«

»Allerdings!«, rief Parlotti. »Könnt ihr euch noch an den undurchsichtigen Typ von dieser merkwürdigen Aufsichtsbehörde erinnern?«

***

Bruneck

»Guten Morgen, Commissario, was kann ich für Sie tun? Bitte verzeihen Sie, hier geht es im Moment drunter und drüber, ich habe wenig Zeit.« Der große, grauhaarige Dottore Tadini wirkte hoffnungslos überarbeitet.

»Ich werde nicht mehr als unbedingt nötig von Ihrer Zeit beanspruchen, Dottore«, beruhigte ihn Vincenzo. »Es geht um einen Todesfall, den Sie untersucht haben, die ›Dolomiten‹ hat darüber berichtet. Ich spreche von Arthur Achatz.«

»Ich erinnere mich, unglückliche Geschichte. Ich habe erst gestern die Überführung nach Deutschland angeordnet.«

Vincenzo blickte Tadini beunruhigt an. »Heißt das, der Leichnam ist nicht mehr hier?«

»So schnell geht das nicht, Commissario. Wie bei allen bürokratischen Akten hier bedeutet das unendliche Formalitäten, fürchterlich, ich komme kaum noch zum Operieren. Ich schätze, er wird Anfang kommender Woche auf Reisen gehen.«

Vincenzo spürte Tadinis Unruhe. Der Arzt konnte nicht eine Sekunde still stehen, blickte immer wieder auf die Uhr. Eine Frage musste er ihm aber noch stellen. »Bitte versuchen Sie, sich genau zu erinnern, Dottore. Es ist sehr wichtig, also lassen Sie sich lieber Zeit mit der Antwort. Ihnen kam dieser Herzinfarkt merkwürdig vor, so stand es zumindest in der ›Dolomiten‹. Warum?«

Doch wie zu erwarten, hatte Dottore Tadini keine Zeit, lange nachzudenken. Seine Antwort kam wie aus der Pistole geschossen:

»Herzinfarkte auf Bergtouren sind nichts Ungewöhnliches, erst recht nicht in dieser Altersgruppe. Vielleicht war ich verwundert, weil ich sofort eine Nulllinie festgestellt habe.«

»Haben Sie den Toten daraufhin näher untersucht, zum Beispiel auf eine Vergiftung?«

»Warum sollte ich?«, entgegnete Tadini gereizt. Nun fühlte er sich offenbar persönlich angegriffen. »Wenn wir jedem Ansatz eines Verdachtes nachgehen würden, könnten wir die Klinik gleich schließen. Was glauben Sie, wie viele auf den ersten Blick unerklärliche Erkrankungen wir hier behandeln müssen und wie viele Tote es gibt?« Er sah sein Gegenüber finster aus zusammengekniffenen braunen Augen an, zwischen denen sich jetzt eine markante senkrechte Stirnfalte zeigte.

Vincenzo hob beschwichtigend die Hände. »Dottore, das war kein Vorwurf, Sie haben mich missverstanden. Es geht darum, dass es Hinweise auf ein Fremdverschulden gibt. Der Herzinfarkt könnte bewusst herbeigeführt worden sein. Ich möchte von Ihnen in Ihrer Funktion als Arzt wissen, ob das in diesem Fall aus Ihrer Sicht überhaupt denkbar wäre.«

Tadini sah Vincenzo entgeistert an. »Das wäre ja Mord! Darauf wäre ich niemals gekommen. Aber möglich wäre es, es gibt genügend Arzneien und Giftstoffe, die einen Herzinfarkt provozieren können. Fragt sich bloß, wie das mitten auf einer Bergwanderung gehen soll.«

»Ich danke Ihnen, Dottore, Sie haben uns sehr geholfen. Der Leichnam wird nicht nach Deutschland überführt, sondern in die Gerichtsmedizin nach Bozen. Eine entsprechende polizeiliche Anordnung geht Ihnen zu. Ist das für Sie ein Problem?«

»Mir ist es gleich, Commissario, Hauptsache, ich kann mich endlich wieder meinen Patienten widmen. *Arrivederla!*« Damit drehte sich Tadini um und eilte davon.

***

Bozen

Baroncini nickte. »Gut, Commissario, das reicht für eine polizeiliche Anordnung. Ich kümmere mich darum. Ich denke, dass uns der

Obduktionsbericht im Laufe der kommenden Woche vorliegen wird. Die Presse müssen wir so lange wie möglich heraushalten. Offiziell haben wir es lediglich mit zwei Unglücksfällen zu tun.«

Marzoli berichtete Vincenzo von Francos unbekannten Freizeitaktivitäten und den Summen, um die es bei den Projekten der SSP ging. »Geld und Habgier sind nach Eifersucht das häufigste Mordmotiv«, resümierte Vincenzo. »Haben Sie mehr über diese Fördergelder erfahren?«

»Vielleicht, aber ich weiß nicht, ob das für uns von Belang ist. Ein Teil der direkten Zuschüsse wird an irgendeinen Fonds in Liechtenstein gezahlt. Der nennt sich ... Moment.« Marzoli blätterte in seinen Notizen, während er mit der anderen Hand wie fremdgesteuert nach dem nächsten Cantuccino griff. »Da ist es ... IFS, International Financial Services, so was kann sich doch kein Mensch merken. Diese Gelder werden nebst Zinsen genutzt, um Unternehmen zu helfen, denen es wirtschaftlich schlecht geht.«

»Ist so was üblich?«

»Keine Ahnung, für die Leute von der SSP scheint es nichts Außergewöhnliches zu sein.«

»Klingt auch nachvollziehbar. War das alles?«

»Fast. Es hat vor Kurzem einen merkwürdigen Zwischenfall gegeben. Die SSP und einige ihrer Kunden bekamen Besuch vom Mitarbeiter irgendeiner Aufsichtsbehörde. Er wollte die Zahlungen an diese IFS überprüfen.«

»Was war daran merkwürdig? Es geht schließlich um eine Menge Geld.«

»Merkwürdig deshalb, weil es bisher noch nie eine solche Prüfung gegeben hat. Dabei kam es jedoch zu keinerlei Beanstandungen.«

»Wir sollten auf jeden Fall mit dieser Aufsichtsbehörde sprechen. Wie nennt die sich?« Vincenzo hatte schon den Stift angesetzt, um den Namen der Behörde neben IFS zu notieren. »Das wussten die bei der SSP nicht mehr genau. Sie kannten diese Behörde vorher selbst nicht.«

Das irritierte Vincenzo. »Halten Sie es für glaubwürdig, dass eine Gesellschaft wie die SSP jahrelang Unternehmen berät und mit Millionenbeträgen jongliert, aber keine Ahnung hat, von wem sie weshalb geprüft wird?«

»Mir kam das auch seltsam vor. Aber für Gemini gab es keinerlei Zweifel, dass diese Prüfung in Ordnung ging. Er meinte, dieser Krisenfonds sei offiziell von der Wirtschaftsförderung eingerichtet worden. Und die wussten laut Gemini auch von den Kontrollen und haben ihm bestätigt, dass sie legitim waren. Glauben Sie, dass das relevant ist?«

»Allerdings«, sagte Vincenzo nur. Er schrieb »Aufsichtsbehörde« zwischen SSP und IFS. Hinter IFS und Gemini setzte er jeweils ein großes Ausrufezeichen. Am nächsten Tag würde er der Wirtschaftsförderung einen Besuch abstatten. Marzoli bat er, sich gründlich über die IFS zu informieren. Wer steckte hinter dieser Organisation? Wirklich nur die Wirtschaftsförderung?

10

Donnerstag, 2. Juli

»Dottore Franco, wir müssen Sie vorläufig auf freien Fuß setzen«, sagte Vincenzo. »Vorher möchte ich aber von Ihnen wissen, wie das genau mit Ihrem Schlüssel war. Den kann man doch nicht einfach übersehen. Sie hätten ihn schon am Freitag finden müssen.«

Franco, dem man die nervliche Belastung der Untersuchungshaft an den tiefer gewordenen Falten ablesen konnte, verdrehte wieder einmal die Augen. »Das habe ich Ihnen doch alles schon mehrmals erzählt. Ich war angeschlagen, deshalb unkonzentriert. Als ich den Schlüssel nicht fand, habe ich mich von Panzini nach Hause bringen lassen. Am Montag habe ich wieder gesucht und den Schlüssel in einem Ordner in meiner Schublade gefunden.«

»Legen Sie den Schlüssel immer in dieselbe Schublade?«

»Ja.«

»Wissen das Ihre Kollegen?«

»Das kann ich nicht sagen. Ich denke schon.«

»Haben Sie am Freitag nicht in den Ordnern in Ihren Schubladen nachgesehen?«

»Nein.«

»Am Montag schon?« Unruhig rutschte Franco auf seinem Stuhl hin und her. »Ja, das heißt, eigentlich nein, also nicht direkt. Ich brauchte diese Akte ohnehin am Montag und habe sie deshalb aus der Schublade genommen. Dabei fiel der Schlüssel raus.«

Vincenzo stellte sich vor, wie Franco den Ordner aus seiner Schublade zog und ihm dabei sein Autoschlüssel entgegenkam. War das überhaupt möglich? »Lag die Akte in derselben Schublade, in der gewöhnlich Ihr Autoschlüssel liegt?«

»Nein, der ist immer in der obersten Schublade, die Akte war in der darunter. Warum ist das so wichtig?«

»Überlassen Sie das bitte mir. Hat es Sie nicht verwundert, dass der Schlüssel nicht da war, wo Sie ihn immer hinlegen?«

»Herrgott noch mal, wenn man zerstreut oder unkonzentriert ist, kann so etwas doch passieren. Mir ging es nicht so gut, ich habe gar nicht weiter darüber nachgedacht, es ging bloß um einen Schlüssel, einen Schlüssel, verstehen Sie? Soll ich daraus vielleicht einen Staatsakt machen?«

Vincenzo ließ sich von Francos Ärger nicht aus dem Konzept bringen. »Wissen Sie noch, wie die Akte in Ihrer Schublade lag?«

»Wie meinen Sie das?«

»Na, wie herum, der Rücken nach vorne oder nach hinten oder zur Seite?«

»Verstehe, der Rücken, hm, wie war das noch gleich? Links, ja, der Rücken war links.«

»Gut, Dottore Franco, ich habe nur noch eine Frage an Sie. Wir wissen, dass Sie mit Inbrunst Ihren eigenen Weinberg bestellen. Wenn Sie so fanatisch sind, warum verbringen Sie dann nicht jede freie Minute in Ihrem Weinberg?«

»Reine Privatsache«, grummelte Franco mit zusammengekniffenen Augen und demonstrativ verschränkten Armen.

»Bis jetzt vielleicht, Signore. Seitdem wir in einem Mordfall ermitteln und Sie unser Hauptverdächtiger sind, nicht mehr. Wenn Sie unschuldig sind, können Sie sich entlasten, falls wir keine Verbindung herstellen können zwischen Ihren Aktivitäten und Panzinis Tod.«

Franco zögerte zwar einen Moment, schien aber zu begreifen, dass er gar keine andere Wahl hatte. Er beugte sich über Vincenzos Schreibtisch und sagte ganz leise, als gälte es, ein Geheimnis von ungeheurer Tragweite vor feindlichen Ohren zu schützen: »Also gut. Bislang wissen meine Kollegen offiziell nämlich noch nichts. Aber ich hatte ohnehin vor, es ihnen zu erzählen, damit dieses dumme Gerede aufhört.« Er machte eine pathetisch anmutende Gesprächspause, atmete einmal tief durch und fuhr mit feierlicher Stimme und erhobenem Zeigefinger fort: »Ich habe Pläne, Commissario, große Pläne, schon seit Langem. Der Weinbau ist meine Bestimmung, nicht die Beratung. Seit einigen Jahren fahre ich so oft es geht in die Toskana, weil ich dort einen größeren Weinberg suche. Ich will mich in spätestens zwei Jahren aus der Beratung zurückziehen und mich ganz dem Weinbau widmen. Jetzt wissen Sie es.«

»Sie fahren also regelmäßig in die Toskana?«

»Ja.«

»Dann müsste man Sie dort kennen, oder? Ich denke an Hotels, an Weingüter …«

Nachdem Franco sich zu diesem Geständnis durchgerungen hatte, war er spürbar weniger gereizt. Im Gegenteil, ihm war sogar ein gewisser Stolz anzumerken, Stolz und Freude, dass sich jemand für seine Pläne interessierte. »Allerdings, Commissario, ich kann Ihnen etliche Namen nennen. Ich habe mich auf drei Anbaugebiete beschränkt, miete in jedem Gebiet stets dieselbe Ferienwohnung und verhandle seit Jahren mit verschiedenen Weinbauern. Möglicherweise komme ich noch dieses Jahr zu einem Abschluss.« Franco war jetzt ganz in seinem Element, er schien gar nicht mehr daran zu denken, dass er soeben als Tatverdächtiger in einem Mordfall verhört wurde. »Traumhaft! Ein ertragreicher Weinberg in der Nähe von San Gimignano, perfekte Südausrichtung, ausgezeichnete Bodenqualität, und ich kann den Weinberg auf Rentenbasis erwerben. Es ist wunderschön dort. Waren Sie mal in dieser Gegend, Commissario?«

Vincenzo stand in diesem Moment nicht der Sinn nach Toskana-Romantik. »Sie können gehen. Schreiben Sie mir vorher bitte sämtliche Kontakte dort auf, wir überprüfen das. Obwohl, eine Frage zwängt sich förmlich noch auf. Woher nehmen Sie das Geld für ein solches Projekt? Ein Weinberg kostet sicherlich einiges, auch auf Rentenbasis.«

»Seit vielen Jahren spare ich darauf hin. Ich gönne mir ansonsten nichts. Deshalb hat mich meine Frau verlassen, nicht wegen meines Hobbyweinberges. Außerdem werde ich dafür Zuschüsse bekommen. Wenn das jemand weiß, dann ja wohl ich.«

»Gut, Dottore Franco, ich möchte von Ihnen sämtliche Unterlagen sehen, Gehaltsnachweise, wie Sie Ihr Vermögen bisher angelegt haben. Bringen Sie das bitte noch in dieser Woche in die Questura. Sie können jetzt gehen. Ihren Wagen können Sie auch wieder mitnehmen, aber Sie dürfen Bozen vorläufig nicht verlassen, klar?«

»Ja, Commissario, hoffentlich finden Sie den Mörder bald. Diese Situation zermürbt mich.«

Vincenzo konnte ihn gut verstehen. Der Druck des Verdachts und die Indizien stellten für jemanden, der unschuldig war, eine große psychische Belastung dar. Ein grundanständiger Mensch bekam unweigerlich Angstzustände und fühlte sich verfolgt, wenn er es unverhofft mit der Staatsgewalt zu tun bekam, wenn sie bedrohlich und unheilvoll in sein geordnetes Leben einbrach. Gerade deshalb wollte er jetzt etwas ausprobieren, was Franco entlasten könnte, sofern er die Wahrheit gesagt hatte.

Er holte sich einen Aktenordner, leerte die unterste Schublade seines Schreibtisches und legte den Ordner so hinein, wie Franco es beschrieben hatte. Dann warf er seinen Autoschlüssel in die Schublade. Er schloss sie, öffnete sie wieder, mal langsam, mal abrupt. Er nahm den Ordner heraus, ließ ihn wieder hineinfallen, wiederholte diese Prozedur immer wieder. Nicht ein einziges Mal rutschte der Schlüssel in die Akte hinein, schon gar nicht zwischen irgendwelche Papiere. Er war dafür zu groß. Wer immer den Verdacht auf Franco hatte lenken wollen, war an dieser Stelle zu gründlich gewesen.

Vincenzo musste mit den Beamten der Wirtschaftsförderung sprechen, vielleicht fand er dort noch einen ganz anderen Schlüssel.

***

Ispettore Marzoli griff zum Telefonhörer und wählte die Nummer der IFS.

»International Financial Services, Sie sprechen mit Ilona Waghäusler, was kann ich für Sie tun?«, säuselte ihm eine aufdringliche Frauenstimme ins Ohr.

Marzoli stellte sich vor und verlangte den Geschäftsführer.

»Oh, Polizei! Ich verbinde Sie mit Herrn Lamberger, unserem Verwaltungsrat.« Er wurde in die Warteschleife gelegt, wo ein penetranter Klangmix aus Alphörnern sein Gehör malträtierte. Er hielt den Hörer ein Stück vom Ohr weg.

Endlich verstummte das befremdliche Konzert. »Ignaz Lamberger. Was kann ich für Sie tun, Ispettore?«

Marzoli schilderte sein Anliegen. »Deshalb müssen wir wissen, auf wen die IFS eingetragen ist, was sie macht, einfach alles, was uns bei unseren Ermittlungen weiterhelfen kann.«

»Ispettore, hier bei uns in Liechtenstein legen wir Wert auf Diskretion und die Belange unserer Kunden. Das Wort ›Geschäftsgeheimnis‹ wird bei uns noch großgeschrieben. Aus diesem Grund streben viele ausländische Unternehmen nach Liechtenstein. Keineswegs nur wegen der günstigen Steuersätze, wie allgemein behauptet wird.«

»Signor Lamberger, es geht um Mord!«

»Und was hat die IFS damit zu tun?«

Marzoli rang um Fassung. Hatte dieser Lamberger ihm tatsächlich soeben jedwede Kooperation verweigert? In einem Mordfall? »Genau das wollen wir herausfinden, Signor Lamberger! Wenn wir all das schon wüssten, müssten wir uns nicht mehr an Sie wenden.«

»Sehen Sie, da liegt mein Problem. Da könnte ja jede ausländische Behörde hier anrufen und behaupten, ein in Liechtenstein ansässiges Unternehmen sei in irgendwelche Straftaten verwickelt. Aber so einfach geht das nicht. Wenn Sie diesbezügliche Informationen wünschen, müssen Sie hier einen schriftlichen Antrag einreichen und nachweisen, dass nach italienischem Recht ein Straftatbestand vorliegt, der mit der IFS im Zusammenhang steht. Dann sind wir kooperativ, Straftaten unterstützen wir selbstverständlich nicht!«

Marzoli glaubte, seinen Ohren nicht zu trauen. »Das dauert ja ewig!«

»Nicht unbedingt, ausufernde Bürokratie mag es bei Ihnen geben, bei uns nicht, im Gegenteil. Auch das ist ein Grund, warum wir als Standort immer beliebter werden. Informieren Sie sich in Ihrer juristischen Abteilung über die einschlägigen Vereinbarungen zwischen unseren Ländern. Verweisen Sie bei Ihrem Antrag auf dieses Telefonat, dann kann ich den Prozess vielleicht beschleunigen. Nun entschuldigen Sie mich bitte, ich habe zu tun. Auf Wiederhören.«

Noch ehe Marzoli etwas entgegnen konnte, machte es klick in der Leitung. Unfassbar – was für ein arroganter Lackaffe! Was bildete der sich eigentlich ein? Was glaubte der, mit wem er es zu tun hatte?

Ohne anzuklopfen stürmte Marzoli wutschnaubend ins Büro des Vice-Questore, vorbei an der verdatterten Signora Sacchini. Zu Marzolis Entsetzen bestätigte Baroncini, der geflissentlich über den Mangel an Etikette hinwegsah, Lambergers Ausführungen in allen Punkten.

Desillusioniert verließ der Ispettore Baroncinis Büro. Wenn sie wüssten, wer hinter der IFS steckte, wären ihre Ermittlungen möglicherweise einen entscheidenden Schritt vorangekommen. Jetzt hieß es stochern.

***

Im Büro von Carlos Mancini, dem Leiter des Amtes für Wirtschaftsförderung, war es kühl. Seit dem Vorabend fegte ein kräftiger Nordföhn durchs Etschtal. Auf der Alpennordseite galt der Föhn, der sich von Süden her über den Alpenhauptkamm wälzte, als Schneefresser. Kam er umgekehrt von Norden, brachte er der Alpensüdseite im Sommer eine angenehme Erfrischung. Vincenzo hatte sogar einen Pullover angezogen.

Mancini hingegen, einem Mann Mitte fünfzig mit einer merkwürdig unförmigen Figur, standen die Schweißperlen auf der Stirn, er wirkte nervös. »Was kann ich für Sie tun? Ich bin ein wenig, äh, in Eile.«

Vincenzo ließ sich nicht aus der Ruhe bringen. Ohne aufgefordert worden zu sein, setzte er sich auf den Besucherstuhl und sah den Amtsleiter aufmerksam an. »Wir ermitteln wegen zweier Todesfälle, Signor Mancini, beide bei der SSP. Von Ihnen möchte ich wissen, was es mit der IFS auf sich hat, denn dorthin fließt offensichtlich ein Teil der Fördergelder, die Ihre Behörde Kunden der SSP bewilligt.«

Carlos Mancini wirkte ungepflegt, er hatte ein aufgedunsenes, großporiges Gesicht, das auf reichlichen Alkoholkonsum schließen ließ. Sein noch recht volles Haar und die himmelblauen Augen ließen erahnen, dass er irgendwann einmal ganz attraktiv gewesen sein mochte. Vielleicht hatten ihn Schicksalsschläge zu dem gemacht, was er heute war. Er tat Vincenzo auf Anhieb leid.

Zögernd antwortete er: »So stimmt das nicht ganz, Commissario. Das gilt nur für Darlehen und Zuschüsse für ausländische Gesellschaften, die sich in Südtirol niederlassen wollen, nicht wahr, und das auch erst ab einer bestimmten Größe. Es geht nicht um irgendeinen Almbauern im Grödnertal, nicht wahr.«

Vincenzo lächelte dem Amtsleiter aufmunternd zu. »Aha, und was hat die IFS damit zu tun?«

»Nun, die haben wir gegründet, also die, äh, wir, die Wirtschaftsförderung. Dort arbeiten professionelle Manager, also, äh, Fondsmanager, nicht wahr. Die, äh, legen die Gelder so an, dass sie Gewinne erwirtschaften, nicht wahr.«

Vincenzo nickte verständig. »Und was ist der Zweck dieser IFS? Wofür dient dieser Fonds?«

»Nun ja, also, wissen Sie, in der Vergangenheit sind immer wieder Firmen pleitegegangen, nicht wahr, weil ihre Pläne nicht eingetreten sind, wie geplant, sozusagen, also, jedenfalls waren dann die Fördergelder futsch, nicht wahr.« Mancini wischte sich mit einem nicht ganz sauberen Taschentuch den reichlich fließenden Schweiß von der Stirn.

»Ja, und?«

»Ja, äh, dagegen wollten wir etwas unternehmen, also wir von der Wirtschaftsförderung, es geht schließlich um das Geld der Steuerzahler, nicht wahr. Immer, wenn ein Vorhaben bewilligt wird, nicht wahr, fließt ein Teil der Fördergelder in den Fonds, nicht wahr. Aus dem Fonds sollen Unternehmen gestützt werden, die in eine Schieflage geraten, damit sie überleben können, nicht wahr, um Arbeitsplätze zu sichern und Steuern zahlen zu können. Das ist ein echtes Solidaritätsprinzip. So ist das also.«

Vincenzo nickte erneut. »Ich verstehe. Und wie viele Firmen haben bereits Geld aus diesem Fonds erhalten?«

»Bis jetzt noch keine, das war nicht nötig, es gab keine Pleiten in der letzten Zeit, nicht wahr. Allzu lange gibt es diesen Fonds ja auch noch nicht.«

»Wie bitte? Dann müssen sich ja Unsummen angesammelt haben. Was passiert denn mit dem ganzen Geld?«

»Wie gesagt, das wird alles professionell angelegt, keine wilden Spekulationen, nicht wahr. Sollte aus diesem Topf innerhalb festgelegter Fristen nichts abgerufen werden, nicht wahr, geht ein Teil zurück in die Wirtschaftsförderung, nicht wahr.« Mancinis Taschentuch war inzwischen nass.

»Gut, Signor Mancini, was Sie erzählen, klingt einleuchtend. Würden Sie mir freundlicherweise ein paar aktuelle Kontoauszüge zeigen?«

Mancini starrte ihn erschrocken an. Er schien aufrichtig empört ob dieses ungeheuerlichen Ansinnens. In gesenktem Tonfall antwortete er: »Commissario, das geht nicht! Diese Unterlagen sind geheim!«

Vincenzo schüttelte den Kopf und hob mahnend den Zeigefinger. »Nicht, wenn wir in möglichen Mordfällen ermitteln, Signore.«

Entsetzt wich Mancini in seinem Bürostuhl zurück. »Mord? Oh, mein Gott!«

»Signore, würden Sie mir bitte jetzt die Kontoauszüge zeigen?«

Mancini erhob sich schwerfällig und holte einige Ordner aus einem Schrank. »Bitte sehr, behandeln Sie das bitte vertraulich.« Vincenzo blätterte in den Unterlagen. Er war perplex. »Wahnsinn! Da sind ja zig Millionen eingezahlt worden!«

»Commissario! Wenn ein Maschinenbauer oder Bauträger in Vorleistung tritt und sein Kunde dann nicht zahlt, geht es grundsätzlich um Millionen, nicht wahr.«

Vincenzo schloss den Ordner und gab ihn Mancini zurück. »Signor Mancini, gibt es andere Beratungsunternehmen, deren Kunden an diesen Fonds zahlen?«

»Äh, die würde es geben, wenn sie die entsprechende Klientel hätten, nicht wahr. Aber hier in Südtirol trifft das bloß auf die SSP zu. Alle anderen beraten nur kleine einheimische Firmen. Für die ist der Fonds nicht gedacht, nicht wahr. Dafür gibt es andere Förderprogramme, nicht wahr.«

Als sich Vincenzo verabschiedet hatte und aus dem Büro ging, ließ sich der Amtsleiter erschöpft auf seinen Schreibtischstuhl sinken.

Nachdenklich verließ Vincenzo das Amt. Hier ging es nicht mit rechten Dingen zu. Mancinis Nervosität war einfach zu auffällig gewesen. Auch die Tatsache, dass ausschließlich Kunden der SSP betroffen waren, war merkwürdig. Freilich, dieses Fondsmodell hatte was. Wenn man darüber nachdachte, war das eine sinnvolle Idee, nach dem Motto »Spare in der Zeit, dann hast du in der Not«. Doch darum ging es hier mit Sicherheit nicht. Er war gespannt, was ihm Ispettore Marzoli über die IFS berichten konnte.

***

Wieder hatten sie zusammengesessen und debattiert. Solche Sitzungen waren in dieser Situation unvermeidlich, aber entsetzlich langweilig. Wenigstens war bei der Polizei alles glattgelaufen. Sie begingen natürlich den Fehler, ihn zu unterschätzen. Das war einerseits ärgerlich, weil sie sein Genie nicht erkannten, andererseits erfreulich, weil sie auf diese Weise nichts erreichen würden. Was sollte man von dieser Provinzpolizei, für die eine Kneipenschlägerei schon ein kriminologisches Abenteuer war, schon erwarten. Aber dass sie tatsächlich so einfältig waren … Trotzdem, wie bisher konnte es nicht weitergehen.

Der Wicht, der war inzwischen das größte Problem. Nicht die Poli-

zei, nicht der Herr Kommissar, den er anfangs als durchaus ernst zu nehmenden Gegner eingestuft hatte, sondern die Amöbe hatte sich zu einem Unsicherheitsfaktor entwickelt. Ein Genie sollte sich eben niemals mit niederem Getier abgeben. Nicht, dass er ihm ernsthaft gefährlich werden konnte. Sollte er ruhig Namen nennen, dann stünde Aussage gegen Aussage. Beweise gab es nur gegen den Wicht.

Dennoch, schon der damit verbundene Ärger bedeutete eine Einschränkung für ihn. Er konnte in nächster Zeit nicht einmal auf sein Boot, das wäre zu gefährlich. Momentan nützte ihm sein ganzer Luxus nichts, ebenso wenig wie die Gelder in Liechtenstein und Frankreich, immerhin einige Millionen. An das Geld kamen sie zwar vorläufig nicht ran, auf die Liechtensteiner war Verlass. Aber wenn sie lange genug bohrten und irgendwelche Zusammenhänge zwischen Achatz, Panzini und der IFS herstellten, könnte es tatsächlich passieren, dass die Konten zumindest vorübergehend gesperrt wurden. Das durfte nicht sein, auf keinen Fall! Außerdem brauchte er schleunigst das größere Boot, auf dem alten fühlte er sich immer beengter. Der BMW war auch schon viel zu alt, zu lahm, zu ordinär. Er liebäugelte mit einem Ferrari oder einem Maserati. Oder ein Aston Martin? Der würde seiner Persönlichkeit voll und ganz gerecht. Doch bis die Dinge endgültig geregelt waren, bis die polizeilichen Ermittlungen eingestellt wurden, musste er sich notgedrungen zurückhalten.

Es gab in der Tat noch einiges zu tun. Einerseits war es an der Zeit, das Geld umzuschichten, andererseits musste er sich um den Wicht kümmern. Er holte sein Zweithandy aus der Tasche und wählte die Nummer, die er niemals einspeicherte und nach jedem Telefonat wieder aus der Anrufliste löschte, die sich aber schon lange in seinem Gedächtnis eingegraben hatte, viel zu lange.

In diesem Augenblick ging auf einem Rechner in Augsburg an eine zufallsgenerierte E-Mail-Adresse bei Yahoo eine Nachricht ein: »Für Sie ist ein Paket angekommen.«

11

Freitag, 3. Juli

Ratlos schauten Vincenzo Bellini und Guiseppe Marzoli auf die Pinnwand mit der Fallanalyse. Sie steckten fest. Solange sie keine direkte Verbindung zu den Morden herstellen konnten, würden sie aus Liechtenstein nichts Näheres über die IFS erfahren.

Vincenzo stöhnte. »Keine IFS ohne Beweise, keine Beweise ohne IFS. Ich komme mir vor wie der Hauptmann von Köpenick. Das ist zum Verzweifeln.« Egal, wen sie befragten, jedes Mal wurden die Fragezeichen zahlreicher, ohne dass sie offensichtliche Widersprüche feststellen konnten. Alles schien logisch, auch der IFS-Fonds.

Vincenzo nutzte den Leerlauf in den Ermittlungen, um das inzwischen stattliche Chaos auf seinem Schreibtisch zu beseitigen und überfällige Berichte zu schreiben. Gerade, als er sein Büro abschließen wollte, um zur Trattoria zu gehen, wo die Nürnberger Verwandten auf ihn warteten, klingelte das Telefon. *»Pronto?«*

»Dottoressa Paci, gut, das ich Sie noch antreffe, Commissario. Können Sie in die Gerichtsmedizin kommen? Der Obduktionsbefund ist fertig.«

So schnell hatte Vincenzo damit nicht gerechnet. Es würde ihm Ärger mit Mama einbringen, wenn er später kam, aber das spielte keine Rolle. »Ich bin sofort bei Ihnen, Dottoressa.« Nun würde er erfahren, ob sie es mit einem oder mit zwei Mordfällen zu tun hatten.

»*Buona sera*, Dottoressa Paci, ich bin sehr gespannt, was Sie mir erzählen können. Toll übrigens, wie schnell Sie das geschafft haben!«

Claudia Paci hatte die dichteste und wildeste Mähne, die Vincenzo je bei einer Frau gesehen hatte. Ihr schmales, eher herbes Gesicht schien sich in den roten Locken regelrecht zu verlieren. »Vielen Dank, Commissario! Der Tote hatte Herzrhythmusstörungen. Ansonsten konnte ich keine Auffälligkeiten feststellen, keine weiteren Vorerkrankungen, ein für sein Alter normales Lungenvolumen.«

Vincenzo nickte ihr aufmunternd zu. »Aber?«

»Das Entscheidende ist der toxikologische Befund, den Baroncini angeordnet hat. Das Ergebnis ist banal: Digitalis purpurea.«

»Wie bitte? Digitalis purpurea? Was bedeutet das, Dottoressa?«

Claudia Paci schob Vincenzo über ihren Schreibtisch ein aufgeschlagenes Buch zu, in dem diverse Pflanzen abgebildet waren. Sie tippte mit dem Zeigefinger auf das Foto eines langstieligen Gewächses mit etlichen kelchförmigen Blüten. »Arthur Achatz wurde mit dieser Pflanze vergiftet, die bei uns weit verbreitet ist und um diese Jahreszeit blüht: roter Fingerhut, eine der giftigsten Pflanzen Europas. In geringer Dosierung werden Substanzen der Digitalis purpurea in Medikamenten gegen Herzinsuffizienz eingesetzt, zum Beispiel Digimerck. Eine Überdosierung kann auch bei gesunden Menschen zum Herzstillstand führen. Das ist Arthur Achatz passiert.«

Vincenzo schüttelte ungläubig den Kopf. »Arthur Achatz ist an einer gewöhnlichen Pflanze gestorben?« Dottoressa Paci pustete sich eine Strähne aus dem Gesicht. Der Versuch, die Locke aus ihrem Blickfeld zu verbannen, war ein hoffnungsloses Unterfangen. »In der Tat. Sie ist in fast ganz Europa verbreitet, wächst an Waldwegen, auf Lichtungen, mit anderen Worten: überall in unserer Südtiroler Natur.«

»Wie würde man das denn anstellen, ohne dass das Opfer es merkt?«

Dottoressa Paci verlor auch die nächste Runde gegen ihre widerspenstige Locke. »Die gesamte Pflanze ist hochgiftig. Allerdings schmeckt sie sehr bitter. Wenn Sie jemanden damit umbringen wollen, ist eine Überdosierung mit entsprechenden Medikamenten am einfachsten. Ich erwähnte ja schon Digimerck. Dieses Medikament wird üblicherweise in Pillenform verabreicht, aber die sind kaum unbemerkt zu verabreichen. Wenn Sie die Pillen zerkleinert in ein Getränk schütten, würde das extrem aufschäumen. In einer Speise würden Sie es sofort schmecken. In Ausnahmefällen bekommen Sie Digimerck aber auch in handlichen kleinen Ampullen. Dann ist es kein Problem, es irgendwo unterzumischen. Wenn Sie denselben Effekt mit Hilfe pflanzlicher Bestandteile erzielen wollen, müssten Sie diese zu einem Brei zerstampfen und unter ein Getränk oder eine Speise mischen, die einen dominanten Geschmack hat. Dann könnte es sein, dass der Betreffende es nicht merkt. Denn bereits eine Dosis von ungefähr zweieinhalb Gramm der Blätter ist tödlich.«

Vincenzo schaute voller Respekt auf die Fotos des roten Fingerhuts, dann wieder zu der schon wieder pustenden Dottoressa Paci. »Wie wirkt die Substanz im menschlichen Organismus? Warum kann ein gesunder Mensch davon sterben?«

»Digimerck wird gegen Herzinsuffizienz verordnet, es steigert also die Herzkraft. Wenn es aber überdosiert wird, kommt es zu einer Extrasystolie, schließlich zu Herzkammerflimmern und letztendlich zum Herzstillstand. Der Puls kann zuvor auf unter zwanzig Schläge in der Minute sinken.«

»Ist es von Bedeutung, wenn das Gift bei Anstrengung in den Organismus gelangt, zum Beispiel auf einer Bergwanderung?«

»Da ist das Herz ohnehin im Belastungszustand. Gleichzeitig gelangt das Gift noch rascher in den Kreislauf, der Herztod tritt dann also noch schneller ein. An dieser Stelle sind Achatz' Herzrhythmusstörungen von Belang. Bei seiner Art von Herzproblemen ist ein Medikament wie Digimerck nicht angezeigt. Nach meiner Einschätzung war Achatz überhaupt nicht auf Medikamente angewiesen. Insofern würde ich ausschließen, dass er sich versehentlich selbst eine zu große Dosis verabreicht hat. Wenn Sie ganz sicher gehen wollen, müssten Sie seinen Hausarzt kontaktieren.«

»Wie schnell würde der Tod bei einer extrem hohen Dosierung eintreten?«

»Das lässt sich schwer sagen. Das hängt vom Typ, der Dosis und den Umständen ab. In diesem Fall würde ich sagen, zwischen einer und drei Stunden nach Einnahme. Mit Unsicherheiten in beide Richtungen.«

Vincenzo stellte sich den Arthur-Hartdegen-Weg vor, sah eine plaudernde und lachende Wandergruppe, die gewiss nicht auf jeden ihrer Tritte achtete. »Wäre es denkbar, dass jemand dieses Gift versehentlich abbekommt? Wenn er mit der Pflanze in Kontakt kommt, sie anfasst?« Vincenzo musste daran denken, wie oft er auf seinen Touren den roten Fingerhut bewundert und angefasst hatte, ohne davon Herzprobleme zu bekommen. Er wäre niemals auf die Idee gekommen, es mit einer hochgiftigen Pflanze zu tun zu haben.

Dottoressa Paci, die ihren Kampf gegen die renitente Locke endgültig aufgegeben hatte, schüttelte den Kopf. »So einfach ist es auch wieder nicht. Für einen plötzlichen Herztod bedarf es einer bestimmten Dosis, die Sie über Berührungskontakt nicht erreichen können. Zudem hat Digitalis purpurea, wie gesagt, einen sehr bitteren Geschmack. Jeder Mensch würde das sofort wieder ausspucken.«

»Brauche ich dafür Vorkenntnisse, muss ich also Arzt sein oder Pharmazeut?«

»Keineswegs, Sie müssen bloß ein paar Minuten im Internet recherchieren, dann kennen Sie die nötige Dosis. Jeder könnte so einen Mord begehen.«

»Mit anderen Worten: Wir haben es mit einem fast perfekten Mord zu tun. Ohne Obduktion wären wir niemals darauf gekommen.«

Dottoressa Paci schüttelte wieder den Kopf, wobei ihre Lockenpracht für einen kurzen Augenblick ihr gesamtes Gesicht verdeckte. »Keineswegs, Commissario. Ihr Täter mag sich für perfekt halten, aber in diesem Fall hatte er eine große Portion Glück. Mein Kollege, Dottore Tadini, hat als Erstes den Herzstillstand festgestellt, die Nulllinie beim EKG. Wenn Achatz' Herz zu diesem Zeitpunkt noch geschlagen hätte, wäre Tadinis Diagnose anders ausgefallen, er hätte sofort die Digitalisvergiftung erkannt. Dieser Mord basiert vermutlich auf einer Google-Recherche, perfekt ist er mitnichten!«

Vincenzo verließ die Gerichtsmedizin. Er hatte mit allem gerechnet, aber nicht damit, dass eine gewöhnliche Pflanze, die in Südtirol massenhaft vorkam, Arthur Achatz aus dem Leben gerissen hatte. Er hatte eher an ein seltenes Medikament oder eine schwer erhältliche Substanz aus der Apotheke gedacht. Das schränkte den Kreis der Verdächtigen kaum ein.

Allerdings teilte er Dottoressa Pacis Einschätzung in einem Punkt nicht. Er glaubte nicht, dass Achatz' Mörder Glück hatte. Der Täter war sich der Gefahr bewusst, dass die Digitalisvergiftung auffallen könnte. Er suchte den Kitzel sogar. Er wollte, dass seine Taten entdeckt wurden, sehnte sich nach Anerkennung, Bewunderung. Vielleicht war auch die Beule an Francos Wagen kein Zufall. Die Polizei sollte diese Spur finden. Sie hatten es nicht nur mit einem Mörder zu tun, sondern mit einem Psychopathen.

Umso wichtiger war es, den Mord nachzuvollziehen. Wer hätte

Achatz wie, wo und wann das Digimerck verabreichen können? Es konnte nur auf dem Arthur-Hartdegen-Weg oder kurz davor passiert sein. Würden nicht seine Verwandten an diesem Wochenende seine ungeteilte Aufmerksamkeit beanspruchen, könnte er den Arthur-Hartdegen-Weg abgehen. Vielleicht würde er eine klarere Vorstellung vom Ablauf des Mordes bekommen, wenn er die Tour, die sie gegangen waren, genau in Augenschein nahm. Aber da war nichts zu machen, er durfte seine Eltern nicht enttäuschen. Mürrisch ging er in Richtung Altstadt.

***

Vincenzo kam erst um halb sieben in der Trattoria an, obwohl ihn seine Mutter nachdrücklich um halb sechs bestellt hatte. Er bereitete sich schon innerlich auf Antonias Donnerwetter vor, stattdessen empfingen ihn schon vor der Trattoria eine jauchzende Tante und ein Onkel, der ihm freundschaftlich auf die Schulter klopfte und in würdevollem Tonfall verkündete: »Dich erwartet eine Überraschung, mein Junge«.

Ehe er sich versah, stand Tante Erika hinter ihm und hielt ihm die Augen zu. »Los, in die Trattoria, ich führe dich. Geh zu!« Vincenzo wusste nicht, wie ihm geschah. Hatte sein Vater vielleicht den Wein des Jahrhunderts ausgegraben, und er durfte ihn als Erster probieren? Eine kichernde Erika hinter sich, die ihm die Hände vor die Augen gelegt hatte, was bemerkenswert war, weil seine Tante fast dreißig Zentimeter kleiner war als er, stolperte er in die Trattoria. »Stehen bleiben, Augen zulassen!« Ein kurzes Getuschel, dann zog Erika ihre Hände weg, doch nur ganz kurz. Eine Sekunde später hielt sie ihm wieder die Augen zu. Doch halt! Das waren nicht Tante Erikas Hände. Er roch »Eternity«, das benutzte sie bestimmt nicht, außerdem hatte er es vorher nicht gerochen. Woher kannte er bloß diesen Duft? Natürlich! Das Parfüm hatte er bei seinem letzten Besuch Gianna mitgebracht! Gianna? Gianna!

Er dreht sich um und sah unvermittelt in Giannas große rehbraune Augen. *»Il mio bello Commissario!«* Schon spürte er Giannas Lippen auf seinen. Vincenzo kam sich vor wie in einem Traum. Gianna lächelte ihn an, seine Verwandten klatschten, alle sprachen wild durcheinander.

Gianna hatte schon am Dienstag in der Trattoria angerufen und Vincenzos Eltern ganz offen gefragt, ob sie nicht über das Wochenende zu Erikas Geburtstag kommen könnte. Überrumpelt hatten die beiden zugestimmt. Gianna hatte ein Hotelzimmer mitten in der Bozener Altstadt reserviert, keine fünf Fußminuten von der Trattoria entfernt. »… wissen Sie, dann können wir beide was trinken, und Ihre Schwester und ihr Mann haben Vincenzos Wohnung für sich.« Nun saßen sie zusammen in der Trattoria und feierten ausgelassen Erikas Geburtstag, die sich über ihren Südtirol-Spezialitätenkorb sichtlich freute. Jedwede Förmlichkeit war nach ein paar Minuten vergessen, man duzte sich und prostete sich zu.

Es wurde ein fröhlicher Abend, sie aßen und tranken viel. Es war lange nach Mitternacht, als Onkel Rudolf sich erhob und feierlich proklamierte: »Gianna, Vincenzo, ihr beide seht euch ja viel zu selten. Wir wollen euch nicht das gesamte Wochenende in Beschlag nehmen, wir waren ja auch mal jung« – augenzwinkernd lächelte er seine Frau an – »also geben wir euch morgen frei. Erika und ich fahren nach Meran und besichtigen die Gärten von Schloss Trauttmansdorff. Das muss jetzt ein einziges Blütenmeer sein. Es reicht, wenn ihr uns morgen Abend noch einmal das Gefühl gebt, wieder jung zu sein. In diesem Sinne, Prost!«

In Vincenzo brodelten die Gefühle. Er konnte es kaum erwarten, mit Gianna das sicherlich großzügige Hotelbadezimmer zu testen. Mit ihren offenen Haaren sah sie umwerfend aus, dazu ihre warmherzige und verbindliche Ausstrahlung, mit der sie sofort alle Sympathien seiner Familie gewonnen hatte. In diesem Moment hatte sie nichts gemein mit der Kanzlei-Gianna. Und Onkel Rudolfs Ankündigung würde auf wundersame Weise dazu beitragen, Privates und Berufliches optimal miteinander zu verbinden.

Nachts um drei Uhr lagen sie noch wach in ihrem Himmelbett, in dem sie sich mehrmals geliebt hatten. »Du, Gianna?«

»Ja, mein schöner Kommissar?«

»Du liegst doch gerne an einem schönen See, liest ein Buch und tauchst zwischendurch ins kühle Nass, oder?«

»Was kommt denn jetzt?«

Vincenzo beugte sich über sie und strich ihr die Haare aus dem Gesicht. »Ich würde gerne morgen mit dir ins Pustertal fahren. Ich möchte dort eine bestimmte Wanderung machen, alleine, nicht allzu lange, höchstens ein paar Stunden. In Sand in Taufers gibt es ein wunderschönes Freibad, einen Naturbadeteich, traumhaft, niemals überlaufen und in wunderschöner Umgebung. Du siehst über die Burg Taufers direkt auf den Zillertaler Hauptkamm. Das ist ein grandioser Anblick. Ich könnte dich vormittags absetzen und nachmittags dazukommen. Was hältst du davon?«

Nachdem er ihr den Grund für seine Wanderlust erklärt hatte, willigte sie ein. Diese Motivation konnte sie nachvollziehen. Es war genau das, was sie sich bei ihm wünschte: beruflicher Ehrgeiz.

12

Sand in Taufers, Samstag, 4. Juli

Um halb elf setzte Vincenzo Gianna vor dem Freibad ab. Eine Viertelstunde später stand er am Hotel Hochgall, dort, wo Arthur Achatz seine letzte Wanderung begonnen hatte. Er hatte nur ein Ziel: Er wollte sich bei jedem Schritt in den Täter hineinversetzen. Wann hätte er Achatz das tödliche Mittel unbemerkt verabreichen können und wie? Wo würde eine Gruppe mit ganz unterschiedlicher Kondition Pausen einlegen? Wie lange waren sie bis zu den Steinplatten unterwegs? War es überhaupt von Bedeutung, dass Achatz ausgerechnet auf der Wanderung gestorben war? Vielleicht hatte er die tödliche Dosis nur zufällig gerade an diesem Tag zu sich genommen? Unendlich viele Fragen schwirrten ihm durch den Kopf. Hoffentlich würde er an diesem Tag ein paar Antworten finden. Er ging langsam los, bis zum Abzweig in den Bergwald. Dort blieb er stehen und blickte nach oben.

Vor ihm lag ein steiler Anstieg von sechshundert Höhenmetern bis zur oberen Kofleralm. Er versuchte sich vorzustellen, dass er zwanzig Jahre älter und zwanzig Kilogramm schwerer wäre und bei Weitem weniger sportlich. *Was hast du in diesem Moment gedacht? Wusstest du schon, wo und wann Achatz sterben würde?* Dann machte er sich auf den Weg bergan, durch mehrere Viehtore hindurch. Für einen Einzelwanderer bedeuteten sie keine zeitliche Verzögerung, aber wenn hier eine größere Gruppe durchmusste, dauerte es jeweils ein paar Minuten: Tor aufmachen, die anderen durchgehen lassen, ein paar Scherze, Tor zumachen, weitergehen. Er verweilte an jedem Tor einen Augenblick. Erst nach zweieinhalb Stunden erreichte er die Alm, er hatte doppelt so lange gebraucht wie sonst.

Dort, an dem Kreuz mit dem phantastischen Panoramablick, hatten sie mit Sicherheit eine längere Pause gemacht, denn wenig Trainierte spürten hier wohl erste Anzeichen von Erschöpfung. Er schloss die Augen, stellte sich die Wandergruppe vor, die sich hier niederließ. Hatte jeder sein eigenes Gepäck, seine eigene Verpflegung dabei? Oder hatten die Konditionsstärkeren angeboten, für die Schwächeren das Gepäck zu tragen? Er sprach leise in das kleine Diktiergerät, das er morgens noch aus dem Büro geholt hatte: *Fitnesszustand und Bergerfahrung prüfen. Wer hat wessen Gepäck getragen? Wann, wo und wie lange waren die Pausen?* Er sah vor seinem geistigen Auge, wie jemand aus der Gruppe unbemerkt etwas unter Achatz' Jause mengte. Wahrscheinlich waren sie von diesem einzigartigen Rundumblick derart überwältigt, dass keiner sonderlich auf sein Gepäck achtete. Es wäre ein Leichtes gewesen, dem arglosen Achatz schon hier die Substanz unterzumischen. Theoretisch hätte es jeder tun können. Er begriff, dass sie alle Wanderer nochmals mit gänzlich anderen Schwerpunkten befragen mussten.

Mit ungewohntem Schlenderschritt setzte er sich wieder in Bewegung. War jemand zwischendurch ausgetreten, also unbeobachtet gewesen? Wieder sprach er in sein Diktiergerät. Er erreichte die Ursprungalm nach weiteren anderthalb Stunden. Mit Pause war er schon über vier Stunden unterwegs, unglaublich. Ob sie hier eingekehrt waren?

Er sprach den Hüttenwirt auf die Wandergruppe an. »An die kann ich mich gut erinnern. Von denen ist einer gestorben, da hinten auf den Felsplatten! Ich habe den Hubschraubereinsatz gesehen. Die sind vorher an meiner Hütte vorbeigegangen. Einer wollte bei mir was trinken, aber ein anderer sagte, sie sollten weitergehen, weil es noch ein weiter Weg wäre.« Allmählich füllte sich der Chip des Diktiergerätes.

Vincenzo ging langsam weiter, erreichte die schmale Brücke, hinter der es bald wieder steil bergan ging. Wahrscheinlich hatten sie hier nochmals gerastet, um etwas zu trinken. Er ging jetzt fast so langsam wie ein Spaziergänger, blieb zwischendurch immer wieder stehen. Auf diese Weise benötigte er für diesen harmlosen Anstieg fast eine halbe Stunde. Nun hatte er die Felsplatten erreicht, an denen die geplante Tour der Gruppe mit Arthur Achatz' Tod endete.

Er konnte vor sich sehen, wie Achatz von Schmerzen gezeichnet auf die Felsplatten sank. Sicherlich war in der Gruppe Panik ausgebrochen – echte und vorgetäuschte. Jemand hatte die Bergwacht alarmiert. Mantinger? Wie lange dauerte es, bis der Hubschrauber kam? Der Einsatz selbst war professionell und schnell verlaufen, kaum mehr als fünf Minuten, er hatte ihn miterlebt. Jetzt konnte er sich vorstellen, wie und wo Achatz vergiftet wurde, und er wusste, was er für Fragen stellen musste.

Am Freibad, das seit einer Stunde geschlossen hatte, erwartete ihn eine frustrierte Gianna. »Vincenzo, spinnst du? Hast du mal auf die Uhr gesehen? Was fällt dir ein, mich hier warten zu lassen?«

»Gianna, bitte entschuldige, ich habe die Zeit total vergessen. In Gedanken war ich ständig bei Arthur Achatz' letzter Wanderung. Es tut mir leid.«

»Trotzdem, das geht nicht. Ich bin deinetwegen hergekommen, habe uns das Hotelzimmer reserviert, und was machst du? Du lässt mich nicht nur den ganzen Tag alleine, sondern auch noch mehr als eine Stunde vor einem geschlossenen Freibad herumstehen. Und wofür hast eigentlich dein Handy, wenn du es nicht einmal einschaltest? Das hat nichts mehr mit beruflichem Engagement zu tun!«

***

Hans-Georg Schimmel stand mürrisch vor dem Spiegel seines Badezimmerschrankes. Er blickte in ein von Falten gezeichnetes Gesicht, Falten, die nicht allein auf sein Alter und die fast südländische Sonne Südtirols zurückzuführen waren, sondern auch auf die täglichen Sorgen, das wusste er nur zu gut. Er sah einen Mann, den das Leben trotz all seiner beruflichen Erfolge gezeichnet hatte.

Bis zu seinem Studium in Köln hatte er keine Sorgen gekannt. Dann lernte er Sabine kennen. Sie war jünger als er, aber wesentlich reifer. Ihre scheinbar so starke Persönlichkeit, ihr demonstratives Selbstbewusstsein zogen ihn zunächst magisch an. Er studierte noch, als sie zum ersten Mal schwanger war. Während Nicole zur Welt kam, saß er in einer Marketing-Klausur. Er übernahm die Verantwortung und heiratete Sabine, die außer einem Realschulabschluss nichts vorweisen konnte. So musste er sein Studium abschließen und dazu noch genug Geld für eine Familie verdienen. Diesen Spagat schaffte er problemlos. Er fand an seiner Universität exzellente Verdienstmöglichkeiten.

Zu spät erkannte er, dass Sabines taffe Art ein Fassade war, hinter der sich ein zutiefst verunsichertes, zu Depressionen neigendes Wesen verbarg. Als er sie das erste Mal in einem apathischen Zustand erlebte, war bereits das zweite Kind unterwegs, Christina. Er schob es zunächst darauf, dass der Abstand zwischen den beiden Schwangerschaften so kurz gewesen war, aber nach der Geburt verschlechterte sich ihr Zustand weiter. Sie war häufig schlecht gelaunt, wurde aggressiv, sogar den Kindern gegenüber, und geriet manchmal in einen völlig apathischen Zustand, der sie zur Untätigkeit verdammte. Und sie hatte zunehmend Schlafstörungen. Schimmel konnte sie überreden, in Köln zu einem Psychologen zu gehen, er hatte seinen Namen längst vergessen, irgendwas mit Walter, Walter Soundso. Unwichtig, denn der Mann konnte ihr nicht helfen. Er vermutete zunächst eine hormonell bedingte Depression infolge der Schwangerschaften, doch das stellt sich als Irrtum heraus. Klinische Untersuchungen bestätigten den Verdacht einer endogenen Depression, die offenbar kaum zu behandeln war. Seitdem nahm seine Frau Antidepressiva und Schlaftabletten und schwankte zwischen Phasen der Ruhe und plötzlichen Anfällen. Seit der Geburt von Christina schliefen sie nicht mehr miteinander.

Der mühsame Alltag hatte sich in sein Gesicht gegraben, wie er nur allzu deutlich im Spiegel sehen konnte. Wären die Kinder nicht so früh gekommen, hätte er Sabine wohl längst verlassen. Immerhin war es ihm schon seit Kölner Tagen gelungen, sich einen Ausgleich zu schaffen, und auch jetzt fand er die nötige Ablenkung. Aber es war nicht auszudenken, welche Folgen es haben könnte, wenn Sabine dahinterkäme. Wie würde ein zutiefst depressiver Mensch auf etwas reagieren, was schon einen gesunden in eine Krise stürzen würde? Er wagte gar nicht, sich das vorzustellen. Aber eines war ihm völlig klar: Ewig konnte er ein solches Doppelleben nicht weiterführen, ohne aufzufallen.

Zu allem Übel hatte seine Gesundheit durch die Belastungen Schaden genommen. Vor fünf Jahren hatte man bei ihm eine chronische Herzinsuffizienz festgestellt, ausgelöst durch eine Herzmuskelentzündung, die er stressbedingt verschleppt hatte. Wenigstens ließ sich die Herzschwäche medikamentös gut behandeln und wirkte sich kaum auf sein tägliches Leben aus.

Er öffnete den großen Spiegelschrank, nahm eine der gläsernen Ampullen heraus und würgte, sich dabei im Spiegel beobachtend, den Inhalt widerwillig herunter. Unglaublich, wie alt er geworden war. Er ging zurück ins Schlafzimmer und legte sich neben seine Frau, die wieder eine Schlaftablette genommen hatte. Wenn sie schlief, sah sie so zufrieden aus. Man mochte gar nicht glauben, dass man einen derartig depressiven Menschen vor sich hatte.

13

Montag, 6. Juli

Vincenzos Erkenntnisse und Überlegungen gaben ihren Ermittlungen neue Impulse. Wer hatte die Möglichkeit gehabt, sowohl Achatz als auch Panzini aus dem Weg zu räumen? Wer entsprach am ehesten dem Täterprofil, das sich aus Vincenzos Tatortanalysen ergab? Einerseits durchleuteten sie, wie bisher schon, das Umfeld und den persönlichen Hintergrund sämtlicher Beteiligten und versuchten, Zusammenhänge zwischen Opfern und Täter herzustellen, andererseits sammelten sie Fakten und entwickelten Profile. Irgendwann würde sich aus beiden Ansätzen eine Schnittstelle ergeben.

Gleich drei der SSP-Mitarbeiter – Hans-Georg Schimmel, Franz Junghans und Klaus Mantinger – stammten aus Köln beziehungsweise hatten dort studiert. Das war zumindest auffällig. Francos Angaben zu seinen Reisen und Zukunftsplänen in der Toskana erwiesen sich als zutreffend. Lediglich über Salvatore Gemini ließ sich nur wenig in Erfahrung bringen. Er stammte aus Bozen und hatte dort, zusammen mit Schimmel, vor rund dreizehn Jahren die SSP gegründet.

Zu Achatz oder Panzini hatte keiner der Kollegen und Vorgesetzten nähere Beziehungen. Ein Motiv mit persönlichem oder familiärem Hintergrund schien immer unwahrscheinlicher. Sie mussten herausfinden, woher sich die Einzelnen kannten, vor allem Schimmel und Gemini. Zwischen ihnen schien keinerlei freundschaftliche Bindung zu bestehen, dennoch hatten sie zusammen ein Unternehmen gegründet. Dann die drei Kölner, wann hatte jeder von ihnen studiert? Kannten sie sich damals schon? Waren sie vielleicht sogar miteinander befreundet?

Bedachte man die Tatumstände, so musste der Mörder bestimmte Charaktermerkmale erfüllen: intelligent, beherrscht, analytisch, skrupellos. Aufgrund dieser Eigenschaften war zu vermuten, dass er oder sie in einem Verhör gänzlich unauffällig blieb – kein Täter, der leicht einzuschüchtern war. Weiterhin schien es wahrscheinlich, dass er sich in den Südtiroler Bergen auskannte und trainiert genug war, das Gepäck anderer Mitwanderer zu tragen. Commissario Bellini und Ispettore Marzoli kündigten sich für Dienstag um neun Uhr erneut bei der SSP an.

***

»Allmählich geht mir der Herr Kommissar gewaltig auf die Nerven.« Schimmel, der noch unter dem Einfluss seines vorabendlichen Selbsterkenntnisschubes stand, redete sich auf für ihn ungewohnte Weise in Rage. Die beiden Geschäftsführer und die Berater der SSP saßen um den Tisch im Besprechungsraum, um sich für die Befragungen am nächsten Morgen abzusprechen. »Der hat sich auf uns eingeschossen. Wenn das so weitergeht, können wir bald dichtmachen. Und das Motiv dieses Pseudo-Polizisten? Nichts als Neid, der Neid eines kleinen, dummen, schlecht bezahlten Beamten.«

»Reg dich nicht auf, Hans-Georg«, entgegnete Gemini, der seinen Partner als Einzigen in der Firma duzte. »Zwei Mordfälle, beide im Zusammenhang mit unserer Firma. Es ist folgerichtig, dass sie bei uns ermitteln.«

»Ach, was! Die Selbstverständlichkeit, mit der uns dieser Idiot die Zeit stiehlt, ist unverfroren. Er hat es nicht einmal für nötig befunden zu fragen, ob es uns so kurzfristig passt. Salvatore, du hast doch hochrangige Kontakte zu den Südtiroler Behörden, kannst du diesen Bellini nicht zurückpfeifen lassen?«

»Ich fürchte, nein. Wenn Falcone noch Vice-Questore wäre, könnte ich sicherlich was unternehmen. Aber Baroncini ist unbestechlich, durch nichts und niemanden zu beeindrucken, auch nicht durch mich. Lassen wir es dabei bewenden.«

Doch Junghans schlug voller Eifer in dieselbe Kerbe: »Warum sollen wir klein beigeben? Müssen wir uns hier alles gefallen lassen? Das ist doch staatliche Willkür! Nicht nur, dass uns diese Holzköpfe von unserer Arbeit abhalten, nein, unsere Kunden kriegen mit, was hier abläuft. Das wäre für jede Firma eine Katastrophe!«

Mantinger hatte Junghans' Tirade mit zusammengekniffenen Augen angehört. Jetzt sprang er auf und rief mit drohend gehobenem Zeigefinger: »Franz hat völlig recht! Wir werden hier ohne Begründung schikaniert. Die haben sich auf uns eingeschossen. Ich kann euch auch sagen, warum! Die kommen nicht weiter. Die haben keine Ahnung, wo sie suchen sollen. Deshalb verfallen sie in blinden Aktionismus. Signor Gemini, wenn ich meine persönliche Meinung äußern darf: Ich finde, dass Sie sich mehr wehren sollten. Sie haben in Bozen einen tadellosen Ruf, so viele hochkarätige Verbindungen, da müsste sich doch was deichseln lassen. Mein Gott, dieser Kommissar ist doch ein Greenhorn. Wenn dem ein eisiger Wind entgegenweht, zieht der sofort den Schwanz ein.«

Gemini lächelte seine Mitarbeiter kopfschüttelnd an. »Signori, das sehen Sie leider falsch. Die Polizei ermittelt bei uns, weil die wenigen Spuren, die sie bisher haben, allesamt in unsere Richtung weisen. Wir werden das akzeptieren müssen, ob uns das passt oder nicht. Und ob Bellini tatsächlich so ein Greenhorn ist, wie Sie sagen, Signor Mantinger? Ich wäre vorsichtig. Glauben Sie mir, der hat es faustdick hinter den Ohren.« Dann wandte er sich an Franco. »Also wissen Sie, Dottore Franco! Als die Polizei hier das erste Mal aufgetaucht ist, hätten Sie uns und auch in der Questura doch sofort von Ihren Plänen erzählen müssen. Vor allem, nachdem Ihr Auto ins Fadenkreuz der Ermittlungen geraten ist. Haben Sie denn gar kein Vertrauen zu uns?«

»Das ist es nicht, ich wollte bloß keine Unruhe stiften. Mir war immer klar, der Weinbau ist meine Berufung, deshalb kann ich das hier nicht ewig machen. Aber wie hätten Sie mich denn zukünftig gesehen, wenn Sie gewusst hätten, dass ich in ein paar Jahren verschwinden will?«

»Mensch, Fabio«, frotzelte Junghans, »warum machst du dir solche Gedanken? Meinst du nicht, dass jeder von uns Träume hat? Wenn du Wein anbaust, werden wir dich regelmäßig besuchen und prüfen, wie gut du bist. Oder wir verlegen gleich unseren Firmensitz in deinen Weinberg.«

In das Gelächter hinein sagte Gemini, der Gewitzel nicht mochte und überhaupt wenig Sinn für Humor hatte: »Okay, für Sie alle gilt morgen: Je kooperativer Sie sind, desto eher ist es vorbei. Schönen Feierabend, Kollegen.« Wie immer stand Gemini als Erster auf und verließ den Raum ohne weitere Worte.

Mantinger sah ihm nach. Dann sagte er: »Also, ich weiß nicht, was ihr vorhabt, ich für meinen Teil brauche nach diesem Ärger ein paar Gläschen Lagrein. Hat jemand Lust?«

»Gerne, Klaus, ich komme mit. Wie in alten Zeiten«, entgegnete Junghans.

Zehn Minuten später saßen die beiden in einer kleinen Bar und bestellten sich eine Flasche des typischen Südtirolweins. »Wir haben momentan ganz schön Brassel am Hals«, stellte Junghans fest, noch ehe der Cameriere den Lagrein gebracht hatte. »Was glaubst du denn, wer und was dahintersteckt, Klaus?«

Mantinger zog eine Augenbraue hoch. »Ich habe keine Ahnung. Ich wäre nie auf den Gedanken gekommen, dass Arthurs Tod kein normaler Herzinfarkt war. Dann diese Nummer am Penegal. Das ist ganz schön abgebrüht.«

»Du meinst, von uns hat niemand was damit zu tun?«

»Das kann ich mir beim besten Willen nicht vorstellen, vielleicht ...« Er unterbrach sich und rief dem vorbeieilenden Kellner zu: »*Scusi, Signore, due Grappe, per favore!* Du trinkst einen mit, oder? Klar, dachte ich mir, der gehört schließlich dazu. Also, vielleicht haben wir es mit organisierter Kriminalität zu tun. Hast du darüber mal nachgedacht? Wer sonst ist dermaßen rücksichtslos?«

Junghans runzelte die Stirn. »Wäre möglich, aber warum? Ich meine, Arthur, der Inbegriff der Ehrlichkeit, wie soll der mit der Mafia in Berührung gekommen sein? Und das ausgerechnet in Südtirol? Wir sind hier nicht auf Sizilien.«

»Keine Ahnung. Das herauszufinden wäre Aufgabe der Polizei. Ich verstehe bloß nicht, warum sie nicht auch in dieser Richtung ermitteln. Die konzentrieren sich total auf uns.«

»Na, ist doch logisch, ich meine, welches Interesse sollte die Mafia an einem kleinen Beratungsunternehmen haben?«

»Nun, unsere Kontakte vielleicht? Unsere finanzstarken Kunden? Verwaltung? Wirtschaftsförderung? Gemini werden sogar Beziehungen bis nach Rom nachgesagt.«

»Könnte sein. Komm, lass uns über angenehmere Dinge sprechen. Denkst du manchmal noch an unsere Zeit in Köln? Mann, jeden Abend Party, und die Weiber waren alle scharf auf uns.«

Mantinger lachte. »Daran kann ich mich bestens erinnern. Du standest auf blond, ich bevorzugte die Schwarzhaarigen. Von beiden gab es reichlich. Wie gutgläubig sie waren, die kleinen Studentinnen. Wir konnten denen das Blaue vom Himmel herunterlügen, sie haben es geglaubt. Habe ich dir eigentlich je die Geschichte von dieser Psychologiestudentin erzählt, die mit der eigenen Bude in Bonn? Der habe ich vorgegaukelt, dass ich aus einem alten Adelsgeschlecht stamme, steinreich bin und unter einem Pseudonym zahlreiche Romane veröffentlicht habe. Die war wie Wachs in meinen Händen. Mit der konnte ich Sachen anstellen, die traue ich mich gar nicht auszusprechen. Nur mit dem Kölsch konnte ich mich nie anfreunden.«

»Och, nach dem zehnten ging's doch. Die Köbesse, Mensch, das waren vielleicht Originale. So etwas vermisse ich ehrlich gesagt manchmal. Hier ist alles so provinziell. Köln ist eine geile Stadt, oder?«

»Allerdings, für mich eine der schönsten Städte überhaupt. Das hier war trotzdem eine einmalige Chance, und Schimmel war unser Sprungbrett. Signore? Noch eine Flasche von dem Lagrein! Sympathisch war mir der zwar nie, aber wir kamen ihm wie gerufen.«

»Das stimmt. Ich beschwere mich auch gar nicht. Ist durchaus toll hier in Bozen, Berge, nichts als Berge … Kannst du dich eigentlich an Professor Graf erinnern?«

Mantinger dachte kurz nach. »Das war unser BWL-Dozent, oder?«

»Stimmt, der war im Prüfungsausschuss, in der Vollversammlung der IHK, im Festkomitee des Kölner Karnevalsvereins und vieles mehr. Der Mann war eine Koryphäe und in Köln bekannt wie ein bunter Hund.«

»Du hattest mehr Kurse bei dem als ich, glaube ich. Wenn ich mich recht entsinne, ist der kurz nach unserem Examen ums Leben gekommen, oder?«

Junghans stieß die Faust in die Luft und rief laut: »Umgebracht! Umgebracht hatte der sich! Die Medien redeten von Erpressung! Das ist übrigens niemals aufgeklärt worden.«

»Woher weißt du das?«, fragte Mantinger leise, um nicht noch mehr aufzufallen. Nach Junghans' kurzem Temperamentsausbruch war es still geworden in der kleinen Bar, die meisten Gäste hatten sich zu ihnen umgedreht.

Unter Alkoholeinfluss wurde Junghans oft überschäumend. »Woher weiß ich was?«, fragte er immer noch zu laut.

»Dass das ungeklärt ist. Und bitte sprich wieder ein bisschen leiser. Muss ja nicht jeder mithören.«

Mantingers Frage hatte Junghans ohnehin verunsichert, sodass er automatisch in einem normalen Tonfall weitersprach. »Äh, also ich meine, zu unserer Zeit. Keine Ahnung, ob das später aufgeklärt wurde. Aber sag mal, Klaus, du hattest ja einen besseren Zugang zu dem Schimmel als ich. War der nicht auch ziemlich aktiv in Köln?«

»Das ist richtig. Meinst du, das hat irgendwas mit unserem Ärger hier zu tun?«

»Ach was, war bloß ein blöder Gedanke. Komm, wir nehmen noch zwei. Signore!«

14

Dienstag, 7. Juli

Die Polizei biss sich fest, sozusagen in der Wade der SSP. Wer hätte gedacht, dass sie derartig einseitig ermitteln würden – und damit auch noch richtig lagen. Das nützte ihnen allerdings gar nichts. Sie erfuhren nur das, was er ihnen vorsetzte. Ärgerlich war das trotzdem, denn es beschränkte seine Möglichkeiten. Das gefiel ihm überhaupt nicht. Bestimmt würden sie jetzt anfangen, wie Maulwürfe in ihren Vorgeschichten zu wühlen. Das war nicht weiter dramatisch, was sollten sie da Großartiges finden? Leider würde sich das ewig hinziehen. Sie waren damit hoffnungslos überfordert. In dieser Zeit konnte er nicht auf sein Boot, sein Cabrio rostete in der Garage vor sich hin, an sein Geld kam er erst recht nicht. Kein Ferrari, sondern trister Alltag.

Obwohl, warum eigentlich? Warum sich von diesen Stümpern in die Enge treiben lassen? Angriff war die beste Verteidigung, sofern man hier überhaupt von Verteidigung sprechen konnte.

Er brauchte zweierlei: kurzfristig einen satten Geldregen für Neuanschaffungen, mittelfristig ein neues Geschäftsfeld. Das Fördergeldmodell hatte sich als nicht dauerhaft tragfähig erwiesen, aber das störte ihn nicht. Wenn er neue Einkommensquellen brauchte, hatte er im Nu ein Dutzend neuer Ideen, die ihm Millionen in die Kasse spülen würden.

Was also musste ein Genie tun, um endlich wieder Bewegungsfreiheit zu haben? Ganz einfach, der Polizia den Schuldigen liefern, wenn sie selbst zu blöd waren. Er hatte auch schon eine Ahnung, wie er das bewerkstelligen konnte. Franco war ohnehin bloß ein Test. Ein Test, um herauszufinden, wie leicht es war, die Polizei nach seinem Gusto zu manipulieren. Es war noch leichter, als er es sich vorgestellt hatte, fast wie bei dem Wicht. Er würde die morgigen Befragungen abwarten und dann seine Strategie anpassen. Wenn er so recht darüber nachdachte: Würde er nicht wieder auf wundersame Weise gleich zwei Fliegen mit einer Klappe schlagen? Wie souverän er zwischen langfristigen Plänen und kurzfristiger Anpassung umschalten konnte, wie passgenau sich sein strategisches Denken und sein Improvisa-

tionstalent zu einer synergetischen Gesamtheit zusammenfügten … genial.

***

Ispettore Marzoli saß Salvatore Gemini in dessen Büro gegenüber. Er und Bellini hatten die Befragungen unter sich aufgeteilt. Er nahm sich Gemini, Mantinger sowie Franco vor, Bellini befragte die übrigen drei. »Signor Gemini, woher kennen Sie Ihren Partner?«

Gemini lächelte. »Trotz Zeitdrucks, kann ich Ihnen einen Kaffee bringen lassen, Ispettore?« Er strahlte Ruhe und Souveränität aus, erinnerte in seinem Habitus wieder an einen Aristokraten. Er war Herr der Situation.

»*Grazie*, Signor Gemini, ich nehme einen Caffè Doppio.« Gemini griff zum Hörer: »Signora Evangelista, bitte bringen Sie uns noch einen Caffè Doppio. Gut, Ispettore, kommen wir zur Sache. Ihre Frage lässt sich schnell beantworten. Ich habe Schimmel bei einem Seminar in Köln kennengelernt.«

Marzoli blickte ihn überrascht an, das war eine interessante Information. »Sie waren ebenfalls in Köln? Wann?«

»Ich bin mir nicht hundertprozentig sicher. Ich glaube, das war 1997.«

»Was war das für ein Seminar? Und was hatte Schimmel damit zu tun?«

Gemini nahm bedächtig einen Schluck Espresso. »Ich war zu diesem Zeitpunkt schon viele Jahre als Berater tätig, bei einer kleinen Gesellschaft in Bozen. Ich begriff schnell, dass man wesentlich mehr erreichen kann, wenn man über den eigenen Tellerrand blickt und gezielt auf ausländische Gesellschaften zugeht. Vor allem auf deutsche, denn das passt bestens, hinsichtlich Sprache und Mentalität. In Köln wurde ein Praxisseminar zu diesem Thema angeboten. ›Internationaler Markteintritt im europäischen Umfeld – Strategien und rechtliche Grundlagen‹. Genau das brauchte ich.«

»Und Schimmel besuchte das Seminar ebenfalls?«

Vorsichtig stellte Gemini die kleine Tasse ab. »Schimmel war Dozent. Das fand ich angesichts seines Alters erstaunlich. Wir kamen ins Gespräch, ich erzählte ihm von meinen Plänen, er besuchte mich mit seiner Familie. So wurde die SSP geboren.«

»Sie sind der Meinung, dass er als Dozent an einer Uni zu jung war?«

»Nicht zu jung, lediglich ungewöhnlich jung. Zumindest für so ein anspruchsvolles Thema. Dafür benötigt man schon ein bisschen mehr als bloß theoretisches Uniwissen. Aber das wird verständlich, wenn man weiß, dass sein Vater Unternehmer war und ebenfalls ins Ausland expandiert hatte. Schimmel konnte dort diverse Praktika machen und eine Menge Erfahrungen sammeln.«

»Und dann hat er mit Ihnen die SSP gegründet?«

»Exakt. Ich war ehrlich gesagt froh, jemanden getroffen zu haben, der sich in internationalen Geschäften besser auskannte als ich. Außerdem war er als Deutscher ein idealer Ansprechpartner für die Klientel, die ich gewinnen wollte.«

Marzoli nickte und trank ebenfalls einen Schluck Kaffee. »Klaus Mantinger und Franz Junghans haben ebenfalls in Köln studiert. War es Zufall, dass auch die beiden bei der SSP gelandet sind?«

»Keineswegs, die waren auch in einem Seminar von Schimmel, wo sie ihm sofort aufgefallen sind. Sie verfügten über ein fundiertes Wissen, waren selbstbewusst, extrovertiert, souverän, kurzum, perfekte Berater. Solche Leute brauchten wir. Er hat sie seit dem Seminar beobachtet und direkt nach ihrem Examen nach Bozen geholt. Sie haben sich als Segen für die SSP erwiesen.«

Marzoli blätterte in seinen Notizen. »Gut, was anderes, Signore, wie sportlich sind Sie?« Gemini sah Marzoli verdutzt an. »Sportlich?«

»Ja, joggen Sie, fahren Sie Ski, irgendwas in dieser Art.« Geminis Mimik verriet, dass er nicht verstand, was der Ispettore mit dieser Frage bezweckte, aber er beantwortete sie ruhig und sachlich. »Leidlich, würde ich sagen. Am ehesten Wandern. Gelegentlich ein Lauf an der Etsch entlang.«

»War der Arthur-Hartdegen-Weg eine besondere Leistung für Sie?«

»Solche Strecken gehe ich häufiger, nur nicht in dieser Höhe. Deshalb wollte ich ausnahmsweise mal mit.«

»Erzählen Sie mir bitte alles, woran Sie sich an diesem Tag erinnern können. Hat jeder sein Gepäck selbst getragen? Wie lange waren Sie unterwegs, bis das Unglück geschah. Wo haben Sie gerastet und wie lange, wer musste wann und wo austreten …«

Gemini war angesichts dieser Fragenflut sichtlich genervt, gab sich jedoch, abgesehen von dem einen oder anderen demonstrativen Blick auf seine Armbanduhr, gelassen. Er beantwortete alle Fragen nach bestem Wissen und Gewissen. Endlich erhob sich Marzoli.

»Das war's. Vielen Dank, Signor Gemini, Sie haben uns sehr geholfen.« Als sie sich verabschiedeten, fiel dem Ispettore noch eine letzte Frage ein: »Verzeihung, Signore, eine Sache interessiert mich noch brennend. Wie konnte Schimmel als Student überhaupt an so eine anspruchsvolle und lukrative Tätigkeit kommen? Allein wegen ein paar Praktika?«

»Er war ein besonders begabter Student, und er hatte einen Förderer.«

»Einen Förderer?«

»Ja, einer seiner Professoren. Ich glaube, der hieß Graf, Professor Graf, zahlreiche Veröffentlichungen, eine Koryphäe auf seinem Gebiet.«

»Wieso hat der sich denn so für Schimmel eingesetzt?«

»Das kann ich Ihnen nicht sagen, das war für mich nie von Bedeutung. Am besten fragen Sie Schimmel selbst.«

Ehe Marzoli Klaus Mantinger aufsuchte, ging er in das Büro von Franz Junghans, den Vincenzo gerade vernahm. »Commissario? Kann ich Sie bitte kurz sprechen?« Marzoli fand, dass er Bellini von der Kölner Verbindung erzählen sollte, ehe dieser mit Schimmel sprach.

***

Es kristallisierte sich immer mehr heraus, dass es um Geld gehen musste, in welchem Zusammenhang auch immer. Ein persönliches Motiv wie Neid oder Rache war für keinen der Morde erkennbar. Ergebnis der Befragungen des Vormittags waren Profile aller Beteiligten.

Klaus Mantinger passte genau in das von Vincenzo entwickelte Täterprofil. Er war charismatisch, cool, beherrscht, außerdem sehr sportlich und bergerfahren. Er hatte viel Gepäck übernommen, auch von Achatz. Er war zweimal ausgetreten. Für Panzinis Tod hatte er ein schwer überprüfbares Alibi.

Franz Junghans entsprach dem Profil nicht weniger. Er war genauso sportlich, halbwegs bergerfahren, hatte ebenfalls Gepäck von Kollegen getragen und war nicht ununterbrochen bei den anderen gewesen. Er war nicht so charismatisch, dafür selbstverliebt. Und er hatte kein Alibi.

Auch wenn Sabrina Parlotti die sportlich-alpinen Merkmale erfüllte: Ihr waren solche Taten am wenigsten zuzutrauen. Sie musste während der Vernehmungen mehrfach gegen die Tränen ankämpfen, hatte ihre Stimme kaum unter Kontrolle. Das waren Reaktionen, die man kaum vortäuschen konnte. Ein Alibi hatte sie jedoch ebenfalls nicht.

Schimmel und Gemini hatten ähnliche Profile. Beide ausdauernd genug für einen Arthur-Hartdegen-Weg, Gemini allerdings eher als Schimmel, der nach eigener Aussage zwar gerne und häufig spazieren ging, aber Sport verabscheute. Beide waren selbstbeherrscht und nur mäßig bergerfahren. Das konnte nicht zur Entlastung dienen, da der Arthur-Hartdegen-Weg nicht allzu anspruchsvoll war und beide von allen Beteiligten das größte Interesse am Erfolg der SSP hatten. Insofern ließe sich bei ihnen am ehesten ein Motiv vermuten. Gemini hatte kein Alibi für den Freitagabend, Schimmel behauptete, in der Nacht, in der Panzini gestorben war, durch Bozen geschlendert zu sein.

Somit blieben unter dem Aspekt »Merkmale und Profile« vier potenzielle Verdächtige. Und sie hatten persönliche Beziehungen aus früherer Zeit aufdecken können, wenngleich nur mit beruflichem Hintergrund. Es war auffällig, dass sich diese Beziehungen ausgerechnet auf diese vier beschränkten: Gemini, Schimmel, Mantinger und Junghans. Sie kannten sich teilweise schon sehr lange, kamen aus Köln oder hatten sich dort kennengelernt.

Ein weiterer Hinweis war hinzugekommen: der Selbstmord von Professor Helmut Graf. Junghans hatte ihnen davon erzählt und auch, was der Professor für den Studenten Schimmel getan hatte. Die Frage, warum der Professor ihn gefördert hatte, beantwortete Schimmel nur mit einem Schulterzucken und dem lapidaren Hinweis: »Ich war halt gut.«

Jetzt, da all diese Informationen anschaulich im Zusammenhang vor ihnen ausgebreitet waren, wurde ihnen klar, dass sie ihre Ermittlungen nach Deutschland ausweiten mussten.

»Ich bin selbst überrascht, Ispettore. Wir haben nach wie vor kein

Motiv, dafür neue interessante Anhaltspunkte. Ein Professor Helmut Graf von der Universität Köln begeht Selbstmord, weil er erpresst wurde. Warum? Wovor hatte er Angst? Ging es am Ende um mehr als nur Geld? Ich schieße mal ins Blaue hinein. Unser Mörder hat nicht erst hier mit seiner kriminellen Laufbahn begonnen. Nein, das geschah schon vor langer Zeit in Köln. Das Opfer war dieser Professor. Die genauen Hintergründe seines Selbstmordes bringen wir hoffentlich schnell in Erfahrung. Wenn wir richtig liegen, passt das bestens zu dieser Kaltschnäuzigkeit. Ich habe mir nie vorstellen können, dass jemand bei seinem ersten Mord dermaßen abgebrüht ist. Wenn wir davon ausgehen, dass er vorher schon mal geübt hat, dann wird vieles verständlicher. Was halten Sie davon?«

»Klingt logisch, aber was fangen wir damit an? Wir haben trotzdem kein Motiv.«

»Als Nächstes müssen wir unbedingt herausfinden, was es mit diesem Selbstmord auf sich hatte. Genauso dringend sollten wir die eher wackeligen Alibis überprüfen, das von Mantinger und auch das von Schimmel. Das übernehme ich. Sie telefonieren mit der Kölner Polizei und der Universität.«

Auf der Heimfahrt dachte Vincenzo wieder einmal an Signora Parlotti. Sie war heute zwar weniger hochgeschlossen gekleidet, aber wieder sehr aufgewühlt. Ständig hatte sie gegen die Tränen gekämpft, konnte sich überhaupt nicht vorstellen, dass jemand so grausame Morde begehen konnte. In diesen Momenten hatte sie etwas sehr Zartes und Verletzliches, das bei ihm einen gewissen Beschützerinstinkt weckte.

Jede Frau, die er kennenlernte, hatte etwas Besonderes an sich, das ihn auf eine spezifische Weise ansprach. Mal war es die Art, wie eine Frau beim Lachen den Kopf zurückwarf, mal ihre Stimme oder ihr Blick. Deshalb musste eine Frau kein Modeltyp sein, damit er sie attraktiv fand. Der Hauptreiz lag eher in irgendeiner Eigenart. Bei Sabrina Parlotti war es ihre unschuldige, etwas naive Art.

***

Als Giuseppe Marzoli die Wohnungstür aufsperrte, merkte er, wie erschöpft er war. Die Befragungen waren anstrengend, danach folgte die mühsame Suche nach Zusammenhängen, dazu die Konzentration auf die öden Pinnwände. Wenigstens erwiesen sich die Dinger als ein hilfreiches Werkzeug ihrer Ermittlungen.

Aber jetzt war er endlich daheim, bei seiner Frau Barbara, mit der er seit fast zwanzig Jahren zusammen war, und den Kindern. Barbara war die erste und einzige Frau in seinem Leben, nie hatte er sich für eine andere interessiert. Am wichtigsten waren ihm Vertrautheit, das uneingeschränkte gegenseitige Vertrauen und das Gefühl innigster Verbundenheit. Trotz ihres impulsiven Temperaments hatte Barbara dieselben Prioritäten, und sie waren beide zufrieden mit ihrer Ehe. Auf die weiblichen Reize anderer Frauen reagierte er kaum.

Bellini schien anders zu sein. Wenn Marzoli seine Menschenkenntnis nicht im Stich ließ, konnte man aus den Blicken des Commissario in den Verhören von Signora Parlotti durchaus mehr ableiten als reines Interesse an Fakten zu einem Mordfall. Er zog sie nicht gerade mit Blicken aus, dennoch schien sie ihn zu faszinieren. Die Menschen waren halt grundverschieden. Hauptsache, er konnte das mit seiner Beziehung vereinbaren. Der Ispettore hielt den Commissario nämlich trotzdem für einen Familienmenschen, und er hoffte für ihn, dass auch ihm irgendwann eine Tochter in die Arme lief, wenn er nach Hause kam. Aber das ging ihn nichts an.

Was Barbara wohl gekocht hatte? Vielleicht ihre sterneverdächtige Eigenkreation, Fusilli mit Salami piccante?

Bei diesem Gedanken lief ihm das Wasser im Munde zusammen. Er hatte den Hausschlüssel noch nicht abgezogen, da stürzte ihm schon seine jüngste Tochter Elisa in die Arme. »Papa, Papa, wir waren heute mit Mami am Kalterer See und sind mit dem Ruderboot gefahren. Das war so toll!«

»Elisa, mein Engel, lass mich erst mal reinkommen.« Marzoli musste lachen ob dieser ungestümen Art. Elisa war gerade acht geworden, ihr Temperament hatte sie eindeutig von Barbara. Im Flur wehten ihm ungeahnte Düfte entgegen. Es waren nicht die Fusilli. »Barbara!«, rief er erwartungsvoll über den Flur, »wo steckst du?«

»In der Küche, wo sonst? Ich kenne doch deinen Appetit.«

15

Mittwoch, 8. Juli

Um neun stieg Vincenzo in seinen Alfa. Er hatte von zu Hause aus seinen Besuch bei der SSP angekündigt. Als Erstes betrat er das Büro von Klaus Mantinger. »*Scusi*, Signor Mantinger, dass ich Sie schon wieder behelligen muss. Wir haben all das, was Sie uns gestern erzählt haben, ausgewertet. Wissen Sie, Ihr Alibi ist für uns dabei um einiges interessanter geworden. Sie haben erzählt, dass Sie nach einer Bergtour auf einem Gipfel übernachtet haben. Ist das zutreffend?«

Mantinger sah ihn freundlich an. »Ja, das stimmt. Kann ich Ihnen vielleicht einen Kaffee bringen lassen?«

»Nein, vielen Dank. Welcher Gipfel war das denn?«

»Die Jakobsspitze.«

Vincenzo war überrascht. Der Berg war nur einen Steinwurf von Sarnthein entfernt. »Was, hier? In den Sarntalern?«

»Genau die.«

»Alleine. Ja?«

»Ich bin meistens alleine in den Bergen unterwegs, ich genieße die Ruhe und die unberührte Natur. Das ist Labsal für meine Seele.«

»Aha, und dort haben Sie übernachtet, mitten auf dem Gipfel?«

»Nicht direkt auf dem Gipfel, sondern etwas unterhalb, es gibt dort eine flache, windgeschützte Wiese.« Mantinger öffnete eine Schublade und holte eine Wanderkarte hervor. »Soll ich Ihnen das auf der Karte zeigen, Commissario?«

»Nicht nötig, ich kenne die Jakobsspitze. Machen Sie das häufiger? Ich meine, mitten in den Bergen im Freien übernachten?«

»So oft es Zeit und Wetter zulassen. Sie sagten, dass Sie auch manchmal in die Berge gehen?«

»Richtig, gerade deshalb frage ich. Ich weiß, wie kalt es da nachts werden kann.«

Beim Gedanken an seine Bergerlebnisse verklärte sich Mantingers Gesichtsausdruck zusehends. »Dann können Sie mich ja bestens verstehen. Sie sitzen alleine am Gipfelkreuz, die letzten Tagestouristen sind weg, um Sie herum ein atemberaubendes Panorama. Sie haben eine Flasche Brunello entkorkt, Käse ausgepackt, Speck, Schüttelbrot. Und während Sie sich kulinarisch verwöhnen, können Sie zusehen, wie die Sonne die Dolomiten rot einfärbt, im Norden der schneebedeckte Alpenhauptkamm, der Ortler mit seinen riesigen Gletschern im Westen. Dann wird es Nacht, Sie schlüpfen in den Schlafsack und blicken hinauf in den Himmel. Jeden einzelnen Stern der Milchstraße können Sie dort sehen. Und diese Stille, diese unendlich tiefe Stille. Man kann darin versinken. Mit den ersten Sonnenstrahlen brühen Sie sich einen Kaffee auf. Das gönne ich mir so oft wie möglich, Commissario. Meine Ausrüstung hält übrigens bis mindestens minus zwanzig Grad. Die Jakobsspitze im Juni ist dafür kein Härtetest.«

Vincenzo musste sich eingestehen, dass ihn Mantingers Ausführungen faszinierten. So verzückt konnte nur jemand reden, der diese Stimmungen im Innersten spürte. Oder war der sportliche Mann ein ausgezeichneter Schauspieler? »Ich würde Ihnen das gerne glauben, Signor Mantinger, aber Sie können sicherlich nachvollziehen, dass wir das kaum als handfestes Alibi für den Mord an Panzini durchgehen lassen können. Zumal es trotz Ausrüstung ziemlich extrem ist, bei solchen Temperaturen auf einem Gipfel zu übernachten.« Vincenzo war oft genug bis in den späten Abend hinein auf Gipfeln, er kannte die Berge im Winter und war gewiss kein Waschlappen. Dennoch, auf zweitausendsiebenhundert Metern im Freien zu übernachten, war eher Ausnahmeerscheinungen wie Hans vorbehalten. War Mantinger auch eine solche Ausnahmeerscheinung?

»Was ist denn für Sie handfest, Commissario?«

»Wie wäre es mit Zeugen?«

Mantinger gab sich einsichtig. »Zeugen? Ja, das verstehe ich. Mir sind abends noch ein paar Wanderer begegnet, mit denen habe ich mich eine Weile unterhalten, ein Pärchen aus Deutschland und ein Italiener. Die fanden Gefallen an meinem Brunello. Am Samstag sind mir einige entgegengekommen, die auf die Jakobsspitze wollten, darunter eine Wandergruppe. Denen habe ich den Weg erklärt. Ich bin erst gegen Mittag abgestiegen. Ich wollte das Gipfelerlebnis ausgiebig genießen. Verständlicherweise habe ich niemanden nach Namen und Adresse gefragt. Hätte ich gewusst, dass ich irgendwann Zeugen brauche, hätte ich das getan.«

»Das ist zu wenig, ich kann Sie nicht als Tatverdächtigen ausschließen. Erzählen können Sie mir viel.«

Mantinger rieb sich nachdenklich das Kinn. Dann sagte er mit erhobenem Zeigefinger: »Ich denke, eine Möglichkeit gäbe es! Die bedeutet allerdings viel Arbeit für Sie. Die vom Abend haben sich nämlich definitiv im Gipfelbuch eingetragen, das habe ich selbst gesehen. Die Gipfelstürmer am Samstag? Weiß ich nicht, die habe ich, wie gesagt, erst beim Abstieg getroffen. Aber deren Identität können Sie als Polizei bestimmt herausfinden, ebenso die Adressen. Diese Leute würden Ihnen meine Angaben bestätigen. Davon abgesehen habe ich mich selbst im Gipfelbuch eingetragen, am Abend und am nächsten Morgen. Wenn meine Einträge unmittelbar vor oder hinter denen meiner Bekanntschaften stehen, wäre das ein Alibi, oder?«

»Möglicherweise.«

Wieder dachte Mantinger einen Moment nach. »Wissen Sie was? Vielleicht finden Sie noch mehr Spuren von mir. Als ich nämlich meinen Rucksack Samstagabend geleert habe, fehlte eine von meinen SIGG-Trinkflaschen, eine blaue, 1,5 Liter. Ich nehme an, Sie kennen die?«

»Sie glauben, Sie haben sie dort verloren?«

»Das weiß ich nicht, ich habe nur gesagt, dass sie weg ist. Wenn Sie die Flasche finden, bringen Sie sie mir dann wieder mit? Die ist noch ziemlich neu.«

Vincenzo verabschiedete sich, ohne darauf einzugehen. »Danke, Signor Mantinger, das war's fürs Erste.«

Er würde heute früher nach Hause fahren, um auf die Jakobsspitze zu steigen. Mantingers Erläuterungen klangen logisch, und er konnte die Motive aus eigener Erfahrung bestens nachvollziehen. Er fiel ihm schwer, sich vorzustellen, dass jemand, der die Natur so sehr liebte, tatsächlich zugleich ein eiskalter Mörder sein könnte.

Oder doch? Menschen hatten oft viele widersprüchliche Facetten. Bei Tätern entdeckten sie manchmal zwei von Grund auf verschiedene Gesichter, die überhaupt nicht zusammenpassten, eines für die Außenwelt, das andere Menschen wahrnehmen konnten und sollten, und ein anderes, das in der Tiefe der Seele verborgen lag und selten den Weg an die Oberfläche fand. Aber wenn, dann brach es mit Macht durch. Anders war es nicht zu erklären, dass sonst liebevolle Familienväter sich an Kindern vergehen konnten. Es waren solche Fälle, bei denen das Umfeld fassungslos war: »Sie müssten sehen, wie mein Mann mit unseren Kindern umgeht, dann wüssten Sie, dass Sie den Falschen haben« oder »Wie fürchterlich, das war doch so ein sympathischer Mann«. »Er hat immer so freundlich gegrüßt«, »er war stets hilfsbereit« … wäre der Mensch nicht oftmals ein so widersprüchliches Wesen, wäre polizeiliche Ermittlungsarbeit ein einfacheres Unterfangen.

Mit diesen Gedanken betrat er das Büro eines Familienvaters. »Machen wir es kurz, Signor Schimmel, ich bin gekommen, um Ihr Alibi zu überprüfen.«

Schimmel machte keinen Hehl daraus, was er von dem neuerlichen Besuch der Polizei hielt. »Herrgott, ich habe Ihnen doch alles erzählt. Was wollen Sie denn noch?«

»Sie haben uns gesagt, dass Sie in der Zeit, als Ihr Kollege Ernesto Panzini ermordet wurde, allein durch Bozen marschiert sind.«

»Sie sagen es.«

»Das ist ein dünnes Alibi, zumal Sie mit Sicherheit niemandem begegnet sind, vor allem niemandem, der Sie kennt, habe ich recht?«

»Wenn es halt so ist? Soll ich mein ganzes Leben darauf ausrichten, für jede erdenkliche Situation ein perfektes Alibi vorweisen zu können? Was haben Sie eigentlich für Vorstellungen?«

Vincenzo ließ sich durch Schimmels abweisende Art nicht irritieren. »Sie sind auf Ihrer Nachtwanderung nicht zufällig bei Ihrer Firma vorbeigekommen? Ich meine, Sie wohnen kaum mehr als zehn Fußminuten von der SSP entfernt.«

»Hören Sie, ich war nicht bei der SSP und erst recht nicht auf dem Penegal. Das müssen Sie mir glauben, Commissario!«

Vincenzo verzog sein Gesicht zu einem Ausdruck des Bedauerns. »Ich fürchte, glauben passt nicht zu meinem Berufsbild, Signore. Wenn Sie uns keine Zeugen benennen können oder Ihnen irgendetwas einfällt, was Ihre Angaben bestätigt, muss ich Sie bitten, Bozen bis auf Weiteres nicht zu verlassen. Ein Familienvater, der nachts alleine durch verlassene Straßen läuft? Wenig glaubhaft.«

Nachdenklich fuhr Vincenzo zur Questura zurück. Sie hatten vier Verdächtige. Mantinger war raus, wenn sie die Personen ausfindig machen konnten, die sich im Gipfelbuch verewigt hatten. Schimmels Verhalten hingegen war auffällig. Dass ein Ehemann und Vater mitten in der Nacht stundenlang durch Bozen rannte, war schwer vorstellbar. Das war vermutlich eine Schutzbehauptung, fragte sich nur, was es zu schützen gab. Den Mord an Panzini? Oder etwas völlig anderes, was er unter keinen Umständen aufdecken wollte? Franz Junghans und Salvatore Gemini hatten ohnehin keine Alibis. Vincenzo begriff allmählich, dass dieser Fall langwierig und zäh werden würde. Umso gespannter war er, was Marzoli herausgefunden hatte.

***

»Was warst du heute wieder hemmungslos!«, seufzte sie. »Gleich dreimal in der kurzen Zeit, unglaublich! Nimmst du etwa Viagra?«

»Quatsch, Süße, das liegt allein an dir.«

Sie kicherte. »Ja, das passt wirklich gut mit uns. Schön, dass du es auch mal tagsüber geschafft hast, mich zu besuchen.«

»Ich werde wahnsinnig, wenn ich dich länger als ein paar Tage nicht sehe, ich brauche dich.«

»Ich dich genauso, Bärchen. Vor mir aus kann das noch ewig so weitergehen.« Sie streichelte ihm durch das schon schüttere Haar.

»Das wird es auch. Hauptsache, du hältst weiterhin die Klappe. Kann ich mich auf dich verlassen?«

Sie schüttelte den Kopf. »Bärchen, was redest du bloß für einen Unsinn? Ich werde ewig schweigen, von mir erfährt niemand was. Großes Indianerehrenwort!«

Er hob beschwichtigend die Hände. »Ich weiß, dass ich dir vertrauen kann. Immerhin kostest du mich einiges, aber du bist jeden Cent wert.«

»Red nicht dauernd von Geld! Nur du zählst für mich. Was wäre ich bloß ohne dich?«

»Na, ich weiß nicht. Wenn man dich so anschaut«, er betrachtete sie lüstern von unten bis oben, »dürftest du dich vor Anträgen kaum retten können.«

Mit gespielter Empörung sagte sie: »Na hör mal, ich gehe dir doch nicht fremd! Natürlich habe ich Chancen, fragt sich nur, bei wem. Das sind entweder unreife Bübchen oder alte Knacker, die vergessen haben, vorher in den Spiegel und in ihre Hose zu schauen. Du bist ein ganz anderes Kaliber, Bärchen. Von einem wie dir habe ich immer geträumt. Wann kommst du wieder?«

»Kann ich nicht sagen. Ich muss ein bisschen aufpassen, bei uns in der Firma ist einiges im Busch. Aber bestimmt noch diese Woche, länger halte ich es doch gar nicht aus.«

Was täte er bloß ohne diese Frau? Nicht nur, dass sie ihm regelmäßig das Gefühl gab, ein richtiger Mann zu sein, es war auch herrlich unkompliziert. Warum musste alles immer so wahnsinnig schwierig sein? Ihre Beziehung war doch das beste Beispiel dafür, dass es anders ging. Freilich, das Vergnügen kostete ihn einiges, dafür musste er entsprechend viel tun. Das war der Preis für sein lockeres, fröhliches und geiles Paralleluniversum. Er war sich nur nicht sicher, ob dieser Zustand noch lange andauern würde. Sie waren dabei, ihm auf die Schliche zu kommen! Sein Traum könnte platzen wie eine Seifenblase. Er musste sich dagegen rüsten.

***

»Vincenzo, ich habe hier eine Nachricht für dich, von Marzoli!« Paolo Verdi vom Empfang kam Vincenzo schon auf dem Treppenaufgang zur Questura entgegen.

»Danke, Paolo«, murmelte der Commissario und verschwand in seinem Büro.

Bin in die Klinik gefahren, meiner Tochter geht es nicht gut, irgendwas mit dem Magen. Komme morgen früh sofort zu Ihnen. Aus Köln gibt es nichts Neues, die Polizei sucht die damaligen Akten bis morgen raus. An der Uni habe ich niemanden gefunden, der sich erinnern konnte.
Gruß Marzoli

Der arme Marzoli, er liebte seine Familie über alles, hoffentlich war es nichts Ernstes. Das Vatersein hatte offensichtlich Licht- und Schattenseiten. Sogar in einem solchen Moment des Kummers musste er sich eingestehen, dass er Menschen wie Marzoli beneidete. Sie hatten einen Lebensmittelpunkt. Wenn der Ispettore nach Hause kam, wartete jemand auf ihn, er konnte zusehen, wie seine Kinder größer wurden, wie sie sich veränderten, mal zum Positiven, mal zum Negativen. Und er liebte seine Kinder, was immer auch geschah.

Vincenzo hoffte, dass sich seine Beziehung zu Gianna weiter so vielversprechend entwickelte wie in den letzten Wochen. Er ging auf die vierzig zu, wenn er noch eine Familie wollte, wurde es allmählich Zeit.

Vincenzo steuerte auf das Büro des Vice-Questore zu. »Herein«, ertönte die Stimme der gestrengen Signora Sacchini, »*Buongiorno*, Commissario, Sie wollen zu Dottore Baroncini?«

»Ja, Signora, und ich möchte mich bei Ihnen bedanken, dass Sie uns bei unseren Recherchen unterstützt haben.«

»Keine Ursache, Commissario, hat es Ihnen denn wenigstens weitergeholfen?«

»Ich weiß es nicht. Es ist ein komplizierter Fall, unzählige Puzzlesteine, kaum welche passen zusammen. Kann ich rein?«

»Gehen Sie nur.«

Vincenzo legte seinem Chef Ausdrucke seiner Pinnwände vor, die er mit seiner Digitalkamera abfotografiert hatte. »Ich bin beeindruckt, wie Sie es geschafft haben, auf Ihrer Tour den Tod von Arthur Achatz nachzuvollziehen. Sie scheinen über ein großes Einfühlungsvermögen zu verfügen«, bemerkte Baroncini anerkennend.

»Ich hatte das Gefühl, nur so könnte ich verstehen, wie er gestorben ist.«

Baroncini machte sich eine Notiz in seiner Kladde, die offen vor ihm lag. Eine seiner Eigenarten. Bei jedem Gespräch, egal mit wem, egal, worum es ging, hatte er diese Kladde vor sich liegen und machte sich Notizen. Das war einer der Gründe, warum er niemals etwas vergaß. Vincenzo hatte keine Vorstellung, was er sich in diesem Moment notierte. »Exakt das meine ich, Commissario, Ihre Fähigkeit, sich in einen Handlungsablauf oder einen Täter hineinzuversetzen, wenn Sie sich am Tatort oder in der entsprechenden Umgebung befinden. Sehr schön. Haben Sie persönlich einen konkreten Verdacht, wenn Sie Ihr Gefühl fragen?«

Vincenzo nickte. »Ich bin davon überzeugt, dass es einer von den vieren ist. Und dass es eine Verbindung nach Köln gibt. Dort werden wir den Schlüssel zum Tatmotiv finden, dessen bin ich mir sicher. Allerdings habe ich keinen Favoriten. Mantinger können wir ausschließen, wenn sein Alibi stimmt.«

Baroncini war ein eher ernster Mensch. Selten kam es vor, dass er sich zu einem Scherz hinreißen ließ. Doch jetzt verzog er seinen

Mund zu einem breiten Grinsen. »Um das zu überprüfen, würden Sie gerne die Jakobsspitze besteigen. Und zwar lieber heute als morgen, habe ich recht, Commissario?«

»Ja, Dottore, wir sollten keine Zeit verlieren. Ich schaffe das in vier bis fünf Stunden, heute wäre also Zeit genug.«

»Fahren Sie los, Bellini, sehen Sie zu, dass wir den ersten Verdächtigen von der Liste streichen können. Der Capo della Polizia hat schon, sagen wir mal, höflich nachgefragt. Es gibt Druck von allen Seiten, und die Presse können wir nicht ewig hinhalten. Bei zwei Todesfällen in so kurzer Zeit wittern die eine Riesenstory.«

Vincenzo fuhr nach Hause, um sich umzuziehen und die nötige Ausrüstung einzupacken. Er brauchte lediglich einen kleinen Tagesrucksack mit Regenzeug, Diktiergerät und Digitalkamera. Dann fuhr er zu seinem Ausgangspunkt Durnholz. Um kurz nach zwei ging er los.

Die über zweitausendsiebenhundert Meter hohe Jakobsspitze war ein beliebter Aussichtsberg, immer wieder kamen ihm andere Wanderer entgegen. Vincenzo schaffte die rund dreizehnhundert Meter im Anstieg in zwei Stunden. Oben angekommen, ging er zu dem kleinen Gipfelkreuz aus Holz und nahm das Gipfelbuch aus seinem Blechbehälter. Ein paar Einträge vom heutigen Tag, vom Vortag, er blätterte zurück, und dann: Freitag, 19. Juni, Samstag, 20. Juni, fünf Einträge am Samstag.

Der erste stammte von Klaus Mantinger.

Wie dankbar können wir unserem Schöpfer sein, dass er uns solch großartige Momente schenkt. Ich habe fast zwanzig Stunden hier oben verbracht. Es war ein unvergessliches Erlebnis.
Klaus Mantinger aus Bozen

Auch der letzte Eintrag am Freitag war von ihm:

Ich bin seit Stunden hier oben. Es ist traumhaft, ich habe sympathische Menschen getroffen, aber jetzt bin ich alleine. Über mir der Sternenhimmel, um mich herum die Silhouetten der Dreitausender. Welch ein erhabener Moment. Wie nah ich unserem Schöpfer bin.
Klaus Mantinger aus Bozen

Davor vier Namen, ein Pärchen und zwei Einzelwanderer. Vincenzo versuchte, die Unterschriften und Ortsangaben zu entziffern. Das Pärchen hieß Holger und Ursula aus Bamberg, leider kein Nachname. Die Einzelwanderer waren schwieriger zu entziffern. Ein Italiener, vielleicht Robaldo, oder eher Roberto, Rinaldo, schwer zu sagen. Der Nachname, auch nicht viel besser, hieß es Campetti? Oder Campitelli? Immerhin ein Nachname, und er kam aus Bozen, das machte die Sache einfacher.

Das Gipfelbuch war ein Beweisstück. Vincenzo steckte es in eine Beweismitteltüte und verstaute es im Rucksack. Wer in den nächsten Tagen hier heraufkam, und sich im Gipfelbuch verewigen wollte, hatte halt Pech.

Er suchte den Fels rund um das Gipfelkreuz ab, fand aber weder eine Trinkflasche noch andere Hinweise. Auf der kleinen felsdurchsetzten Wiese, die ihm Mantinger beschrieben hatte, entdeckte er Abdrücke von Heringen. Ja, irgendjemand hatte in der Tat vor Kurzem hier ein kleines Zelt aufgebaut. Er machte einige Fotos davon. Das musste ein Hartgesottener gewesen sein. Mantinger? Er suchte weiter, ging auf die Knie, um in Felsspalten hineinzuschauen. Wenn hier eine Trinkflasche umkippte, und man bemerkte es nicht, weil man zu viel Brunello intus hatte, wohin könnte sie dann rollen?

Er sah sich um. Es gab bloß eine Möglichkeit, ein größerer Fels, vielleicht zwei Meter schräg rechts unter ihm. Er ging darauf zu, bückte sich, konnte unter einen Felsvorsprung schauen. Dort lag sie, die blaue SIGG-Trinkflasche. Mit zwei Fingern zog er sie vorsichtig unter den Felsen hervor, ohne den Verschluss zu berühren, und tütete sie ein. Damit hatte er seine Aufgabe erfüllt. Aus dem Fast-kein-Alibi war ein Fast-perfektes-Alibi geworden.

Fehlten nur noch die Aussagen der anderen Wanderer. Morgen würde er als Erstes Gipfelbuch und Trinkflasche zur Spurensicherung bringen, damit sie Fingerabdrücke nehmen und herausfinden konnten, wer die anderen Gipfelstürmer waren.

***

Carlos Mancini saß in seinem Ledersessel, blickte durch das Panoramafenster auf den Kalterer See und trank Pinot Grigio. Seine Frau war für zwei Wochen in die USA geflogen, zu einer Freundin, die einen Amerikaner geheiratet hatte. Ausgerechnet Amerika, das war nichts für ihn. Da konnte sie alleine hinfliegen. Für ihn war das kein Problem, er genoss es normalerweise, eine Weile allein zu sein.

Normalerweise. Aber was war in diesen Zeiten noch normal? Nichts, sein Leben war aus den Fugen geraten. Es hatte mit diesem mysteriösen Kontrollbeamten begonnen. Und plötzlich waren zwei Menschen tot. Angeblich Unfälle. Unfälle? Das konnte er sich kaum vorstellen. Warum hätte ihn dieser Commissario sonst in die Mangel nehmen sollen? Hatte dieser Mensch wirklich zwei Morde begangen? Einfach so?

Er öffnete die zweite Flasche. Seit einiger Zeit trank er zu viel, selten unter zwei Flaschen Wein pro Abend. Selbst Freunde, erst recht seine Frau, hatten ihn mehrfach darauf angesprochen. Ihm war auch nicht verborgen geblieben, dass sie im Amt hinter seinem Rücken tuschelten. Das war ihm völlig egal, ihm war allmählich alles egal. Köstlich, dieser Pinot Grigio, schön kalt, so musste er sein.

Sein Kompagnon hatte ihm unmissverständlich erklärt, dass er nichts mit dem Tod dieser beiden Menschen zu tun habe. Und hatte Mancini sich nicht stets auf ihn verlassen können? Vielleicht gab es wirklich keinen Zusammenhang zu diesen beiden Vorfällen. Andererseits steckte er auch ohne irgendeinen Mord bis zum Hals im Schlamassel. Er würde irgendwann auffliegen, da durfte er sich nichts vormachen. Sein Leben war Müll. Ob seine Frau wirklich bei ihrer Freundin war? In letzter Zeit war sie auffällig reserviert. Sie hatte bloß einmal angerufen, um zu sagen, dass sie gut angekommen war.

Plöpp – die dritte Flasche. Das Handy klingelte. »Am Apparat, jawohl, nicht wahr.«

»Du bist wieder betrunken!«

»Quatsch, wie kommst du denn darauf?«, lallte er.

»Reiß dich am Riemen, du Idiot. Wir müssen uns bald treffen, aber nicht in dem Zustand. Ich rufe dich in den nächsten Tagen wieder an. Halt dich mit dem Saufen zurück, verdammt noch mal!«

Klick, das Gespräch war beendet. So abweisend und schroff. Manchmal hatte Mancini richtig Angst vor ihm und seiner Unberechenbarkeit. Wer weiß, wozu der Mann tatsächlich fähig war.

Mancini stand auf und ging schwankend zu seinem Aktenschrank, nicht, ohne sich vorher noch einen kräftigen Schluck zur Stärkung zu genehmigen. Er zog einige Ordner vor und nahm eine Holzkiste an sich, die dahinterlag. Er torkelte zurück zu seinem Sessel, ließ sich hineinplumpsen, goss sich nach. Dann öffnete er die Kiste und nahm sie heraus. Er sah sie liebevoll an, wog sie in seinen Händen, zielte in Richtung See, betrachtete sie voller Ehrfurcht. Sie war bildschön, seine handliche Beretta 950 Jetfire, Kaliber 6,35 Browning. Gestatten, mein Name ist Bond, James Bond. Er, Carlos Mancini, Leiter des Amtes für Wirtschaftsförderung, besaß eine Waffe aus den Bond-Filmen. Er hatte die komplette Bond-Sammlung. So konnte er sich selbst in die Rolle des unbesiegbaren, draufgängerischen Helden hineinträumen. Manchmal hatten die Guten die Waffe, manchmal die Bösen. Wozu gehörte er eigentlich?

Vielleicht hatte sein Partner die beiden doch auf dem Gewissen. Dann war er vielleicht der Nächste. Wenn Mancini daran dachte, wie aufbrausend dieser Mensch eben wieder war, wie brutal er dann wirkte, lief ihm ein Schauer über den Rücken. Andererseits …

Sollte er nur kommen, er war schließlich Bond. Und wenn er aufflog, wenn seine Frau nie wiederkäme … auch für ihn könnte das eine Lösung sein. Diese Müdigkeit, diese unendliche Müdigkeit …

16

Köln, Donnerstag, 9. Juli

Missmutig stiegen die beiden Beamten der Kriminalinspektion I die Treppe hinunter, die ins Archiv führte.

»Sag ens, Siggi, müsse mer uns jetz wirklich wäge dä Italiäner enstöbbe looße? Ich mein, ha' mer dat nüdig?«, fragte Detlef Steiner in dem starken Kölner Dialekt, den er stets sprach. Er war untersetzt und deutlich kleiner als sein hagerer, fast zwei Meter großer Kollege Siegfried Baumeister, unter dessen Nase ein gewaltiger Schnauzbart saß.

Baumeister, der zwar einen Kölner Zungenschlag hatte, aber im Gegensatz zu seinem Partner keinen Dialekt sprach, erwiderte: »Nötig? Du hast ja gehört, was der Chef gesagt hat. Wir sollen für die italienische Polizei alles, wirklich alles zusammentragen, was wir über den alten Fall finden. Das ging damals um ein hohes Tier hier in Köln.«

»Do bes jeck! Un doför soll ich mer do unge Asthma holle. Ald schlemm genog, dat mer noch immer nit mih Nüsele krige, ävver sich jetz och noch kapoddarbeide för de Italiäner, Jeck gangk!«

»Jetzt komm schon, Detlef, jammer nicht so rum. So lang kann das nicht dauern, davon kriegst du nicht gleich Asthma.«

Das Polizeiarchiv war alphabetisch sortiert und in die Fallklassen Tötungsdelikte, Sexualdelikte, Erpressung sowie Raubdelikte untergliedert. Es ging um Erpressung, und die umfasste lediglich eine einzige Reihe. Sie wurden schneller fündig als erwartet, die Akte war nicht mehr als ein dünner Schnellhefter.

Erstaunt sagte Steiner: »Dat es jo su joot wie nix, kaum zo gläuve, dat et öm esu e hohes Dier gegange sin soll. Kumm, mer luuren uns dat ens aan. Un flöck hollen mer uns noch ene Kaffee un e Höönche.«

Gestärkt durch Kaffee und Hörnchen hatten sie die Akte rasch gesichtet. Jemand hatte Professor Graf mit seiner kurzen Affäre mit einer Studentin namens Susanne Wohlfahrt erpresst. Im Abschiedsbrief des Professors stand, dass es nicht nur um Geld ging. Aber den

Namen des Erpressers hatte er nicht genannt, weil er, wie er schrieb, seiner Frau nicht noch mehr Probleme bereiten wollte.

»Alsu, dat sich einer ömbrängk, bloß weil hä en Studentin geböösch hät, kann ich nit verstonn. Wat es dann ald dobei?«

»Meine Güte, Detlef, verstehst du denn nicht? Da ging es doch nicht um Moral, sondern darum, dass der Mann seinen Job und seinen guten Ruf verloren hätte. Ein Verhältnis mit einer Studentin kann sich kein Professor erlauben, das ist wie ein Lehrer mit einer Schülerin. Und dann wäre bestimmt auch seine Ehe zerbrochen. Da hat er sich lieber umgebracht.«

»No jo, wann de meins. Ich rofe jetz ens de Kollege en Bozen aan un verzälle denne dat. Kaum zo gläuve, dat dat bessche Erpressung en Kölle, un dat och noch vör zehn Johr, jetz jet met enem Mord en Italie zo dun han soll.«

Um elf Uhr klingelte es in der Zentrale der Questura di Bolzano. »Questura di Bolzano, Francesca Montani. Was kann ich für Sie tun?«

»Detlef Steiner am Apparat. Tag, Kollegin, mir sin die vun der Kölsche Kripo. Dinge Kolleg, der Kommissär, äh Moment ens, ach jo, der Kommissär Bellini wollt vun uns aangerofe weede, wäge däm Selvsmord domols en Kölle.«

»Wie bitte?« Die Beamtin in der Telefonzentrale starrte misstrauisch auf den Bildschirm vor sich, als könnte ihr die Kölner Telefonnummer, die dort stand, Auskunft geben über die merkwürdigen Laute aus dem Hörer.

»Jo, der Kommissar Bellini, wäge däm Selvsmord. Kann ich dä spreche?«

»Bellini?«

»Jo, sag ich doch de ganze Zigg!«

»Moment, äh, one moment please, I will connect you to the Commissario.«

Detlef Steiner hörte eine Melodie in der Warteschleife. »Sag, Siggi, dat hät op eimol Englisch met mer geschwaadt. Versteihs de dat? Ich daach, die däte do noch Deutsch verstonn.«

»Keine Ahnung. Aber der Kommissar kann doch bestimmt auch Deutsch.«

Als sein Telefon klingelte, dachte Vincenzo gerade sorgenvoll über

Marzoli nach, der auch am heutigen Morgen nicht in der Questura erschienen war. »Ja, bitte?«

»Montani am Apparat. Ich habe ein Gespräch für Sie, aus Köln. Offenbar ein Ausländer, er spricht jedenfalls keine Sprache, die ich kenne. Vielleicht Holländisch? Oder irgendetwas Osteuropäisches? Ich habe es mit Englisch versucht.«

»Klingt ja merkwürdig, stellen Sie durch.«

»Bellini.«

»Ah, Tag Kolleg, hee es der Detlef Steiner vun der Kripo Kölle. Mer sollte dich doch aanrofe, wann mer jet üvver dä Selvsmord erusgefunge han. No, mer han jetz hee die Ak vun domols.«

»Verzeihung, was haben Sie gesagt? Äh, what did you say?«

Kriminalhauptmeister Detlef Steiner hielt eine Hand vor die Sprechmuschel. »Sag, Siggi, die wollen uns för der Jeck halde. Die dun esu, als däte se mich nit verstonn.«

»Detlef! Du redest ja auch Kölsch wie im tiefsten Ehrenfeld. Natürlich können die das nicht verstehen. Gib her.« Unsanft entriss Baumeister seinem Kollegen den Hörer.

»Bitte entschuldigen Sie, Herr Kommissar, mein Kollege spricht leider nur Kölsch ... äh, Kölner Dialekt. Ich bin Siegfried Baumeister, Kriminalhauptmeister. Sie interessieren sich für den Selbstmord von Professor Helmut Graf 1997, richtig? Wir haben die Akte jetzt hier.«

»Stimmt. Vielen Dank, dass Sie zurückrufen, Signor Baumeister.«

Der deutsche Kollege versprach, noch am selben Tag eine Kopie der Akte per Express zu schicken. In dem Telefonat erfuhr Vincenzo zwar die Rufnummer der Ehefrau des Professors, die Namen von Junghans, Mantinger und Gemini sagten Baumeister jedoch nichts. Ein Hinweis auf Schimmel fand sich hingegen in der Akte, in einem Vernehmungsprotokoll. Das war immerhin ein Ansatzpunkt. Vincenzo verließ sein Büro und machte sich auf den Weg zur Spurensicherung.

Auf dem Weg dorthin dachte er amüsiert an sein Telefonat mit den Kölnern. Er hatte sich bei Siegfried Baumeister nach dem merkwürdigen Dialekt seines Kollegen erkundigt, und dieser hatte ihm versprochen, ihm eine CD mit Kölscher Musik in die Questura zu schicken, mit Liedern von BAP, den Bläck Fööss, Höhner oder Brings. Von den Gruppen hatte Vincenzo zwar noch nie gehört, aber er beschloss, sich das gesamte Werk in aller Ruhe anzuhören, das war er dem freundlichen Kriminalhauptmeister schuldig. Schien ein eigenes Völkchen zu sein, diese Kölner. Vielleicht sollte er mit Gianna mal dorthin fahren, sie mochte große Städte. Der Dom, die Rheinromantik, das würde ihr bestimmt gefallen.

Er betrat Reiterers Büro. »Hallo, Commissario, setzen Sie sich. Sie kommen wegen der Adressen, stimmt's?«

»Ja, Signor Reiterer, ich will das schnellstmöglich überprüfen.«

»Das hatte ich nicht anders erwartet. Gut, die Adressen können Sie haben. Die Fingerabdrücke dauern noch eine Weile.«

Es war für die Kollegen ein Leichtes gewesen, die Handschriften in dem Gipfelbuch zu entziffern und die dazugehörigen Personen zu ermitteln. Bei dem Pärchen aus Bamberg handelte es sich um Holger und Ursula Bach, bei dem Italiener um Rinaldo Campitelli. Auch die anderen Namen waren komplett, allesamt mit Anschriften und Telefonnummern. Sobald Vincenzo wieder in seinem Büro war, griff er zum Telefon.

»Bach.« Welch ein Glück, es war jemand zu Hause. Vincenzo stellte sich vor und erklärte den Grund seines Anrufs. Frau Bach war nicht im Geringsten misstrauisch, im Gegenteil, sie plauderte munter drauf los: »An den kann ich mich gut erinnern, Klaus hieß der, ein attraktiver Typ. Und so unterhaltsam. Er hat uns gleich zu einem Rotwein eingeladen. Wir haben mindestens eine halbe Stunde zusammengesessen.«

»Um wie viel Uhr war das?«

»Wir haben uns so gegen sieben an den Abstieg gemacht. Ein bisschen angeheitert, ehrlich gesagt.«

»Da sind Sie aber in die Dunkelheit gekommen, oder?«

»Nein, wir haben in der Flaggerschartenhütte übernachtet, sind am nächsten Tag noch auf das Tagewaldhorn gestiegen und erst dann wieder ins Tal.«

Das war doch merkwürdig. Klaus Mantinger übernachtete mitten auf einem Gipfel, obwohl es ein paar Meter weiter unten eine behagliche Hütte gab, zu der er problemlos selbst spätabends noch hätte absteigen können, ohne auf seine vielbeschworenen Naturstimmungen zu verzichten. »Hat Ihnen dieser Klaus denn auch erzählt, was er um diese Zeit dort oben wollte und warum er nicht wie Sie zur Hütte abgestiegen ist?«

»In aller Ausführlichkeit. Der ist süchtig, steigt fast jedes Wochenende auf irgendwelche Gipfel. Wenn das Wetter gut ist, übernachtet er draußen, wegen der Stimmungen. Man stellt sich solche Leute ja eigenbrötlerisch vor, kauzig. Klaus war das Gegenteil, offen, charmant, witzig. Und er hatte einen guten Zug, der ist bestimmt sofort eingeschlafen, nachdem wir weg waren.«

»Ist Ihnen sonst noch jemand auf dem Gipfel begegnet?«

»Ja, ein Italiener, Ronaldo oder so ähnlich, der kam kurz nach uns, wollte wie wir nur noch bis zur Flaggerschartenhütte. Wir sind zusammen mit dem Italiener dorthin abgestiegen.«

Das hatte Vincenzo erwartet. Mantingers Alibi stimmte. Er rief die übrigen Nummern an und wurde durchweg bestätigt. Auch die Wanderer, die Mantinger im Abstieg am Samstagmorgen begegnet waren, konnten sich gut an »diesen sympathischen Burschen« erinnern, der ihnen den restlichen Anstieg so bildhaft hatte beschreiben können.

Nachdenklich stellte sich Vincenzo vor seine Pinnwand und strich den Namen Mantinger aus dem Kreis der vier Verdächtigen. Er erstellte eine neue Rubrik mit dem Titel »Reserveverdächtige« und musste angesichts seiner Wortkreation selbst lachen. Dort trug er die Namen Franco, Parlotti und Mantinger ein. Sie waren alle nicht völlig aus dem Spiel, auch Mantinger nicht, denn warum er nicht zu der nahen Hütte abgestiegen war, erschien Vincenzo trotz aller Naturschönheiten suspekt.

Er ging zu Marzolis Büro, das er nach wie vor verschlossen vorfand. Hoffentlich war der Tochter des Ispettore nichts Schlimmeres zugestoßen. Vincenzo beschloss, auf dem Weg nach Hause bei seinem Kollegen vorbeizuschauen.

Im Flur begegnete ihm Reiterer. »Ah, Commissario, gut, dass Sie mir über den Weg laufen. Ich bin Ihnen noch die Ergebnisse der Faserspurenuntersuchung schuldig. Die liegen schon seit ein paar Tagen vor, das hatte ich glatt vergessen, eigentlich unverzeihlich. Bitte entschuldigen Sie.«

»Kein Problem, ich habe ohnehin nicht damit gerechnet, dass Sie was finden würden. Stimmt's?«

»Wie man's nimmt. Es gibt klassische Faserspuren auf dem Fahrersitz, also von Anzughosen und von einer Jeans. Das werden Sie in jedem Kleiderschrank finden. Es gibt jedoch einen weiteren kleinen Hinweis, der aber mit einer gewissen Unsicherheit behaftet ist.« Er grinste Vincenzo breit an.

»Nun spannen Sie mich nicht so auf die Folter, Signor Reiterer!«

»Doch, das mache ich einfach zu gerne!« Reiterer sagte das langsam, in gedehntem Tonfall und ließ eine aufreizende Sprechpause folgen. »Also gut, ich will Sie erlösen. Diese Faserspuren sind ein wenig konfus. Auf dem Fahrersitz sitzen Sie einigermaßen ruhig, rutschen höchstens ein bisschen rum.« Der Leiter der Spurensicherung wackelte mit seinem Gesäß wie eine Ente. Vincenzo musste schmunzeln, eine weitere Eigenart von Reiterer war seine Vorliebe für schauspielerische Einlagen.

»Was bedeutet das für uns?«

»Nun, in Francos Wagen könnte, ich sage bewusst könnte, man den Eindruck gewinnen, dass jemand in einer Hose aus einer Kunstfaser auf dem Fahrersitz gesessen hat. Dadurch sind die einzelnen Fasern stark verrutscht.«

»Das klingt aber kompliziert.«

»Für Sie vielleicht, mein Lieber, aber das ist es nicht, es ist ganz simpel: Es wäre theoretisch denkbar, dass jemand in einer Gummihose oder einer Hose aus irgendeiner Kunstfaser, die keine Spuren hinterlässt, auf dem Fahrersitz gesessen hat. Das können wir nicht beweisen, sondern nur erahnen.«

»Wenn das nicht Franco selbst war, sondern der unbekannte Dritte, würde das bestens in dessen Profil passen: kaltblütig, intelligent.«

»Sie sagen es. Schönen Tag noch, Commissario.«

***

Als Marzoli die Tür öffnete, sah er blass und erschöpft aus. Vincenzo fühlte sich unbehaglich, er wollte sich nicht in Marzolis Privatangelegenheiten einmischen. »Entschuldigen Sie, Ispettore, dass ich hier einfach reinschneie. Ich habe mir, ehrlich gesagt, Sorgen gemacht, weil wir nichts von Ihnen gehört haben.«

»Ach je, vor lauter Aufregung habe ich ganz vergessen anzurufen. Meine Tochter hat gestern Morgen von einem Putzmittel getrunken. Kommen Sie rein, Commissario.« Marzolis herzlicher Empfang beruhigte Vincenzo. Vielleicht war der Kollege ja froh, jemanden zu haben, mit dem er in dieser Situation reden konnte.

Sie setzten sich an den Esstisch in der großen Wohnküche. »Ich wollte nur mal nach dem Rechten sehen, bevor ich fürs Wochenende packe. Kann ich irgendetwas tun?«, erkundigte sich Vincenzo.

»Vielen Dank, das ist nicht nötig. Meine Tochter ist noch in der Klinik. Meine Frau ist mit unseren beiden anderen Kindern bei ihr. Nachher fahre ich auch wieder hin.« Marzoli redete einfach drauflos, offenbar freute er sich über Vincenzos Interesse. »Sie haben Elisa den Magen ausgepumpt und behalten sie noch bis morgen zur Beobachtung da. Letzte Nacht haben wir kein Auge zugetan. Aber jetzt ist das Schlimmste überstanden.«

Erleichtert fuhr Vincenzo weiter nach Sarnthein. Was Marzoli erzählt hatte, klang unangenehm, aber nicht lebensbedrohlich. Wahrscheinlich waren das die Probleme, die Kinder so mit sich brachten.

17

Samstag, 11. Juli

»Sabine, hör endlich auf damit. Du weißt, wo ich war.«

Seine Frau sah ihn wütend an. »Nein, weiß ich nicht. Du behauptest, bei Salvatore gewesen zu sein. Salvatore! Der würde jederzeit für dich lügen.«

»Ich war bei Salvatore, ich habe dir erzählt, was für einen Ärger wir in der Firma haben. Wir müssen …« Weiter kam er nicht.

Sie schrie ihn an: »Hör auf, mich anzulügen! Du gehst zu irgendeinem Flittchen, das weiß ich genau! Also verkauf mich nicht für dumm. Ich bin dir schon lange nicht mehr gut genug. Für dich bin ich bloß noch eine kranke, bemitleidenswerte Frau, um die du dich dummerweise auch noch kümmern musst. So ist es doch, oder?«

Schimmel hatte den Freitagabend tatsächlich bei Salvatore verbracht. Und es stimmte, sie hatten über die Vorfälle in der SSP gesprochen, genau genommen, hatte Salvatore darüber gesprochen. Allerdings war Schimmel danach keineswegs auf direktem Weg nach Hause gegangen. Sabine lag in jeder Beziehung richtig mit ihrer Vermutung. Salvatore würde ihr ohne mit der Wimper zu zucken bestätigen, ihr Mann sei bis ein Uhr morgens bei ihm gewesen.

Dennoch war es eine bizarre Situation. Sabine reagierte nicht eifersüchtig, weil sie einen begründeten Verdacht hatte, sondern weil sie krank war, weil sie keinerlei Selbstwertgefühl mehr hatte. Deshalb wollte sie auch keinen Sex mehr. Und er selbst konnte sich nicht vorstellen, mit einer Frau zu schlafen, die mitten im Akt in Tränen ausbrach.

Deshalb hatte er nicht gerade Widerstand geleistet, als ihn Laura vor drei Jahren nach einem seiner Vorträge angeflirtet hatte. Nicht, weil er so unwiderstehlich war, mit seinem Bauchansatz und seinem lichten, trotz aller Bemühungen stets etwas fettigen Haar, da machte er sich nichts vor. Es war sein beruflicher Erfolg, der sie anzog, seine Kontakte zu bedeutenden Kreisen. Sie hatte die Hoffnung, sich einen finanziell interessanten Fisch zu angeln. Das war ihm egal. Seitdem er Laura kannte, ging es ihm eindeutig besser.

Salvatore war der einzige Mensch, dem er sich anvertraut hatte, er brauchte für solche Situationen einen Verbündeten. Und Salvatore hatte schon oft für ihn gelogen. So diskret, wie er im Job war, so zuverlässig war er auch privat. Gestern Abend war ihm sein Partner allerdings seltsam vorgekommen, so als würde er ihm etwas verheimlichen. Als sie über die Hintergründe der Morde geredet hatten, war es Schimmel, als ob Salvatore mehr wusste, als er sagen wollte. Er konnte sich keinen Reim darauf machen.

Aber jetzt ging es darum, zu verhindern, dass Sabine sich wieder in ihre Wahnvorstellungen hineinsteigerte.

»Schatz, ruf bei Salvatore an und frag ihn. Ich war bis ein Uhr nachts bei ihm und bin dann zu Fuß nach Hause gegangen. Du solltest aber bedenken, dass du dich mit dieser offensichtlichen Kontrolle der Lächerlichkeit preisgibst. Es wäre besser, wenn du mir vertraust, so wie ich dir vertraue.«

»Da kann ich nur lachen! Du weißt schließlich, dass ich niemals fremdgehen würde.«

»Stimmt, und dasselbe gilt umgekehrt. Du weißt, dass ich dir niemals wehtun könnte.«

Was er auch sagte, er konnte diesen zermürbenden Zyklus nicht unterbrechen, der darin gipfelte, dass sich Sabine weinend ins Badezimmer zurückzog. Das war die zweite Phase, erst die Aufregung, dann der depressive Zusammenbruch. Schließlich, nicht selten nach einer erhöhten Medikamentendosis, folgte der Übergang in eine phlegmatische Phase, die einige Stunden, aber auch mehrere Tagen andauern konnte.

Wie gerne würde er fortgehen, doch er wusste, dass sich Sabine dann etwas antun würde. Er war für sie verantwortlich, das hatte sie richtig erkannt.

18

Montag, 13. Juli

Die Akte kam am späten Vormittag, auf die Kölner war anscheinend Verlass. Vincenzo hatte Marzoli gerade erklärt, warum Mantinger ab jetzt zu den Reserveverdächtigen zählte, jetzt öffnete er gespannt die Akte. Er fand einen knappen Bericht der Kölner Polizei darüber, wie der Professor in seiner Wohnung aufgefunden worden war. An dem Selbstmord hatte es nicht den Hauch eines Zweifels gegeben. Aufschlussreicher war der Abschiedsbrief.

> *… ich hatte keine andere Wahl, Beate. Du weißt, wie sehr ich dich liebe, aber gerade deshalb muss ich es tun. Ich habe dich mit einer Studentin betrogen. Ich weiß nicht, wie das passieren konnte. Dann tauchte ein Erpresser auf, der uns beobachtet und fotografiert hat. Zuerst wollte er nur Geld, ein paar tausend Mark, ich habe sie ihm gegeben. Ich hatte gehofft, dass er irgendwann aufhört. Aber er wollte bald mehr als Geld, viel mehr. Ich habe getan, was er verlangt hat. Ich kann dir nicht sagen, worum es ging, es würde dich unnütz belasten und zwingen, trotz meines Ablebens noch bei der Polizei und im Ausschuss auszusagen. Aber wem wäre damit jetzt noch geholfen? Du bist finanziell bestens abgesichert …*

Marzoli blickte finster drein. »So ein skrupelloses Schwein! Er hat tatsächlich einen Menschen in den Tod getrieben, ohne jede Spur von Mitleid. Und da wir vier Bozener haben, die sich alle mehr oder weniger über diesen Professor kennengelernt haben, wäre es ein unglaublicher Zufall, wenn es keinen Zusammenhang gibt.«

Vincenzo nickte. »Wir müssen im Kölner Umfeld ermitteln. Vielleicht stoßen wir auf etwas, was die Deutschen übersehen haben? Ich gehe nachher gleich zu Baroncini.« Er blätterte in der Akte. »Da ist noch ein Vernehmungsprotokoll, Schimmel wurde wegen des Selbstmordes offiziell vorgeladen. Hier steht, dass er unter anderem dazu befragt wurde, wie er zu seiner lukrativen Dozententätigkeit gekommen ist. Er sagte aus, dass Professor Graf sich persönlich für ihn eingesetzt habe. Warum er das getan habe. Aha, angeblich, weil er von Schimmels außergewöhnlichen Fähigkeiten überzeugt war. Ob er von dem Fehltritt gewusst habe? Hat er nicht. Dann noch ein bisschen blabla. Das ist dünn. Wir wissen nicht einmal, warum Schimmel konkret vorgeladen wurde, ich meine, warum ausgerechnet Schimmel und warum ausschließlich Schimmel? Bin gespannt, wie weit uns Baroncini gehen lässt.«

Vincenzo stand in Baroncinis Büro. Er hatte dem Vice-Questore rasch erklärt, was sie aus der Kölner Akte erfahren hatten, und sah seinen Chef jetzt erwartungsvoll an.

»Und warum wollen Sie in Köln ermitteln, Bellini?«

»Angesichts dieser dünnen Akte habe ich nicht den Eindruck, dass die Deutschen damals sonderlich nachhaltig ermittelt haben. Ich sehe Chancen, dass wir noch mehr rausfinden können. Ich würde gerne mit diversen Leuten sprechen, den Beamten, die Schimmel verhört haben, mit der Uni, mit der Frau des Professors, mit Susanne Wohlfahrt. Ich würde gerne das gesamte Umfeld durchleuchten. Finden wir den Erpresser von damals, dann haben wir unseren Mörder, davon bin ich überzeugt.«

Baroncini nickte und lächelte ganz leicht. »Das entbehrt nicht einer gewissen Logik, ich glaube wie Sie nicht an Zufälle. Sie wissen natürlich, dass Sie in Deutschland keine eigenständigen Ermittlungen durchführen können?«

»Wie weit dürfen wir denn gehen?«, wollte Vincenzo wissen.

Baroncini rieb sich nachdenklich das Kinn. »Eigentlich gar nicht. Ich frage mich, ob wir nicht anders an die Sache herangehen sollten.«

»Was stellen Sie sich denn vor, Dottore?«

Abermals ließ sich Baroncini zu einem Lächeln hinreißen. »Was halten Sie denn von einer Dienstreise, Commissario?«

»Ich soll nach Köln fahren?«

»Ja, mit Marzoli. Ich werde versuchen, in Köln informelle Amtshilfe zu beantragen. Ich erkläre denen, dass ein alter Fall in Köln mit Morden in Südtirol in Verbindung steht. Vielleicht rollen die das dann auf Sparflamme noch mal auf. Es geht ja bloß darum, dass Sie einige Befragungen durchführen. Sie schnüffeln nicht bei denen rum und wollen ihnen auch keine Fehler nachweisen. Ich kümmere mich gleich darum.«

Ungeduldig warteten Vincenzo und Marzoli in Vincenzos Büro auf eine Nachricht des Vice-Questore. »Was halten Sie eigentlich von dieser obskuren Aufsichtsbehörde, die wie vom Erdboden verschwunden ist?«, fragte Vincenzo seinen Kollegen.

Marzoli konnte nicht widerstehen. Er musste erst über den Schreibtisch greifen und sich wieder ein paar von diesen herrlichen Cantuccini aus der Etagere des Commissario nehmen. Woher bekam er die nur? Andächtig kauend ging er auf Vincenzos Frage ein, der erstaunt war, wie ein Mensch es schaffen konnte, sich einen kompletten Cantuccino in den Mund zu stopfen und dabei noch verständlich zu sprechen. »Das kann doch nur bedeuten, dass es noch andere gibt, die bei der SSP kriminelle Machenschaften vermuten.«

In diesem Moment betrat Baroncini das Büro. »Meine Herren, ich habe mit dem Leiter der Direktion Kriminalität bei der Kölner Polizei gesprochen. Der Mann heißt Walter Markowski. Leicht war das nicht, das Problem des permanenten Personalabbaus scheinen die in Deutschland auch zu haben. Außerdem ist das ganze Vorgehen nicht korrekt, das widerstrebt mir ein wenig. In Köln scheinen sie das aber nicht so eng zu sehen. Sie wollen uns helfen, weil dieser Professor Graf in Köln ein hohes Ansehen genoss. Sie beide nehmen am Mittwoch den ersten Zug von Bozen nach Köln, um sechs Uhr dreißig. Signora Sacchini hat Ihnen zwei Zimmer reserviert, im Hotel Drei Könige, direkt am Hauptbahnhof, direkt am Dom und erfreulich günstig. Am Bahnsteig werden Sie von Detlef Steiner und Siegfried Baumeister empfangen, mit denen Sie bereits gesprochen haben. Die beiden werden Sie auch bei Ihren Befragungen begleiten. Sie dürfen nichts ohne sie unternehmen, ist das klar? Ich will jeden Ärger vermeiden. Sie können sich vorher mit ihnen in Verbindung setzen, ich habe hier einen Zettel mit allen Kontaktdaten für Sie. Sagen Sie ihnen, mit wem Sie sprechen wollen, die beiden sorgen dann dafür, dass Sie die Leute am Donnerstag antreffen, vielleicht auch schon Mittwochabend. Und halten Sie sich mit Spesen zurück, Sie wissen ja, wie knapp unser Budget ist.«

19

Mittwoch, 15. Juli

Entnervt kamen Vincenzo Bellini und Guiseppe Marzoli in Köln an. Sie waren viermal umgestiegen, einmal hätten sie beinahe den Anschlusszug verpasst. Am Bahnsteig wurden sie von zwei älteren Kollegen begrüßt, die Vincenzo augenblicklich an Pat und Patachon erinnerten. Der eine war sehr groß, hager und hatte einen gewaltigen Schnäuzer, der andere war viel kleiner und rundlich. Es stellte sich heraus, dass Pat in Wirklichkeit Siegfried Baumeister war und Patachon Detlef Steiner, beide Kriminalhauptmeister und ihre Kontaktleute bei der Kölner Kripo.

Steiner nahm sie herzlich in Empfang: »A Junge, hatt Ehr en aangenähme Reis gehatt? Mer brängen üch jetz eesch ens en et Hotel, do läht ehr dann üür Saache av, dann go' mer en et Heller's Brauhuus, un do liert ehr dann trek ens uns Kölsch kenne. Do treffe mer der Hugo Werner, dat es unse Kolleg, dä domols dä Fall Graf bearbeidt hät. Hä hät gesaht, wann die jet vun mer wolle, solle sie en et Heller's kumme un mer eine usgevve.«

Die Italiener sahen sich ratlos an. Was wollte Patachon ihnen bloß sagen?

Pat – Siegfried Baumeister –, der ihre Verwirrung bemerkte, sprang ein: »Herzlich willkommen. Wir bringen Sie erst mal ins Hotel, dann treffen wir in Heller's Brauhaus Hugo Werner, der den Fall Graf damals bearbeitet hat. Einverstanden?« Vincenzo und Marzoli nickten etwas perplex.

Baumeister fuhr fort: »Die restlichen Befragungen machen wir dann morgen. Und abends würden wir Sie gern in ein anderes Brauhaus mitnehmen, damit Sie die Kölner Lebensart richtig kennenlernen.«

»Nohm Päffgen, do kenne mer der Köbes persönlich, weil, dat es uns Stammkneip«, ergänzte sein Kollege Steiner in seinem unverständlichen Kauderwelsch.

Es war gut, dass sie diesen Werner noch am selben Tag befragen konnten, denn die Zeit war knapp. Keine Stunde später saßen sie im

Heller's dem kleinen, dicklichen Hugo Werner gegenüber. Er war inzwischen pensioniert, erinnerte sich aber noch gut an die Umstände, unter denen der beliebte Kölner Professor damals so tragisch gestorben war.

Vincenzo und Marzoli bekamen umstandslos schmale, hohe Gläser mit Bier vorgesetzt – das berühmte Kölsch – und bestellten sich dann nach gründlichem Studium der Speisekarte jeweils einen »halven Hahn«, erfreut darüber, dass ein so üppiges Mahl derartig preiswert und damit in Baroncinis Sinne budgetschonend war. Als jedem von ihnen ein Teller mit einem Käsebrötchen vorgesetzt wurde, brachen die drei Kölner in lautes Gelächter aus.

»Wisst ihr«, sagte Baumeister, nun übergangslos vom Sie zum Du wechselnd, »›halver Hahn‹ heißt schon halber Hahn. Aber es ist eben kein halber Hahn.« Er prustete angesichts seines eigenen Witzes und der ungläubigen Blicke der Italiener erneut los.

Steiner schaltete sich ein: »Maht euch nix draus. Ihr seid nit de Erste, die dodrop reinfalle. Su, jetz bestelle mer euch ävver noch wat Aanständiges dobei. Hermann, brängs de uns Kollege och noch zwei Kölsche Kaviar?« Das war ein Roggenbrötchen mit Blutwurst und Zwiebelringen. Unter der Beobachtung und zur Belustigung des Kölner Dreigestirns aßen sie Dinge, die es in Italien nirgendwo gab.

Endlich ergriff Vincenzo das Wort. »Signor Werner, können wir Ihnen denn jetzt ein paar Fragen stellen?«

Werner trank noch einen großen Schluck Kölsch und bedeutete Köbes Hermann, dass er dringend ein neues brauchte. »Darum sind wir hier«, sagte er. »Was wollen Sie wissen?« Zu Vincenzos Erleichterung sprach er akzentfreies Deutsch.

»Zunächst würde uns interessieren, warum Sie damals Schimmel vorgeladen haben, und warum nur ihn und nicht auch andere.«

Werner nahm zunächst freudestrahlend sein Kölsch entgegen. »Ah, danke Hermann! – Das war ein Hinweis von Frau Graf. Sie mochte ihn nicht und hatte von Anfang an den Verdacht, dass er dahinterstecken könnte. Das war für sie die Erklärung, warum ihr Mann sich so rührend um diesen Studenten kümmerte: Er wurde von ihm erpresst.«

Zaghaft nippte Vincenzo an seinem zweiten Kölsch, wohingegen Werner den Nachschub schon wieder weitgehend vernichtet hatte. »Wir haben Ihr Vernehmungsprotokoll gelesen, Signor Werner. Können Sie sich an irgendetwas erinnern, das vielleicht nicht im Protokoll steht?«

»Nein, tut mir leid, Herr Bellini. Schimmel sagte aus, dass er nichts mit dieser Erpressung zu tun habe. Der Professor habe ihn gefördert, weil er von Schimmels Fähigkeiten überzeugt war. Wir hatten keinen Grund, das anzuzweifeln, und konnten ihm vor allem nichts Gegenteiliges nachweisen. Außerdem, es war Erpressung, kein Mord. Ich meine, Professor Graf hätte jederzeit zur Polizei gehen und seinen Erpresser anzeigen können. Wenn das überhaupt ein bisschen hochgekocht wurde, dann bloß, weil der Professor für Köln eine gewisse Bedeutung hatte.«

Nachdem Hermann die nächste Runde gebracht hatte, den Blick missbilligend auf die noch fast vollen Kölschstangen der Italiener gerichtet, konnte Vincenzo fortfahren. »Haben Sie denn nicht im Umfeld der Universität ermittelt? Zum Beispiel bei anderen Studenten und bei Susanne Wohlfahrt, der Geliebten des Professors? Wir haben nichts von ihr in der Akte gefunden.«

»Mit Susanne Wohlfahrt habe ich damals telefoniert. Die war zu diesem Zeitpunkt auf Fuerteventura. Einmal habe sie mit Professor Graf geschlafen, bestätigte sie. Sie waren ziemlich angeheitert, dann ist es einfach passiert. Frau Wohlfahrt wusste nichts von einer Erpressung und war schockiert, als ich ihr von dem Selbstmord erzählte. Da es völlig ergebnislos war, habe ich das Telefonat erst gar nicht im Protokoll vermerkt. Ich meine, warum komplizierter als nötig?«

Es wurde ein wenig erhellender, aber unterhaltsamer Abend mit Pat und Patachon und, wie sich herausstellte, einem Hannoveraner, der der Liebe wegen vor mehr als vierzig Jahren nach Köln gezogen war. Köbes Hermann verabschiedete sie mit seiner persönlichen Einschätzung, dass Italiener offensichtlich nicht viel vertragen könnten.

***

»Warum sollte deine Frau nicht bei ihrer Freundin sein?«

»Die ist in letzter Zeit ganz komisch zu mir, die will mich verlassen, wegen dem ganzen Mist hier, nicht wahr. Bestimmt hat sie einen anderen.«

»Blödsinn! Du bist und bleibst ein neurotischer Spinner. Konzen-

trier dich lieber auf das, was wichtig ist! Momentan ist Geld wichtig, also habe ich beschlossen, das Risiko einzugehen und trotz polizeilicher Ermittlungen am Freitag nach Liechtenstein zu fahren. Ich hole Bares, ich werde schließlich nicht beschattet. Weil ich fair bin, werde ich dir auch deinen Anteil mitbringen. Kannst du sicherlich gut gebrauchen, oder?«

»Das ist eine gute Nachricht! Seit Wochen lässt du mich zappeln, nicht wahr. Wie viel gibt es denn?«

»Für jeden fünfzigtausend, wie immer bar und steuerfrei.«

»Sensationell! Das passt mir bestens, nicht wahr.«

»Siehst du, das dachte ich mir. Bist du am Wochenende zu Hause?«

»Ich habe nichts vor.«

»Gut, ich werde am Samstag oder Sonntag zu dir kommen, aber erst, wenn es dunkel wird. Ich will nicht gesehen werden. Kein Risiko. Du wirst jeweils ab neun zu Hause sein, verstanden? Und halt bloß die Klappe, kein Wort zu irgendjemandem.«

»Klasse, ich bin auf jeden Fall hier. Wir können das mit einem Brunello begießen, nicht wahr.«

»Gerne! Also, bis zum Wochenende.«

Er legte auf, ohne eine Antwort abzuwarten, und sah kopfschüttelnd auf sein Handy. Was für ein Einfaltspinsel. Hatte der immer noch nicht kapiert, dass keine Frau es auf Dauer mit ihm aushalten konnte? Dieses fette, dämliche Schwein. Und mit Brunello begießen. Als ob er nicht Besseres zu tun hätte, als mit Wichten zu saufen. Ein klassischer Fall von Selbstüberschätzung.

Egal. Der Fall näherte sich seinem Ende, spätestens am Dienstag würde die Polizei ihren Mörder verhaften. Dann konnte er ohne Stress nach Vaduz fahren, um ein paar größere Überweisungen zu tätigen.

Er hatte sich in der Zwischenzeit endgültig entschieden. Es würde ein Aston Martin werden, ein Vanquish S, 528 PS, 320 Spitze, zeitlos elegantes Design. Zwanzig Liter Verbrauch, bei seinem Fahrstil bestimmt noch einiges mehr, aber was kümmerte ihn das. Der Aston Martin spiegelte exakt seine Persönlichkeit wider: elegant, dabei nicht protzig, zugleich geschmeidig, sportlich, formvollendet schön – kurzum, perfekt. Allerdings hatte diese Perfektion ihren Preis. Über zweihundertfünfzigtausend Euro, ohne Extras wohlgemerkt. Ein gerechter Lohn für seine Genialität.

20

Köln, Donnerstag, 16. Juli

Susanne Wohlfahrt lebte immer noch in Köln. Sie war längst verheiratet und hatte Kinder. Zu einem Gespräch war sie sofort bereit, denn bis heute empfand sie Mitleid für Professor Graf und seine unglückliche Frau, an deren Schicksal sie sich mitschuldig fühlte. »Haben Sie Professor Graf nicht mehr wiedergesehen?«, wollte Vincenzo wissen. »Eine Nacht, und das war's?«

»Ja, das war alles, abgesehen von den Vorlesungen. Der Professor war ein durch und durch integrer Mann. Er hätte seine Frau niemals vorsätzlich betrogen. Wie das passieren konnte, kann ich mir heute nicht mehr erklären. Wir waren beide nicht draufgängerisch.«

»Und Sie wussten nichts von der Erpressung? Er hat Sie nie darauf angesprochen? Immerhin hätte es auch Sie treffen können.«

»Nein, ich wusste von nichts. Ich war tief erschüttert, als ich davon erfuhr.«

Damit hatte Susanne Wohlfahrt lediglich bestätigt, was Hugo Werner gestern erzählt hatte. Ermittlungstechnisch war ihr Kölnbesuch bis jetzt ein Reinfall. Auf der Suche nach dem Phantom des Erpressers waren sie keinen Schritt weitergekommen. Sie konnten nur hoffen, dass sie von Frau Graf und an der Universität mehr erfahren würden.

Frau Graf lebte in einem parkartigen Anwesen im Kölner Stadtteil Marienburg, einem der nobelsten Viertel Kölns. Lautlos schwang das gusseiserne Tor auf. Über eine großzügige, gekieste Zufahrt gelangte der Wagen mit den vier Polizisten bis zu der gründerzeitlichen Villa, einem Prunkbau, der an beiden Seiten von Türmen eingefasst war. Am Portal empfing sie eine elegant gekleidete, aber verhärmte Dame. Frau Graf war der schwere Schicksalsschlag noch immer anzusehen, anscheinend war sie niemals über ihren Verlust hinweggekommen.

»Bitte treten Sie ein, meine Herren.«

Steiner war in dieser Umgebung tiefe Ehrfurcht anzumerken,

auch Marzoli schien beeindruckt. Vincenzo hingegen hatten Protz und Prunk noch nie imponiert. Er ergriff das Wort, während Frau Graf sie mit aufrechtem Gang in ein Foyer führte, das ausreichend Wohnraum für eine dreiköpfige Familie geboten hätte. Die stuckverzierte Decke schmückten meisterhafte Fresken. Auf der gegenüberliegenden Seite führte ein riesiger Aufgang in die oberen Gemächer. »Vielen Dank, dass Sie sich Zeit für uns nehmen, Signora Graf. Sie wissen, warum wir hier sind?«

»Ja, Kriminaldirektor Markowski hat mich informiert. Sie ermitteln in zwei Mordfällen und vermuten einen Zusammenhang mit dem Selbstmord meines Mannes.«

»Gewissermaßen. Ein direkter Zusammenhang dürfte eher nicht bestehen, aber wir haben Grund zu der Annahme, dass der Erpresser Ihres Mannes auch unser Mörder ist.«

Frau Graf blickte zu Boden und sagte leise: »Nach all den Jahren quälender Ungewissheit, wer dieses Monstrum ist, das immer noch frei herumläuft ... freudlose Tage, Monate, Jahre, zäh wie Kaugummi, dazu eine teilnahmslose deutsche Polizei. Und jetzt kommen ein paar Commissarios aus Italien daher und erklären mir, dass sie dem Erpresser meines Mannes auf der Spur sind. Ich kann es kaum glauben. Natürlich werde ich alles tun, was in meiner Macht steht, um Ihnen zu helfen.«

Vincenzo empfand tiefes Mitleid für diese Frau, der all ihr Luxus und Prunk nicht über ihren Verlust hinweggeholfen hatte. »Signora Graf, versprechen kann ich nichts, bisher handelt es sich noch um Hypothesen. Aber die Hinweise auf einen Zusammenhang sind bedeutsam. Wenn wir dem Täter auf die Spur kommen, werden Sie es sofort erfahren.«

Frau Graf führte sie nach links in eine große Bibliothek mit fast fünf Meter hohen Wänden, die rundum mit Regalen voller alter Folianten bedeckt waren. Nachdem sie ihnen Getränke angeboten hatte, erzählte sie viel über ihren Mann, ihre Ehe, warum sie ihm den Seitensprung niemals übel genommen hätte. Wirklich interessant wurde es allerdings erst, als sie über die Ämter von Professor Graf sprachen, denn er saß unter anderem in diversen Prüfungsausschüssen. »Signora Graf, ist Ihnen nie in den Sinn gekommen, dass der Erpresser es auf gute Noten abgesehen haben könnte, ein Prädikatsexamen ohne Lernstress?«

»Das war ein naheliegender Gedanke, ich habe Ihre Kollegen auch unmissverständlich darauf hingewiesen!« Fast drohend zeigte sie auf Steiner und Baumeister. »Sie haben das nicht ernst genommen!«

Baumeister seufzte. »Doch, Frau Graf, glauben Sie mir, meine Kollegen haben das durchaus ernst genommen. Aber es fanden sich einfach keine entsprechenden Hinweise.«

Um Baumeister in Schutz zu nehmen und die Wogen zu glätten, sagte Vincenzo: »Signora Graf, wir mussten auch feststellen, dass unser Mörder sehr gut darin ist, seine Spuren zu verwischen. Wenn ich die Protokolle richtig deute, haben Sie damals einen konkreten Verdacht geäußert, der sich nicht bestätigte. Stimmt das?«

»Hans-Georg Schimmel, dieses schleimige Etwas!«, sagte sie voller Abscheu. »Er ist permanent um meinen Mann herumscharwenzelt, und Helmut ist, ich muss es leider sagen, darauf hereingefallen. Schimmel war mit seiner Hilfe schon im Grundstudium als Dozent tätig. Später durfte er unter dem Namen meines Mannes sogar Seminare für Manager und Unternehmer ausrichten. Was meinen Sie, was der Schnösel dabei verdient hat, und das nur, weil er angeblich bei seinem Vater ein paar Praktika gemacht hat? Dass ich nicht lache. Und ganz nebenbei soll er noch ein Prädikatsexamen abgelegt haben? Niemals.«

Damit waren sie an dem Punkt angelangt, um den es ihnen in diesem Gespräch vorrangig ging. »Konkret gefragt, Signora Graf: Sie glauben, dass Schimmel Ihren Mann im Sinne guter Noten erpresst hat?«

»Davon bin ich überzeugt. Aber mir glaubt ja niemand. Und jetzt treibt dieses Schwein sein Unwesen in Südtirol?«

»Wir wissen noch nicht, wer der Mörder ist. Sagen Ihnen die Namen Salvatore Gemini, Klaus Mantinger und Franz Junghans etwas?«

»Das waren Studenten bei meinem Mann. Das heißt, halt! Dieser Gemini war schon älter, in Schimmels Alter, und auch kein Student in Köln. Er hat ein Seminar von Schimmel besucht, wenn ich mich recht erinnere. Die sind mittlerweile doch Partner! Das hat mir mein Mann noch erzählt. So etwas passt zu Schimmel. Erst setzt er sich bei meinem Mann ins gemachte Nest und dann bei diesem Gemini.«

Viel mehr konnte ihnen Frau Graf nicht berichten. Blieb noch eine letzte Station: die Universität. Vielleicht würden sie dort mehr über das Verhältnis zwischen Hans-Georg Schimmel und Professor Graf herausfinden. Pat und Patachon brachten sie zum Rektorat und baten einen der Prorektoren, die beiden Italiener zu begleiten und ihnen alle gewünschten Kontakte herzustellen.

Steiner verabschiedete sich: »Jo dann, vill Glöck, Junge. Hät jo noch nit so viel gebracht bes jetz. No jo, immerhin habt ihr jo ene Verdächtige.«

»Wir holen euch dann um sieben Uhr am Hotel ab«, fügte Baumeister verständlicher hinzu. »Und dann geht's zum Abschied ins Brauhaus Päffgen.«

Vincenzo wandte sich schmunzelnd dem Prorektor zu. Sie wollten zunächst mit den noch aktiven Professoren sprechen, die damals Kollegen von Graf waren. Es waren nur noch zwei: Wilfried Ackermann, Professor für Marketing bei den Wirtschaftswissenschaftlern, und der Jurist Professor Joachim Gerhardt. Während ihnen Gerhardt nicht mehr berichten konnte, als dass er sich noch an diesen tragischen Fall erinnerte, hatten sie bei Ackermann mehr Glück.

»Traurige Geschichte. Wir waren befreundet, beide im Karneval aktiv und haben zusammen Golf gespielt. Ich habe schon einige Zeit vor dem Selbstmord gemerkt, dass etwas nicht in Ordnung war. Helmut war irgendwie in sich gekehrt, das war auffällig, weil er eine kölsche Frohnatur war. Ich habe ihn mehrfach darauf angesprochen, und nach einer Golfpartie hat er mir dann im Clubhaus davon erzählt. Ich hatte den Eindruck, dass es für ihn wie eine Erlösung war, sich endlich jemandem anvertrauen zu können. Er hat keine Namen genannt, lediglich beteuert, dass es nur noch darum gehe, Beate zu schützen. Ich habe ihm Hilfe angeboten, aber er hat abgewunken. Als ich dann von seinem Freitod erfahren habe, war ich ziemlich niedergeschlagen. Bis heute frage ich mich, ob ich irgendwas hätte merken müssen, ob ich es hätte verhindern können! Er war so ein feiner Kerl.«

»Warum sind Sie nicht zur Polizei gegangen, nachdem Ihr Freund Ihnen seine Geschichte erzählt hatte?«

Ackermann sah den Commissario empört an. »Na hören Sie mal, ich konnte doch nicht hinter Helmuts Rücken petzen!«

»Das ist verständlich. Aber nach seinem Tod hätten Sie sich doch an die Polizei wenden können? Es findet sich kein entsprechender Hinweis in den Protokollen«

»Ich habe das der Polizei erzählt, aber meine Informationen waren anscheinend nicht wichtig genug.« Das passte zu Beate Grafs Einschätzung.

»Hat Ihnen Graf sonst noch irgendetwas erzählt, was für uns von Interesse sein könnte?«

»Ja! Jetzt, wo wir darüber sprechen ... Helmut erzählte, dass der Mann unglaublich berechnend sei und dass er seinen Fehler eiskalt ausgenutzt habe. So, wie er das sagte, habe ich eine richtige Gänsehaut bekommen. Hilft Ihnen das?«

»Zumindest passt es zu dem, was wir bisher in Erfahrung bringen konnten. Was sagen Ihnen die Namen Schimmel, Gemini, Mantinger und Junghans?«

Ackermann kannte alle, bis auf Gemini. Er wusste, dass Graf und Schimmel eine merkwürdige Art von Freundschaft verbunden hatte. Mantinger und Junghans hatten als Studenten keine Party ausgelassen, Vorlesungen hatten sie bestenfalls besucht, wenn sich nichts Besseres bot. Beide waren sehr sportlich und absolvierten ihren ersten Köln-Marathon in knapp unter drei Stunden. Das war beachtlich, erst recht für einen Marathon-Neuling. Nur eines hatte Ackermann verblüfft: Sie waren Musterstudenten, niemals durchgefallen, nicht einmal im Zivilrecht oder in Statistik. Beide hatten Prädikatsexamina – genau wie Schimmel, mit dem Unterschied, dass sie zudem noch vier Semester weniger gebraucht hatten.

Auf der Rückfahrt zum Hotel waren Vinzenco und Marzoli in Gedanken versunken. Hier bot sich ihnen das gleiche Bild wie in Bozen: Alle Mordverdächtigen kamen auch als Erpresser in Frage. Am wenigsten Gemini, den scheinbar nichts mit Professor Graf verbunden hatte.

Vincenzo ließ alles, was er in diesen anderthalb Tagen erfahren hatte, Revue passieren. Es schien wenig Neues zu geben. Dennoch: Bei dem Begriff »Marathon« waren in seinem Gehirn irgendwelche Synapsen angesprungen, ohne dass er bewusst einen Zusammenhang sah. Was sollte das mit ihrem Fall zu tun haben? Vielleicht waren es doch zu viele Eindrücke auf einmal gewesen, und er sehnte sich selbst nach Bewegung. Ein Blick auf die Uhr verriet ihm, dass es erst fünf Uhr war. Zeit genug, noch eine Stunde am Rhein zu joggen.

***

Wieder einmal war ein Tag in der Firma quälend langsam vergangen. Er konnte sich immer weniger motivieren. Dabei war ihm die Idee damals wie eine Offenbarung vorgekommen: eine Gesellschaft im warmen, sonnigen Italien zu gründen, weg von all dem Kölner Mief und Niesel. Nach wenigen Jahren waren sie zu einem der bedeutendsten Beratungsunternehmen Südtirols aufgestiegen, jeder von ihnen verdiente bald hundertfünfzigtausend im Jahr, trotz hoher Investitionsrücklagen. Aber das war bloß der Anfang. Nachdem der Zufall ihnen Achatz geschickt hatte, ging es erst so richtig bergauf. Inzwischen brachten sie es auf eine halbe Million jährlich.

Aber der Erfolg hatte ihn nie glücklich gemacht. Seine private Situation war dermaßen belastend, dass der Beruf für ihn von Tag zu Tag unwichtiger wurde, die Flucht ins Büro half ihm überhaupt nicht. Als er dann Laura kennenlernte, war das wie ein zweiter Frühling. Er schwelgte im Glück. Aber er wusste, dass es nicht lang anhalten würde. Sie war attraktiv, sexy – was wollte sie mit ihm? Er hatte zu viel erlebt, das hatte ihn gezeichnet. Typen wie Junghans und Mantinger waren kaum weniger erfolgreich als er, aber jünger, attraktiver, unverbrauchter. Wenn die Kinder nicht wären, könnte er Sabine verlassen und Laura das Leben bieten, das sie verdiente. Dann würde sie vielleicht bei ihm bleiben.

Wieder einmal drückte er den Klingelknopf, auf dem sich ausschließlich seine Fingerabdrücke befanden, und schleppte sich in die zweite Etage zu Laura. Sie hatten höchstens zwei Stunden Zeit, ehe Sabine wieder einen ihrer Eifersuchtsanfälle bekommen würde. Aber schon nach einer Stunde stieg er die Stufen wieder hinab, müde und desillusioniert.

Sie hatten Kaffee getrunken und geredet. Er war froh, dass ihm jemand zuhörte. Als sie ihm dann ohne Vorwarnung in den Schritt gefasst hatte, in ihrer unnachahmlichen, direkten Art, die ihn normalerweise sofort aufgeilte, hatte sich nichts gerührt, gar nichts. Dann hatte er auch noch angefangen zu heulen. Mein Gott, war das peinlich. Er hatte sofort gemerkt, dass Laura alles suchte, nur keine unnötigen Probleme. Und jetzt schlich er davon wie ein räudiger Straßenköter.

Es musste etwas geschehen. Er hatte die Dinge doch sonst stets in den Griff bekommen. Ganz allein wegfahren, mal wieder ausbrechen, das war es. Um nachzudenken, mit sich ins Reine zu kommen. Es war ihm bewusst, dass das in dieser Situation riskant war. Aber er hatte keine Wahl, wenn er dieses Problem aus der Welt schaffen wollte.

***

Das Laufen hatte Vincenzo gutgetan, auch wenn ihm die vielen Schiffe auf dem Rhein und die ganze Stadt zu laut waren. Nun saßen sie im noch nicht sehr besetzten Brauhaus Päffgen, einem Kölner Traditionsbrauhaus aus dem 19. Jahrhundert. Die dunkle Wandvertäfelung und die bunten Fenster ließen den alten Gastraum urig wirken. »Un, wat hat ehr noch gemaht? Hat ehr jet eruskräge?«, hatte Steiner die beiden Italiener neugierig begrüßt.

»… können wir noch nicht beurteilen«, hörte Vincenzo Marzoli gerade sagen, »zumindest haben sich unsere Verdachtsmomente erhärtet. Wenn wir wieder in Bozen sind, werden wir den Herren gehörig auf den Zahn fühlen. Einer von ihnen ist es. Ich persönlich tendiere zu Schimmel, er hatte am meisten Kontakt zu Graf und ist Mitinhaber der SSP. Wenn mit irgendwelchen Fördergeldern gemauschelt wird, ist er der perfekte Drahtzieher.«

Jetzt war Vincenzo hellwach. »Seien Sie nicht zu voreilig, Marzoli. Bedenken Sie, ein Prädikatsexamen haben alle. Wenn hier das Motiv der Erpressung liegt, kommen auch alle in Frage!«

»No jo«, meinte Steiner, »eure Schimmel scheint jo ene avjeleckte Herringsstätz zo sin. Ävver dä soll uns hier nit mehr stüre. Av jetz es Schluss met Deens! Jetz weed et gemödlich, verstande?«, befahl er. »Willi! Brängs de uns ens ene ganze Kranz, dann muss de nit esu off laufe.«

Der Kranz erwies sich als Rondell, das Platz für zahlreiche Kölschstangen bot. Die Kölner Kollegen schienen einiges mit ihnen vorzuhaben, Gott sei Dank ging ihr Zug am nächsten Tag erst um zehn. Der restliche Abend war ausgelassen, Polizeiarbeit kein Thema mehr.

Ein Kranz folgte dem anderen. Nicht ein einziges Mal mussten sie bezahlen, was ihrem beschränkten Budget sehr entgegenkam. Den Höhepunkt des Abends setzte wieder Steiner, der bei Weitem redseliger war als Baumeister.

»Alsu, jetz reicht et mer ävver. Hööt doch ens endlich op met dä blöde Siezerei. Hier wird *du* gesaht. Also, do heiß jo Vincenzo, un do? Marzoli es jo secher dinge Nohname. Alsu?«

Steiner habe nach Marzolis Vornamen gefragt, erläuterte Baumeister.

»Nun, äh, also … Ich heiße Guiseppe.«

»Gui wat? Dat kann jo kei Minsch usspreche. Hier bes de av jetz der Jupp.«

Trotz einer gewissen Kölschschwere versuchte Vincenzo zu protestieren. »Wir arbeiten aber noch nicht so lange zusammen, wissen Sie, also, weißt du.«

»Schwaad dich nit möd! Wat bes do bloß för ene Pimok. Los, sag *do* för der Jupp, söns gitt et keine Kranz mih.«

Als Vincenzo spät in der Nacht endlich im Bett lag, fühlte er sich wie in einem rasenden Karussell. Dermaßen abgefüllt war er seit Ewigkeiten nicht mehr gewesen. Es war unglaublich, wie viel die Kölner Polizisten vertrugen. Er fiel bald in einen unruhigen Schlaf, in dem ihm wieder der Dämon in Menschengestalt begegnete. Diesmal stieß er niemanden in Abgründe, sondern rannte und rannte und trieb Pat und Patachon vor sich her, die dabei aus voller Kehle sangen: »Drink doch eene met, stell dich nit esu ahn!«

Er wachte trotz Wecker erst nach neun auf, sein Schädel schien zu platzen. Allein das Aufstehen erschöpfte ihn mehr als seine Bergrunde, und er hatte einen ekelhaften Geschmack im Mund. Zeit zum Frühstücken blieb nicht. Als sie am Bahnhof ankamen, wurden sie von Steiner und Baumeister in Empfang genommen, beide offenbar frisch wie der junge Morgen.

Feierlich ergriff Steiner zum Abschied das Wort: »Junge, wann ehr noch irgendjet wesse wollt, dot einfach aanrofe, mer kömmere uns dröm.«

Und Baumeister fügte hinzu: »Ja, wir helfen jederzeit. Und das nehmt ihr mit, damit ihr auch an uns denkt.« Damit drückte er jedem von ihnen eine Plastiktüte in die Hand.

Im Zug förderten sie jeweils einen Schal mit der Aufschrift 1. FC Köln sowie eine Kölschstange zutage. Für Vincenzo gab es zusätzlich die versprochene Doppel-CD »Die 40 größten Kölschen Hits«, für Marzoli ein kölsches Wörterbuch.

Es waren lustige Tage gewesen, aber Vincenzo hatte den Eindruck, als wären sie keinen einzigen Schritt weitergekommen.

21

Sonntag, 19. Juli

Als Salvatore Gemini das Haus verließ, dämmerte es schon. Er hatte sich das jetzt lange genug angesehen, nun musste er etwas unternehmen, sonst würde es für die SSP und damit für ihn selbst in einer Katastrophe enden. Es war ihm bewusst, dass er damit einen Schritt zu weit ging, nachdem er zuvor schon Grenzen übertreten hatte. Er war es gewohnt, Herr der Lage zu sein, doch auch für ihn gab es Situationen, in denen er sich überfordert oder unzureichend gerüstet fühlte. Das war eine solche Situation.

Es war ein Experiment mit offenem Ausgang. Mit Glück würde es nicht so katastrophal enden, wie er insgeheim befürchtete. Er hatte extra seinen kleinen Stadtwagen genommen, den Fiat, falls er hinterher zu aufgeregt war, um sofort wieder nach Hause zu fahren. Damit hätte er weniger Skrupel, sich noch irgendwo mit ein paar Grappa zu beruhigen. Aber wahrscheinlich würde man ja schon dort etwas trinken, um die Stimmung aufzulockern. Es erwies sich einmal mehr als Vorteil, dass er selbst unter Alkoholeinfluss absolut beherrscht und konzentriert sein konnte.

Die Aufgabe, die vor ihm lag, war anspruchsvoll und würde weitreichende Konsequenzen haben. Hoffentlich kam er damit durch und flog nicht auf. Was, wenn dieser Abend ganz anders verlief, als er es sich vorstellte? Wenn etwas schiefging? Wenn sein Gegenüber anders reagierte, als er hoffte? Andererseits, warum sollte es nicht klappen? Er war selbstbewusst, souverän, hatte die nötige Ausstrahlung. Und mit Geld konnte man so manche Tür öffnen. Beim Gedanken an Geld griff er instinktiv in die Innentasche seines Jacketts. Er hatte den Umschlag dabei. Solche Typen konnten nicht anders überzeugt werden. Geld war das einzige Argument, für das sie zugänglich waren. Er verabscheute diese Menschen zutiefst.

***

Um einundzwanzig Uhr vierzig klingelte es bei Carlos Mancini. Er war frustriert, lief unruhig in seiner Wohnung auf und ab, seinen Rotweinkelch mit dem Brunello schwenkend. Seine Frau hatte wieder nicht angerufen, und er erreichte sie auch nicht. Ihr Handy war permanent ausgeschaltet. Sein Leben hatte keinen Sinn mehr. Wofür sollte er morgens noch aufstehen? Für die fünfzigtausend, die er dann gleich wieder einem Geldhai in den Rachen werfen musste? Nicht ganz, es waren nur noch dreißigtausend, dann war die Sache erledigt. Also hatte er zwanzig, mit denen er Sinnvolleres anstellen konnte. Trotzdem: Seine Ehe war kaputt, hatte wahrscheinlich noch nie richtig funktioniert. Sie hatten keine Kinder bekommen. Das lag nicht an ihr, sondern weil er es nicht brachte. Dazu kam, dass ihn sein Job zu Tode langweilte und ihm außerdem Gefängnis drohte. Was also sollte er mit dem Geld überhaupt anstellen? Mitten in seine Endzeitstimmung hinein klingelte es zum zweiten Mal, jetzt länger, ungeduldiger. Er hatte das erste Läuten gar nicht registriert, so tief war er in seine düsteren Gedanken versunken. Gut, dachte sich Mancini, dann wollen wir den fünfzigtausend mal die Tür aufmachen.

***

Am Abend hatte Vincenzo Gianna zum Bahnhof gebracht. Sie hatte den letzten Zug um halb acht genommen. Wieder war das Wochenende harmonisch verlaufen, kein Streit, sondern Leidenschaft und Vertrautheit. Als er zum Ausgang zurückschlenderte, malte er sich aus, wie es wäre, wenn Gianna bei ihm wohnen würde, wenn sie da wäre, wenn er abends nach Hause kam, wenn er mittags manchmal mit ihr in der Trattoria essen könnte, wenn sie zusammen ins Kino oder spazieren gehen würden, oder zusammen kochten. Es fiel ihm immer schwerer, sonntags *Ciao* zu sagen.

Er hatte keine Lust, nach Hause zu fahren und alleine in seiner Wohnung herumzusitzen. Also beschloss er, seinen Eltern einen Besuch abzustatten und etwas zu essen, obwohl sonntags um diese Zeit viel los war.

Viel los war gar kein Ausdruck. Als er die Trattoria betrat, waren sämtliche Tische besetzt, draußen und drinnen. Und was es noch nie gegeben hatte: An der Theke standen etliche Gäste, die bei einem

Gläschen Merlot vom Fass darauf warteten, dass ein Tisch frei wurde. Dieser Zulauf war dem Ideenreichtum seiner Mutter geschuldet. Schon die Erweiterung der Karte um ladinische Spezialitäten hatte viele neue Gäste in die Trattoria gelockt. Seit Mama auch noch den glorreichen Einfall hatte, sonntags einen Themenabend, wie sie es nannte, zu veranstalten, kamen noch mehr. Heute gab es – neben der normalen Karte – eine reiche Auswahl an Südtiroler Gemüsegerichten mit Kartoffeln, Blumenkohl, Radicchio und roten Rüben.

»Hallo, Vince, schön, dass du vorbeischaust. Ich kann mich leider nicht um dich kümmern, du siehst ja, was los ist. Ich glaube, wir müssen uns bald einen zweiten Koch und einen zusätzlichen Kellner suchen. Und wir müssen anbauen. Komm an die Theke, trink ein Gläschen.«

»Nein danke, Mama, es ist mir zu voll. Grüß Papa.« So sehr er seinen Eltern diesen Erfolg gönnte, heute hätte er nichts dagegengehabt, wenn es in Strömen geregnet hätte und sämtliche Küchengeräte ausgefallen wären.

***

»Komm rein! Hast du die fünfzigtausend dabei?«

»Lass mich erst mal hinsetzen, gib mir ein Glas mit dem, was du gerade trinkst.«

»Schön, du bleibst also ein wenig?«

Er klopfte Mancini jovial auf die Schulter. »Na klar, wir haben schließlich was zu feiern! Fünfzig Riesen hatten wir lange nicht mehr, und ich denke, bald wird es noch einiges mehr. Wir müssen zusehen, dass wir möglichst viel Geld dem potenziellen Zugriff der Polizei entziehen. Komm schon, schenk ein!«

Mancini holte ein zweites Glas aus dem Regal und füllte es fast bis zum Rand. Was für ein Frevel! So ein edler Wein musste sich entfalten, es war kaum mitanzusehen. Mancini war offensichtlich wieder angetrunken. Es war so gekommen, wie er es befürchtet hatte. Er musste mittrinken, das war ihm in dem Moment klar geworden, als ihm der Wicht die Tür öffnete. Unangenehm, sehr unangenehm. »Danke, ein feines Tröpfchen, ein Brunello, stimmt's?«

»Und was für einer! Ein 2003er Ripe al Convento, zwei Gläser bei Gambero Rosso, neunzig Parkerpunkte, nicht wahr, siebzig Euro die Flasche!«

Er nickte anerkennend. »Du hast dir unsere kleine Feier einiges kosten lassen. Ich fühle mich geehrt.«

»Ich bitte dich! Fünfzigtausend! Da kann ich dich doch schlecht mit irgendeinem Landwein abspeisen, nicht wahr.«

Er zwang sich zu einem Lachen. »Landwein, das wäre originell. Erfreulich, dass du dein Geld sinnvoll anlegst. Komm, setz dich, ich gebe dir deinen Anteil, dann macht das Trinken noch mehr Spaß.«

Er zog den Umschlag aus der Innentasche seines Jacketts und zauberte ein Bündel Fünfhundert-Euro-Scheine hervor. Natürlich war er dafür nicht nach Vaduz gefahren, noch nicht, er hatte das Geld aus seinem Bankschließfach genommen. Dort hatte er Bargeld für notwendige Anschaffungen und unvorhergesehene Ereignisse hinterlegt, legales Geld, das allein aus seinem üppigen Honorar stammte. Für diesen Zweck war es eigentlich nicht bestimmt, aber ihm blieb nichts anderes übrig. »Netter Anblick, was?«

»Wunderbar, dann wird das vielleicht doch noch ein schöner Abend.«

»Wieso vielleicht? Fünfzig Riesen und ein Ripe al Convento, was willst du denn noch?«

Mancini lächelte gequält. »Trotzdem hat das alles keinen Sinn mehr! Meine Frau ist mir davon gelaufen, mein Job langweilt mich, nicht wahr, ich habe keines meiner persönlichen Ziele im Leben erreicht. Strafbar habe ich mich auch noch gemacht! Wenn das auffliegt, bin ich nicht bloß meinen Job los, nicht wahr. Also, was soll das alles noch?«

Mancinis Gejammere ödete ihn an. Saß da, besoff sich mit edelstem Roten, bemitleidete sich selbst und vertraute sich einem im Grunde fremden Menschen an. Wieder einmal zeigte sich, wie leicht es war, das Vertrauen von charakter- und gesichtslosen Menschen zu gewinnen. Schwanzwedelnd und hechelnd wie ein Hündchen ließen sie sich in jede gewünschte Richtung leiten. Hauptsache, man schenkte ihnen ein Quäntchen Aufmerksamkeit. Je mehr sie angeschlagen waren, desto einfacher konnte man ihre Schwäche gegen sie verwenden.

»Hör auf, Trübsal zu blasen! Erstens läuft dir deine Frau nicht davon. Die weiß genau, dass sie einen wie dich nicht wieder kriegt.

Und zweitens machst du deinen Job bis zur Rente. Warum auch nicht? Ich habe das alles perfekt organisiert, dir kann nichts passieren.«

»Du hast mich in der Hand. Ich bin in Vaduz eingetragen, nicht wahr, nicht du!«

Wieder klopfte er Mancini freundschaftlich auf die Schulter, der für diese überaus schlichte Geste der Zuneigung tiefe Dankbarkeit zeigte. Das war der richtige Zeitpunkt, ihre verschwörerische Nähe hervorzuheben. »Schon deshalb kann ich ohne dich nichts machen. Ich brauche dich so, wie du mich, wir bilden eine perfekte Einheit. Außerdem käme auch ich in Teufels Küche, wenn du mich verpfeifst. Man kann mir zwar nichts nachweisen, zumal ich mit diesen Todesfällen nichts zu tun habe. Ein Makel würde mir trotzdem anhaften.«

»Du hast recht. Ich bin froh, dass du hier bist! Warte, ich hol noch eine Flasche, du trinkst doch noch etwas, oder?«

»Klar, dafür bin ich hier, nur wir beide, von Angesicht zu Angesicht, nicht am Handy. Wird Zeit, dass wir uns besser kennenlernen. Wir haben noch viel zusammen vor!«

Mancini ging in die Küche, in der noch mehrere, bereits entkorkte Flaschen Brunello standen. Es war nicht zu begreifen, wie leicht man den Wicht manipulieren konnte. Da war überhaupt kein Widerstand, keine Gegenwehr, keine eigene Meinung, nichts. Eine Herausforderung war das wahrlich nicht. Eigentlich fühlte er sich durch diese teilnahmslose Art persönlich beleidigt. Aber gut, dann tranken sie halt noch ein paar Gläser zusammen. Immerhin ein Brunello.

»Klasse, der Wein. Deine komischen Anwandlungen sind vorbei, oder?«

»Was für Anwandlungen?«

Er zwinkerte Mancini zu. »Na, von wegen keinen Sinn mehr, keine Ziele, das klingt verdächtig nach finsteren Absichten.«

»Und wenn schon, ich bin für alles gerüstet, nicht wahr. Prost.«

»Prost. Inwiefern bist du gerüstet?«

»Augenblick.« Mancini torkelte zu einem Aktenschrank und holte eine Holzkiste hervor, die er auf den Glastisch legte und öffnete. »Guck dir das an, das ist eine Beretta, nicht wahr, wunderschöne Waffe, oder?«

Er bedachte die kleine Waffe mit einem spöttischen Blick. »Was willst du denn damit? Nachtfalter jagen?«

»Quatsch! Kaliber 6,35, das reicht dicke, wenn du nicht mehr willst.«

Er schüttelte energisch den Kopf. »Mensch, Mensch, was soll ich nur mit dir machen? Hast dir sogar schon eine Knarre besorgt. Es muss dir wirklich schlecht gehen. Pass auf, nächste Woche hole ich noch mal hundert Riesen. Was hältst du davon?«

Mancinis Mine hellte sich augenblicklich auf. »Das wäre großartig! Du bist heute ausnahmsweise richtig nett zu mir, nicht wahr.«

»Wenn wir telefonieren, bin ich meistens im Stress. Stell dir vor, jemand würde unsere Gespräche mitkriegen! Manchmal nervst du auch ein bisschen, aber ansonsten bist du in Ordnung. Zuverlässig, eloquent, ein richtiger Freund. Jetzt ist Schluss mit Trübsal blasen! Gieß uns noch mal kräftig ein, lass uns auf diese Scheinchen anstoßen und auf die, die demnächst noch kommen!« Er lachte laut. Es klang unwirklich und aufgesetzt.

Mancini bemerkte es nicht.

22

Montag, 20. Juli

Die Frau in dem hübsch geschnittenen blauen Kostüm klopfte an die Tür zum Bürobereich des Amtsleiters. *»Avanti!«*

»*Buongiorno*, Signora Addazio, ich möchte zu Signor Mancini. Wir haben die erste Unternehmenskrise.«

»Tut mir leid, Signora Galasso, der Chef ist noch nicht da.« Mancinis persönliche Assistentin sah verblüfft auf ihre Armbanduhr, halb zehn.

»Hat er denn Auswärtstermine? Es ist wirklich dringend!«

Signora Addazio zog verächtlich eine Augenbraue hoch. »Nein, er ist noch nicht im Büro. Das kommt in letzter Zeit häufiger vor. Einige vermuten schon, dass unser Herr Amtsleiter ein Alkoholproblem hat.«

»Ich habe davon gehört. Das sollten wir uns erlauben, dauernd saufen, und dann auch noch zu spät kommen. Ganz schnell wären wir unsere Jobs los.«

»Sie sagen es, Signora Galasso. Wissen Sie, ich hätte nichts dagegen, wenn hier ein frischer Wind weht.«

»Geht mir ebenso. Aber im Moment müssen wir wohl noch mit dieser Flaute vorliebnehmen.«

Signora Addazio verzog den Mund zu einem schiefen Grinsen. »Leider, aber Sie können mir gerne sagen, um wen es geht, dann suche ich schon mal die Akte raus und lege sie ihm auf den Schreibtisch.«

»Firma ObjekTeam, die hat sich letztes Jahr hier niedergelassen, eine deutsche Firma. Ein Kunde zahlt nicht, gleichzeitig haben sie hohe offene Lieferantenrechnungen. Die Insolvenz droht, ein Klassiker.«

»Und diese ObjekTeam hat in den Fonds eingezahlt? Damit hätten wir ja endlich unseren ersten Krisenfall.«

»Richtig. Bitte sagen Sie Mancini gleich Bescheid, damit er alles Nötige veranlassen kann. Der Hauptlieferant lässt sich nicht mehr hinhalten, das Geld muss schnell kommen.«

»Sobald der Chef kommt, rede ich mit ihm. Er hat einen Termin um elf, den verschiebe ich. Ein Krisenfall geht vor.«

***

»Hören Sie auf mit dem Theater, Schimmel! Sie stehen unter Mordverdacht. Wir haben in Köln ermittelt, und was wir herausgefunden haben, spricht gegen Sie. Entweder Sie sagen uns endlich, was Sie in der Mordnacht wirklich gemacht haben oder wir nehmen Sie in Untersuchungshaft. Haben Sie das begriffen?«

Bei der Nachbesprechung des Kölnbesuchs hatten sie entschieden, zuerst einmal Hans-Georg Schimmel einem verschärften Verhör zu unterziehen. Falls er ein besseres Alibi hatte, würde er es unter Druck preisgeben, dann könnten sie einen weiteren Verdächtigen von ihrer Liste streichen. Vincenzo hatte ihn am frühen Morgen angerufen und ihn noch zu Hause erreicht. Jetzt saßen sie sich in Schimmels Arbeitszimmer gegenüber.

»Ich habe nichts damit zu tun. Das habe ich schon hundertmal gesagt. Und Professor Graf mochte ich sehr, was auf Gegenseitigkeit beruhte. Warum hätte er mich sonst fördern sollen? Seine Frau war doch bloß eifersüchtig, unglaublich, wie die geklammert hat. Dass ich ihren Mann erpresst haben soll, ist lächerlich, da hat sie sich in etwas reingesteigert. Aber ich habe ihn nicht erpresst, und ich habe erst recht niemanden umgebracht!«

Während Schimmel noch sprach, nahm Vincenzo die leere Ampulle in die Hand, die auf dem Schreibtisch lag. »Sie begreifen den Ernst Ihrer Lage nicht, Signore. Sie sind in beiden Fällen unser Hauptverdächtiger. Jetzt stellt sich auch noch heraus, dass Sie Digimerck nehmen. Und zwar in Ampullen, nicht etwa, wie gewöhnlich, in Tablettenform. Auf diese Weise wurde Arthur Achatz getötet. Vielleicht waren Sie zu unvorsichtig, als Sie das hier auf dem Schreibtisch haben liegen lassen.«

»So ein Blödsinn! Wenn ich irgendwas mit Achatz' Tod zu tun hätte, hätte ich das Zeug doch wohl weggeräumt, bevor Sie kamen!«

»Die wenigsten Verdächtigen handeln unter Druck logisch. Kommen Sie, wir fahren in die Questura. Ich nehme an, auf Handschellen können wir verzichten.« Vincenzo erhob sich und ging in Richtung Tür.

»Warten Sie! Bitte!« Schimmel ließ sich auf seinen Schreibtischstuhl sinken. »Commissario, bitte setzen Sie sich wieder. Ich erzähle es Ihnen. Meine Frau leidet unter Depressionen. Wenn sie das erfährt, tut sie sich was an. Bitte nehmen Sie Rücksicht darauf!«

Vincenzo kehrte zu seinem Stuhl zurück, setzte sich und stützte sich mit verschränkten Armen auf dem Schreibtisch ab. »Signor Schimmel, Ihr Privatleben interessiert uns nicht. Wenn Ihr Alibi stimmt, sind Sie raus.« Während Schimmel erzählte, notierte sich Vincenzo einen Namen und eine Adresse. »Gut, das werden wir überprüfen. Beantworten Sie mir noch eine Frage: Vermissen Sie einige Ampullen Digimerck?«

Schimmel antwortete ohne zu zögern. »Nein! Das würde mir definitiv auffallen, denn ich bin auf dieses Medikament angewiesen.«

»Wo bewahren Sie es denn auf, außer auf Ihrem Schreibtisch?«

»Im Badezimmerschrank.« Schimmel zögerte einen Augenblick, ehe er weitersprach. »Da fällt mir ein, ich habe eine Packung bei mir im Büro, falls ich zu Hause mal nicht dran denke.«

»Und? Fehlen Ampullen im Büro?«

»Nicht dass ich wüsste.«

»Signor Schimmel, wenn Sie ins Büro kommen, sehen Sie bitte als Erstes nach. Und sagen Sie uns umgehend Bescheid.«

Kurze Zeit später klingelte Vincenzo an der Tür eines Mietshauses in der Via Museo. An der Wohnungstür empfing ihn eine junge, bildhübsche Frau, nicht älter als fünfundzwanzig. Sie hätte Schimmels Tochter sein können. Die engen Jeans und eine leicht transparente Bluse betonten ihre makellose Figur in aufreizender Weise.

»*Buongiorno*, Signora Nucci, ich bin Commissario Vincenzo Bellini. Kann ich reinkommen? Es geht um Hans-Georg Schimmel.« Sie bedeutete ihm mit einer lässigen Handbewegung, ihr zu folgen und führte ihn in ein nobel eingerichtetes Wohnzimmer. All das hatte Schimmel bezahlt, ebenso die Miete und ein großzügiges Taschengeld. Ob es das war, was man unter Midlife Crisis verstand?

»Bitte, nehmen Sie Platz, Commissario. Kann ich Ihnen etwas zu trinken anbieten?«

»Nein danke, kommen wir gleich zur Sache. Sie kennen Signor Schimmel?«

Laura Nucci zündete sich eine Zigarette an und schenkte sich Wasser ein, ehe sie mit einem vielsagenden Lächeln antwortete. »Ich kenne Hans-Georg sogar sehr gut.«

»Ist es richtig, dass Sie ein Verhältnis mit ihm haben?«

»Das meinte ich mit ›sehr gut‹. Verhältnis trifft es allerdings nicht ganz. Es ist eher eine feste Beziehung.«

Vincenzo war erstaunt, wie abgeklärt sich die junge Frau gab. Er musste sich konzentrieren, um sich nicht anmerken zu lassen, wie sehr ihn diese Arroganz provozierte. So etwas gehörte nicht zu den Eigenschaften, die er bei einer Frau anziehend fand, da konnte sie noch so attraktiv sein. »Ich verstehe. Nur noch eine Frage: War Signor Schimmel am Freitag, den 26. Juni in der Zeit zwischen neun Uhr abends und zwei Uhr nachts bei Ihnen?«

Sie antwortete, ohne nachzudenken. »Und ob er das war! Sogar bis fast drei Uhr. Seine Frau hatte nämlich gleich mehrere Schlaftabletten genommen.«

»Warum können Sie sich heute noch so genau daran erinnern?«

Laura Nucci, die ihre Beine lässig übereinandergeschlagen hatte, lächelte vielsagend: »Glauben Sie mir, Commissario, das wollen Sie gar nicht so detailliert wissen. Kann ich sonst noch etwas für Sie tun?«

»Das war's fürs Erste. Sie können davon ausgehen, dass Sie Ihre Aussage unter Eid bestätigen müssen.«

»Kein Problem, Commissario, nur sollten Sie damit nicht zu lange warten. Irgendwann vergesse ich selbst diese Nacht.« Sie grinste ihn breit an.

Vincenzo war sich nicht sicher, ob er dieser überheblichen Schönheit glauben konnte. Fakt war, dass Schimmel nunmehr ein wasserdichtes Alibi hatte. Er würde ihn gleichwohl in der Rubrik »Reserveverdächtige« ganz nach oben setzen. Wenn diese Frau käuflich war, warum sollte sie sich dann nicht auch für eine Lüge bezahlen lassen?

***

Der Geschäftsführer der ObjekTeam war verzweifelt. »Was ist mit der Finanzspritze aus Liechtenstein? Wir stehen mit zweihundertfünfzigtausend in der Kreide, wir kriegen keinerlei Aufschub und unser Kunde reagiert auf nichts. Ich befürchte, ehrlich gesagt, dass der selbst ein finanzielles Problem hat.«

Klaus Mantinger hatte vormittags permanent versucht, Mancini oder dessen Stellvertreter zu erreichen. Er wusste sehr gut, dass es für ObjekTeam kurz vor zwölf war. »Es tut mir leid, Herr Wagner, wir konnten den Leiter der Wirtschaftsförderung noch nicht erreichen. Wie es scheint, ist er der Einzige, der weiß, wie ein Transfer abläuft. Seien Sie versichert, dass ich alles tun werde, um dieser Behörde richtig Dampf zu machen.«

Dass der Lieferant sich dermaßen querstellte, war bei so einem Volumen verständlich. Es ließ sich nicht vermeiden, er musste zu Gemini. »Signor Gemini, sagen Sie mir, was sollen wir tun? Die Zeit drängt, aber Mancini ist nicht erreichbar. Ich habe schon bei ihm zu Hause angerufen, dort ist er auch nicht. Wer außer ihm könnte einen Transfer anweisen?«

Gemini schüttelte den Kopf. »Es geht nur mit seiner Unterschrift oder der seines Stellvertreters. Der weilt aber derzeit an irgendwelchen griechischen Stränden. Wir müssen warten, bis Mancini sich meldet. Rufen Sie den Lieferanten der ObjekTeam an und erklären Sie ihm die Situation. Da das Geld faktisch verfügbar ist, lassen sie sich hoffentlich zwei, drei Tage hinhalten.«

Nach Rücksprache mit der ObjekTeam gelang es Mantinger, den Lieferanten bis zum Wochenende zu vertrösten. Das verschaffte ihnen ein wenig Luft. Er würde bis morgen abwarten. Wenn dann immer noch keine Reaktion aus dem Amt gekommen war, mussten sie sich was einfallen lassen.

***

Auf der Tagesausgabe der »Dolomiten« auf seinem Schreibtisch fand Vincenzo einen Haftzettel mit einer Nachricht von Paolo Verdi: »Bitte lesen und dann sofort zum Vice-Questore!«

Als er einen Blick auf die Überschrift auf der Titelseite warf, blieb ihm sein erstes Cantuccino fast im Hals stecken.

Wer ist das Monster von Bozen?

Bozen – Unsere Zeitung hat vor Kurzem darüber berichtet, dass auf dem Arthur-Hartdegen-Weg ein Deutscher infolge eines

Herzinfarktes gestorben ist. Inzwischen ist bekannt geworden, dass es sich um Mord handelt. Das Opfer, Arthur Achatz aus Augsburg, wurde vorsätzlich mit den Essenzen des Roten Fingerhut, Digitalis purpurea, vergiftet. Eine Woche später verunglückte Ernesto Panzini, wie Achatz Mitarbeiter der Firma SSP in Bozen, am Penegal tödlich. Zumindest behauptet dies das offizielle Statement der Polizei.
Unsere Zeitung hat jedoch exklusiv aus zuverlässiger Quelle erfahren, dass es sich auch hierbei um einen Mord handelt. Wer ist das Monster von Bozen? Wer mordet derartig skrupellos und hinterhältig? Ist die Mafia nun in Südtirol angekommen? Und es muss auch erlaubt sein zu fragen, warum die Polizei eine Politik der bewussten Desinformation betreibt? Was will man damit bezwecken?
Die Journalisten dieser Zeitung möchten wissen: War Panzini das letzte Opfer, oder geht das Morden weiter? Wie sicher können sich unsere Bürger noch fühlen? Wir werden diesen Fragen nachgehen und unsere Leser umfassend und tagesaktuell über neue Erkenntnisse informieren.
Fernando Fasciani

Vincenzo war wie vor den Kopf gestoßen. Woher wussten die das? Gab es in der Questura eine undichte Stelle? Hatte vielleicht er selbst sich verplappert? Hatte jemand ein Gespräch mitgehört? Er griff zum Telefonhörer. »Wissen Sie es schon, Marzoli?«

»Was soll ich wissen?«

»Sie haben also die ›Dolomiten‹ von heute noch nicht gelesen?«

»Nein, wieso?«

»Kommen Sie zu mir, dann können Sie etwas Interessantes lesen.«

Keine fünf Minuten später saßen sie Dottore Baroncini in seinem schweren Ledersessel gegenüber. »Meine Herren, erklären Sie mir das.«

»Glauben Sie mir, Dottore«, antwortete Vincenzo beschwichtigend, »wir sind nicht weniger überrascht als Sie. Von uns kommt das nicht.«

»Ich muss unbedingt wissen, wo die undichte Stelle ist. Der Capo della Polizia hat mich bereits zu sich bestellt. Dem ist es im Prinzip egal, wer die Presse informiert hat. Der will einen Verantwortlichen, und der bin ich, so ist das in diesem Geschäft. Ich muss das an Sie weitergeben, weil Sie im Unterschied zu mir unmittelbar dran sind an den Ermittlungen.«

»Wir wissen es trotzdem nicht. Ich würde meine Hand dafür ins Feuer legen, dass es niemand aus der Questura oder der Gerichtsmedizin war. Das könnte sich keiner leisten, ohne seinen Job zu gefährden.«

»Wer immer die Presse informiert hat, wird damit vermutlich weitermachen. Spätestens heute Abend werden sie es auch in den Fernsehnachrichten bringen. Wissen Sie, was ich schnellstens brauche?«

»Ich nehme an, einen Mörder?«

»Sie sagen es, Ispettore. Dann erzählen Sie mal, was Sie in Köln erfahren haben. Wie weit sind Sie, haben Sie einen Hauptverdächtigen?«

Vincenzo und Marzoli unterrichteten Baroncini über den Stand der Ermittlungen. Sie mussten eingestehen, auf ihrer Reise keinen entscheidenden Schritt weitergekommen zu sein. Und ihr bisheriger Hauptverdächtiger hatte soeben ein lückenloses Alibi vorgelegt.

»Ich befürchte, Dottore«, sagte Vincenzo resigniert, »das werden noch langwierige Ermittlungen. Sicherlich, wir können die jetzt noch drei Hauptverdächtigen immer wieder in die Mangel nehmen und hoffen, dass der Täter irgendwann einbricht. Wenn er tatsächlich unter ihnen zu finden ist! Wir können auch Laura Nucci zwingen, ihre Aussage unter Eid zu wiederholen, aber was wird uns das bringen?«

»Egal, machen Sie das alles. Ich muss Aktivitäten nachweisen, gezielte Aktivitäten. Verdächtige verhören ist prima, Aussagen unter Eid ebenso. Und sehen Sie zu, dass Sie herausfinden, wer die Presse informiert hat. Gehen Sie zur Redaktion, sprechen Sie mit diesem Journalisten.«

Auf diesen Gedanken war Vincenzo selbst schon gekommen, das war sein nächster Schritt. Als sie draußen waren, besprach Vincenzo mit Marzoli die dringendsten Aufgaben: »Ispettore, kümmern Sie sich um die Aussage von Signora Nucci. Ich fahre jetzt in die Redaktion und knüpfe mir diesen Fasciani vor. Danach treffen wir uns wieder hier.«

Kurz darauf saß Vincenzo vor dem unaufgeräumten, chaotischen Schreibtisch von Fernando Fasciani, der soeben eine Zigarette in einem bereits überquellenden Aschenbecher ausdrückte. Der Journalist erfüllte das Klischee des Sensationsreporters. Er hatte die Ärmel seines Hemdes hochgekrempelt, sein Krawattenknoten verdiente diese Bezeichnung nicht mehr, das dichte angegraute Haar fiel ihm in ungekämmten Locken bis auf die Schultern, und er trug eine Nickelbrille. Vincenzo schätzte ihn auf Mitte vierzig.

Fasciani blickte Vincenzo über den Rand seiner Brille an. »Commissario Bellini, Sie wissen um das Pressegeheimnis. Ich darf Ihnen diese Fragen nicht beantworten. Aber selbst wenn ich Ihnen helfen wollte, ich könnte es nicht. Hier hat jemand angerufen, anonym, und gesagt, dass er eine Riesenstory für uns hätte. Natürlich sind wir nicht so naiv, jedem Anrufer jede Geschichte zu glauben und sie zu veröffentlichen. Aber in diesem Fall war klar, dass der Mann Detailkenntnisse besaß. Er sagte aus meiner Sicht die Wahrheit. Dann ist es unsere Pflicht, die Südtiroler Öffentlichkeit zu informieren.«

Es war unverfroren, mit welcher Selbstverständlichkeit sich diese Reporter mitunter um ihre Verantwortung drückten. »Darüber zu spekulieren, ob die Mafia in Südtirol angekommen ist, nennen Sie informieren? Dann hätten Sie sich wenigstens vorher schlaumachen sollen, mit welchen Methoden die Mafia sich ihrer Opfer entledigt. Vergiften gehört nicht dazu.«

Fasciani zündete sich die nächste Zigarette an. »Es ist Ihr Job, sich allein auf Fakten zu stützen. Wir sind freier, wir dürfen spekulieren, Dinge so ausmalen, dass sich unsere Leser angesprochen fühlen.«

Fasciani war in der Tat ein Sensationsreporter, der niemals darüber nachdachte, ob das, was er tat, ethisch richtig war. Für ihn zählte nicht die Wahrheit, sondern Schlagzeilen und Auflagen. Nichtsdestoweniger war sich Vincenzo seiner Position bewusst. Er konnte Fasciani zu nichts zwingen, sondern nur versuchen, ihn für sich zu gewinnen.

»Signor Fasciani, ich bin nicht gekommen, um mit Ihnen über Ihre Arbeit zu streiten. Ich habe zwei Mordfälle zu lösen, wie ja nun bekannt ist. Mir wäre sehr geholfen, wenn ich wüsste, aus welcher Ecke Ihr Informant kam. Was glauben Sie, aus der Questura?«

»Das vermute ich. Die Rufnummer war zwar unterdrückt, sonst

hätte ich sie notiert und überprüft, aber wie gesagt, diese Detailkenntnisse waren eindeutig.«

»Zum Beispiel? Sie haben scheinbar nicht alles veröffentlicht.«

»Nein, wir wollen diese Informationen nach und nach bringen, nicht gleich alles in einen Artikel packen. Er kannte zum Beispiel die exakte Stelle, an der Panzini abgedrängt wurde, wusste, wie viele Scheinwerfer der Mitsubishi hatte, womit Achatz vergiftet wurde. Solche Dinge eben. Die denkt sich niemand aus.«

***

Im Amt für Wirtschaftsförderung war man ratlos. Niemand wusste, wo Amtsleiter Mancini war. Er war auch am Nachmittag noch nicht erschienen und weder zu Hause noch über sein Handy erreichbar. Inzwischen hatte ein genervter Mantinger noch fünfmal angerufen.

»Was sollen wir bloß tun?«, fragte Signora Addazio in die Runde der Mitarbeiter, die sich neben ihrem Schreibtisch versammelt hatten.

Signora Galasso ergänzte: »Die SSP macht uns höllisch Druck, und ich kann sie verstehen. Wozu haben ihre Kunden sonst eingezahlt, wenn nicht, um in einer solchen Situation schnell und unbürokratisch Geld zu bekommen.«

»Und was schlagen Sie vor, Signora Galasso?«, wollte die Assistentin wissen.

»Fahren Sie bei ihm vorbei.«

»Das können wir nicht machen«, schaltete sich eine weitere Kollegin ein, »vielleicht ist irgendwas mit seiner Frau oder seinen Eltern. Ich darf Sie daran erinnern, liebe Kollegin, dass Sie selbst vor nicht einmal einem Jahr wegen des Schlaganfalls Ihrer Mutter gleich drei Tage unentschuldigt gefehlt haben. Sie wären wenig begeistert gewesen, wenn bei Ihnen plötzlich jemand aus dem Amt auf der Matte gestanden hätte, oder? Und das Verhalten des Chefs war damals mehr als fair.«

»Ach was, inzwischen pfeifen es die Spatzen von den Dächern, seine Frau hat ihn verlassen, und deshalb betrinkt er sich jeden Tag. Also, ich habe bei ihm morgens schon häufiger eine Fahne gerochen.«

»Stimmt! Der liegt bestimmt besoffen im Bett. Warten wir noch ein bisschen ab.«

Da sie von Mantinger wussten, dass sie eine Woche Aufschub hatten, entschieden sie sich, den nächsten Tag abzuwarten. Sollte Mancini bis dahin weder auftauchen noch sich melden, würde am Mittwoch jemand zu ihm fahren.

***

»Nachdem wir das Alibi von Schimmel überprüft haben und Signora Nucci ihre Aussage unter Eid wiederholt hat, sollten wir ihn aus dem Kreis der Verdächtigen herausnehmen, oder?«

»Noch nicht, Marzoli«, antwortete Vincenzo bestimmt. »Der bleibt bei den Reserveverdächtigen. Dieser Laura Nucci würde ich im Zweifel einen Meineid zutrauen, so abgebrüht, wie die war. Bedenken Sie …« In diesem Moment klingelte Vincenzos Telefon. »Bellini.«

Am anderen Ende der Leitung rief ein hektischer Schimmel in den Hörer: »Commissario Bellini, gut, dass ich Sie erwische! Die gesamte Packung mit dem Digimerck ist verschwunden, einfach weg!«

Vincenzo blickte zu Marzoli hinüber, der an einem Cantuccino kaute, und streckte den Daumen in die Höhe. »Signore, sind Sie sich absolut sicher?«

»Hundertprozentig! Wie gesagt, ich bin davon quasi abhängig.«

»Es ist nicht denkbar, dass Sie die Packung irgendwann mit nach Hause genommen haben, weil Sie dort nichts mehr hatten?«

»Mit Sicherheit nicht. Ich bin in diesen Dingen sehr akribisch, auch wenn ich nicht jeden Tag in die Schubladen sehe und prüfe, ob noch alles an seinem Platz ist.«

Ehe Vincenzo seine nächste Frage stellte, schloss er für einen Moment die Augen und versuchte sich vorzustellen, wie es wäre, wenn er ein für ihn lebensnotwendiges Medikament in seinem Schreibtisch aufbewahren würde. »Wenn Sie diese Schublade öffnen, dann müsste es Ihnen doch auffallen, wenn Ihr Digimerck verschwunden wäre.«

»Eben nicht!« Schimmels Stimme überschlug sich fast. »Ich habe mir eine Schublade in meinem Aktenschrank reserviert für Dinge, die ich nicht oft benötige, Ersatzkrawatten, einen Ersatzschlüssel fürs Auto et cetera. Und eine Packung Digimerck! Wenn ich sie in einer Schreibtischschublade hätte, könnte vielleicht versehentlich ein Locher oder eine Akte darauf fallen. Dann würden die Ampullen kaputtgehen.«

Vincenzo schüttelte den Kopf. Erst ein Autoschlüssel, jetzt Digimerck, dasselbe Schema, dieselbe Methode, derselbe Täter. »Wer weiß davon?«

»Kann ich nicht sagen, ich weiß nicht, wann ich wem davon erzählt habe. Es könnte theoretisch jeder wissen. Manchmal bitte ich meine Sekretärin, mir eine geeignete Krawatte rauszusuchen, ich bin nämlich nicht sonderlich stilsicher.«

»Noch eine wichtige Frage, Signor Schimmel: Wann haben Sie das Digimerck zum letzen Mal bewusst in Ihrer Schublade wahrgenommen?«

»Kann ich auch nicht sagen, es befindet sich seit ungefähr einem Vierteljahr dort. Ich habe mir höchstens mal eine Krawatte rausgenommen, wenn meine Sekretärin nicht da war, aber das ist bestimmt auch schon einen Monat her.«

Mit anderen Worten: Der Täter hatte das Digimerck problemlos irgendwann vor Achatz' Tod entwenden können, es wäre und war niemandem aufgefallen. Diese menschenverachtende Kaltblütigkeit fing an, Vincenzo zu beunruhigen.

Marzoli, der bis dahin das Telefonat ungläubig verfolgt hatte, schien Vincenzos Gedankengänge zu erahnen. »Commissario, dieser Pressemensch hat recht. Das ist ein Monster. Ich befürchte, dass das Morden weitergeht, wenn wir ihn nicht bald fassen. Es bleiben nach unseren Schlussfolgerungen nur noch zwei übrig: Salvatore Gemini und Franz Junghans. Sollen wir für die beiden nicht lieber eine Überwachung beantragen? Vielleicht macht er doch einen Fehler.«

Vincenzo winkte ab. »Ich habe schon bei Baroncini angefragt. Keine Chance. Wir könnten das höchstens selbst übernehmen, zum Beispiel nach Feierabend. Fragt sich, was das bringen soll. Stellen wir uns lieber ein paar kritische Fragen: Was, wenn der Erpresser von damals nicht der Mörder von heute ist? Wenn wir falschliegen? Vielleicht hat Schimmel Graf erpresst, aber nichts mit den Morden zu tun? Haben Sie sich mal in diese Richtung Gedanken gemacht?«

»Mehr als einmal. Meine Frau meinte gestern sogar, dass ich in letzter Zeit oft so geistesabwesend wirke. Ich bin aber nach wie vor überzeugt, dass es ein und derselbe ist. Ich finde, davon sollten wir weiterhin ausgehen.«

Vincenzo fiel das Gespräch mit dem Journalisten Fasciani ein. »Mir kommt gerade ein anderer Gedanke, Ispettore. Bitte nehmen Sie sich einen Stift und schreiben Sie neben Maulwurf ›Täter‹.«

»Wieso Täter?«

»Ich glaube, wir haben zu eindimensional gedacht, uns von scheinbaren Offensichtlichkeiten blenden lassen. Es gibt zwei, die jedes Detail kennen: uns und den Täter.«

»Sie meinen, der Täter ruft selbst bei einer Zeitung an und berichtet von seinen Taten? Warum? Sucht er Publikum, Bewunderung?« Marzoli wirkte nicht überzeugt, aber Vincenzo ließ sich nicht von seinem Gedanken abbringen.

»Ich denke, es geht ihm nicht allein um Bewunderung. Dann würde er nicht so sehr die Einzelheiten der Taten verraten, sondern versuchen, die Perfektion der Morde in den Mittelpunkt zu stellen. Nein, wenn er es war, und das glaube ich, dann ist das an uns gerichtet. *Seht her, ich bin viel zu genial für euch, mich kriegt ihr nie, nicht einmal, wenn ich es der Presse erzähle. Außerdem könnt ihr euch jetzt gegenseitig zerfleischen. Wer ist der Maulwurf in der Questura?* Er will uns damit ablenken, uns auf eine falsche Fährte locken. Und er will uns in der Öffentlichkeit vorführen, um uns seine Überlegenheit zu demonstrieren. Wissen Sie was, Marzoli, vielleicht ist er uns gar nicht mehr so weit voraus. Ich glaube, er beginnt sich zu überschätzen.«

23

Mittwoch, 22. Juli

Vincenzo nippte gedankenverloren an seinem Espresso. Sie hatten Gemini und Junghans in der Questura erneut befragt und wieder dieselben Antworten erhalten. Stellte man einem *normalen* Verdächtigen oft genug dieselben Fragen, dann kam irgendwann der Moment, in dem er sich verplapperte, weil er nicht mehr ausreichend nachdachte, bevor er antwortete. Dann brach er ein. Aber keiner der beiden geriet ins Wanken. Im Gegenteil, Mantinger hatte über Junghans die Bitte ausrichten lassen, diesem, wenn er denn schon in der Questura sei, die Trinkflasche mitzugeben. Da sich keinerlei andere Spuren darauf fanden als Mantingers Fingerabdrücke und zweifelsfrei niemals etwas anderes darin abgefüllt worden war als Wasser, mussten sie seinem Wunsch sogar entsprechen.

Nachdem sie auf diese Weise nicht weiterkamen, wendeten sie sich der Wirtschaftsförderung zu. Sie wollten Mancini zwingen, die Liechtensteiner anzuweisen, ihnen Kontozugang zu erteilen. Parallel würden sie bei der SSP und ihren Kunden recherchieren, was es mit diesem Besuch des Finanzinspekteurs auf sich hatte. Das war Marzolis Aufgabe, Vincenzo würde sich um den Amtsleiter kümmern. Er kippte seinen Espresso hinunter, schnappte sich seine Jacke und fuhr los.

Im Amt für Wirtschaftsförderung erwartete ihn eine Überraschung.

»Bedaure, Commissario, Signor Mancini ist seit Montag nicht an seinem Arbeitsplatz erschienen. Er hat sich auch nicht gemeldet.«

»Wie bitte? Warum haben Sie uns davon nichts gesagt? Sie wissen doch, dass wir auch im Amt ermitteln.«

Signora Addazio sah Vincenzo vorwurfsvoll an. »Was geht uns Signor Mancinis Privatleben an? Außerdem ist unsere Mitarbeiterin Signora Galasso vor ein paar Minuten losgefahren, um nachzusehen, ob er zu Hause ist. Wenn nicht, hätten wir Sie ohnehin angerufen.«

Als Vincenzo das Amt verließ, verdrehte er die Augen angesichts der Unfähigkeit in dieser Behörde. Schneller als erlaubt raste er über die Südtiroler Weinstraße. Falls Mancini so tief in die Sache verstrickt war, wie sie vermuteten, wäre es keine allzu große Überraschung, wenn er sich inzwischen abgesetzt hätte, mit einigen Tagen Vorsprung und einem ansehnlichen Taschengeld.

Als Vincenzo in Kaltern ankam, fand er die Haustür offen. Gerade wollte er den Klingelknopf betätigen, um sein Kommen anzukündigen, da ertönte von oben ein gellender Schrei.

Vincenzo zog seine Waffe und hechtete die Stufen hinauf. Mancinis Wohnungstür stand offen. Als er eintrat, bot sich ihm ein Bild des Schreckens. Leblos hing Mancini auf einem hellen Wohnzimmersofa, sein Kopf war schlaff zur Seite gekippt. Das Gesicht und das Sofa waren voller Blut, das aber schon weitgehend eingetrocknet war.

Zwischen Tür und Sofa stand eine kreidebleiche, wimmernde Frau, die unverwandt auf den Toten starrte. Sie schien sich nicht abwenden zu können, so als würde ihr Blick von einem unsichtbaren Magneten angezogen.

Vincenzo schob seine Waffe wieder in den Gürtelholster und ging schnell auf Signora Galasso zu. »Signora, gehen Sie bitte sofort hier raus.« Er zog sie sanft, aber bestimmt am Arm zur Tür, um sie von diesem Anblick zu lösen. »Gehen Sie bitte runter, an die frische Luft. Warten Sie auf mich, ich bin in zwei Minuten bei Ihnen. Bitte fassen Sie nichts an, hören Sie? Bleiben Sie auf jeden Fall unten stehen, ich komme gleich zu Ihnen!«

Nachdem Signora Galasso zitternd die Wohnung verlassen hatte, rief Vincenzo in der Questura an und bestellte Marzoli und die Spurensicherung zur Wohnung des Amtsleiters. Dann ging er mit langsamen Schritten auf die Leiche zu, wobei er sich nach allen Seiten umblickte, bis er unmittelbar vor Mancini stand. Die rechte Schläfe wies ein Einschussloch auf, aber Vincenzo konnte keinen Austrittskanal sehen. Die Kugel steckte also noch im Kopf.

Neben dem Toten lag eine Beretta 950 Jetfire. Das passte zu dem kleinen Einschussloch. Es war auch weniger Blut, als es auf dem hellen Sofa anfangs ausgesehen hatte. Auf dem gläsernen Wohnzimmertisch lag ein Briefumschlag. Ein Abschiedsbrief? Dann hatte Mancini sich tatsächlich abgesetzt, allerdings endgültiger als vermutet. Vincenzo verließ die Wohnung und ging nach unten.

Signora Galasso stand, um Fassung ringend, an die Hauswand gelehnt. Sie hatte die Augen geschlossen und klopfte sich wie ferngesteuert mit den Fingern gegen die Stirn. Sie wirkte desorientiert und schien zu frieren, obwohl ihr gleichzeitig der Schweiß auf der Stirn stand. Eindeutig ein Schock.

Vincenzo legte ihr seine Jacke um die Schultern. »Wie geht es Ihnen, Signora Galasso? Ist Ihnen schlecht oder schwindelig?«

Ohne die Augen aufzuschlagen, antwortete sie: »Nein, es ist … okay … glaube ich.«

Vincenzo wusste genau, dass Signora Galasso nun vor allem Ruhe brauchte, aber er wurde von einer unbändigen Neugier getrieben. »Meinen Sie, dass Sie in der Lage sind, mir ein paar kurze Fragen zu beantworten, Signora? Wenn nicht, ist das überhaupt nicht schlimm.«

Sie öffnete endlich die Augen und sah Vincenzo an. »Ja … ich … ich denke schon. Was wollen Sie wissen?«

»Vor allem, wie Sie in die Wohnung gekommen sind. Waren die Türen offen, oder haben Sie beim Nachbarn geklingelt?«

Es war zu spüren, wie sehr Signora Galasso das Reden anstrengte. »Geklingelt? Nein … außer Signor Mancini wohnt hier im Moment niemand, er ist … war … also die andere Wohnung steht seit einem Vierteljahr leer.« Damit zerschlug sich die Hoffnung, jemand im Haus könnte etwas von den Ereignissen mitbekommen haben. »Ich … ich … also wir, wir im Amt … ich meine, seine Sekretärin weiß, wo Signor Mancini seinen Ersatzschlüssel aufbewahrt. Sie meinte, dass ich den mitnehmen sollte, um nachsehen zu können, falls niemand aufmacht.«

»Nachdem Sie die Wohnungstür geöffnet haben, ist Ihr Blick da sofort auf Mancini gefallen?«

Ihre Augen sahen ihn angstvoll an. »Es war furchtbar, das viele Blut, oh mein Gott. Der arme Mancini.«

»Eine letzte Frage, Signora. Haben Sie irgendetwas angefasst?«

»Ich konnte nicht … konnte mich gar nicht … bewegen …«

Vincenzo wusste, dass er Signora Galassos Belastungsfähigkeit ausgereizt hatte. Er brachte sie zu seinem Auto und setzte sie auf den Beifahrersitz. Schweigend warteten sie auf das Eintreffen der Spurensicherung. Dann brachte Vincenzo Signora Galasso nach Hause und fuhr zurück in die Questura. Ihn interessierten zunächst der Abschiedsbrief und die Frage, ob dieser zweifelsfrei von Mancini stammte. Denn dass sich Mancini ausgerechnet jetzt das Leben genommen hatte, war ein merkwürdiger Zufall.

Marzoli hatte am Vormittag diverse Kunden der SSP angerufen, um sie nach dem Besuch des Inspekteurs zu fragen. Alle waren zwar verärgert über dieses unangekündigte Erscheinen, hatten den Mann aber schnell wieder vergessen, weil ihnen die Fragen, die der Beamte gestellt hatte, wenig verfänglich vorkamen. Es ging in erster Linie darum, wie hoch der Anteil der Krisenrücklage am Gesamtbudget war, wer der oder die Verantwortlichen für die Transfers waren und wie sich der Kunde in einer Zwangslage aus dem Krisentopf bedienen könnte. Interna oder heikle Firmendaten interessierten ihn nicht. Auch die Begründung für seinen Besuch hatte ihnen eingeleuchtet.

Marzoli hatte von allen Kunden eine übereinstimmende Beschreibung des Mannes bekommen und erfahren, dass sich die Behörde, von der er angeblich gekommen war, »Europäische Gesamtaufsicht für Finanztransaktionen in Drittländer« nannte. Typische Behördensprache. Mittels Internetrecherche fand Marzoli binnen weniger Minuten heraus, dass es eine solche Behörde nicht gab.

Als Vincenzo den Geschäftsführer der SSP mit der Frage konfrontierte, warum er nicht selbst auf diesen Gedanken gekommen sei, reagierte Gemini mit einem Schulterzucken. Er wies darauf hin, dass dieses Fördergeldmodell neu eingeführt worden sei, daher hätten sie keinen Grund gehabt, an den Aussagen des Inspekteurs zu zweifeln. Im Gegenteil, mit solchen Prüfungen sei zu rechnen gewesen. Außerdem hatte ihnen der Mann eine Visitenkarte mit einer Internetadresse gegeben. Gemini hatte sich die Seite der Behörde sofort angesehen, und da gab es sie noch, er habe auch diesen Beamten dort gefunden.

Angesichts dieses methodischen Vorgehens sprach vieles dafür, dass es sich bei dem angeblichen Inspekteur um einen professionellen Ermittler gehandelt hatte, der wusste, wie man überzeugend auftrat. Damit stellte sich allerdings die Frage, wer den Privatdetektiv beauftragt hatte.

Dass diese Behörde nicht existierte, überraschte Vincenzo nicht sonderlich. Es passte zu dem Bild, das sich allmählich in seinem Kopf zu formieren begann. Es wurde Zeit, zu Reiterer zu gehen. Jede noch so kleine Information konnte sie jetzt einen großen Schritt weiterbringen.

***

In der Spurensicherung bot sich Vincenzo eine filmreife Szene. Reiterer befand sich in einem aufgeregten Disput mit einem jungen Mitarbeiter, den Vincenzo nicht kannte. Mit einem Blatt Papier, das er zwischen Daumen und Zeigefinger seiner in einem Latexhandschuh steckenden rechten Hand hielt, fuchtelte er vor dem Gesicht seines schockstarren Gegenübers herum. Dabei schimpfte und fluchte er so lauthals, dass der wohl kaum zwanzigjährige Mann, jetzt den Tränen nah, an Vincenzo vorbeirannte und fluchtartig den Raum verließ.

Erst nachdem der Mitarbeiter verschwunden war, nahm Reiterer Notiz von Vincenzo. »Ah, Commissario, kommen Sie rein, setzen Sie sich. Espresso? Haben Sie das gerade mitbekommen? Das war mein neuer Praktikant. Dieser Trottel! Schnappt sich Mancinis Abschiedsbrief direkt unter meinem Mikroskop weg, als wäre es ein Liebesbrief seiner Freundin, mit bloßen Händen! Können Sie sich das vorstellen? Und der will in den Polizeidienst!«

Reiterer hasste nichts mehr als Schlampigkeit. Wer seiner Abteilung als Neuling zugeordnet wurde, musste durch eine harte Schule gehen. Das war nichts für Sensibelchen. Der Praktikant, den Vincenzo hatte weglaufen sehen, würde die Spurensicherung wohl nie wieder betreten.

»Besonders nachsichtig waren Sie nicht gerade mit dem armen Kerl. Den haben Sie für immer vergrault. Haben Sie denn trotz seiner unverzeihbaren Nachlässigkeit etwas Interessantes herausgefunden?«

Reiterer hatte sich noch nicht beruhigt. »Nachlässigkeit nennen Sie das? Das war keine Nachlässigkeit, das war eine unverzeihliche Schlamperei! Es bedarf keiner Intelligenz, um zu begreifen, dass man Beweisstücke, die in der Spurensicherung rumliegen, nicht mit bloßen Händen anfassen darf. Manchmal komme ich mir vor wie in einem Kindergarten!«

Vincenzo nickte Reiterer aufmunternd zu: »Und?«

Mit einem Grummeln wechselte Reiterer das Thema. »Also gut: Auf dem Abschiedsbrief konnten wir ausschließlich Mancinis Fingerabdrücke nachweisen, abgesehen von denen meines Praktikanten – Expraktikanten. In der Wohnung haben wir einen PC mit Drucker gefunden. Der Abschiedsbrief wurde auf diesem PC verfasst, in der Nacht von Sonntag auf Montag um null Uhr fünfzehn. Vorbehaltlich der noch ausstehenden Obduktion sagt mir meine Erfahrung: Genau um diese Zeit ist Mancini gestorben. Der Brief wurde auf diesem Drucker ausgedruckt. Auf der Tastatur und dem Drucker haben wir nur zwei unterschiedliche Fingerabdrücke festgestellt, von ihm und von einer Frau, vermutlich seiner Frau. Das werden wir noch überprüfen. Ebenso finden sich ausschließlich seine Abdrücke auf den Weinflaschen, die auf dem Glastisch standen. Was ebenfalls zum Eindruck eines Selbstmordes passt, sind Mancinis alleinige Fingerabdrücke auf der Waffe sowie der Einschusskanal in der rechten Schläfe. Wenn Sie sich erschießen wollten«, Reiterer hielt sich den Zeigefinger waagerecht an die Schläfe und drückte zur Verdeutlichung mit dem Daumen ab, »dann würden Sie automatisch so schießen. Ein paar Dinge irritieren mich zwar ein wenig, aber ich weiß nicht, ob es Sinn macht, sich in Spekulationen zu ergehen.«

»Doch, macht es!«

Reiterer zögerte einen kurzen Moment. »Also gut, es sind vermutlich nur Kleinigkeiten. Fangen wir mit dem Glastisch an. Er war auffällig sauber. Wenn jemand sich an einem Glastisch volllaufen lässt, setzt er zigmal das Glas und Flaschen darauf ab. Auf dieser Art Tisch hinterlässt das reichlich Spuren. In diesem Fall gab es zwar Spuren, aber weniger, als man angesichts von fünf Flaschen Rotwein vermuten würde. In der Küche haben wir allerdings ein Trockentuch gefunden, mit dem der Tisch abgewischt worden sein könnte. Darauf sind wiederum nur Mancinis Fingerabdrücke. Dennoch ist es merkwürdig. Und was mich sehr irritiert: In dem Abschiedsbrief, den Sie gleich mitnehmen können, sind keinerlei Fehler, keine Rechtschreibfehler, keine Tippfehler, nichts. Sie verstehen?«

Vincenzo verstand keineswegs. »Der Mann war Amtsleiter, also des Deutschen mächtig.«

Reiterer lächelte ihn mitleidig an, sagte aber nichts. Es machte ihm

Spaß, den Commissario ein wenig rätseln zu lassen. Vincenzo dachte einen Moment darüber nach, ob er das witzig finden sollte, aber dann fiel auch bei ihm der Groschen. »Ich glaube, ich weiß, worauf Sie hinauswollen. Sie denken an seinen Alkoholkonsum, habe ich recht?«

Reiterer deutete ein leichtes Applaudieren an. »Gratuliere, Bellini, das ging erstaunlich fix, gar nicht schlecht für einen Commissario. Auch ohne Obduktionsbefund ist in der Tat anzunehmen, dass Mancini sehr viel Alkohol im Blut hatte. Dass man in diesem Zustand in der Lage ist, ein fehlerfreies Schreiben aufzusetzen, kann ich mir schwerlich vorstellen.«

»Auch wenn das nicht Ihre Aufgabe ist, Signor Reiterer, ich frage trotzdem: War es Ihrer Meinung nach Selbstmord oder nicht?«

»Schwierig zu beurteilen ohne Obduktionsbefund, ich würde sagen, siebzig zu dreißig: ja.«

Mit diesen Informationen und dem Abschiedsbrief ging Vincenzo zurück in sein Büro, wo Marzoli bereits auf ihn wartete. Der Ispettore hatte die Zeit genutzt, um hemmungslos über die wieder aufgefüllte Etagere herzufallen. Vincenzo griff sich zwei Cantuccini, um nicht leer auszugehen, und las Mancinis Brief vor:

Ich habe mich dazu entschlossen, meinem sinnlosen Leben ein Ende zu setzen. Unter dem Deckmantel eines Krisenfonds in Liechtenstein habe ich jahrelang Fördergelder unterschlagen. Das kann ich nicht mehr mit meinem Gewissen vereinbaren. Und wenn die Sache aufgeflogen wäre, hätte ich meinen Job verloren. Nachdem mich nun auch noch meine Frau verlassen hat, kann ich nicht mehr weiterleben.
Aber ehe ich sterbe, will ich endlich abrechnen! Ich bin jahrelang erpresst worden, den Betrug unter dem Namen der Wirtschaftsförderung zu betreiben. Salvatore Gemini hatte mich von Anfang an in der Hand. Ich bin davon überzeugt, dass er nicht nur mich erpresst, sondern auch Arthur Achatz und Ernesto Panzini ermordet hat. Er hat alle Transfers alleine gesteuert, ich habe bloß seine Anweisungen befolgt. Vor Kurzem hat er mir erzählt, Arthur Achatz sei ihm auf die Schliche gekommen. Dies sei aber kein Problem, er werde sich darum kümmern. Deshalb halte ich ihn für den Mörder.

Bitte informiert meine Frau. Ich entschuldige mich bei ihr für die letzten Monate, die für sie sehr schwierig waren. Ich kann ihren Schritt verstehen. Sie ist finanziell abgesichert.
Carlos Mancini

»Bevor wir uns darüber auslassen, dass uns hier der Mörder auf dem Präsentierteller serviert wird, eines vorab, Ispettore: Sie wissen, was Baroncini gesagt hat. Gegenüber der Presse sprechen wir von Selbstmord, sonst nichts. Einmal ›Monster von Bozen‹ reicht.« Bei diesen Worten hatte Vincenzo allerdings weniger Baroncini im Sinn, sondern vor allem einen Plan, der anfing, in seinem Kopf Gestalt anzunehmen. »Also, was halten Sie davon?«

Kauend antwortete Marzoli, der inzwischen die obere Ebene der Etagere vollständig abgeräumt hatte: »Normalerweise würde ich diesen Selbstmord nicht in Zweifel ziehen, Mancini scheint ein einsamer, desillusionierter Mensch gewesen zu sein. Doch angesichts von zwei Morden, die zunächst auch nach Unglücksfällen aussahen, muss man skeptisch sein. Aber das Schreiben scheint echt zu sein. Ich denke, wir müssen Gemini verhaften.«

Vincenzo stand auf und steckte seine Waffe ins Holster. »Stimmt, Marzoli, also, gehen wir! Nehmen Sie sich ruhig noch ein paar Cantuccini als Wegzehrung mit.« Marzoli wäre es niemals in den Sinn gekommen, in diesem freundlichen Angebot seines Kollegen eine ironische Anspielung zu sehen. Er griff ausgiebig zu.

***

»Was soll das heißen, Mancini ist tot? Wollen Sie mich auf den Arm nehmen?« Signora Addazio vernahm durch den Hörer einen aufgebrachten Mantinger. »ObjekTeam steht vor der Pleite, ich habe keinen Sinn für solche Scherze!«

»Das ist kein Scherz, er hat sich umgebracht, erschossen, mein Gott, ich kann es noch gar nicht fassen!« Die Assistentin, der die Tränen übers Gesicht liefen, schniefte.

»Das kann doch nicht wahr sein! Wann und wo?«

»Eine Kollegin hat ihn tot in seiner Wohnung gefunden, es muss schrecklich gewesen sein.«

»Warum hat er das denn getan?«

»Woher soll ich das wissen? Frau weggelaufen? Alkohol? Keine Ahnung.« Was um Himmels willen wollte dieser Kerl von ihr?

»Hören Sie, Signora, das ist entsetzlich, ein Drama, aber ich habe hier auch ein Drama. Ein Drama mit Hunderten von Betroffenen, nämlich Mitarbeitern, die in Kürze auf der Straße stehen könnten. Wie kriegen wir jetzt das Geld von der IFS für die ObjekTeam?«

»Nur Mancini und sein Stellvertreter Pacelli sind für die IFS zeichnungsbefugt, soviel ich weiß. Und Pacelli ist in Griechenland.«

Mantingers Stimme wurde lauter. »Genau so habe ich mir das vorgestellt, eine aufgeblähte, unorganisierte Behörde. Es geht um zig Arbeitsplätze, aber im Amt hält man es nicht für nötig, vernünftige Vertretungsregelungen festzulegen, unglaublich. Rufen Sie sofort diesen Pacelli an!«

Bei Mantingers barschen Worten verlor Signora Addazio endgültig die Fassung. Sie begann zu schluchzen. »Bitte, Signora, so war das nicht gemeint, das war nicht gegen Sie persönlich gerichtet. Ich mache Ihnen einen Vorschlag. Geben Sie mir Pacellis Rufnummer, am besten Handy und Hotel, dann rufe ich ihn selbst an, einverstanden?«

Signora Addazio konnte nur ein zartes »Moment bitte« hauchen und ihm mit dem letzten Rest ihrer Selbstbeherrschung die Rufnummern durchgeben.

Entnervt knallte Mantinger den Hörer auf die Gabel. Er wollte gerade wieder abheben, um in Griechenland anzurufen, als er auf dem Flur zwischen den Büros ein wildes Stimmengewirr vernahm. Er öffnete seine Bürotür und sah einen tumultartigen Menschenauflauf. Es dauerte einige Sekunden, bis er begriff, was geschah. Bellini, Marzoli und zwei uniformierte Polizisten hielten Gemini an beiden Armen. Er trug Handschellen. Das Stimmengewirr stammte von seinen Kollegen: »Unmöglich!«, »... bloß ein Irrtum«, »... wird sich aufklären«.

Lediglich Junghans stand ein wenig abseits. Mantinger ging auf ihn zu, stieß ihn an und fragte eindringlich: »Franz, was ist hier los, erzähl schon!«

»Du, die haben Gemini verhaftet, unglaublich, oder?«

»Das habe ich selbst gesehen, aber wieso?«

»Keine Ahnung. Wir haben bloß mitgekriegt, wie die vier Bullen hier reingestürmt kamen, direkt in Geminis Büro. Laute Stimmen, und nach einer Minute waren sie wieder im Flur, mit Gemini in Handschellen. Mehr weiß ich nicht.«

Mantinger ließ von Junghans ab. Gemini war festgenommen worden, offenbar hielten sie ihn für den Mörder. Was bedeutete das? Business as usual, sich um die ObjekTeam kümmern. Er ging in sein Büro und nahm den Hörer ab.

***

»Die Dolomiten, Fernando Fasciani.«

»*Buongiorno*, ich bin es wieder, Ihr Auflagenbringer.«

»*Buongiorno*, Signore, von Ihnen höre ich gerne. Haben Sie Neuigkeiten für uns?«

»Ja, habe ich, nehmen Sie sich was zum Schreiben. Heute wurde entdeckt, dass sich Carlos Mancini, der Leiter des Amtes für Wirtschaftsförderung, das Leben genommen hat. In seinem Abschiedsbrief beschuldigt er Salvatore Gemini, Geschäftsführer der SSP, des Subventionsbetruges und des Mordes an Arthur Achatz und Ernesto Panzini. Wir haben Gemini heute verhaftet. Aber wir können nicht mit letzter Gewissheit sagen, ob Mancinis Tod wirklich Selbstmord war. Das wird erst die Obduktion zeigen.«

Fasciani sah ungläubig auf das Telefon. »Hören Sie, wer sind Sie eigentlich? Das sind vertrauliche Details!«

»Diese Frage ist überflüssig, das wissen Sie selbst. Wenn ich auffliege, bin ich meinen Job los. Trotzdem habe ich keine Lust, mitanzusehen, wie die Öffentlichkeit bewusst getäuscht wird. Hier geht ein eiskalter Mörder um, das sollten unsere Mitbürger wissen. Also, wollen Sie oder wollen Sie nicht?«

Was für eine Story! Das würde die Auflage in ungeahnte Höhen katapultieren und ihn endgültig zur Nummer eins der Redaktion machen. Was war er nur für ein Glückspilz. »Natürlich will ich! Haben Sie noch mehr?«

»Den Rest können Sie sich selbst zusammenreimen. Wir haben es jedenfalls mit Subventionsbetrug in großem Stil und einem skrupellosen Betrüger zu tun, der hierfür im wahrsten Sinne des Wortes über Leichen geht, auf jeden Fall über zwei, vielleicht über drei. Wenn wir weitergekommen sind, rufe ich Sie wieder an. *Ciao.*« Schon hatte der mysteriöse Anrufer aufgelegt.

Fasciani ging nachdenklich mit seinem Notizblock zu seinem Chefredakteur. »Du, Tommaso, der Kerl hat wieder angerufen.«

»Gut! Was hat er gesagt?«

Fasciani berichtete, was der geheimnisvolle Anrufer ihm erzählt hatte. Nach der ersten Euphorie spürte er jetzt eine gewisse Verunsicherung. »Sollen wir das wirklich bringen? Die Spekulation darüber, ob dieser Mancini eines natürlichen Todes gestorben ist?«

»Fernando, hältst du den Informanten für glaubwürdig oder nicht? Das ist die entscheidende Frage.«

»Definitiv! Nur ein Mitarbeiter der Questura verfügt über derartige Detailinformationen.«

»Gut, dann schreib den Artikel. Beschränk dich ganz auf das, was er dir erzählt hat. Wir sind als Zeitung der Öffentlichkeit gegenüber verpflichtet, und ich kann es nicht ausstehen, wenn wir von der Polizei verarscht werden. Und selbstverständlich muss ich unsere Auflage im Fokus haben. Nach dem ersten Anruf hatten wir Verkaufszahlen wie seit dieser brutalen Vergewaltigung in Meran nicht mehr. ›Das Monster von Bozen‹ war aber auch eine klasse Schlagzeile. Also, bring das, genau in diesem Stil. Gute Arbeit, Fernando!«

***

Vincenzo und Marzoli standen zusammen vor dem Verhörzimmer. »Marzoli, fangen Sie mit Geminis Befragung an. Konfrontieren Sie ihn ohne Vorwarnung mit Mancinis Abschiedsbrief und beobachten Sie ihn dabei genau. Ich werde unterdessen noch einmal in Liechtenstein anrufen und Druck machen. Hoffentlich sind die dann wenigstens bereit, sich ein paar Fotos anzusehen.«

Vincenzo ging in sein Büro, rief in Vaduz an und ließ sich sofort mit Ignaz Lamberger verbinden.

»Guten Tag, Commissario. Erst kürzlich hat ein Kollege von Ihnen angerufen. Worum geht es denn diesmal?« Lambergers Tonfall verriet Vincenzo, dass dieser wenig erfreut über die neuerliche Störung seitens der italienischen Polizei war. Ihm war bewusst, dass er bei einem solchen Menschen nur mit Diplomatie und einer gewissen Unterwürfigkeit etwas erreichen konnte.

»Inzwischen sind es drei Todesfälle, Signor Lamberger. Ehrlich gesagt, haben wir jetzt ziemlichen Druck.« Vincenzo erläuterte die Hintergründe seines Anliegens und betonte Lambergers große Bedeutung für ihre Ermittlungen.

»Commissario, das dürfte für eine Offenlegung der Konten reichen. Wenn Sie die Konteneinsicht heute beantragen, können Sie in spätestens zwei Wochen die Kontoauszüge sehen. Ich werde mich persönlich darum bemühen, dass es vielleicht noch etwas schneller geht.«

Vincenzo war überzeugt, dass sich Liechtenstein irgendwann dem Druck von EU und OECD würde beugen müssen. Doch im Moment nützte ihm das nichts, er musste weiterhin die ungeliebte Rolle des Bittstellers spielen. »Das wäre zu großzügig von Ihnen, Signore, das ist nicht selbstverständlich, ich weiß das sehr zu schätzen. Sehen Sie vielleicht auch eine Chance, sich ein paar Fotos anzusehen, die ich Ihnen zumaile? Es geht nur darum, festzustellen, wer von unseren Opfern oder Verdächtigen wann bei Ihnen gewesen sein könnte.«

Tatsächlich war es gerade diese bittstellerische Art, die bei Ignaz Lamberger bestens ankam und ihn gesprächsbereiter machte. »Gerne, Commissario, angesichts Ihrer Schilderungen werde ich mit Ihnen in dem nach unseren Statuten zulässigen Umfang kooperieren. Es geht schließlich bloß um ein paar Bilder. Schicken Sie diese bitte an meine E-Mail-Adresse, ich sehe sie mir gleich an und rufe Sie zurück.«

Mit etlichen »Danke schön«, »sehr zu schätzen«, »nicht selbstverständlich« beendete Vincenzo das Gespräch. Durch dieses Telefonat hatte sich in ihm die nötige Aggressivität angestaut, um sich Gemini im Anschluss so richtig vorzunehmen.

Um ganz sicherzugehen, schickte Vincenzo Lamberger sieben Bilder. Unter die Fotos schrieb er bewusst keine Namen, sondern nur Nummern. Nach weniger als fünf Minuten klingelte das Telefon. Vincenzos Schmeicheltaktik zeigte Erfolg.

»Hallo, Commissario, ich bin es wieder, Ignaz Lamberger.« Dass sich Lamberger mit »Hallo« und vollem Namen meldete, wertete Vincenzo als gutes Zeichen. »Also, ich habe mir alle Fotos gründlich angesehen. Einen davon erkenne ich auf Anhieb wieder, die Nummer zwei. Dieser Mann hat sich seinerzeit als Carlos Mancini ausgewiesen, Leiter des Amtes für Wirtschaftsförderung in Bozen. Er hat die IFS gegründet.«

Damit hatte Vincenzo gerechnet. »So, wie Sie es formulieren, Signor Lamberger, war aber nicht nur Nummer zwei bei Ihnen, oder?«

»Sie sagen es, Commissario. Mancini hatte noch jemanden bei sich, der sich als Bevollmächtigter der SSP ausgab. Mancini wollte die SSP im Gesellschaftsvertrag als Kontobevollmächtigte eingetragen haben, weil sie näher am Kunden dran sei. Mir war das egal. Leider kann ich nicht mit Gewissheit sagen, ob es jemand von den anderen war. Mit Sicherheit nicht die Nummer sieben, eine Frau war das nicht.«

War es tatsächlich möglich, dass Lamberger den zweiten Mann nicht wiedererkannte? Hatten sie sich dermaßen getäuscht? War der Täter doch nicht bei der SSP zu finden? »Hat er Ihnen denn keinen Namen genannt oder sich ausgewiesen? Und warum erkennen Sie ihn nicht auf den Fotos? War es jemand anderes?«

»Er stellte sich als Salvatore Gemini vor, mit diesem Namen hat er auch die Vollmacht unterschrieben. Einen Ausweis musste er nicht vorlegen, weil der Herr Mancini ihn ja kannte. Ich kann mich noch gut an ihn erinnern. Er trug eine Augenklappe und einen Verband um den Kopf. Außerdem hatte er zahlreiche blaue Flecken. Von einem Autounfall.« Wieder einmal zeigte sich, wie gerissen der Täter war. Wie in Köln blieb er ein Phantom, sogar an blaue Flecken hatte er gedacht. Kein Wunder, dass Lamberger ihn nicht identifizieren konnte.

»Bitte, Signor Lamberger, sehen Sie sich Nummer eins noch mal ganz genau an, vergrößern Sie es, lassen Sie sich ruhig Zeit. Könnten Sie den mit Sicherheit ausschließen?«

Fast eine Minute lang herrschte Stille in der Leitung. »Auf keinen Fall, er könnte es sein. Ich sehe mir die gerade alle noch mal an. Die Nummer sechs war es auch nicht. Die anderen könnten es theoretisch alle gewesen sein.« Mit weiteren Dankesbekundungen verabschiedete sich Vincenzo. Er erhielt die Zusage, schon in der kommenden Woche die Konten einsehen zu können.

Die Art und Weise, wie der Täter vorgegangen war, bei den Morden, in den Verhören, als Unfallopfer in Vaduz, war dermaßen cool und durchdacht, dass Vincenzo sich nicht wie in der realen Polizeiwelt, sondern wie in einem klischeehaften Kriminalroman vorkam. Er war gespannt, wie Gemini auf diese Neuigkeiten reagieren würde.

Vor dem Verhörraum schilderte Marzoli ihm gestenreich, wie schockiert der ansonsten stets beherrschte Gemini auf die Todesnachricht und den Abschiedsbrief reagiert hatte. Mehrfach hatte er seine Unschuld beteuert.

Als Vincenzo das Verhör fortsetzte, verlieh er seiner Stimme so viel Nachdruck wie möglich. »Signore, machen wir es kurz. Sie sind in Vaduz identifiziert worden.« Er vermied es, darauf hinzuweisen, dass sich Lamberger unsicher war. Er musste Gemini unter Druck setzen. Nur so würde er vielleicht einknicken. »Und zwar als der Mann, der als Vertreter der SSP zusammen mit Mancini die IFS gegründet hat. Sie besitzen uneingeschränkte Kontovollmacht. Sie müssen begreifen, dass es vorbei ist. Reden Sie endlich!«

Salvatore Gemini schüttelte den Kopf und sah Vincenzo direkt in die Augen. Er hatte sich gefangen, sprach wieder langsam und deutlich. »Commissario, ich war noch nie in Liechtenstein. Und ich höre zum ersten Mal, dass meine Firma Vollmacht über die Konten der IFS haben soll. Ich habe damit schlichtweg nichts zu tun.«

Vincenzo konnte nicht hinter diese Maske blicken, die Gemini wie schon bei jeder Befragung zuvor aufgesetzt hatte. Sagte er die Wahrheit? Oder war er tatsächlich in der Lage, sogar unter dieser erdrückenden Beweislast vollkommen ungerührt zu bleiben? Hatte er Vincenzos Bluff vielleicht sogar durchschaut und war deshalb so schnell wieder ruhig geworden? Wie auch immer die Antwort lautete, Vincenzo konnte nicht mehr von dem eingeschlagenen Pfad abweichen.

»Und wie wollen Sie erklären, dass gleich zwei Beteiligte Sie identifiziert haben?«

Gemini lächelte spöttisch. »Ich bin kaum derjenige, dem Sie diese Fragen stellen sollten, denn ich habe logischerweise keine Antwort darauf. Vielleicht handelt es sich um eine Verschwörung?«

Vincenzo schlug mit der flachen Hand auf den Tisch. »Hören Sie doch auf, Verschwörung! Was hätte ein Selbstmörder davon, posthum einen Unbeteiligten zu diffamieren?«

Das Verhör zog sich bis in den späten Nachmittag hinein. Die Hoffnung, Gemini könnte irgendwann einbrechen, sank mit jeder weiteren Frage. Gemini blieb seiner Linie strikt treu und zeigte nicht einmal Ermüdungserscheinungen. Auf einen Anwalt verzichtete er, weil »es nichts zu verteidigen gibt«.

Nachdem sie ihn in eine Zelle hatten bringen lassen, befassten sich Vincenzo und Marzoli erneut mit ihren Pinnwänden, die nunmehr von dem Namen Gemini dominiert wurden. Ergebnislos.

»Wir machen Schluss für heute, Marzoli. Ich komme morgen später. Ich muss mal in mich gehen, die Ereignisse Revue passieren lassen. Es gibt ein paar Dinge, die mir schon die ganze Zeit im Kopf umherspuken. Nehmen Sie derweil Gemini wieder in die Mangel, vielleicht gibt er doch irgendwann auf. Fragen Sie ihn nach seinem Alibi für Mancinis Tod! Wo ist er Sonntagnacht gewesen? Lassen Sie durchblicken, dass wir von einem Mord ausgehen, Sie dürfen ruhig ein wenig übertreiben. Er weiß ja nicht, dass wir noch keinen Obduktionsbefund haben.«

Vincenzo hatte keinesfalls vor, in sich zu gehen. Er wollte ein Alibi überprüfen, eines, das er längst überprüft hatte, aber vielleicht nicht gründlich genug.

***

»Verschwinde endlich, Süße! Ich habe noch eine Menge zu erledigen.«

»Bitte schick mich nicht weg, Franz. Lass uns noch ein bisschen schmusen und quatschen.«

»Schätzchen, merk dir eins, ich bin kein Typ zum Schmusen, und zum Quatschen habe ich keine Zeit. Ich habe zu tun, verstehst du das?« Junghans komplimentierte seinen One-Night-Stand mit einem Klaps auf den Hintern in Richtung Tür. »Ich rufe dich an, Süße, okay?«

»Ich liebe dich, Franz, ich würde alles für dich tun.«

»Das weiß ich, Schätzchen, aber im Moment ist es ungünstig, ich muss noch ein paar ganz wichtige Präsentationen überarbeiten. *Ciao*.«

Genervt schloss er die Tür. Das war das Schlimme an den Weibern. Erst gaukelten sie einem vor, auch nur das Eine zu wollen, und plötzlich war man ihre große Liebe. Kerle wie er, richtige Männer, hassten Schmusen wie die Pest. Er wollte lediglich Spaß, sonst nichts. Sie dachten, wenn sie es ihm gut und oft genug besorgten, würde er weich werden. Da täuschten sie sich gewaltig! Für ihn waren Frauen zur Lustbefriedigung da, mehr nicht. Umgekehrt durften sie das gerne genauso sehen. Das ersparte ihm nämlich eine Menge Ärger.

Egal, jetzt gab es Wichtigeres. Er nahm eine Flasche Moretti aus dem Kühlschrank und setzte sich auf seinen Balkon.

Gemini war also verhaftet worden. Was für ein filmreifer Auftritt der Bullen! Damit war Gemini aus dem Rennen.

Was würde das für Folgen haben? Was bedeutete es für ihn? Jetzt war nur noch Schimmel übrig. Schimmel! Der konnte nie und nimmer alleine ein Unternehmen führen, abgewrackt wie der war. Kein Wunder bei der Verrückten zu Hause. Jemand musste ihm helfen, jemand musste Geminis Position einnehmen. Aber wer? Mantinger wäre einer, an den Schimmel denken könnte. Klar, Klaus war gut, sehr gut sogar, aber er war ein Luftikus, außer Bergen, Weibern und Saufen hatte der nichts im Kopf. Franco erübrigte sich, der war bald weg. Sabrina konnte er automatisch streichen, eine Frau war für eine solche Herausforderung ungeeignet. Schade, dass es nicht gern gesehen wurde, wenn Mitarbeiter untereinander ein Techtelmechtel anfingen. Sabrina war sexy. Und wie sie ihn manchmal ansah, keine Frage, sie war scharf auf ihn.

Doch darum ging es im Moment nicht, noch nicht. Wenn er es recht bedachte, kam für eine Nachfolge Geminis nur einer in Betracht, nämlich er, Franz Junghans. Er war ein perfekter Berater mit viel Erfahrung, hatte ein Prädikatsexamen, war bei den Kunden beliebt, intelligent, charmant, und er verstand eine Menge von Unternehmensführung. Er war die perfekte Besetzung. In der kommenden Woche würde er sich ganz unverfänglich mit Schimmel auf ein Bierchen treffen und ihm klarmachen, dass die SSP sich an einem entscheidenden Wendepunkt befand. Sie musste Klippen umschiffen, die sie mit ihm, Franz Junghans, als zweitem Kapitän souverän meistern würde.

Es gab nicht den Hauch eines Zweifels, dass dieses Chaos bei der SSP und Geminis unrühmlicher Abgang zugleich der Beginn seiner steilen Karriere sein würden. Er kam sich vor wie der Regisseur in einem großen Film.

***

Zum ersten Mal war die Trattoria geschlossen. Als Vincenzo den Schankraum betrat, schlug ihm eine gedrückte Stimmung entgegen. Antonia lehnte mit gesenktem Kopf an der Theke. Ihre Augen waren gerötet, sie hatte offensichtlich geweint. So hatte Vincenzo seine Mutter noch nie erlebt. Piero hielt sie im Arm und bedeutete seinem Sohn, sich zu setzen. »Antonia, bitte bring uns einen Merlot, ich rede derweil mit Vincenzo.«

»Was ist denn los, Papa?«

Er erfuhr, dass man bei Tante Erika Gebärmutterkrebs festgestellt hatte. Vincenzo war wie vor den Kopf gestoßen. »Ja, Junge, Onkel Rudolf hat uns heute angerufen. Seit dieser Nachricht ist deine Mutter am Boden zerstört.«

In diesem Moment kam Antonia mit hängenden Schultern an den Tisch und stellte geistesabwesend einen Tonkrug auf den Tisch, Gläser hatte sie vergessen. Piero stand wortlos auf und holte welche. »Du auch, Antonia?«

Seine Mutter schüttelte den Kopf. »Meine Schwester, Krebs! Warum tut mir das Schicksal das an?«

»Antonia, *carissima*, sei bitte nicht so pessimistisch. Denk an das, was Rudolf gesagt hat. Sie haben den Krebs früh entdeckt, es bestehen gute Heilungschancen.«

»Und wenn nicht?«

So war seine Mutter. Eine temperamentvolle, lebensfrohe Frau. Leider neigte sie in gleicher Weise dazu, sich rettungslos in Dramen hineinzusteigern.

Vincenzo war zwar erschüttert, denn er hatte seine Tante gern, aber nach dem, was sein Vater gesagt hatte, gab es gute Aussichten, dass sie wieder gesund wurde.

Ihm kam eine Idee. »Mama, was hältst du davon, wenn ich an euren Rechner gehe und zu diesem Thema recherchiere?«

Nun trat wieder ein Funkeln in Antonias Augen. »Oh ja, Vince, das wäre toll, mach das bitte!«

Mit allem, was mit PC und Internet zu tun hatte, standen seine

Eltern auf Kriegsfuß. Alles Teufelswerk. Er hatte, ohne sie zu fragen, eine Homepage entwickelt, die er laufend pflegte. Gerade wegen der wechselnden Themenabende war das unverzichtbar, denn immer mehr Gäste informierten sich auf diesem Weg über interessante Angebote. Deshalb hatte er auch dafür gesorgt, dass die Trattoria in allen regionalen Suchmaschinen und bei der Touristeninformation gelistet war. Seine Eltern hätten nie eingesehen, dass man heutzutage anders für ein Lokal werben musste. Also kümmerte er sich selbst darum.

Er gab den Begriff »Gebärmutterkrebs« bei Google ein. Er stieß auf Zehntausende Einträge. Er überflog die ersten und ging lächelnd zurück an den Tisch. »Sie haben es also früh entdeckt? Dann habe ich gute Nachrichten. Wenn Tante Erika schnell operiert wird, liegen ihre Heilungschancen weit über neunzig Prozent.«

»Wirklich?« Seine Mutter sah ihn mit den Augen eines kleinen Mädchens an, dem man zum ersten Mal die Geschichte vom Weihnachtsmann erzählt.

»Wirklich!«, versicherte Vincenzo. »Ich bin zwar kein Arzt, aber die Einträge bei Google gehen alle in dieselbe Richtung: häufige Krebsart bei Frauen, gefährlich, wie jeder Krebs, gleichwohl besonders gute Heilungschancen.«

Seine Mutter konnte er einigermaßen beruhigen. Ihm selbst allerdings war das Ganze nicht geheuer. Wie schnell das gehen konnte! Auch Männer hatten ihre spezifischen Risiken, die Prostata zum Beispiel. Er fragte sich, ob es ausreichend war, nur einmal jährlich zur Vorsorge zu gehen. Vielleicht sollte er zukünftig lieber zweimal gehen und gleich noch eine Darmspiegelung machen lassen?

24

Donnerstag, 23. Juli

Vincenzo verließ Sarnthein nordwärts, bog in Astfeld ab und folgte dem Durnholzer Bach bis zum Fischerwirt. Dort stellte er seinen Alfa 147 ab. Auf der Fahrt war es ihm nicht gelungen, sich auf sein Vorhaben zu konzentrieren, er musste unentwegt an Tante Erika denken. Er beschloss, am Wochenende mit seinen Eltern nach Nürnberg zu fahren. Das würde beiden guttun, seiner Tante und seiner Mutter. Dann ging er los, folgte dem Seebbach auf dem Weg mit der Markierung 16. Anfangs war es eher ein Spaziergang, er musste nicht auf seine Schritte achten, sodass er sich in Arthur Achatz hineinversetzen konnte. Wegen ein paar wilder Spekulationen wäre er wohl kaum ermordet worden, er musste konkrete Anhaltspunkte gefunden haben.

Arthur Achatz aus Augsburg, wie bist du auf einen Betrug gekommen? Worauf bist du gestoßen? Das Ganze ist doch perfekt getarnt. War es ein Zufall? Nein, du warst ein zielstrebiger Mensch. Wenn ich du wäre, ein Unternehmensberater, der Geschäftspläne macht, Fördergelder beantragt, mit Banken verhandelt, wie würde ich dann auf einen Betrug mit Fördergeldern stoßen? Du hattest mit Bilanzen zu tun, hattest Einsicht in die Kontoauszüge und Finanzberichte deiner Kunden. Das ist es! Dabei hast du die Zahlungen nach Liechtenstein bemerkt. Du bist misstrauisch geworden, anders als deine Partner in Südtirol. Du warst ein Berater mit internationaler Erfahrung, kein Provinzler wie deine Kollegen. Und dann hast du angefangen zu graben. Wie tief bist du gekommen, dass dich jemand dafür ermordet hat?

Vincenzo blieb eine Weile stehen, nahm bewusst das leise Rauschen des Seebbaches wahr und versank in tiefes Grübeln. Und plötzlich begriff er, wie Achatz dem Drahtzieher auf die Schliche gekommen war. Den Gedanken hatte er im Verlauf der Ermittlung schon einmal gehabt, aber da konnte er den Zusammenhang noch nicht sehen. Jetzt fügten sich einige Teile des Puzzles wie von Geisterhand zusammen. Damit wusste er, was er nachmittags im Büro als Erstes tun musste.

Inzwischen hatte er das Ende des Schotterweges erreicht, der Weg wurde schmaler und steiler. Er ging schneller und war bald an der Flaggerschartenhütte. Außer ihm war niemand da. Es war noch zu früh für neue Gäste, und die Bergsteiger, die übernachtet hatten, waren längst wieder unterwegs. Er bestellte einen Caffè Doppio, zeigte seine Dienstmarke und bat Manfred, den Hüttenwirt, ihm Gesellschaft zu leisten.

Vincenzo holte ein Foto von Mantinger aus seinem Rucksack. »Kennst du den?«

Manfred lachte: »Allerdings! Der ist häufiger hier. Ein verrückter Typ, Bergsteiger und Extremkletterer, der geht locker bis zum achten Schwierigkeitsgrad. Die Zinnen sind keine Herausforderung für den. Und der übernachtet oft auf irgendwelchen Gipfeln, davon erzählt er mir immer.«

»Kannst du dich erinnern, ob er am 26. Juni hier war? Das war ein Freitag.«

»Du stellst vielleicht Fragen. Hast du eine Vorstellung, wie viele Leute hier ein- und ausgehen? Aber es ist nicht lange her, dass er hier war.« Manfred zögerte einen Moment, ehe er weitersprach. »Wenn ich es mir recht überlege, klar, der war an dem Tag hier! Das war das erste Wochenende, an dem das Haus voll war. Daran kann ich mich gut erinnern, weil die Berge vorher durch die ständigen Unwetter wie ausgestorben waren, und damit auch meine Hütte. Klaus kam nachmittags hier an, trank zwei Halbe und erzählte, dass er auf der Jakobsspitze übernachten würde. Genau, so war das. Und ich kann mich auch wieder an ein paar Übernachtungsgäste erinnern. Die kamen schon fast in der Dämmerung von der Jakobsspitze runter und haben erzählt, dass sie Klaus auf dem Gipfel getroffen haben. Die waren begeistert, weil er so locker war und gleich eine Runde geschmissen hat.«

»Denk nach, Manni: Hast du ihn später noch mal gesehen, vielleicht schon in der Nacht? Oder ist dir was aufgefallen, zum Beispiel eine Stirnlampe?«

Manfred winkte ab. »Wie gesagt, es war proppenvoll. Mir ist nichts aufgefallen, aber das heißt nicht, dass nicht jemand mit einer Stirnlampe hier vorbeigekommen sein könnte.«

Vincenzo verabschiedete sich und setzte seinen Aufstieg fort. Er erreichte den knapp dreihundert Meter höheren Gipfel eine halbe

Stunde später. Um diese Zeit herrschte noch ungetrübte Fernsicht. Mantinger war also ein Typ, der das bewusst wahrnehmen und genießen konnte? Interessant.

Er legte das konfiszierte Gipfelbuch zurück in seinen Kasten. Dabei fiel sein Blick auf den Felsen, unter den Mantingers Trinkflasche gerollt war. War sie das wirklich? Er betrachtete die kleine, gerölldurchsetzte Wiese, auf der Mantinger übernachtet hatte. Dann schloss er die Augen und versuchte sich vorzustellen, dass er einen Marathon lief. Würde er das schaffen? Könnte er sich danach tagelang nicht bewegen? Exakt 42,195 Kilometer. Das wäre wohl selbst für jemanden wie ihn, der Routen lief, die kaum ein Freizeitsportler bewältigen konnte, eine herausfordernde Strecke.

Vincenzo ging ein paar Schritte nach Süden. Er sah über Pfannspitz und Liffelspitz zum Schrotthorn, allesamt durch einen schmalen Grat miteinander verbunden. Wegloses Gelände, steile Grasflanken, nichts für Unerfahrene. Ein Blick auf die Uhr, noch nicht Mittag. Er könnte es probieren, über den Grat bis zum Schrotthorn, von da aus auf markierten Wegen zurück zum Auto. Nicht viel weiter als der Aufstieg, aber anspruchsvoller. Er ging los. Als er nach unten sah, musste er schlucken, obwohl er seit dem Klettersteig zur Schwarzensteinhütte schwindelfrei war. Aber hier war er nicht angeseilt. Er war froh, dass es trocken war und vor allem hell, taghell. Trotzdem würde er mehr als doppelt so lange unterwegs sein wie beim Aufstieg. Aber er wollte nicht mehr umkehren, denn in seinem Kopf hatte sich inzwischen eine Idee festgesetzt. Es würde nicht einfach werden, sie zu überprüfen, zumal Gemini als Schuldiger schon festzustehen schien. Nachdem er die Schalderer Scharte unterhalb des Schrotthorns erreicht hatte, ging er sehr schnell. Er brauchte für die sechs Kilometer Abstieg bis zum Parkplatz keine Stunde mehr. Rasch fuhr er hinunter ins Tal.

In einer kleinen Bar traf er sich mit Marzoli auf einen Mittagssnack. Er wollte seinem Kollegen in neutraler Umgebung von seiner Idee berichten und mit ihm besprechen, wie sie taktisch am besten vorgehen könnten. Vorher wollte er noch wissen, wie Salvatore Gemini auf den dritten Mordvorwurf reagiert hatte. Marzoli hatte sich bereits einen Caffè Doppio sowie eine großzügige Auswahl an kleinen Kuchenstücken bringen lassen. Vincenzo begnügte sich mit einem schlichten Espresso.

Die Augen auf einen Schokoladenkuchen gerichtet, beschrieb Marzoli das Verhör von Gemini. »Unverändert, Commissario, er bestreitet alles. Und selbstverständlich hat er kein stichhaltiges Alibi für den Sonntagabend. Er behauptet, er sei zur Geliebten seines Kompagnon gefahren, um sie zu überreden, die Finger von Schimmel zu lassen, weil ansonsten ein Fiasko für dessen Familie und damit die Firma drohe. Er wollte ihr sogar Geld anbieten. Aber sie war nicht zu Hause, basta.«

Vincenzo sah Marzoli ungläubig an, dessen Augen angesichts eines kleinen Marzipankuchens glänzten wie die eines Kindes bei der Weihnachtsbescherung. Er kannte niemanden, der mit einer solchen Begeisterung und Leidenschaft alles irgendwie Essbare in sich hineinstopfen konnte. »Sein Alibi besteht also darin, dass er zur Todeszeit durch Bozen gefahren ist, um seinen Partner von dessen käuflicher Geliebten zu befreien?«

»Richtig, Commissario.« Marzoli lachte. »Ich finde, allmählich könnten die beiden sich mal was Neues einfallen lassen.« Das war der nächste Punkt, der gegen Gemini sprach. Sollte Reiterer Spuren von ihm in Mancinis Wohnung finden, würde es eng für ihn werden.

Bis es so weit war, wollte Vincenzo dennoch seiner neuen Idee nachgehen. Während Marzoli es schaffte, sich sage und schreibe sechs kleine Kuchen einzuverleiben, schilderte er ihm seine Überlegungen. »Was halten Sie davon, Ispettore? Können Sie sich vorstellen, dass es so gelaufen ist?«

»Das ist eine interessante These. Dann würde unser Mörder über nahezu übermenschliche Fähigkeiten verfügen. Außerdem bleiben trotzdem mindestens zwei weitere Verdächtige.«

»Das ist mir klar. Dennoch, halten Sie meine Idee für abwegig?«

»Ganz und gar nicht, Commissario. Ich glaube zwar, dass Gemini schuldig ist, aber warum sollten wir Ihren Weg nicht beschreiten? Und sei es nur, um jede Unschuldsvermutung bei Gemini auszuschließen.«

»Sie haben recht. Gehen wir, wir wissen, was zu tun ist. Ich muss nur noch kurz meine Freundin anrufen.«

»Das tut mir leid für deine Tante, ich fand die beiden richtig süß. Klar, ich komme mit nach Nürnberg, aber lass mich ein nettes Hotel für uns aussuchen. Ich schaue kurz in mein Outlook, dann sage ich dir, wann ich in Bozen sein kann. Moment ...«

In der Warteschleife lauschte Vincenzo verzückt den Klängen von Smetanas »Moldau«. Er liebte klassische Musik. Smetana hatte dieses eindrucksvolle Stück, bei dem man den Strom richtiggehend vor sich sah, wie er durch verschiedene Landschaften floss, komponiert, als er schon fast taub war. Wie war das nur möglich?

Giannas Stimme riss ihn aus seiner Bewunderung. »Da bin ich wieder. Ich sehe zu, dass ich den Zug um zwölf kriege, dann könntest du mich um halb vier am Bahnhof abholen.«

Jetzt konnte sich Vincenzo endlich seiner Hypothese widmen. Er holte sich aus der Asservatenkammer Achatz' Sachen. Seine Anzüge, Toilettenartikel und andere Gegenstände waren gründlich von der Spurensicherung untersucht worden. Ihn interessierte nur Achatz' Rucksack. Regensachen, uninteressant, ein paar Müsliriegel, uninteressant, sein Handy, darauf war nichts von Bedeutung. In diesem Rucksack war nicht viel, vor allem keine Trinkflaschen. Er griff hinein, tastete sich an der Innenpolsterung entlang. Wenn Vincenzo sich mit etwas auskannte, dann mit Rucksäcken. Und siehe da, es gab noch ein kleines Seitenfach. Das hatte Reiterer tatsächlich übersehen. Nicht allzu verwunderlich, denn der Leiter der Spurensicherung interessierte sich nicht fürs Wandern oder gar fürs Bergsteigen. Es war in der Questura bekannt, dass er sich fast täglich auf seinem heimischen Crosstrainer quälte, weswegen ihn so mancher Kollege spöttisch mit einem Hamster in seinem Rad verglich. Eine kleine Genugtuung, denn es gab kaum jemanden, der noch nicht mit Reiterers ironischen Kommentaren Bekanntschaft gemacht hatte. Diesen kleinen Patzer würde er ihm genüsslich unter die Nase reiben.

Er griff in das Fach und förderte eine kleine Geldbörse zutage. Ein paar Scheine, ein größeres Fach mit Kleingeld. Und dann – so etwas hatte Vincenzo sich vorgestellt. Er nahm das Ding aus dem Kleingeldfach, hielt es sich vor die Augen, drehte es. Keine Frage, das war ein Schließfachschlüssel. Er trug die Nummer 779. Vincenzo legte den Schlüssel beiseite und rief Google auf. Er gab zunächst die Begriffe Deutschland und Privatdetektiv ein. Fast achtzigtausend Treffer, zu viel. Er grenzte seine Suche auf Privatdetektiv, Wirtschaft und Region Deutschland ein. Nur noch einundzwanzig Treffer, davon weniger als zehn in Süddeutschland, die meisten in München und Augsburg, eine überschaubare Anzahl. Er nahm den Hörer ab.

»Detektei Müller & Müller, was können wir für Sie tun?« Vincenzo stellte sich vor und erläuterte den Grund seines Anrufs. »Sie werden verstehen, dass wir Ihnen nicht ohne Weiteres Klientendaten rausgeben dürfen. Ich lege auf, werde Ihre Questura recherchieren und Sie dann über die Zentrale anrufen. Einverstanden?«

Das hatte Vincenzo erwartet. Diese Detekteien arbeiteten professionell. Er hätte ja irgendwer sein können. Bei den folgenden Anrufen erging es ihm genauso.

***

Schimmel stand vor seinem dezimierten Team. Er wusste nicht recht, wie es ohne den übermächtigen Gemini weitergehen sollte. »Kollegen, Mitstreiter, wir müssen den Blick nach vorne richten und versuchen, unsere – ich sage bewusst unsere – SSP wieder auf Kurs zu bringen. Wir sitzen alle im selben Boot. Seit wir regelmäßig auf den Titelseiten erscheinen, vor allem in der ›Dolomiten‹, diesen Auflagenjunkies, sind uns fünf Stammkunden abgesprungen. Neukunden kommen gar nicht erst, nachdem wir mit Achatz unser größtes Zugpferd verloren haben. Sie alle sind gefordert. Haben Sie Ideen?«

Auf diesen Augenblick hatte Franz Junghans gewartet. Gemini im Knast, Schimmel am Ende, endlich konnte er seine Qualitäten unter Beweis stellen. Er wartete noch einige Sekunden des allgemeinen Schweigens ab, dann sagte er mit feierlicher Stimme: »Signor Schimmel, ich hätte da schon einige Ideen …«

»Reden Sie! Spannen Sie uns nicht auf die Folter.«

Junghans blickte lächelnd in die Runde, von einem zum anderen. Seine Kollegen von heute, seine Untergebenen von morgen. »Es geht um eine ganze Reihe von Maßnahmen, zum Beispiel konkrete Gegendarstellungen in der Presse, eine ausdrückliche Distanzierung von Gemini, das Hervorheben eigener Erfolge und Qualitäten, dann eine konzertierte Akquiseaktion in Deutschland. Ich habe noch hervorragende Kontakte in Köln, die können uns bestimmt helfen. Ich denke, die Einzelheiten würden jetzt und hier zu weit führen. Ich möchte Ihnen vorschlagen, Signor Schimmel, dass wir uns zusammensetzen, gerne am Wochenende, damit ich Ihnen meine strategischen Überlegungen in Ruhe vorstellen kann. Ich werde für Sie eine anschauliche Präsentation vorbereiten.«

»Ich habe zwar alle in diesem Raum gemeint, aber außer Ihnen scheint sich niemand angesprochen zu fühlen.« Schimmel blickte in die Runde und sah genervte Gesichter. »Also gut, Signor Junghans. Bereiten Sie Ihre Präsentation vor, untermauern Sie das alles mit Zahlen. Wir treffen uns hier im Büro, übernächsten Samstag, sagen wir vormittags um zehn. Sie sind herzlich dazu eingeladen, Kollegen, denn das geht Sie ja alle an.« Damit stand Schimmel auf und verließ den Raum.

Junghans triumphierte innerlich, nach außen demonstrierte er coole Gelassenheit. Endlich würde ihm die späte Anerkennung für seine jahrelange Treue und Zuverlässigkeit zuteil werden. Nachdem etliche Hindernisse aus dem Weg geräumt waren, war seine Stunde gekommen. Franz Junghans auf dem Weg an die Spitze. Er würde zunächst Partner werden, die Nummer zwei neben Schimmel, doch es war nur eine Frage der Zeit, bis der das Handtuch warf. Und dann würde er die Nummer eins sein, dann konnte er einigen seiner Kollegen endlich sagen, was er von ihnen hielt. Entscheidend war, dass er es binnen kurzer Zeit schaffte, die SSP wie Phönix aus der Asche auferstehen zu lassen. Das wäre aus Schimmels Sicht dann der endgültige Beweis, dass der Erfolg der SSP untrennbar mit dem Namen Franz Junghans verbunden war.

Selbstzufrieden schaute er um sich, sein Blick begegnete dem von Sabrina Parlotti. Er lächelte sie an. Dieser Ausdruck in ihren Augen … Es war bekannt, dass Frauen bei Männern nichts mehr anzog als Macht und Erfolg, bei ihm noch gepaart mit einer außergewöhnlichen Attraktivität. Das erkannte Sabrina offenbar mit dem ihr eigenen weiblichen Gespür. Wie sie ihn ansah! Das war nicht mehr bloß bewundernd, das war lüstern. Er malte sich aus, wie er sie, wenn er erst einmal die unangefochtene Nummer eins war, in sein Büro zitieren würde, um sie auf seinem Schreibtisch zu nehmen.

Sabrina Parlotti konnte es nicht fassen. Dieser aufgeblasene Affe! Wie er sich abstrampelte! Sie hatte ihn noch nie leiden können. Andauernd versuchte er, an Klaus Mantinger heranzukommen, ihm nachzueifern. Vergeblich, Junghans war nicht einmal ein billiger Abklatsch. Klaus war der Typ Mann, der sie anmachte. Insgeheim hoffte sie seit Langem, dass er sie irgendwann einmal ansprach, sie selbst würde den ersten Schritt nicht wagen. Dieser Junghans war dagegen so ein narzisstischer Widerling, dass ihr davon buchstäblich schlecht wurde.

***

Vincenzo hatte fünf Detekteien in München und Augsburg abtelefoniert. Keine führte einen Arthur Achatz in ihrer Klientenkartei. Blieben noch drei Adressen. Hoffentlich hatte er sich nicht getäuscht, denn damit stand und fiel seine Hypothese. Wieder griff er zum Hörer. »Farmer, Ludwig & Schubert, Privatdetektive, Sie wünschen?« Vincenzo schilderte erneut den Grund seines Anrufes.

»Wir überprüfen das und rufen Sie in ein paar Minuten zurück.« Minuten, die ihm vorkamen wie eine Ewigkeit. Endlich klingelte das Telefon. »Es scheint alles seine Ordnung zu haben, Commissario. Ich habe hier unsere Klientenkartei. A, Ab… ja, hier: Achatz, Arthur Achatz aus Augsburg. Den meinen Sie?«

Vincenzo fiel ein zentnerschwerer Stein vom Herzen. Endlich wusste er, dass er nicht phantasierte. »Ich verbinde Sie mit Herrn Farmer, der hat diesen Fall bearbeitet.«

Vincenzo wartete gespannt.

»Ja, Arthur Achatz hat mich beauftragt, im Umfeld seines Kooperationspartners, der SSP, verdeckt zu ermitteln, weil er dort einen Betrug im großen Stil vermutete. Er wurde ermordet, sagen Sie?«

»Am 20. Juni, er wurde vergiftet.«

»Mein Gott, was für eine traurige Geschichte. Sie vermuten einen Zusammenhang mit meinen Recherchen?«

»Leider. Deshalb wüsste ich gerne, was Sie herausgefunden haben und ob Sie sich in Bozen als Finanzinspekteur ausgegeben haben.«

Langsam formten sich die Konturen eines Bildes. »Dieses Rollenspiel war fester Bestandteil meiner Ermittlungen. Mir wurde schnell klar, dass Achatz kein Spinner war. Es geht um Millionenbeträge. Ich habe mich schon gewundert, dass er noch nicht auf meine letzte Nachricht reagiert hat.«

»Was für eine Nachricht?«

»Ich habe ihm die bisherigen Ergebnisse meiner Arbeit als Paket in sein Schließfach gelegt. Darüber ist er per E-Mail benachrichtigt worden. Ich habe darauf gewartet, dass er das Material sichtet und mir sagt, ob wir weitermachen sollen.«

Damit war klar, wozu der Schlüssel gehörte, den Vincenzo in Achatz' Geldbörse gefunden hatte. »Signor Farmer, haben Sie den Fall geklärt? Wissen Sie, wem Arthur Achatz zum Opfer gefallen sein könnte?«

»Ich habe noch keine Beweise, die sich vor Gericht verwerten ließen, aber einen konkreten Verdacht, der unter anderem auf einer mehrtägigen Überwachung basiert.«

Sie unterhielten sich noch eine Weile, und Vincenzo stellte zufrieden fest, dass seine Hypothese stichhaltig war. »Signor Farmer, ich fahre übers Wochenende nach Nürnberg. Wäre es möglich, dass ich mir die Sachen bei Ihnen abhole? Ich komme quasi bei Ihnen vorbei.«

Angesichts der dramatischen Entwicklungen war ein Treffen am Sonntag für Farmer kein Problem. Sie verabredeten sich auf einem Rastplatz.

Am Montag würde es spannend werden, wenn die Ermittlungsergebnisse von Farmer und Achatz vorlagen und ihnen mit Lambergers Hilfe ein Zugang zu den IFS-Konten freigeschaltet wurde. Vermutlich bekamen sie dann auch den Bericht von Mancinis Obduktion. Vincenzo war sich jetzt sicher, dass das Ergebnis nicht Selbstmord lauten würde. Er beschloss, nach Hause zu fahren und seine Sachen für das Wochenende zu packen.

Während Vincenzo ins Sarntal abbog, saß Gemini sinnierend in seiner Zelle. Sie hatten ihn verhaftet, weil er drei Morde begangen haben sollte. Was für eine absurde Vorstellung – er, ein Massenmörder. Und all das, um zu vertuschen, dass er den Staat seit Jahren um Millionen von Euro erleichterte? Wie waren sie überhaupt auf ihn gekommen? Nur durch diesen ominösen Abschiedsbrief, oder weil sein Name in Vaduz aufgetaucht war? Unmöglich, denn er sollte Mancini ebenfalls umgebracht haben. In dem Fall hätte er logischerweise auch den Abschiedsbrief geschrieben. Dann aber hätte er darin jeden beschuldigt, nur nicht sich selbst. Also blufften sie und Mancini hatte sich doch umgebracht. Dann stellte sich die Frage, warum der Mann ihn des Mordes bezichtigte. Oder er war tatsächlich ermordet worden. Dann waren sie scheinbar zu dumm, die Zusammenhänge so zu durchblicken wie er. Glaubten sie allen Ernstes, jemand wäre so dämlich, sich in Vaduz mit richtigem Namen vorzustellen, wenn er einen Riesenbetrug abziehen wollte? Die ganze Sache war abstrus. Ganz offensichtlich hatte ihm jemand eine perfide Falle gestellt. Aber wer? Und warum?

25

Freitag, 24. Juli

Vincenzo war gespannt, was dieser zwielichtige Sensationsreporter aus den offiziellen Verlautbarungen der Polizei gemacht hatte. In der Questura angekommen, ließ er sich von Paolo die »Dolomiten« geben und verschwand damit in seinem Büro. Er war neugierig, ob seine Hypothese sich weiterhin bewahrheitete. Ja, da war sie, die erwartete Sensationsschlagzeile:

Hat das Monster von Bozen erneut zugeschlagen?
Bozen – Bereits am Mittwoch wurde der 56-jährige Carlos Mancini tot in seiner Wohnung aufgefunden. Mancini war Leiter des Amtes für Wirtschaftsförderung und in zahlreichen Ausschüssen und Verbänden in Südtirol aktiv. Nach offizieller Verlautbarung der Polizei erschoss sich Mancini mit einer kleinkalibrigen Beretta. Aus gut unterrichteten Kreisen konnte unsere Zeitung jedoch erfahren, dass in der Questura Zweifel an der Selbstmordtheorie bestehen. Vielmehr wird nicht ausgeschlossen, dass das Monster von Bozen wieder zugeschlagen hat. Unmittelbar nach dem Auffinden des Leichnams wurde ein Mann festgenommen, der unter dem dringenden Verdacht steht, Arthur Achatz und Ernesto Panzini ermordet zu haben. Unsere Zeitung hat ausführlich darüber berichtet. Es handelt sich um Salvatore G., Leiter einer der Redaktion bekannten Unternehmensberatung. Während die Polizei bei der Motivfrage scheinbar noch im Dunkeln tappt, deuten unsere Quellen an, dass ein Subventionsbetrug von gigantischen Ausmaßen der Hintergrund der Taten sein könnte.
Wir fragen: Ist es jetzt vorbei? Hat das Monster von Bozen zum letzten Mal zugeschlagen? Sind unsere Bürger wieder sicher? Werden die Polizeibehörden ihre Verschleierungstaktik endlich aufgeben? Wir versprechen unseren Leser, sie auch weiterhin über jede Entwicklung auf dem Laufenden zu halten.
Fabiano Fasciani

Vincenzo legte die »Dolomiten« zur Seite. Soso, dachte er, könnt ihr das tatsächlich versprechen? Er griff zum Telefonhörer. »*Buongiorno*, Signora Sacchini. Hat der Vice-Questore eine Viertelstunde Zeit für mich? Es geht um die drei Todesfälle.«

Wenige Minuten später saß er Baroncini gegenüber. Er erklärte ihm, dass Gemini von der Indizienlage her eindeutig der Täter sei und bestens in das erstellte Täterprofil passe. Dessen ungeachtet wolle er Dottore Baroncini eine Hypothese vorstellen, die er mit interessanten Fakten hinterlegen könne. Um sie konkreter verfolgen zu können, benötige er jedoch die Zustimmung des Vice-Questore.

Baroncini folgte Vincenzos Ausführungen, ohne ihn zu unterbrechen. »Das sind interessante Überlegungen, Commissario, auch wenn ich den Fall gerne schnell abschließen würde. Aber die Akte der Detektei Farmer können wir nicht ignorieren. Das war ausgezeichnete Polizeiarbeit, Commissario! Nun bin ich gespannt, inwieweit diese Ermittlungsergebnisse Ihre Denkansätze stützen. Gemini bleibt vorerst in Haft, das ist klar, und Sie werden ihn täglich aufs Neue verhören. Wenn er schuldig ist, knickt er irgendwann ein. Aber verfolgen Sie diese Hypothese weiter. Ihre Vermutungen hinsichtlich der Berichterstattung der ›Dolomiten‹ entbehren nicht einer gewissen Logik, wenngleich mich eine undichte Stelle in der Questura auch nicht wundern würde. Wäre nicht das erste Mal. Informieren Sie mich, sobald Sie etwas Entscheidendes herausgefunden haben. Schließlich muss ich meinen Kopf dafür hinhalten.«

Zufrieden verließ Vincenzo Baroncinis Büro. Gut, dass seinem Vorgesetzten an der Wahrheit mehr lag als an einer möglichst schnellen Vollzugsmeldung an den Capo della Polizia.

Er rief in der »Dolomiten« an. »*Buongiorno*, Signor Fasciani. Ich habe soeben Ihren faszinierenden Bericht gelesen. Ich bin beeindruckt, wirklich.«

»Commissario, Sie haben doch höchstselbst eine ganz andere These verlautbaren lassen. Kein Hinweis auf einen möglichen Mord. Und dass Sie den Mörder inzwischen gefasst haben, davon haben Sie auch kein Sterbenswörtchen gesagt.«

Fasciani war längst Bestandteil von Vincenzos Plan geworden, er wusste es nur nicht. »Wir wollten noch einige Untersuchungen abwarten, ehe wir uns an die Presse wenden. Wir wollten ganz sichergehen, verstehen Sie? Spätestens dann hätten wir Sie informiert, eine Sache von ein paar Tagen, höchstens.«

»Bedeutet das, dass der Fall bald abgeschlossen ist?«

»Geben Sie mir einen kleinen Wink, woher Sie Ihre Informationen haben, und Sie werden der Erste sein, dem ich es persönlich erzähle. Vertrauen gegen Vertrauen.«

»Also gut, Commissario, eine offizielle Stellungnahme ist mehr wert, erst recht, wenn wir in der Poleposition sind. Eines ist sicher: Der Anruf kam aus der Questura.«

»Interessant. Konnten Sie unsere Nummer diesmal im Display erkennen?«

»Sie machen vielleicht Witze! Natürlich nicht, es war wieder ein Anruf mit Rufnummernunterdrückung, vermutlich ein Handy. Nein, er sprach mehrmals von *wir*. Er hat sich verplappert. Ich glaube sogar, dass das Absicht war. Wir sollten wissen, dass es in der Questura auch Leute gibt, denen an einer tatsachenbezogenen Berichterstattung gelegen ist. Also, Commissario, können Sie unseren heutigen Bericht bestätigen?«

»Im Wesentlichen ja. Wir glauben zwar nicht, dass der Tod von Mancini ein Mord war, darauf deutet nichts hin. Aber wir gehen davon aus, mit Salvatore Gemini den Verantwortlichen für die ersten beiden Todesfälle zu haben.«

Nicht ohne schlechtes Gewissen legte Vincenzo auf. Er hatte nicht gelogen, aber wenn Gemini unschuldig war, würde ihm ein ewiger Makel anhängen, was in seiner Position als Firmenchef gewiss mehr als schwierig war. War seine Unschuld erwiesen, so würden sie von offizieller Seite alles tun, um dem entgegenzuwirken. Aber vorerst mussten sie von seiner Schuld ausgehen. Eine entsprechende Außendarstellung war unverzichtbarer Bestandteil seiner Strategie.

26

Montag, 27. Juli

Farmer war relativ klein, ein Mann Anfang fünfzig in gepflegter Freizeitkleidung, der ernst und sehr seriös wirkte. Als Vincenzo ihn auf dem Rastplatz Augsburg-Ost traf, fiel es ihm nicht schwer, sich ihn als Beamten einer europäischen Aufsichtsbehörde vorzustellen. Kein Wunder, dass ihm niemand misstraut hatte.

Farmer hatte ihm ein Paket mitgegeben, das jetzt noch ungeöffnet vor ihm und Marzoli auf seinem Schreibtisch lag. Vorsichtig, als würde er etwas Wertvolles und Zerbrechliches auspacken, schnitt Vincenzo das Paketband auf. Ganz oben lag ein Umschlag mit einem Anschreiben von Farmer und einer Reihe von Fotos. Vincenzo hatte zwar geahnt, wen er auf den Fotos sehen würde, aber nicht, unter welchen Umständen. »Schauen Sie sich das an, Marzoli. Jetzt verstehe ich gar nichts mehr. Ah, warten Sie, hier ist noch ein Umschlag, ein weiterer Brief von Farmer. Er erläutert die Fotos. Ich lese vor:

Auf den Fotos sehen Sie seine Jacht in Saint Tropez, sein Haus und seinen Sportwagen. Diesen Luxus muss er mit dem unterschlagenen Geld finanziert haben. Entdeckt habe ich das alles, weil ich ihn nach meinem Besuch als Finanzinspekteur beschattet habe. Es war reiner Zufall. Ich hätte genauso gut zunächst Schimmel observieren können, aber ich habe auf Anhieb den Richtigen erwischt. Für mich stand außer Frage, dass der Täter aus dem Kölner Umfeld kommen musste. Das beschränkte meine Recherche auf Schimmel, Mantinger und Junghans. Diese Besitztümer sind natürlich kein Beweis, die Recherche, woher das Geld dafür stammt, dürfte dennoch spannend werden.«

Außer den Fotos fanden sie zahlreiche Kopien von Kontoauszügen und Überweisungsträgern. Insgesamt hatten fast hundert Kunden an die IFS gezahlt, stets mit ähnlichen Verwendungszwecken. Summa summarum waren auf diese Weise mehrere Millionen Euro zusammengekommen, genug für einen solchen Lebensstil. Den letzten Beweis für die Herkunft des Geldes würde wohl die Einsicht in die IFS-Konten bringen. Damit erschien es als sicher, dass sie ihm den Betrug nachweisen konnten. Ein Beweis für die Morde war das hingegen nicht. Sie mussten darauf hoffen, dass er, wenn er wegen des Betrugs verhaftet wurde, ein Geständnis ablegen würde.

Dass Mancini in diese Machenschaften verstrickt war, ergab sich ebenfalls aus Farmers Berichten. Und der Detektiv hatte lückenlos aufgedeckt, wie der Betrug ablief. »Das ist aufschlussreich, Ispettore. Endlich wissen wir, wie das funktioniert. Vollständig begriffen hatte ich das bis jetzt nämlich nicht. Es ist weniger kompliziert als gedacht.« Vincenzo blätterte hinter einem Registerblatt mit der Beschriftung »Ablauf der Transfers«. Dort fand er Kopien von Fördergeldanträgen, Überweisungsträgern, Kontoauszügen. »Also, wenn ich das richtig verstehe, haben die Unternehmen Fördergelder bei der Wirtschaftsförderung beantragt. Mancini hat alle Bewilligungen unterschrieben. Dann hat er ein Extraformular ausgefüllt, das nannte sich ›Krisenfonds‹. Was soll dann …«

Er blätterte weiter und entdeckte einige Blätter, auf denen Farmer den Ablauf nochmals mit eigenen Worten erläutert hatte. »… ah ja. Vorbildlich, wie Farmer vorgearbeitet hat. Jetzt wird es ganz klar. Beispiel: Eine Firma hat eine Million Euro an Fördergeldern beantragt, eine Summe, die sich aus dem Geschäftsplan ergibt. Bekommen hat sie eine Million und noch fünfzigtausend extra. Von der Gesamtsumme hat das Unternehmen dann hunderttausend nach Liechtenstein überwiesen, also in den Fonds eingezahlt. Somit haben sich Unternehmen und Wirtschaftsförderung die Krisenrücklage geteilt. Im Unternehmen verblieben sind neunhundertfünfzigtausend Euro. Dafür hat die Firma die Sicherheit, im Krisenfall schnelle Hilfe zu erhalten. Das ist das klassische Prinzip: einer für alle, alle für einen. Das hat Mancini ihnen erklärt. Niemand hat an den Worten eines Amtsleiters gezweifelt. Meine Güte, wie simpel das ist. Simpel und genial.«

Marzoli sah Vincenzo ungläubig an. »Wie bitte, die haben eine Million Euro bekommen, vom Staat geschenkt?«

Vincenzo schüttelte den Kopf. »Ganz so einfach ist es nicht. Das Geld wird ja in Südtirol investiert, kommt also dem Staat auch wieder zugute, und außerdem müssen die Unternehmen erhebliche Eigenmittel einbringen. Zum anderen handelt es sich bei dem Geld keineswegs um ein Geschenk, sondern um ein Darlehen. Der Unterschied zu einem klassischen Bankdarlehen besteht darin, dass die Zinsen wesentlich niedriger sind. Außerdem werden der Firma einige Jahre eingeräumt, in denen sie weder Tilgungen noch Zinsen leisten muss. Für unsere Ermittlungen ist das nicht von entscheidender Bedeutung. Uns interessiert allein, was mit diesen hunderttausend in Liechtenstein passiert ist.«

Vincenzo schlug den Ordner zu und reichte Marzoli die Fotos von Farmers Observierung. »Ispettore, bitte gehen Sie damit zu Gemini. Zeigen Sie ihm die Schnappschüsse. Ich bin gespannt, was er uns dazu erzählen kann. Ich rufe derweil in Liechtenstein an. Heute Nachmittag werden wir unseren Mann dann in die Questura holen und in die Mangel nehmen.«

Nachdem Marzoli mit den Fotos gegangen war, rief Vincenzo in Liechtenstein an. »*Buongiorno*, Signor Lamberger. Wie schön, Sie direkt am Apparat zu haben. Es ist eine Freude, mit Ihnen zusammenzuarbeiten.«

Vincenzo hatte in Lamberger endgültig einen Verbündeten gefunden. »Selbstverständlich, Commissario, ich habe Ihren Anruf erwartet. Der Antrag Ihrer Behörde auf Konteneinsicht liegt mir inzwischen vor, die offizielle Genehmigung dürfte höchstens eine Frage von Tagen sein.«

Vincenzo wusste, dass er bei diesem Spiel die Regeln befolgen musste, so schwer es ihm auch fiel. »Wann, Signor Lamberger, kann ich damit rechnen, die Konten einzusehen? Meinen Sie, dass es noch in dieser Woche möglich sein könnte?«

Man konnte förmlich spüren, dass Lamberger nur auf diesen Moment gewartet hatte, in dem er die frohe Botschaft säen und eine angemessene Dankbarkeit ernten konnte. »Ich bitte Sie, Commissario. Wir lassen fünfe gerade sein und pfeifen auf den offiziellen Dienstweg!« Derartig saloppe Formulierungen gehörten sicherlich nicht zum alltäglichen Sprachgebrauch eines Ignaz Lamberger, sondern sollten seine verschwörerische Nähe zu dem Südtiroler Commissario belegen. »Die Genehmigung wird ohnehin erteilt, ich sehe überhaupt kein Problem darin, Ihnen den Zugang *sofort* freizuschalten.«

Vincenzo gelang es, eine gewisse Fassungslosigkeit zum Ausdruck zu bringen. »Sofort? Also quasi jetzt, Signore? Ich bin sprachlos! Also, damit habe ich wirklich nicht gerechnet. Das ist wahrlich mehr, als ich jemals hätte erwarten dürfen.«

»Ich sehe es als meine selbstverständliche Pflicht an, Ihnen zu helfen, Commissario! Ich schalte Ihnen den Zugang augenblicklich frei.« Lamberger begann plötzlich zu flüstern, Vincenzo musste sich sehr konzentrieren, um ihn zu verstehen. »Bitte erzählen Sie das nur nicht herum, das darf niemand mitkriegen. Es ist ein kleiner Deal zwischen uns beiden, ja? Kommen Sie ins Internet?«

Dieser Mann war ein Phänomen. Auch Vincenzo flüsterte jetzt: »Ich habe einen eigenen Zugang. Niemand kriegt was mit. Also, ich kann Ihnen gar nicht sagen, wie dankbar ich Ihnen bin, Signore. Ihr Verhalten ist vorbildlich. Hätten wir nur häufiger mit Menschen Ihres Schlages zu tun, wäre unsere Arbeit um einiges leichter. Und *selbstverständlich* bleibt das unter uns.«

Sekunden später konnte Vincenzo auf seinem Monitor das Konto der IFS sehen. Der Kontostand betrug fünfhunderttausend Euro. Eingegangen waren im Laufe der Zeit 7,3 Millionen Euro. Die Differenz von rund 6,8 Millionen Euro war auf diverse Konten in Frankreich gegangen. Immobilienfonds »Frankreich04« stand dort, »Europäischer Mischfonds«, »Nestor France Fonds« und ähnliche Transferzwecke. Der Betrüger hatte also mehr als sieben Millionen Euro erschwindelt und einen Großteil davon auf irgendwelchen Konten verschwinden lassen, die sie jetzt auch noch überprüfen durften. Mancini hatte vermutlich seinen Anteil bekommen, aber wohl kaum im Sinne einer fairen Fifty-fifty-Regelung. Es war natürlich wichtig, alles zu retten, was noch zu retten war. Allerdings interessierten ihn in erster Linie die Morde, und zwar drei, das stand für ihn inzwischen außer Frage. Er verabschiedete sich mit etlichen Dankesbekundungen von Lamberger.

Dann ging er zu Reiterer und hielt ihm Achatz' Schließfachschlüssel entgegen. »Lieber Signor Reiterer, mit Rucksäcken kennen Sie sich nicht allzu gut aus, oder?«

Endlich gelang es ihm auch einmal, den stets so souveränen Reiterer aus dem Konzept zu bringen, wenn auch nur für einen Moment. »Was ist das, Bellini? Woher haben Sie das, und was hat das mit Rucksäcken zu tun?«

Vincenzo erzählte von dem kleinen Innenfach, nicht, ohne dabei permanent zu grinsen. Aber Reiterer wäre nicht Reiterer gewesen, hätte er sich diesem kleinen Angriff nicht gewachsen gezeigt. »Nun, ich könnte das Gespräch wieder auf das Analysegerät lenken, um das Sie sich bis jetzt scheinbar nicht im Mindesten bemüht haben. Ich will Ihnen gegenüber aber offen sein. Selbstverständlich habe ich das Fach entdeckt, logisch, alles andere wäre abwegig. Aber ich wollte doch herausfinden, ob ein Commissario intelligent genug ist, selbst darauf zu kommen. *Bravissimo*, Bellini, Test bestanden!«

Vincenzo mochte Reiterer, auch die gelegentlichen Wortgefechte machten ihm Spaß. Er gönnte ihm das letzte Wort, zumal ihm Reiterer ohnehin nicht die Gelegenheit zu einem Konter einräumte. »Keine Sorge, Bellini, bei Mancini verzichte ich auf weitere Tests. Es sah zunächst nach Selbstmord aus, es gab keine Hinweise auf Fremdverschulden. Aber wieder passten einige Dinge nicht. Die vermutete Menge des am Tatort getrunkenen Alkohols korreliert nicht mit den noch nachweisbaren Resten in Mancinis Organismus. Er hat also höchstwahrscheinlich nicht alleine getrunken. Merkwürdig waren auch die Fingerabdrücke auf der Waffe. Sie stammen zwar ausschließlich von Mancini, aber die Art, wie er die Waffe gehalten hat, war unnatürlich. Ich halte es nicht für ausgeschlossen, Commissario, dass jemand Mancini die Waffe in die Hand gedrückt, sie zum Kopf geführt und dann abgedrückt hat. Sehen Sie? So, genau so.«

Wie man es von ihm gewohnt war, unterstrich Reiterer seine Ausführungen mit einer oscarverdächtigen Schauspieleinlage. In diesem Fall wurde Vincenzo die unfreiwillige Rolle des armen Mancini zugedacht, der in diesem Moment von Reiterer in der Rolle des Täters erschossen wurde. »Ich sage nicht, dass es so abgelaufen sein muss, es kann aber.«

»Hätte sich Mancini denn nicht gewehrt? Wir haben keinerlei Hinweise auf einen Kampf gefunden«, fragte Vincenzo, der Reiterers Attacke unversehrt überstanden hatte.

»Er hatte zum Todeszeitpunkt ungefähr zweieinhalb Promille. Es ist nicht schwierig, jemanden in diesem Zustand auf diese Weise zu ermorden.«

Damit war der Fall geklärt. Alles passte hundertprozentig zu Vincenzos Überlegungen. Der Täter hatte jahrelangen Subventionsbetrug begangen und versucht, der Entdeckung durch drei Morde zu entkommen. Vincenzo war gespannt, wie Gemini auf die Enthüllung reagiert hatte. Er ging zu Marzolis Büro, blieb im Türrahmen stehen und erkundigte sich bei seinem Kollegen nach den Ergebnissen des Verhörs.

»Er wirkte ebenso überrascht wie zuvor, als wir ihm Mancinis Abschiedsbrief gezeigt haben. Er behauptete, nichts von einem Boot zu wissen, und gab sich empört, dass dieser zuverlässige Kollege allen Ernstes ein Mörder sein soll.«

»Gut, Marzoli, ich denke, das reicht. Holen wir ihn ab.«

***

Mancini zu beseitigen, war ein Kinderspiel. Der Hohlkopf hatte sich völlig arglos in seiner Gegenwart besoffen und damit seinem Schicksal ergeben. Er hatte sich nicht einmal sonderlich anstrengen müssen. Ein bisschen geheuchelte Freundschaft, Verständnis, Vertrauen, gemeinsame Pläne – schon war der Wicht blindlings in die Falle getappt. Und dann hatte er ihm auch noch die ideale Tatwaffe geliefert. Doch es war anders gewesen als bei Achatz und Panzini. Wie der Kopf zur Seite flog und das Blut herausschoss. Bei einem so kleinen Kaliber. Er hatte sich das unspektakulärer vorgestellt. Sollten sich ihm weitere Hindernisse in den Weg stellen, würde er wieder einen sauberen Weg wählen. Außerdem war diese Methode viel zu einfallslos, zu primitiv, fast schon vulgär.

Leider war sein Handlungsspielraum inzwischen entscheidend eingeengt. Sie waren weiter gekommen, als er es ihnen zugetraut hatte. Und sie waren penetrant in ihrer Aufdringlichkeit. Es war klar, dass die Signori Bellini und Marzoli nur ein einziges Ziel verfolgten: Sie wollten ihn mürbe machen, so lange, bis er von selbst auspackte. Darauf konnten sie ewig warten. Nichts konnten sie ihm nachweisen, rein gar nichts. Sie hatten vielleicht ein paar lächerliche Indizien, die ihnen jeder Richter sofort um die Ohren schlagen würde. Diese selbstgerechten Beamten hatten einfach nicht begriffen, dass sie es mit einem Genie zu tun hatten! Was für eine Ignoranz. Dafür würden sie büßen!

Allerdings bereiteten ihm die drei Millionen auf seinen Frankreichkonten Sorgen. An die konnte er im Moment nicht ran, das wäre viel zu auffällig. Die fünfhunderttausend in Liechtenstein waren höchstwahrscheinlich verloren. Das Konto würden sie wohl dichtmachen. Gut, die halbe Million konnte er zur Not verschmerzen. Aber was, wenn es ihnen gelänge, auch die Frankreichkonten zu sperren? Das konnte er sich nicht leisten. Der Aston Martin war längst bestellt. Er würde wie immer bar zahlen müssen. Das Risiko konnte er nicht eingehen, er musste handeln. Er würde sich ein paar Tage Urlaub nehmen, nach Frankreich fahren und dort so viel Geld holen wie möglich. Hoffentlich schöpfte niemand Verdacht. Andererseits, selbst wenn? War das nicht genau die Herausforderung, die er suchte?

***

»Signor Schimmel, haben Sie einen Augenblick Zeit für mich?«

Schimmel blickte von einem Ordner auf. »Für Sie immer, Signor Junghans, worum geht es? Wollen Sie mir Ihre Pläne jetzt schon erläutern?«

»Ich habe eigentlich ein anderes Anliegen. Andererseits natürlich gerne, ich habe mir viele Gedanken gemacht. Lediglich meine Präsentation ist noch nicht fertig. Wir wollten uns ja erst am Samstag treffen.«

»Worum geht es dann?« Gerade als Junghans ansetzen wollte, hörten sie Stimmen auf dem Flur. »Was ist denn nun schon wieder los? Hat man hier überhaupt keine Ruhe mehr?«, echauffierte sich Schimmel, sprang auf und rannte zur Tür. In diesem Moment wurde Klaus Mantinger an ihm vorbeigeführt, von diesem Bellini und seinem dicklichen Kollegen.

Schimmel rannte hektisch um sie herum und stellte sich ihnen in den Weg, wild mit den Armen fuchtelnd. »Einen Augenblick! Was geht hier vor?«

Vincenzo blieb ruhig. »Wir haben ein paar Fragen an Signor Mantinger. Deshalb begleitet er uns in die Questura.«

Schimmel geriet außer sich. Er ließ sich sogar dazu verleiten, Vincenzo mit dem Zeigefinger auf die Brust zu klopfen, was dieser lediglich mit einem Lächeln quittierte. »Sie haben doch Gemini verhaftet, Sie haben Ihren Mörder. Können Sie uns nicht endlich in Ruhe lassen? Ich habe es satt, mir meine Firma systematisch von Ihnen in den Ruin treiben zu lassen. Ich werde mich über Sie beschweren, das sind ja mittelalterliche Methoden, reinste polizeiliche Willkür!« Schimmel redete sich immer mehr in Rage und wurde dabei zunehmend lauter. Es war Mantinger, der seinen Redeschwall unterbrach.

»Machen Sie sich keine Sorgen, Signor Schimmel. Wahrscheinlich haben sie noch nicht genug gegen Gemini in der Hand. Ich werde nachmittags wieder zurück sein. Also, meine Herren, gehen wir.«

Mantinger blieb vollkommen beherrscht, bei seiner Verhaftung ebenso wie im anschließenden Verhör. Ihm waren weder Nervosität noch Unruhe anzumerken, geschweige denn Unsicherheit oder gar Panik. Er schien sich seiner Sache absolut sicher zu sein. Vincenzo beschlichen bereits Zweifel, ob seine Hypothese tatsächlich zutreffend war. Im nächsten Moment würden sie es vielleicht erfahren.

Vincenzo zog die Fotos, die der Detektiv gemacht hatte, aus einem Umschlag und schob sie Mantinger zu. Er achtete genau auf das Mienenspiel seines Gegenübers. »Was können Sie uns dazu sagen, Signor Mantinger?«

Der Berater schien aufrichtig verblüfft. »Wo haben Sie die denn her?«

Vincenzo blickte Mantinger siegesgewiss an und verlieh seiner Stimme einen düsteren Unterton. »Das, Signor Mantinger, ist Arthurs Vermächtnis.«

»Wie bitte? Ich verstehe nicht ganz.«

Mantinger war überrascht, perplex, es war das erste Mal, dass es ihnen gelungen war, ihn aus der Reserve zu locken. Das mussten sie ausnutzen, sie mussten nachlegen, ihn weiter in die Enge treiben.

»Arthurs Vermächtnis, Signore. Achatz hatte Sie entlarvt. Aber nicht nur das. Er hat auch einen Privatdetektiv beauftragt, der genügend Beweise gegen Sie gesammelt hat. Uns liegen sämtliche Unterlagen vor. Als Sie Achatz ermordet haben, war er Ihnen schon einen entscheidenden Schritt voraus. Das wird Ihnen nun zum Verhängnis. Irgendwie eine Ironie des Schicksals, finden Sie nicht?«

Von einem Moment auf den nächsten war Mantinger wieder die Ruhe in Person. »Commissario, ich habe keine Ahnung, wovon Sie sprechen.« Diese Abgebrühtheit war unglaublich. Er sah Vincenzo direkt in die Augen und führte dabei die Fingerspitzen beider Hände in einer betont lässigen Geste zusammen. Immerhin bildeten sich auf seiner Stirn einige Schweißperlen, was allerdings auch an der drückenden Hitze liegen konnte. Die kurzfristige Erfrischung des Föhneinbruchs war längst verflogen, und die schwüle Luft ließ sich selbst durch permanentes Lüften nicht mehr aus den Räumen vertreiben. Die Atmosphäre passte zu der Stimmung, die sich zunehmend im Verhörzimmer ausbreitete.

Mit eiserner Selbstbeherrschung gelang es Vincenzo, seinen Tonfall zu kontrollieren. »Ich spreche davon, Mantinger, dass Sie mit Hilfe von Carlos Mancini, Ihrem dritten und letzten Opfer, jahrelang Subventionsgelder unterschlagen haben, genau gesagt 7,3 Millionen Euro. Und ich spreche davon, dass Achatz Ihnen das nachweisen konnte. Deshalb haben Sie ihn ermordet. Panzini hatte Verdacht geschöpft, also musste auch er dran glauben. Und Mancini? Nun, ich vermute, er hat kalte Füße bekommen und wurde für Sie zu einem Sicherheitsrisiko. Jetzt erzählen Sie uns etwas zu diesen Fotos.«

Mantinger betrachtete einige Zeit scheinbar konzentriert die Fotos, die vor ihm ausgebreitet lagen. »Was sollen diese Fotos eigentlich beweisen, Commissario?« Mantinger wollte Zeit gewinnen, das war offensichtlich. Er legte sich gerade eine Strategie zurecht.

Vincenzo wusste, dass sie ihn kaum daran hindern konnten. Aber sie mussten wenigstens versuchen, ihn schnell festzunageln. »Langsam reicht es mir, Mantinger. Ich stelle hier die Fragen. Diese Fotos beweisen Ihren Subventionsbetrug! Aber wir haben noch mehr Beweise. Signor Farmer, seines Zeichens Privatdetektiv und manchmal auch Finanzinspekteur, war sehr fleißig. Klingelt da was bei Ihnen? Wir wollen Ihnen eine Chance geben zu kooperieren, das erspart uns eine Menge Ärger und Zeit. Reden Sie! Wie viel von dem Geld ist für diesen ganzen Luxus draufgegangen?«

»Keine Ahnung.« Mantinger sah Vincenzo gelangweilt an.

Die Polizisten waren jetzt bis aufs Blut gereizt, Marzoli war dermaßen angespannt, dass er sogar die frisch aufgefüllte Etagere unberührt ließ. »Was soll das heißen, Signor Mantinger?«

Er zuckte mit den Schultern. »Na, dass ich es nicht weiß. Ich habe das doch nicht gekauft, wovon auch? Von meinem Gehalt?« Mantinger schien seine Strategie gefunden zu haben, doch noch konnten sie nicht ahnen, in welche Richtung sie führen würde.

»Mantinger, hören Sie mit dem Quatsch auf. Wir wissen, dass Sie das alles mit unterschlagenen Subventionsgeldern bezahlt haben. Meinen Sie nicht, dass es für Sie besser wäre, zu gestehen?«

Mantinger schwieg einen kurzen Moment, schien angestrengt nachzudenken. Schließlich rieb er sich die Augen, schaute die Polizisten dann mit einem gequälten, resignierten Gesichtsausdruck an. »Also gut. Es hat ja doch keinen Sinn. Es fällt mir schwer, das können Sie mir glauben. Ich meine, Achatz war doch im Grunde selbst schuld. Er hätte das einfach lassen sollen.« Auf diesen Moment hatten sie gehofft. Er gab auf. Sie hatten ihn. Endlich!

»Ich verstehe.« Vincenzo nickte mitfühlend. »Deshalb mussten Sie ihn beseitigen, nicht wahr? Sie hatten gar keine andere Wahl.«

Gespannt sahen sie Mantinger an. Nun war der Moment gekommen, in dem er alles gestand, den Betrug, die Morde, selbst die Erpressung von Professor Graf. Stattdessen sah er sie ungläubig an. »Beseitigen? Wieso beseitigen?«

Für einen Moment herrschte vollkommene Stille. Die beiden Polizisten glaubten, ihren Ohren nicht zu trauen. Marzoli fing sich schneller als Vincenzo, dem die Worte fehlten. »Signor Mantinger, Sie haben Arthur Achatz ermordet. Und wie Sie das angestellt haben, werden Sie uns jetzt erzählen.«

Mantinger sah Marzoli mit großen Augen an. »Sie glauben allen Ernstes, ich hätte jemanden umgebracht? Sind Sie wahnsinnig, Mann?« Seine Stimme überschlug sich fast. »Hören Sie, hier liegt ein gewaltiges Missverständnis vor!«

Vincenzo war jetzt mit seiner Geduld am Ende. »Was soll das heißen, Mensch? Hören Sie endlich mit diesem Theater auf! Sie verbauen sich hier gerade jede Aussicht auf ein milderes Urteil, das ist Ihnen hoffentlich klar.«

Mantinger schüttelte den Kopf und schlug mit der Faust energisch auf den Tisch. »Ich habe niemanden umgebracht, verdammt noch mal! Aber ich weiß, wer es war! Das soll das heißen. Mein Gott, was sind Sie schwer von Begriff! Und so was soll hier für unsere Sicherheit sorgen!«

Wieder ein kurzer Moment der Stille. »Mantinger, sparen Sie sich Ihre Beleidigungen und hören Sie auf, dieses dumme Spiel mit uns zu treiben. Das ist Ihre allerletzte Chance zu kooperieren. Wenn nicht, beenden wir das hier und führen Sie samt Beweisen dem Haftrichter vor.«

Bei Mantinger vollzog sich erneut ein Stimmungsumschwung. Jede Aufgeregtheit schien plötzlich aus ihm zu weichen. Stattdessen setzte er einen triumphierenden Blick auf und dozierte wie ein Professor in einer Vorlesung vor Erstsemesterstudenten: »Meine Herren, Sie liegen total falsch. Ich habe keine Ahnung, wie Sie überhaupt auf diesen Unsinn gekommen sind. Offenbar haben Sie Ihre Hausaufgaben nicht gemacht und sind mit einem solchen Fall hoffnungslos überfordert. Das ist jetzt keine Beleidigung, sondern eine objektive Feststellung. Zumindest für Panzinis Tod habe ich ein wasserdichtes Alibi, das Sie persönlich überprüft haben, Commissario Bellini. Aber das scheinen Sie geflissentlich zu ignorieren, und das ist skandalös! Außerdem haben Sie den Mörder doch längst festgenommen, nämlich Salvatore Gemini. Wir wissen alle, er steckt hinter diesem Betrug, er hat die Morde begangen.«

Mantingers Arroganz war unerträglich. Es schien unmöglich zu sein, ihn aus dem Konzept zu bringen. »Ob wir unsere Hausaufgaben mangelhaft gemacht haben, Signor Mantinger, wird sich noch zeigen. Aber wir sind gerade in der richtigen Stimmung, uns Märchen erzählen zu lassen. Woher wissen Sie eigentlich so sicher, dass es Gemini ist?«

Mantinger verdrehte die Augen. »Woher? Er hat es mir selbst erzählt! Ich habe vor einiger Zeit entdeckt, dass Gemini Gelder veruntreut. Ein Krisenfonds zum Schutz von Steuergeldern – dass ich nicht lache. Damals habe ich ihn direkt damit konfrontiert, und er hat gar nicht erst versucht, es zu leugnen. Ihm war bewusst, dass er mich nicht täuschen konnte. Er hat mir frei heraus von seinem heimlichen Luxusleben in Saint Tropez erzählt und mir angeboten, sein Haus, sein Boot, all das jederzeit zu nutzen, wenn ich die Klappe halte. Mir war nicht daran gelegen, Gemini auffliegen zu lassen. Was hätte dann aus der SSP werden sollen? Und aus mir? Außerdem ging es doch nur um Geld. Bei Arthurs Tod bin ich von einem Herzinfarkt ausgegangen. Erst nach Ernestos Tod war mir klar, dass Gemini zu weit gegangen war. Aber da war es zu spät, zu Ihnen zu kommen. Zumal ich wusste, dass ich mich der Beihilfe schuldig gemacht hatte. Und als Sie mich heute abgeholt haben, habe ich damit gerechnet, dass Sie mir Beihilfe vorwerfen würden, weil ich über den Subventionsbetrug geschwiegen habe. Wie Sie darauf kommen, ich hätte irgendwas mit den Morden zu tun, ist mir schleierhaft.«

Sie sahen sich entgeistert an. Mit einer solchen Unverfrorenheit hatten sie nicht gerechnet. »Nun, Signor Mantinger, dann haben Sie gewiss kein Problem damit, wenn wir das Verhör in Anwesenheit von Signor Gemini fortsetzen, oder?«

Mantinger legte die Stirn in Falten. »Das ist mir, wie Sie sich sicherlich denken können, sehr unangenehm. Ihnen muss klar sein, dass er alles abstreiten wird. Aber da Sie ja über Beweise verfügen, wie Sie sagen, werden Sie ihn damit und mit meiner Aussage überführen können. Allerdings erwarte ich umgekehrt von Ihnen ein gewisses Entgegenkommen. Ich liefere Ihnen meine Aussage, Sie sichern mir im Gegenzug eine Minderung des Strafmaßes zu. Es tut mir aufrichtig leid, dass es so weit gekommen ist, glauben Sie mir. Ich hätte Gemini niemals einen Mord zugetraut, sonst wäre ich sofort zu Ihnen gekommen. Aber ich kann Geschehenes nicht rückgängig machen.«

Auch in Geminis Gegenwart blieb Mantinger konsequent bei seiner Linie und wiederholte seine Aussagen nahezu wortgetreu. Er sah Gemini offen in die Augen, als er sagte: »Signor Gemini! Es tut mir leid, aber es hat keinen Zweck mehr. Geben Sie auf. Auch ich habe mein Gewissen erleichtert. Ich bereue es zutiefst, nicht früher zur Polizei gegangen zu sein, aber ich hätte Ihnen nie mehr zugetraut als diesen Betrug. Wir sind bei der SSP so ein perfektes Team, das wollte ich nicht gefährden. Aber jetzt ist es vorbei, das müssen Sie einsehen.«

Salvatore Gemini geriet vollkommen aus der Fassung, nichts erinnerte mehr an den vornehmen Aristokraten. Er schrie Mantinger an: »Sie sind wahnsinnig, völlig durchgedreht! Mantinger, Sie sind krank, geisteskrank! Und ich habe all die Jahre nichts bemerkt, im Gegenteil, ich habe mich nach den Todesfällen schützend vor meine gesamte Mannschaft gestellt. Und jetzt das!« Mantinger lehnte sich in seinem Stuhl zurück und schüttelte nur leicht den Kopf. Hilfesuchend wandte sich Gemini an Vincenzo und Marzoli: »Es ist doch offensichtlich, was hier gespielt wird, oder?«

Vincenzo brach das Verhör ab. Er wusste, dass sie hier nicht mehr weiterkamen. Während Gemini in seine Zelle gebracht wurde, ging er mit Marzoli zu seinem Büro.

Genervt saß er am Schreibtisch und sah Marzoli an, der den frischen Cantuccini noch immer keine Beachtung schenkte. »Einer von beiden, Ispettore, zieht hier eine unglaubliche Show ab. Ich tendiere zu Mantinger, aber beweisen können wir ihm gar nichts. Farmers Akte allein reicht nicht, auch wenn wir Arthur Achatz damit einen entscheidenden Durchbruch in unseren Ermittlungen verdanken. Mantinger hängt auf jeden Fall mit drin, so oder so.«

Marzoli blickte auf Farmers Fotos. »Das stimmt. Wenn Mantinger derjenige ist, den Farmer in Achatz' Auftrag observiert hat, wäre er der Einzige, der ein Motiv hatte, Achatz zu beseitigen. Andererseits leugnet Mantinger gar nicht, in Saint Tropez gewesen zu sein. Zwar haben uns Achatz und Farmer mit der Akte auf die richtige Spur gebracht, am Ende des Weges sind wir trotzdem noch nicht.«

Vincenzo atmete ein paarmal tief durch. »Das ist verrückt, einer von beiden konfrontiert uns mit einem schier phantastischen Lügenkonstrukt, aber wir können nicht das Gegenteil beweisen. Und so lange die Unschuldsvermutung greift, haben wir keine Chance.«

»Commissario, wir müssen auch in Frankreich ermitteln. Irgendjemand wird einen oder beide gesehen haben. Das Haus, das Boot, das fällt doch auf. Und die Konten in Frankreich! Es gibt Unterschriften und Schalterbeamte. Die können wir alle befragen.«

»Aber der Aufwand wäre gewaltig, und schon wieder grenzüberschreitend. Köln, Saint Tropez und was kommt dann? Und bedenken Sie: Wenn es Mantinger ist, wird er vorgesorgt haben. Weder wird sein Name irgendwo auftauchen, noch wird er freundlich grüßend durch die Straßen gezogen sein. Selbst wenn ihn irgendjemand zufällig erkennt – und vergessen Sie nicht, Ispettore, Saint Tropez ist kein Ort der Stille, da laufen Hunderttausende durch –, wird Mantinger dasselbe behaupten wie vorher. Und wie Sie selbst sagten: Er bestreitet nicht, dort gewesen zu sein. Er ist sogar mit dem Boot gefahren, nur gehört es angeblich Gemini.«

Marzoli war resigniert. Er fühlte eine Mischung aus Wut und Verzweiflung in sich aufsteigen. »Dann bin ich mit meinem Latein am Ende. Wir haben keinen konkreten Beweis, keinen Zeugen. Gegen Mantinger haben wir zu wenig in der Hand, um einen Mordprozess ins Rollen zu bringen. Und bei Gemini ist das zumindest fraglich.«

»Wir kriegen unseren Täter, Ispettore, glauben Sie mir. Dieses Lügenkonstrukt ist nichts als ein Kartenhaus. Wenn wir die richtige

Karte ziehen, wird es in sich zusammenfallen. Ich habe da auch eine Idee. Sie ist abwegig und auch ziemlich gefährlich. Aber das wäre wirklich die Ultima Ratio. Bevor wir uns auf ein derartiges Risiko einlassen, verrichten wir erst einmal grundsolide Polizeiarbeit. Kümmern Sie sich bitte um die Konten in Frankreich. Rufen Sie die Kollegen in Saint Tropez an. Ich fahre nachher noch mal ins Sarntal hoch, vielleicht hat einer der Anwohner irgendwas beobachtet. Es ist so einsam da oben, so still, man hört jedes Geräusch. Außerdem werde ich in der erweiterten Nachbarschaft von Mancini rumfragen. Die Wahrscheinlichkeit einer glücklichen Fügung ist zwar gering, aber wir müssen es wenigstens versuchen. Außerdem kann ich dabei vorsichtig hinsichtlich meiner Idee vorfühlen.«

Marzoli sah Vincenzo irritiert an. »Sagen Sie, Commissario, von was für einer Idee sprechen Sie eigentlich die ganze Zeit? Und was meinen Sie mit Ultima Ratio?«

»Das möchte ich vorerst noch für mich behalten. Die Sache ist riskant. Und wahrscheinlich kriegen wir von Baroncini gar keine Freigabe dafür. Wenn unsere Recherchen nichts bringen, weihe ich Sie ein. Morgen früh bestellen wir Mantinger wieder in die Questura und versuchen alles, um ihn mürbe zu machen. Danach werden beide, er und Gemini, jeweils ein Telefonat mit Fabiano Fasciani führen. Vielleicht erkennt er in einem von beiden den Anrufer wieder, auch wenn er vermutlich die Stimme verstellt hatte. Theoretisch kann Gemini allerdings den letzten Anruf nicht getätigt haben. Er müsste jemanden beauftragt haben – oder vielleicht hatte er eines von diesen Minihandys in seinem Strumpf versteckt. Wir haben ihn ja nicht abgetastet. Außerdem könnte es doch ein Kollege sein, der Fasciani mit Informationen versorgt.«

27

Dienstag, 28. Juli

Von den Konten in Frankreich hatte es neben den hohen Zuflüssen aus Liechtenstein jahrelang größere Barabhebungen gegeben. Als Bevollmächtigter war Salvatore Gemini vermerkt. Mit diesem Namen waren die entsprechenden Formulare unterschrieben worden. Da es immer um große Summen ging, konnten sich die meisten Bankangestellten an den Mann erinnern. Aber keiner konnte ihn identifizieren. Er hatte immer eine große Sonnenbrille getragen, einen breitkrempigen Hut oder auch einmal eine Augenklappe. Die Tatsache, dass sein Name überall auftauchte, machte Gemini noch verdächtiger.

»Dennoch, Ispettore, es passt nicht. Wenn Gemini clever genug ist, sich zu verkleiden, um nicht wiedererkannt zu werden, wäre er kaum so dumm, mit seinem Namen zu unterschreiben.«

»Also bleibt es bei Mantinger, oder?«

»Das werden wir vielleicht bald wissen. Meine Befragungen im Sarntal und in Mancinis privatem Umfeld haben übrigens nichts ergeben. Holen Sie Mantinger, er darf ein bisschen auf unsere Kosten telefonieren. Ich gehe derweil zu Baroncini, um ihm meinen Plan zu erklären. Wenn er zustimmt, weihe ich Sie ein.«

Baroncini lauschte Vincenzos Ausführungen aufmerksam und ohne Unterbrechungen. Als der Commissario zum Ende gekommen war, rieb er sich nachdenklich den Bart. »Was Sie vorhaben, ist Wahnsinn, Commissario. Ich hoffe, das ist Ihnen bewusst?«

»Ja, Dottore, und wir haben nicht einmal die Gewissheit, dass es funktioniert. Trotzdem ist es unsere einzige Chance.«

»Und wenn etwas schiefgeht?«

»Es könnte in einem Fiasko enden, ich weiß.«

Baroncini musterte Vincenzo einen Augenblick, dann hatte er einen Entschluss gefasst. »Wie ich die Sachlage einschätze, haben wir eine kleine Chance, Gemini hinter Gitter zu bringen. Aber erstens ist ungewiss, ob der Richter das genauso sieht, und zweitens wäre es möglich, dass ein Unschuldiger einsitzt. Das ist nicht Sinn und Zweck unserer Arbeit. Ich gebe Ihnen grünes Licht. Wenn es so weit ist, will ich persönlich dabei sein. Haben Sie das verstanden?«

»Selbstverständlich, Vice-Questore, ich bin mir meiner Verantwortung bewusst. Sie können sich auf mich verlassen.«

Dottore Baroncini hatte zugestimmt! Mit dieser Finte mussten sie ihn einfach kriegen. Möglicherweise bestätigte sich dabei nur das Offensichtliche, nämlich dass Gemini ein dreifacher Mörder war. Aber wie Baroncini widerstrebte es ihm, jemanden wegen Mordes anzuklagen, wenn es Zweifel gab. Vincenzo sah auf die Uhr. In spätestens einer Viertelstunde kam Marzoli mit Mantinger zurück. Zeit genug, sich noch einen Caffè Doppio zu besorgen.

Auf dem Rückweg ins Büro wies er den wachhabenden Kollegen an, Gemini zu holen. Dann rief er in der »Dolomiten« bei Fasciani an und bereitete ihn auf die Stimmenvergleiche vor. »Wir haben unsere undichte Stelle entdeckt. Die müssen wir schließen. Zwei Kollegen kommen in Frage. Ich habe Ihnen zugesagt, dass Sie zukünftig alle Informationen direkt von mir bekommen, also von offizieller Seite. Es kann nur in Ihrem Sinne sein, wenn wir unseren Maulwurf finden. Können Sie sich an etwas ganz Bestimmtes erinnern, was der Anrufer zu Ihnen gesagt hat?«

Fasciani musste nicht lange überlegen. »Ich erinnere mich genau: Er sagte: ›Ich bin es wieder, Ihr Auflagenbringer.‹ Das fand ich irgendwie vermessen, selbstverliebt.«

»Ausgezeichnet! Bitte halten Sie sich bereit, ich rufe Sie in ein paar Minuten wieder an. Ich lasse beide diesen Satz mehrfach sowie in verschiedenen Geschwindigkeiten und Rhythmen aufsagen. Vielleicht erkennen Sie seine Stimme wieder.«

Ispettore Marzoli betrat mit einem aufgebrachten Klaus Mantinger Vincenzos Büro. »Was wollen Sie denn schon wieder, Commissario? Sie entwickeln sich ja zu einer regelrechten Heimsuchung!« Gemini, der bereits an Vincenzos kleinem Besprechungstisch saß, beachtete er nicht. »Sie können es sich wahrscheinlich kaum vorstellen, aber ich muss gelegentlich auch mal arbeiten. Wir haben nämlich unseren ersten Krisenfall. Egal, ob die Gelder legal nach Liechtenstein gekommen sind oder nicht, jetzt müssen wir zusehen, dass wir ein Unternehmen retten. Also, worum geht es?«

Ohne auf Mantingers Provokation einzugehen, erläuterte Vincenzo den beiden, was sie zu tun hatten. Aufmerksam beobachtete er jeden von ihnen. Keiner zuckte bei dem Zitat mit der Wimper. Er rief in der Redaktion der »Dolomiten« an. »Signor Fasciani, wir wären dann so weit. Ich reiche den Hörer weiter.«

Gemini war zuerst an der Reihe. Er sagte: »Ich bin es wieder, Ihr Auflagenbringer«, in ganz normalem Tonfall, dann schnell, einmal ein wenig hektisch, mal gedehnt, mal das *Ich* betonend, dann den *Auflagenbringer*. Nachdem Gemini fertig war, bereitete Vincenzo Fasciani auf den zweiten Stimmenvergleich vor. Dann gab er Mantinger den Hörer, der dieselbe Prozedur wiederholte, genauso cool und ungerührt wie zuvor Gemini.

»Haben Sie einen von beiden erkannt, Signor Fasciani?« Während er das fragte, bedeutete Vincenzo seinem Kollegen, die beiden hinauszuführen.

»Das ist schwierig. Ich habe konzentriert zugehört, habe auf alles geachtet, Stimmlage, Timbre, aber ich kann es nicht eindeutig sagen. Wenn es überhaupt einer von beiden war, dann eher der Erste. Besteht kein Zweifel, dass einer davon Ihre undichte Stelle ist?«

»Nein, Signore, ich danke Ihnen herzlich für Ihre Hilfe. Wie gesagt, Vertrauen gegen Vertrauen. Ich werde Sie exklusiv mit Informationen versorgen.« Die grundsolide Polizeiarbeit war damit beendet. Nun war es an der Zeit für den letzten Akt.

Er trat auf den Flur. »Sie können gehen, Signor Mantinger, aber Sie dürfen Bozen nicht verlassen. Kommen Sie, Marzoli, ich habe Ihnen eine Menge zu berichten. Gehen wir nebenan in die Bar. Vorher bringe ich Signor Gemini noch zurück in seine Zelle. Gehen Sie ruhig schon vor.«

Vincenzo nutzte den kurzen Weg zum Zellentrakt, um Salvatore Gemini darüber zu informieren, dass er Teil eines Plans sei, der ihn entlasten könne, sofern er unschuldig sei. Gemini versprach sofort, mitzuspielen und sich an die vorgegebenen Spielregeln zu halten. Zu Vincenzos Erleichterung verzichtete er weiterhin auf die Hinzuziehung eines Rechtsanwaltes. Er schien sich sicher zu fühlen.

Wenige Minuten später saßen Vincenzo und Marzoli in einer kleinen Bar. Nachdem sie einen Espresso bestellt hatten, konnte der Ispettore seine Neugier nicht länger unterdrücken. »Ich bin sehr gespannt, Commissario, was Fasciani erzählt hat. Wessen Stimme hat er erkannt?«

Vincenzo erzählte, dass ihr Täter auch in diesem Fall clever genug war. Oder dass es doch ein Kollege sein musste. Dann weihte er Marzoli in seinen Plan ein, in jedes einzelne Detail.

Marzoli schaute Vincenzo aus ungläubigen Augen an. »Commissario, das ist kompletter Wahnsinn. Wenn was schiefläuft, können Sie Ihre Dienstmarke abgeben.«

»Zusammen mit Baroncini, denn er hat das abgesegnet.«

»Baroncini? Das hätte ich nicht für möglich gehalten.«

»Ich auch nicht, ehrlich gesagt. Aber er sucht die Wahrheit und damit die Gerechtigkeit. Dafür ist er bereit, ein außergewöhnliches Risiko einzugehen.«

»Wie gehen wir vor?«

»Ich leite alles Nötige in die Wege, Ispettore. Parallel dazu ermitteln wir weiter wie gehabt. Niemand darf etwas von unserer Aktion mitkriegen.«

28

Mittwoch, 29. Juli

»*Buongiorno*, ist Signora dal Monte zu sprechen?«

»Einen Moment, Commissario Bellini, ich stelle Sie durch.«

Vincenzo hatte den ganzen Vormittag damit verbracht, seinen Plan vorzubereiten und zu prüfen, ob er sich überhaupt so umsetzen ließ, wie er sich das vorstellte. Immerhin musste einiges zusammenpassen. Das Ergebnis war befriedigend. Es konnte losgehen. Er betete, dass dieses nervenaufreibende Katz-und-Maus-Spiel, das ihn auch über den Feierabend hinaus zunehmend belastete, dann endlich vorbei war. In diesem Moment belastete ihn allerdings am meisten das, was er Gianna zu sagen hatte.

»Ich freue mich über deinen Anruf, mein Vater und ich haben gerade von dir gesprochen. Wir machen samstags mit meinen Eltern eine Tour durch Mailand, mein Vater kennt wirklich alles, was der Stadtführer nicht hergibt. Er hatte zwar Termine, aber die hat er für dich abgesagt.« Trotz der Herzlichkeit ihrer Worte sprach in diesem Moment die Büro-Gianna. Sie hätte ihm ebenso gut ein Urteil verlesen können, der Tonfall wäre derselbe gewesen.

Nun fühlte sich Vincenzo umso unbehaglicher. Er spürte, wie er zu schwitzen begann. »Gianna, Schatz, ich … ich muss dir was sagen.«

»Was ist denn los mit dir? Warum stotterst du so?« Es hatte keinen Sinn, um den heißen Brei herumzureden.

»Gianna, ich befürchte, ich kann dieses Wochenende nicht kommen.« Schweigen am anderen Ende der Leitung. »Gianna? Gianna, hast du gehört, was ich gesagt habe?«

Mit einer Stimme, die in einem krassen Gegensatz zu der Hitze in Vincenzos Büro stand, antwortete sie: »Ich bin nicht taub, Vincenzo. Ich bin gespannt auf deine Ausrede.« Vincenzo erklärte ihr seinen Plan und dass er dieses Wochenende deshalb möglicherweise in Bozen verbringen musste.

Gianna war nicht bereit, Verständnis für ihren Kommissar zu zeigen. Zu groß war ihre Enttäuschung, vor allem, weil ihr Vater seinetwegen Termine abgesagt hatte. Das war eine Kriegserklärung. Als sie antwortete, klang ihre Stimme zunächst zurückhaltend, ein wenig säuselnd, doch mit jedem Wort steigerte sich ihre Angriffslust. »Warum, liebster Vincenzo, kann nicht dein Kollege Marzoli das übernehmen? Oder Baroncini? Oder einer der anderen Beamten, die dutzendweise in der Questura rumlaufen? Warum du, schon wieder du? Erst fahre ich ohne zu Murren mit dir in dieses komische Sand und warte eine geschlagene Stunde vor einem geschlossenen Schwimmbad auf meinen plötzlich so ehrgeizigen Kommissar. Dann opfere ich mein Wochenende für deine Verwandten. Und ausgerechnet jetzt sagst du ab, wo meine Eltern seit Tagen nichts anderes tun, als sich zu überlegen, was sie ihrem zukünftigen *Schwiegersohn*, jawohl, genau so haben sie dich genannt, alles in Mailand zeigen könnten. Du würdest mir die Hölle heißmachen, wenn ich mir das erlauben würde!«

Er fühlte sich elend, spürte aber zugleich Wut in sich aufsteigen. Er kam sich vor wie ein Angeklagter, dem die Staatsanwältin soeben ihr vernichtendes Plädoyer um die Ohren gehauen hatte. Nie zuvor hatte er Gianna so erlebt, so wütend, enttäuscht und ungerecht! Er konnte sie zwar verstehen, aber damit, wie sie ihn niedermachte, ging sie entschieden zu weit. »Hör auf, Gianna. Ich trage eine immense Verantwortung. Gerade du müsstest das verstehen. Im Vergleich dazu ist, entschuldige, wenn ich das so deutlich sagen muss, eine Tour durch Mailand unbedeutend. Egal, ob dein Vater, den ich sehr schätze, dafür Termine abgesagt hat oder nicht. Er hätte jedenfalls mehr Verständnis als du. Und Marzoli ist auch dabei, sogar Baroncini höchstpersönlich. Beide haben Familien zu Hause und opfern trotzdem ihr Wochenende. Außerdem ist es nicht gesagt, dass ich überhaupt nicht kommen kann.«

Ungeachtet seiner vorzüglichen Verteidigung ging das Plädoyer der Staatsanwältin gnadenlos weiter. »Du brauchst gar nicht zu versuchen, mich zu besänftigen, das wird dir nicht gelingen. Ich werde mir das merken. Wenn du das nächste Mal meinst, irgendwas oder irgendwen ermitteln zu müssen, wenn ich in Bozen bin, dann kannst du das Wochenende alleine verbringen, *capito*?«

Er wollte gerade zu einer deutlichen Antwort ansetzen, da war auf der anderen Seite der Hörer schon mit Schwung auf der Gabel gelandet. Das Urteil: lebenslanger Liebesentzug. Vincenzo war aufgebracht, trotz eines gewissen Verständnisses für Gianna, weil er ihr in kürzester Zeit gleich das dritte Wochenende versaute, verspürte er vor allem Wut über ihre überzogene und ungerechte Reaktion. Was sollte er tun? Seinen Plan nach hinten verschieben? Und wenn dann noch etwas passierte, noch ein Mord? Dann wäre er schuld. Niemals! Die Sache musste jetzt durchgezogen werden, sein Privatleben spielte in diesem Moment keine Rolle.

Er lud Marzoli in ihre Stammbar ein. Der kurze Weg von der Questura bis zur Bar strengte ihn mehr an als seine Wanderung auf die Jakobsspitze, so sehr hatte ihn das Gespräch mit Gianna mitgenommen. Nun wusste er, warum man von »ohnmächtiger Wut« sprach.

Nachdem sie eine Weile über die bevorstehende Aktion geredet hatten, konnte Vincenzo allmählich wieder klar denken. Er schrieb Gianna eine E-Mail und versprach, sich am Freitag nach seinem Einsatz ins Auto zu setzen und nach Mailand zu kommen, sofern nichts schiefging. Dann hätten sie, unabhängig von Zugfahrplänen, wie geplant den ganzen Samstag mit ihren Eltern. Er hielt das für einen fairen Kompromiss. Später erhielt er eine kurze, unpersönliche Antwort von Gianna. *Wir werden sehen. Melde dich – WENN du losfährst.* Kein schöner Kommissar. Keine begleitenden Wünsche für seinen gefährlichen Einsatz. Sie war immer noch tödlich beleidigt, während seine Wut längst verraucht war.

***

Es war unmöglich, in dieser Situation konnte er keinen Urlaub nehmen, das würde nicht passen. Junghans saß in Schimmels Büro, sie sprachen über die Zukunft der SSP. Warum hätten sie warten sollen? Nur wegen einer erst halb fertigen Präsentation?

Schimmel war sichtlich angetan von Junghans' Ideen, sein Konzept ging vollständig auf. Die anderen gaben sich keine sonderliche Mühe, etwas anderes war von diesen Losern auch nicht zu erwarten. Alles lief nach Plan, wieder einmal.

»Junghans, ich bin zufrieden mit Ihnen. Sie haben gute Ideen, man merkt, dass Sie unternehmerisch denken können. Ihre defensive Kostenkalkulation ist unserer Situation angemessen. Es spricht nichts dagegen, Ihr Konzept zu übernehmen. Das wird Ihre Position im Erfolgsfall nachhaltig verbessern. Worüber wollten Sie eigentlich noch mit mir sprechen?«

»Nichts, Signor Schimmel, nichts Wichtiges.« Er musste seinen Kurzurlaub trotz seiner Dringlichkeit abhaken. Sobald er der zweite Mann im Unternehmen war, konnte er seine Zeit einteilen, wie es ihm beliebte. Es würde ein harter Job werden, trotzdem waren seine Freiräume dann viel größer. Da war es nicht dramatisch, wenn er jetzt Verzicht leistete.

Außerdem spürte er genau, dass Sabrina ihn seit seinem letzten Auftritt noch mehr anhimmelte. Sie war dermaßen fixiert auf ihn, bestimmt dachte sie abends, wenn sie alleine war, an nichts anderes als an ihn. Es war ein wundervolles Gefühl für eine Frau, sich im Erfolg ihres Lovers zu sonnen. Das war auch bei Sabrina der Fall. Dennoch hatte sie eine andere Ausstrahlung als die meisten Frauen, die er kannte. Sie wirkte selbstbewusst und unabhängig. Das reizte ihn. Gerade deshalb bot sie Widerstand, den er brechen konnte. Entgegen seiner ursprünglichen Planung beschloss er, spontan einen ersten Vorstoß zu unternehmen. Es war nicht zu befürchten, dass dies seinen kometenhaften Aufstieg noch gefährden konnte.

In diesem Moment klopfte es an der Tür. Ispettore Marzoli trat ein, ohne ein Antwort abzuwarten. »*Buongiorno*, Signori, ich muss Sie bitten, uns nochmals in die Questura zu begleiten. Es gibt neue Erkenntnisse in Bezug auf Signor Gemini, die wir mit Ihnen besprechen müssen.« Schimmel wollte zu einer Schimpftirade ansetzen, doch Marzoli fuhr ihm sofort über den Mund. »Bitte, regen Sie sich nicht auf, Signor Schimmel. Wir sind fast am Ziel, es fehlt nur noch eine Bestätigung unserer neuesten Ermittlungserfolge. Dafür brauchen wir Sie beide und Signor Mantinger. Wir verhören Sie nicht als Verdächtige, sondern als Zeugen. Dann können wir den Fall endlich abschließen und müssen Sie nicht mehr behelligen.«

***

Wenig später saßen sie in einem der größeren Verhörzimmer. Trotz offener Fenster und eines auf höchster Stufe arbeitenden Deckenventilators füllte die schwülheiße Luft den Raum wie Watte. Draußen waren schwarze Quellwolken aufgezogen, so dunkel, dass sie sogar das Licht anschalten mussten. In der Ferne ertönte ein tiefes, lang anhaltendes Donnergrollen, dann war es wieder still. Sekundenlang bestanden die einzigen Geräusche aus dem Scharren von Stühlen und dem enervierenden Surren des Ventilators. Bis Vincenzo das Wort ergriff. Damit begann Phase eins seines abenteuerlichen Plans.

»Danke, dass Sie sich die Mühe gemacht haben, schon wieder in die Questura zu kommen. Ich kann verstehen, wenn Ihre Geduld allmählich am Ende ist. Ich versichere Ihnen, dies wird Ihr letzter unfreiwilliger Besuch sein. Wir haben zahlreiche Beweise gegen Signor Gemini. Jetzt müssen wir nur noch unser Bild über den Menschen dahinter vervollständigen. Sie, Signor Schimmel, stehen ihm am nächsten. Was für ein Mensch ist Salvatore Gemini Ihrer Meinung nach? Trauen Sie ihm drei kaltblütige Morde zu?«

Vincenzo war sich nicht sicher, ob sie ihm die Geschichte von dem Menschen dahinter abnahmen. Schimmel beantwortete die Frage jedenfalls ohne erkennbares Misstrauen. »So nahe stehen wir uns gar nicht. Wir führen zusammen ein Unternehmen, haben gemeinsame Vorstellungen, wie das am besten funktioniert. Er war mir gegenüber stets loyal, das habe ich zumindest geglaubt. Ob ich ihm einen Mord zutrauen würde, kann ich beim besten Willen nicht sagen.«

»Wer von Ihnen«, fragte Vincenzo, an Schimmel und Junghans gewandt, »hat eine Vorstellung davon, was Signor Gemini in seiner Freizeit macht, im Urlaub, an den Wochenenden?« Die beiden sahen sich fragend an, schüttelten den Kopf.

»Das wissen Sie doch längst«, schaltete sich ein irritierter Mantinger ein, »er hat viele Wochenenden in Saint Tropez verbracht.«

»Danke, Signor Mantinger, aber ich wollte von den anderen eine Einschätzung hören.«

Die nächste Frage stellte Marzoli, sie hatten sich genau abgesprochen. »Wir müssen wissen, was für ein Mensch Signor Gemini ist, verstehen Sie? Wir haben eine Reihe erdrückender Beweise. Man hat ihn in einigen Banken in Frankreich wiedererkannt. Unsere Kollegen vor Ort konnten ähnliche Hinweise aus dem Umfeld von Saint Tropez sammeln. Aber noch passt nicht alles lückenlos zusammen. Deshalb versuchen wir, ihn zu verstehen, seine Handlungsweisen nachzuvollziehen. Erst dann wollen wir ihn dem Haftrichter vorführen. Jedes Detail kann von Bedeutung sein. Bitte denken Sie nach!«

Es ging eine Weile hin und her. Die Gesprächsatmosphäre erinnerte in nichts an ein Verhör, sondern eher an einen gemütlichen Kaffeeklatsch, was auch dem Umstand geschuldet war, dass freundliche Beamte dieses Getränk unermüdlich offerierten.

Plötzlich ertönten auf dem Flur Stimmen. Sie hörten, wie jemand Vincenzos Namen nannte. Er stand mit einem »Bitte entschuldigen Sie mich einen Augenblick« auf und ging zur Tür. »Was soll das, Kollegen? Wir brauchen hier Ruhe.«

»*Scusi*, Commissario, ein Zeuge hat sich gemeldet, sehen Sie dort, der Mann mit dem weißen Hemd. Er will zu Ihnen.«

»Wie, jetzt? Mitten im Verhör?«

»Er sagte, er will nur mit Ihnen sprechen. Es geht um Carlos Mancini.«

»Nicht so laut!«, rief Vincenzo sichtlich verärgert und wies mit einer Kopfbewegung in das Verhörzimmer. Er bedeutete dem Zeugen, zu ihm zu kommen, und lehnte die Tür des Verhörzimmers an. Im Zimmer herrschte aufmerksames Schweigen. Jeder war neugierig, was sich da draußen abspielte, aber sie konnten bloß Gesprächsfetzen aufschnappen: »Signor Mancini«, »sì, la Signora«, »abends, spätabends«, »häufiger dort«, »kannte nicht näher«, »sì, absolut sicher«. Durch die Scheiben sahen sie, dass jemand dem Zeugen, den niemand kannte, ein Foto zeigte. Daraufhin nickte der Mann aufgeregt und rief mehrfach: *»Sì, la questa signora, la questa signora!«* Während Vincenzo die Tür zum Verhörzimmer schon wieder aufschob, gab er dem Zeugen die Hand und verabschiedete sich. »*Mille grazie*, Signor, das ist ein wichtiger Hinweis. Sie haben uns sehr geholfen.«

Er betrat den Raum und setzte sich, als wäre nichts geschehen. Ispettore Marzoli sah ihn fragend an, und auch die Zeugen machten keinen Hehl aus ihrer Neugier. »Oh, nichts Besonderes. Wie es aussieht, eine weitere Bestätigung. Also, wo waren wir stehen geblieben?«

Der Kaffeeklatsch setzte sich noch eine halbe Stunde fort, ein Protokollant schrieb eifrig mit, dann verabschiedete Vincenzo die Zeugen. »Nochmals herzlichen Dank für Ihr Kommen. Ich gehe davon aus, dass wir den Fall noch in dieser Woche abschließen werden, wobei wir dem letzten Hinweis noch nachgehen müssen. Aber das wird nichts ändern, da bin ich mir sicher. Damit werden Sie zukünftig Ruhe vor uns haben. Ich bringe Sie zurück.«

Auf der Rückfahrt wurde kein Wort gesprochen. Das Gewitter hatte Bozen erreicht, und der Himmel öffnete seine Schleusen. Dicke Regentropfen klatschten ununterbrochen auf die Scheibe, die Wischer arbeiteten auf Hochtouren. Jeder hing seinen Gedanken nach. Während Mantinger und Schimmel genervt wirkten, war Junghans bester Laune.

Es hatte also tatsächlich funktioniert. Gemini war weg, der letzte Zweifel ausgeräumt. Nichts und niemand konnte ihn jetzt noch aufhalten, er war auf dem Weg an die Spitze der größten Unternehmensberatung Südtirols. Ach was, Südtirols, lächerlich, ganz Norditaliens, mindestens. Denn dahin würde er sie führen, die SSP, er, Franz Junghans, Unternehmer des Jahres. Er hätte laut loslachen können, verkniff sich aber jede äußerlich erkennbare Regung.

Seine Gedanken wanderten wieder zu Sabrina Parlotti, die seine erotischen Phantasien zunehmend beflügelte. Aber er war es nicht gewohnt, eine Frau anzusehen und sich nur an seinen Vorstellungen zu erfreuen. Für ihn war es normal, sich seine Wünsche augenblicklich zu erfüllen. Und jetzt war Sabrina an der Reihe. Wenn sie zurück waren, würde er sie als Erstes zum Abendessen einladen, ein paar Drinks, dann ab zu ihm in seine Wohnung, die genug Möglichkeiten bot für Männer wie ihn und Frauen wie Sabrina. Wenn sie ein paar heiße Nächte zusammen verbracht hätten, würde er das Interesse verlieren und sie fallen lassen. So wie immer. Dann könnte er sich uneingeschränkt seinem Aufstieg widmen. Ja, so würde er es machen!

Als sie ankamen, begleitete sie der Commissario ins Haus. Er ging neben Junghans auf Sabrina Parlottis Büro zu. Kurz davor fasste er den Berater am Ärmel und hielt ihn freundlich, aber bestimmt zurück. »*Scusi*, Signore, auch ich will zu Signora Parlotti. Sie werden sich hinten anstellen müssen.« Mit einem breiten Grinsen betrat er Parlottis Büro und schloss die Tür hinter sich.

Draußen auf dem Flur wurden drei Ohrenpaare gespitzt. Was wollte der noch von Signora Parlotti? Der Fall war doch abgeschlossen. So sehr sie sich anstrengten, sie konnten von dem Gespräch nichts mithören. Erst als der Commissario offensichtlich wieder

Richtung Tür ging, hörten sie ihn sagen: »… erscheinen Sie bitte morgen in der Questura und geben Ihre Aussage zu Protokoll.«

Als die Männer die Bewegung der Klinke sahen, wichen sie schnell zurück. Mit einem kurzen Nicken verließ Vincenzo das Gebäude.

Hans-Georg Schimmel ging sofort in Parlottis Büro. »Was wollte der von Ihnen? Uns hat er gesagt, der Fall sei abgeschlossen!«

Sabrina Parlotti gab uninteressiert zurück: »Nichts Besonderes, er hatte noch ein paar Fragen zu Gemini. Morgen muss ich kurz in die Questura und meine Angaben schriftlich bestätigen. Das ist alles.«

29

Donnerstag, 30. Juli

Schimmel hatte seine Berater in den Besprechungsraum gebeten. Er brannte darauf, das Kapitel Gemini abzuhaken und auf der Basis von Junghans' Plänen eine neue Entwicklungsstufe der SSP einzuleiten – Plänen, die es ihm ermöglichten, sich aus der Firma zurückzuziehen, die er jeden Tag mit größerer Abscheu betrat, die jedoch die Altersversorgung war für ihn und seine Familie. Endlich würde er mehr Zeit für Laura haben. Junghans war unverbraucht, steckte voller Energie und Enthusiasmus. So einen Mann brauchte er.

Gemini hätte einen solchen Rückzug niemals unterstützt. Endlich entwickelten sich die Dinge auch mal zu seinen Gunsten. Er erläuterte den Kollegen die Eckpfeiler von Junghans' Strategie, die dieser flankierend mit eigenen Worten untermalen durfte. Schimmel nahm es nicht einmal übel, wenn ihm Junghans im Übereifer manchmal ins Wort fiel.

Offensichtlich hat sich dieser narzisstische Ehrgeizling Schimmels Wohlwollen und Vertrauen erschlichen, dachte Sabrina Parlotti. Wie konnte jemand nur dermaßen ekelhaft aalglatt sein und es nicht einmal merken? Und glaubte er wirklich, dass ihn auch nur einer seiner Kollegen als Chef ernst nehmen würde? Auslachen würden sie ihn. Der hatte keine Ahnung, worauf er sich da einließ.

Auch die anderen folgten der Präsentation eher mit demonstrativem Desinteresse. Als es endlich vorbei war und alle den Raum verließen, hielt Junghans seine Kollegin am Ärmel zurück. »Sabrina, hast du einen Moment Zeit?«

Sie hätte ihm am liebsten ins Gesicht gesagt, dass jede einzelne Sekunde mit ihm Zeitverschwendung sei, doch sie wusste, dass es klüger war, gute Miene zum bösen Spiel zu machen. Wenigstens vorläufig. »Sicher, Franz. Was willst du?«

»Ich wollte dich fragen, ob du Lust hast, am Wochenende mit mir essen zu gehen. Ich lade dich ein. Weißt du, bei meinen Plänen könntest du eine große Rolle spielen. Wir, also Schimmel und ich, denken, dass es nicht schlecht wäre, eine Frau sichtbar zu positionieren. Das war meine Idee. Darüber könnten wir in aller Ruhe beim Essen sprechen. Was hältst du davon?«

Sichtbar positionieren? Parlotti musste sich beherrschen, nicht laut loszulachen. Stattdessen besann sie sich auf das, was sie zu tun hatte, und sagte mit sanfter Stimme: »Gerne, Franz, ich finde es toll, wie du dich hier durchsetzt. Ich hoffe, ich enttäusche euch nicht. Ich weiß aber noch nicht, wann ich Zeit habe. Kann ich dir später Bescheid sagen?«

»Natürlich, Sabrina, und glaub mir, du wirst mich nicht enttäuschen«, antwortete Junghans mit einem anzüglichen Grinsen. Als sie vor ihm den Raum verließ, betrachtete er ohne Hemmung ihren Hintern, der in einer relativ engen Jeans steckte. Sie hatte zweifelsohne eine tolle Figur, damit könnte er einiges anstellen. Franz, sagte er zu sich, du bist fast am Ziel, am großen Ziel SSP und am kleinen Ziel Sabrina. All die Jahre hast du dich selbst unterschätzt, aber jetzt ist deine Zeit gekommen. Da bemerkte er verdutzt, dass Sabrina Parlotti nicht ihr, sondern Mantingers Büro betrat.

»Hallo Klaus, hast du ein paar Minuten Zeit für mich?«

»Sabrina, für dich habe ich immer Zeit. Setz dich, was gibt es?« Sie setzte sich, rutschte nervös auf ihrem Stuhl hin und her, strich sich das Haar zurück, das ihr in langen Strähnen ins Gesicht gefallen war, und lächelte Mantinger verlegen an. »Ich weiß gar nicht, wie ich anfangen soll, Klaus …«

»Sabrina, sprich einfach frei heraus.«

Sie druckste herum. »Ja, also … es ist so … es geht um meine Aussage nachher in der Questura.« Mantinger sah sie fragend an. »Weißt du, der Commissario hat mir gesagt, er weiß, dass ich in der Mordnacht bei Mancini war und Gemini dort gesehen habe. Ich habe keine Ahnung, woher dieser Bellini das weiß, ich meine, dass ich dort war.«

Mantinger schien sichtlich überrascht. »Du warst bei Mancini? Soll das ein Scherz sein? Was hast du denn von dem gewollt?«

Wieder zögerte sie verlegen. »Darüber würde ich gerne mit dir sprechen, bevor ich in die Questura gehe. Hast du Lust, nachher mit mir zu Mittag zu essen? Dann können wir uns in Ruhe unterhalten.«

Mantinger sah sie mit einem undefinierbaren Blick an. »Gerne, ich bin gespannt, was für Geschichten du mir erzählen willst. Sagen wir um halb eins, im La Torcia? Wir können zu Fuß hingehen.«

***

Vincenzo lief unruhig in seinem Büro auf und ab. Hatten sie da soeben eine Lawine losgetreten, oder würde am Ende gar nichts passieren? Es war eine Gleichung mit mehreren Unbekannten und einem völlig offenen Ergebnis. Immerhin sorgten der neue Zeuge und Parlottis späte Aussage für zusätzlichen Wirbel. Normalerweise würde sie nicht straffrei ausgehen, wenn sie tatsächlich eine bedeutende Information so lange zurückgehalten hätte. Das galt erst recht für Mantinger. Beihilfe zum Mord war ein schwerwiegendes Vergehen.

Er hatte die drei Männer auf der Rückfahrt genau beobachtet. Vor allem Junghans war ihm aufgefallen. Er hatte so ein merkwürdiges, selbstzufriedenes Grinsen aufgesetzt, das Vincenzo schlecht einordnen konnte. Lagen sie am Ende falsch? War es wirklich Gemini? Oder weder Gemini noch Mantinger? Hatte Gemini den Betrug inszeniert, aber Junghans die Morde begangen? Dann hätte der unwissende Mantinger Gemini zu Unrecht belastet, um sich selbst zu entlasten. Klaus Mantinger wäre dann nichts weiter als ein Mitläufer. Fragen über Fragen, die nicht dazu beitrugen, Vincenzos Gemütszustand aufzuhellen.

Aber nun war die Sache nicht mehr aufzuhalten, er konnte nichts anderes tun als zu warten. Und das machte ihn noch nervöser. Er rief Marzoli an: »Was halten Sie davon, Ispettore, wenn wir zu meinen Eltern in die Trattoria gehen, um uns ein wenig abzulenken? Dieses Warten macht mich ganz verrückt.«

»Gute Idee, mir geht es nämlich nicht anders. Mit jeder Minute, die verstreicht, kriege ich größere Zweifel, ob wir das Richtige tun.«

»Quälen Sie sich nicht mit solchen Gedanken, Marzoli. Bald ist es vorbei. Ich hole Sie jetzt ab, ich habe Hunger.«

Vincenzos Eltern freuten sich, ihren Sohn zu sehen und diesen netten Kollegen, der sich begeistert über Antonias Pastavariationen hermachte und das letzte Stück Weißbrot nutzte, um jeden Tropfen ihrer Salbei-Tomatensoße von seinem Teller aufzusaugen. Trotz der köstlichen Pasta prüfte Vincenzo in kurzen Abständen sein griffbereites Handy. Immer noch keine SMS.

***

In einer anderen Pizzeria saßen sich eine Frau und ein Mann gegenüber. Für einen Außenstehenden wirkten sie vertraut, wie ein Paar. »Ich muss dir was gestehen, Klaus«, sagte Sabrina Parlotti verlegen lächelnd.

»Da bin ich aber gespannt. Aber so schlimm kann es wohl nicht sein, du bist schließlich nicht meine Frau.«

»Leider nicht«, kicherte Parlotti, während der Cameriere die Pizza servierte.

»Du bist irgendwie seltsam heute, Sabrina, so kenne ich dich gar nicht. Was willst du mir denn gestehen?«

»Ich habe den Mancini gekannt.«

»Na und? Haben wir doch alle.«

»Du verstehst mich nicht. Ich meine, richtig gut gekannt.«

»Ich kann dir nicht folgen.«

»Mensch, Klaus, sei nicht so begriffsstutzig! Wir hatten eine Affäre.«

Mantinger sah Parlotti entgeistert an. »Wie bitte? Du hattest ein Verhältnis mit ihm? Mit diesem unförmigen, schmierigen Typen? Das hätte ich dir nicht zugetraut, Sabrina.«

Sie seufzte. »Es hat sich so ergeben, nach einem Kongress, letztes Jahr. Kannst du dich erinnern? Wir waren zusammen mit der Wirtschaftsförderung in Verona, als die neuen Förderprogramme vorgestellt wurden. Da ist es dann passiert. Bloß ein One-Night-Stand, mehr nicht, alkoholbedingt, ich vertrage nicht viel. Wir sind danach trotzdem Freunde geblieben. Er war eigentlich ein feiner Kerl. Wahrscheinlich wollte ihn seine Frau meinetwegen verlassen, seinen Fehltritt hat sie ihm nämlich sofort angemerkt. Ich hatte Mitleid mit ihm.«

»Sabrina, das ist echt eine verrückte Story. Aber was habe ich damit zu tun?«

Wie zuvor schon in Mantingers Büro rutschte sie verlegen auf ihrem Stuhl herum und schwieg einen Moment. Endlich hob sie den Blick und sah Mantinger direkt in die Augen. »Also gut. In der Nacht, als Mancini erschossen wurde, war ich bei ihm.«

Mantinger starrte sie einen Augenblick an. »Wie, du warst bei ihm? Soll das heißen, dass du ihn erschossen hast?«

»Red nicht so einen Quatsch! Ich habe ihn nachmittags besucht. Er hatte mich angerufen, weil er gerade wieder eine depressive Phase durchmachte. Seine Frau hatte ihn seiner Meinung nach endgültig verlassen, er fühlte sich total einsam. Und dann hat er mir eine unglaubliche Geschichte erzählt.«

»Sabrina, du solltest Romane schreiben, wirklich, du hast Talent dazu. Aber was willst du mir eigentlich sagen?«

Sie fühlte sich nicht wohl in ihrer Haut. Worauf hatte sie sich bloß eingelassen? Ausgerechnet Klaus, der aufrichtigste ihrer Kollegen. »Klaus, das weißt du selbst am besten. Er hat mich eingeweiht. Ich weiß alles.«

Mantinger sah sie ernst an, verschränkte seine Hände ineinander und stützte seinen Kopf darauf ab. Dann sagte er, jedes Wort einzeln betonend: »Was heißt alles?«

Ihr wurde abwechselnd heiß und kalt. Dieser Blick! Unglaublich, wie Klaus sie ansah. War das beobachtend, lauernd? Oder eher ungläubig? Oder mitleidig, genervt, sauer? Sie riss sich zusammen, um nicht zu stottern. »Alles heißt alles. Dein Deal mit Carlos, seine Vermutung, dass du Arthur umgebracht hast, und die Gewissheit, dass du Panzini aus dem Weg geräumt hast. All das habe ich an diesem Tag erfahren, Klaus.«

Mantinger sah sie unverändert mit diesem undefinierbaren, durchdringenden Blick an, das Kinn weiterhin auf seinen verschränkten Händen abstützend. »Wenn du einen derartigen Schwachsinn von ihm erfahren hättest, Sabrina, dann wärst du damit zur Polizei gegangen. Also erzähl mir hier keine Märchen und lass diese ungeheuerlichen Unterstellungen. Das heißt, halt – du willst ihnen die Geschichte gleich auftischen?« Er sagte das nicht laut oder wütend, sondern ruhig und sachlich.

Parlotti legte die Hand auf Mantingers Arm. Alles floss ineinander, ihre Gefühle tobten, Bluff und Wirklichkeit waren kaum mehr auseinanderzuhalten. »Blödsinn, hast du denn gar nichts gemerkt?«

»Was soll ich gemerkt haben?«

Mantinger zog den Arm nicht weg. Das war ein gutes Zeichen. »Klaus, ich habe mich in dich verliebt. Ich habe mich nie getraut, dich anzusprechen. Aber jetzt muss ich es dir sagen!«

Er war verblüfft. Das hatte er nicht erwartet, er wusste nicht, was er sagen sollte.

Sabrina Parlotti lächelte ihn an. »Klaus, du hast Mist gebaut, das ist nicht mehr zu ändern. Aber wir müssen nach vorne schauen. Unser Schicksal hängt von meiner Aussage ab.«

Mantinger lächelte freundlich und tätschelte ihre Hand, die immer noch auf seinem Arm lag. »Das ist die verrückteste Geschichte, die ich je gehört habe, und die spannendste. Ich freue mich, dass ich dir gefalle, das beruht auf Gegenseitigkeit. Deshalb musstest du aber nicht so eine Phantasiegeschichte erfinden.«

»Phantasiegeschichte?« Parlotti lachte bitter auf. »Wir wissen beide, dass das keine Phantasiegeschichte ist. An dem Abend wollte ich gerade gehen, als du unten geklingelt hast. Er hat dich erwartet, dein ›Partner‹. Ich konnte schlecht nach unten gehen, dann wäre ich dir ja direkt in die Arme gerannt. Also bin ich ein Stockwerk nach oben gelaufen, bis du in der Wohnung warst. Eigentlich wollte ich dann verschwinden, aber ich war zu neugierig. Ich habe die ganze Zeit an der Tür gestanden und euch belauscht. Ich kam mir vor wie in einem Film. Ich habe gar nicht bemerkt, wie die Zeit verging.«

Es war ein merkwürdiges Gefühl. Sie steigerte sich dermaßen in ihre eigene Geschichte hinein, dass sie sie beinahe selbst für wahr hielt. Sie hätte nicht sagen können, ob sie sensationslüsterner war, als sie dachte, oder ob sie darauf wartete, dass Mantinger sie unterbrach, um ihr klarzumachen, dass die Märchenstunde beendet sei. Aber er sagte nichts. Er ließ sie weiterreden, schaute sie nur ununterbrochen an.

»Ich habe mitbekommen, wie Carlos dir seine Waffe präsentiert hat, mir hatte er sie auch mal vorgeführt, sie war ja sein ganzer Stolz. Nach einer Zeit, die mir vorkam wie eine Ewigkeit, hörte ich den Schuss. Ein lauter Knall, dann war es still. Ich wusste, was passiert war. Du hattest das nächste Hindernis aus dem Weg geräumt. Das Verrückte war, dass ich dabei eine gewisse Erregung empfand. Du hast keineswegs panisch die Wohnung verlassen. Im Gegenteil, ich habe gehört, wie du angefangen hast, in aller Seelenruhe Sachen wegzuräumen und Spuren zu beseitigen. Am liebsten wäre ich stehen geblieben und hätte mich dir in die Arme geworfen. Aber dann bin ich doch wieder nach oben gelaufen und habe gewartet, bis du weg warst. Dann habe ich den armen, dummen Kerl auf seinem Sofa gesehen. Du hattest ganze Arbeit geleistet.«

Angesichts dieser ungeheuerlichen Anschuldigungen blieb Mantinger weiterhin erstaunlich ruhig. Anstatt sein Gegenüber wütend zu beschimpfen oder aufzustehen und zu gehen, sagte er leise: »Du hast ihn also da liegen sehen? Und wie hast du das angestellt? Hast du seine Tür eingetreten? Oder war ich so nachlässig, sie offen stehen zu lassen?«

»Quatsch. Ich habe einen Schlüssel. Er sagte damals, wenn mal irgendwas ist ... ich denke, im Unterschied zu mir hat er sich von unserer Affäre mehr versprochen und hatte immer noch Hoffnung. Er war schrecklich einsam.«

Mantinger nickte anerkennend. »Das klingt überzeugend. Es passt zu ihm. Angenommen, dein Phantasieroman entspricht tatsächlich der Realität, was willst du dann von mir?«

Sie streichelte ihm über den Arm. »Klaus, du bist begriffsstutzig. Ich will dich! Du hast doch bestimmt ein stattliches Vermögen angehäuft. Damit könnten wir Bozen den Rücken kehren und ein neues Leben beginnen. Außerdem habe ich selbst einiges gespart.«

Mit keinem Wort ging Mantinger darauf ein. »Du hast dem Commissario vorhin erzählt, dass du Gemini gesehen hast statt mich? Du hast ihn angelogen? Jetzt verstehe ich, was dieser Zeuge heute in der Questura wollte! Er hat dich bei Mancini gesehen.«

»Gut kombiniert. Also musste ich reden. Gottlob habe ich schnell genug geschaltet. Was hältst du davon, wenn wir uns am Wochenende bei mir treffen, um gemeinsam zu überlegen, wie es weitergeht? Du musst dir keine Gedanken machen. Wenn es nichts mit uns wird, bleibe ich trotzdem bei meiner Aussage. Was habe ich mit Gemini zu schaffen? Ich will dich nicht erpressen, Klaus, ich liebe dich!«

Als Sabrina Parlotti in sein Büro gekommen war, hatte Mantinger mit vielem gerechnet, aber nicht mit dieser Geschichte. »Sabrina, das Ganze ist ein Witz. Ich habe weder mit dem Betrug noch mit den Morden irgendetwas zu tun, ich wusste nur von Anfang an, dass Gemini dahintersteckt. Es ist wirklich deprimierend, dass du mir solche Gräueltaten zutraust. Wie kommst du überhaupt auf diese abstruse Idee? Mich kannst du jedenfalls nicht bei Mancini gesehen haben, ich war noch nie bei ihm zu Hause. Deine Phantasie finde ich trotzdem süß. Und da ich dich wirklich gerne habe«, er lächelte sie sanft an und legte jetzt seine Hand auf ihren Arm, »vergesse ich ganz einfach, was du da behauptet hast und komme gerne zu dir. Wann hast du Zeit?«

»Kannst du morgen? Gegen sieben? Ich sorge für ein paar kulinarische Highlights. Du kannst gerne den Wein mitbringen, damit kennst du dich besser aus als ich.«

»Ich werde pünktlich sein.«

***

Auf dem Weg zur Questura wirbelten die Gedanken durch ihren Kopf. Warum machte sie bei diesem Irrsinn mit? Sie zweifelte nicht daran, dass Klaus unschuldig war, sonst wäre er doch viel wütender geworden. Stattdessen war er auf sie eingegangen, machte ihr nicht einmal Vorwürfe wegen dieser ungeheuerlichen Anschuldigungen. Nur einmal hatte er kühl gewirkt, allzu verständlich nach dem, was er sich hatte anhören müssen. Gut, er hatte Gemini belastet, aber doch bloß, weil der vermutlich umgekehrt versucht hatte, ihm den schwarzen Peter zuzuschieben. Sie konnte kaum davon ausgehen, dass die Polizei ihr alles erzählt hatte.

In der Pizzeria hatte sie eigentlich nur vorgehabt, Bellinis Plan umzusetzen, obwohl er ihr von Anfang an verrückt schien, weil sie niemals an Klaus' Unschuld gezweifelt hatte. Das hatte sie dem Commissario auch erklärt, aber der sagte, Geminis Schuld sei noch nicht zweifelsfrei erwiesen, und sie müssten deshalb weiterhin in alle Richtungen ermitteln. Sie hatte versucht, ihn davon zu überzeugen, dass Klaus Mantinger unschuldig sein musste. Wenn überhaupt jemandem außer Gemini solche Verbrechen zuzutrauen seien, dann Franz Junghans. Er sei ein unerträglicher Narziss, der charakterlich absolut nichts tauge.

Sie hatte Junghans noch nie gemocht. Diese abstoßende Selbstverliebtheit, diese Kaltschnäuzigkeit, die er auch jetzt wieder an den Tag legte, indem er versuchte, die Gunst der Stunde zu nutzen, um sich in den Vordergrund zu drängen. Aber vielleicht hatte Junghans die Voraussetzungen für seinen Aufstieg selbst geschaffen? Und dabei ging es ihm bestimmt nicht bloß um Geld aus seinen Subventionsbetrügereien, er war auch süchtig nach Macht, Anerkennung,

Bewunderung. Warum sonst hätte er ausgerechnet Gemini ins Fadenkreuz der Ermittlungen rücken, warum ihn als Sündenbock auswählen sollen?

Auf den ersten Blick war das riskant, denn Gemini war ein selbstbewusster, undurchdringlicher Typ, der in Verhören wohl kaum aus der Fassung zu bringen war. Deshalb sollte sie sich ja als Lockvogel zur Verfügung stellen, weil Gemini partout nicht gestand. Eigentlich wäre es für Junghans viel einfacher gewesen, den Verdacht auf Schimmel zu lenken. Der hätte irgendwann jedes Verbrechen gestanden, auch wenn er es gar nicht begangen hatte, nur, damit es aufhörte.

Doch aus Junghans' Sicht war Gemini das perfekte Opfer, denn damit war das Zugpferd der SSP aus dem Weg geräumt. Würde Schimmel verurteilt und Gemini müsste die Geschicke der Firma alleine steuern, dann würde er einen Typen wie Junghans zum Teufel jagen. Mit Schimmel hatte er dagegen einen wunderbaren, weil völlig überforderten Mäzen. Hilflos saß er vor seinen Mitarbeitern und hatte keine Ahnung, wie es weitergehen sollte. Und just in diesem Moment tauchte Junghans auf und präsentierte ihm seine ach so tolle Marketingstrategie. Sie hatte es vor dem Gespräch mit Bellini noch nie von dieser Warte aus betrachtet, aber je mehr sie darüber nachdachte, desto sicherer war sie, dass Junghans exakt das war, wofür sie ihn hielt: ein absoluter Widerling, gewissenlos genug, um zu morden. Leider hatte sich Bellini auf Klaus Mantinger eingeschossen. Aber nun hatte sie unerwartet die Gelegenheit, Junghans auf eigene Faust zu enttarnen. Sie hatte auch schon eine Idee, wie sie es anstellen konnte.

Das Gespräch mit Klaus hingegen hatte bei ihr unbekannte Saiten zum Schwingen gebracht. Sie hatte schon immer tiefe Gefühle für diesen außergewöhnlichen Mann empfunden. Seine körperliche Kraft, seine Gelassenheit, sein enormes Fachwissen und dazu diese anziehende Kombination aus Selbstbewusstsein und Durchsetzungsvermögen. Und seine tiefe Naturverbundenheit, die bewies, dass er ein guter Mensch war. All das hatte sie angezogen, seit sie ihn das erste Mal gesehen hatte, aber niemals hätte sie sich getraut, ihm das zu sagen. Dafür war sie in solchen Dingen zu schüchtern. Wahrscheinlich fürchtete sie Ablehnung mehr, als sie sich eingestehen wollte. Abgesehen davon hatte sie kaum Erfahrung mit Männern.

Das halbe Jahr mit Sven, öde und lustlos, dann ein paar Monate mit Fulvio, oh Gott, dieser krankhafte Männlichkeitswahn, noch mal ein Jahr mit Manfredo, diesem Muttersöhnchen. Lange Zeit hatte sie mit der Männerwelt abgeschlossen, ihren Traumprinzen schien es nicht zu geben.

Bis ihr Klaus soeben auf diese wunderbare Weise nähergekommen war. Vielleicht hatte sie endlich die Chance ihres Lebens. Nach nichts sehnte sie sich mehr als nach einem verständnisvollen Mann, mit dem sie eine lustvolle, harmonische, auf gegenseitigem Respekt und Vertrauen basierende Partnerschaft aufbauen konnte. Die anfängliche Unsicherheit bei dem Gedanken, dass da ein Mordverdächtiger in ihre Wohnung spazierte, war völlig verschwunden. Zwar hatte sie ihm unterschwellig mit Aufdeckung gedroht, aber sie hatte ihm auch versprochen zu schweigen. Und außerdem war er ganz bestimmt unschuldig. Das spürte sie genau.

Jetzt empfand sie nur noch Vorfreude. Sie würde dieses Spiel wie vereinbart eine Weile mitspielen. Wenn endgültig feststand, dass Klaus unschuldig war, würde sie ihm eröffnen, dass man sie zu diesem Verhalten gezwungen hatte. Und ihm gestehen, dass alles erfunden war außer der Tatsache, dass sie sich in ihn verliebt hatte.

Da fiel ihr ein, dass sie noch eine SMS schreiben musste.

***

Vincenzo und Marzoli waren längst wieder in der Questura, als Vincenzos Handy piepte. »Endlich!«, sagte er erleichtert und rief die SMS ab. *Der Fisch ist an der Angel, ich bin in zehn Minuten da.*

Das Gespräch dauerte nur eine Viertelstunde. Sabrina Parlotti erzählte, wie das Treffen mit Mantinger verlaufen war und wann er sie besuchen würde. Ihren eigenen Plan behielt sie für sich. Es fiel ihr schwer, Besorgnis zu heucheln, als Bellini auf sie einredete: »Signora Parlotti, das ist außergewöhnlich mutig von Ihnen. Sie wissen, dass Sie sich in große Gefahr begeben! Der Mörder ist gefährlich, unberechenbar, dessen sollten Sie sich stets bewusst sein. Sie müssen sich in jedem Moment an unsere Absprache halten. Sollen wir Ihnen einen Polizeipsychologen schicken, der Sie auf Ihren Auftritt vorbereitet?«

»Vielen Dank, Commissario, das ist nicht nötig. Klaus Mantinger ist kein Fremder für mich, wir kennen uns schon eine halbe Ewigkeit. Er wird nicht sofort metzelnd über mich herfallen.«

»Okay. Nehmen Sie sich Zeit für den Rückweg, schließlich sollen Ihre Kollegen glauben, dass Sie hier waren, um eine Aussage zu machen.«

Marzoli begleitete sie zum Ausgang, Vincenzo blieb nachdenklich in seinem Büro zurück. Insgeheim hoffte er, dass er mit Mantinger doch falschlag. Wie viel besser wäre es, wenn doch Salvatore Gemini der Mörder war. Er konnte niemandem mehr etwas antun, weil er sicher in einer Zelle saß. Im Gegensatz zu Signora Parlotti war er sich nämlich keineswegs sicher, dass Mantinger nicht genau das tun würde: sie sofort angreifen und mit wenigen Schlägen oder Stichen zum Schweigen bringen. Denn im Unterschied zu seinen bisherigen Opfern ging es diesmal nicht nur darum, ein Hindernis aus dem Weg zu räumen, er hatte ganz persönliche Motive. Wie konnte es jemand wagen, sich ihm, dem alles überragenden Genie, in dieser dreisten, respektlosen Weise zu nähern? Hoffentlich hatte Vincenzo nicht den größten Fehler seines Lebens gemacht.

***

Sabrina Parlotti bummelte durch die Laubengasse, eine Einkaufsstraße, die ausschließlich Fußgängern vorbehalten war. Sie blieb an zahlreichen Schaufenstern der vielen kleinen, exklusiven Läden stehen. Vor der Auslage eines Geschäftes, das Unterwäsche und Dessous im Angebot hatte, entschied sie sich spontan, ein hauchzartes Dessous von Passionata zu kaufen. Den würde sie morgen anziehen. Sie malte sich aus, wie der Anblick Klaus anmachen würde, wenn sie erst einmal das leidige Thema beendet hatten und sich, ein wenig champagnerbeschwingt, endlich näherkamen. Sie spürte eine Erregung in sich aufsteigen, die sie in dieser Form lange nicht mehr gefühlt hatte. Was hatte dieser Mann bloß an sich, dass er eine Frau derartig faszinieren konnte? Und das, obwohl sie ihn schon jahrelang kannte?

Sie verstaute den Slip in ihrer Umhängetasche. Dann ging sie zurück zur SSP. Dort beschloss sie spontan, zuerst das zu erledigen, was ohnehin erledigt werden musste. Sie ging zielstrebig in Junghans' Büro. Erst die Arbeit, dann das Vergnügen.

»Schön, dass du mich besuchst, Sabrina, setz dich. Weißt du, wann du Zeit für mich hast?«

»Ich bin morgen Abend mit ein paar Freunden verabredet.«

»Sollen wir dann am Samstag essen gehen?«

»Warum so lange warten, Franz? Hast du heute Abend schon was vor?«

Die ging aber schnell zur Sache! Wenn es so einfach war, wurde es fast schon langweilig. Er schien seine Wirkung auf Sabrina sogar noch unterschätzt zu haben. Was würde das für eine Nacht werden! »Nein, Sabrina, und selbst wenn, für dich würde ich alles absagen. Soll ich dich gegen acht abholen? Ich habe ein tolle Idee, wie ich dich verwöhnen kann.«

Sie bemühte sich um ein möglichst verbindliches Lächeln. »Worauf darf ich mich denn freuen, außer auf dich?«

»Ich dachte ans Laurin. Nichts anderes wird einer Klassefrau wie dir gerecht. Eine konkurrenzlose Spitzenküche, du wirst begeistert sein.« Er hob den Blick in Richtung Zimmerdecke und tat so, als würde er angestrengt nachdenken. »Wie wäre es mit Jakobsmuscheln mit Artischocken und schwarzem Trüffel als Vorspeise, dann Spinatcremesuppe mit Rindercarpaccio und weißem Trüffel, als Hauptgericht Hirschkalbrücken mit Blaukraut und zu guter Letzt eine feine Käseauswahl? Dazu ein Brunello oder, ganz verwegen, ein Morellino di Scansano?«

Sie sah ihn mit einem Blick an, der Bewunderung zum Ausdruck bringen sollte, Bewunderung für einen wahren Mann von Welt. »Mir läuft jetzt schon das Wasser im Mund zusammen. Hast du die Speisekarte etwa auswendig gelernt?«

Junghans lächelte souverän. »Wo denkst du hin. Ich pflege regelmäßig auswärts zu speisen, und ausschließlich gehoben. Irgendwann kennt man die einschlägigen Speisekarten. Acht Uhr?«

»Einverstanden, ich freue mich. Wie weltgewandt du bist, beeindruckend.«

Mit einem Gefühl von Ekel verließ sie das Büro. Jedes einzelne Wort, das Franz von sich gab, bestätigte ihren Eindruck. Er hatte nicht die leiseste Ahnung, womit sie ihn bei seinem tollen Essen konfrontieren würde. Bestimmt würde seine Stimmung dann von einem Moment zum anderen umkippen und sein wahres Gesicht zutagetreten, eine hässliche, abstoßende Fratze. Sie musste darauf achten, dass sie stets unter Leuten waren, sie durfte nicht mit ihm alleine sein. Vor Zeugen würde er sie wohl kaum angreifen, das widerspräche seiner bisherigen durchdachten Vorgehensweise.

***

Er klingelte exakt um zwanzig Uhr. Pünktlichkeit ist die Höflichkeit der Könige. Und er stand kurz vor der Inthronisation als Vize der SSP. Aus Sicht von Sabrina war er schon jetzt ein König, der Mann, zu dem sie aufsah, an dessen Seite sie sich träumte. Dem Anlass angemessen, hatte er seinen teuersten Anzug angezogen, einen dunkelblauen Einreiher von Armani. Er saß perfekt, das Sakko endete exakt in der Mitte zwischen Kragen und Schuhsohlen, die maßgeschneiderte Hose betonte seine athletischen Beine. Er hatte sich bewusst für das dunkle Blau entschieden, weil es zu seinen blonden Haaren und den himmelblauen Augen einen interessanten Kontrast bot. Dieser Abend würde in jeder Beziehung ein voller Erfolg werden. Und erst die Nacht!

In diesem Moment ging die Tür auf, und Sabrina Parlotti trat auf die Straße. »Franz, du siehst toll aus! Wieso habe ich diesen Anzug noch nie an dir gesehen?«

»Weil ich ihn ausschließlich bei ganz besonderen Anlässen trage«, hauchte er und küsste sie auf die Wangen.

Sie bemühte sich, den Kopf nicht abzuwenden und erwiderte seine Begrüßung. »Franz, du schmeichelst mir. Lass das lieber, sonst falle ich gleich über dich her.«

Junghans stieß ein Lachen aus, das sie schaudern ließ. »Ich kann mir Schlimmeres vorstellen. Aber zuerst widmen wir uns dem kulinarischen Teil. Du siehst übrigens auch sehr verführerisch aus, du solltest viel häufiger Röcke tragen. Darf ich bitten?« Mit einer leichten Verbeugung hielt er ihr die Wagentür auf.

Er benahm sich wie ein Gentleman, unglaublich, wie er sich verstellen konnte. Wenig später saßen sie an einem stilvoll eingedeckten Tisch in einem Separee. Offensichtlich hatte Franz seinen Eroberungsfeldzug ebenso perfekt vorbereitet wie seine Gräueltaten. Er nahm ihre Hand – sie bemühte sich, nicht zusammenzuzucken –, dann schob er seinen Kopf ganz nah an sie heran, sah ihr in die Augen und sagte mit einem etwas herablassenden Lächeln: »Sabrina, wir können à la carte speisen, wenn du willst, aber ich war so frei, mit dem Chef de cuisine ein besonderes Menü für uns, für dich, zusammenzustellen, mit passender Weinbegleitung. Wenn du lieber …«

Obwohl sie angesichts der ungewollten Nähe und seiner Berührung eine Gänsehaut bekam, sagte sie mit dem Ausdruck tiefer Bewunderung: »Nein, Franz, ich bin begeistert. Ich gehe so selten essen, mit wem auch? Darum verlasse ich mich ganz auf dich. Ich wäre nie auf die Idee gekommen, dass du das Menü vorher mit dem Küchenchef besprichst! Das ist wirklich kaum zu glauben. Und dieser Anzug! Du siehst wirklich umwerfend darin aus.« Es war notwendig, ihm zunächst genügend zu schmeicheln und seinen Geltungswahn hinreichend zu befriedigen. Erst wenn er sich fast am Ziel wähnte … Wohl fühlte sie sich nicht dabei, aber weniger wegen der unglaublichen Lügen, die sie ihm auftischte, sondern aufgrund der unkalkulierbaren Reaktion von Junghans.

Was seine Einladung anging, so hatte er sich mächtig ins Zeug gelegt. Das Menü war vom Aperitif bis zum Digestif eine virtuose Inszenierung. Parlotti aß Dinge und trank Weine, von deren Existenz sie vorher noch nicht einmal wusste. Und so wie das Küchenpersonal um sie herumscharwenzelte, war Franz offensichtlich ein gern gesehener Stammgast, der nicht aufs Geld schaute, auch nicht beim Trinkgeld. Dieser Abend würde ihn einige hundert Euro kosten, allerdings vollständig mit veruntreuten Fördergeldern subventioniert. Insofern musste sie kein schlechtes Gewissen ihm gegenüber haben.

Es ging auf Mitternacht zu, als Junghans vorschlug, zu ihm zu fahren. »Ich denke, dieser wunderbare Abend ist es wert, mit einem 98er Dom Perignon Rosé Vintage begossen zu werden. Glaub mir, so etwas hast du noch nie getrunken. Was heißt getrunken, das ist der falsche Ausdruck – genossen, zelebriert!«

Sie musste um jeden Preis vermeiden, mit ihm allein zu sein, durfte sich keineswegs in die Höhle des Löwen begeben. »Mein lieber Franz, Vorfreude ist die schönste Freude. Wäre es arg vermessen, dich zu bitten, dass wir noch eine Weile hierbleiben? Du hast so eine romantische Lokalität ausgewählt!« Junghans war anzumerken, dass ihm nach Handfesterem gelüstete als nach Romantik, aber er entsprach ihrem Wunsch.

Das war der Zeitpunkt für ihre Offensive. Sie ging nach demselben Schema vor wie mittags bei Mantinger und konfrontierte ihn übergangslos mit ihrer Zeugenrolle. Gleichzeitig log sie ihm vor, sie wolle mit ihm zusammensein und die Gelegenheit nutzen, gemeinsam zu fliehen. Seine Reaktion stand in krassem Gegensatz zu Mantingers Verhalten.

Er hatte sie nicht unterbrochen. Aber bereits nach wenigen Sätzen sah er sie an, als hätte er ein Gespenst erblickt. Seine Dauerbräune, die er vermutlich im Solarium aufrechterhielt, wich einer fast vornehmen Blässe. Als sie ihm wie zuvor Klaus die Hand auf den Arm legte, zog er ihn so ruckartig zurück, als wäre er von einer Hornisse gestochen worden, Millimeter an seinem mit irgendetwas sündhaft Teurem gefüllten Weinglas vorbei. Der Inhalt hätte seinen Designeranzug vermutlich gründlich ruiniert. Schade, diesen Anblick und seinen Gesichtsausdruck dazu hätte sie zu gerne erlebt.

Auch nachdem Parlotti ihren Monolog beendet hatte, sagte er nichts, sondern starrte sie immer noch an. »Franz, du musst nicht geschockt sein. Ich bin erleichtert, dass Gemini endlich weg ist. Jetzt kannst du seinen Platz einnehmen, mit mir an deiner Seite.«

Dann allerdings kehrte innerhalb weniger Sekunden die Farbe in sein Gesicht zurück, es war allerdings nun nicht mehr braun, sondern tiefrot. Sein Brustkorb hob und senkte sich, er holte noch einmal Luft, und dann entlud sich ein Wortgewitter, das die Gespräche an den anderen Tischen abrupt unterbrach. »Du blöde Kuh, hast du eigentlich noch alle Tassen im Schrank? Du behauptest, ich hätte drei Morde begangen? Und um mir das zu sagen, lässt du dich von mir in eines der nobelsten Restaurants von Bozen einladen? Was denkst du dir eigentlich? Das hätte ich nie von dir erwartet. Ich dachte wirklich, dass du zu den wenigen Frauen gehörst, die eine gewisse Klasse haben. Aber mit ein paar Sätzen hast du dich selbst zum Flittchen degradiert. Das hier ist kein Spiel! Wenn ich auf deinen Vorschlag eingegangen wäre, wärest du garantiert brav mit zu mir gekommen und hättest dich vögeln lassen!« Er fuchtelte mit erhobenem Zeigefinger wild vor ihrem Gesicht herum. »Bei so einem miesen Verhalten hört für mich jeglicher Spaß auf. Na warte, du wirst schon noch merken, was das für Folgen hat! Wenn ich erst mal etwas zu sagen habe, kannst du deinen Job bei der SSP vergessen! Wenn du den dann überhaupt noch brauchst!«

Junghans stieß noch etliche unschöne Schimpfwörter aus, sprang auf, schmetterte einen Fünfhundert-Euro-Schein auf den Tisch und rannte aus dem Restaurant. Zurück blieb eine perplexe Sabrina Parlotti, auf der in diesem Moment die Blicke sämtlicher Gäste ruhten. Es war gespenstisch still im Restaurant.

Ihre Hände zitterten, Tränen liefen über ihre Wangen. Was war schiefgelaufen? Nicht im Traum hätte sie mit derartigen Gefühlsausbrüchen gerechnet. Noch nie hatte sie Franz so erlebt. Ein Ober kam an ihren Tisch und fragte kühl: »Haben Sie noch einen Wunsch, Signora?«

Sie sah ihn verwirrt an. »Was? Wunsch? Nein, bitte bestellen Sie mir ein Taxi.« Warum hatte Junghans nur so heftig reagiert? Sollte sie ihn zu Unrecht verdächtigt haben? Das konnte sie sich nicht vorstellen. Wahrscheinlich hatte er sich, während sie geredet hatte, eine geeignete Strategie zurechtgelegt. Und dann hatte er Empörung vorgetäuscht, um sie bloßzustellen. Aber ihr konnte er nichts vormachen. Sie würde ihn schon noch kriegen. Wut stieg in ihr auf. Hoffentlich erzählte er Klaus nichts davon. Der wäre bestimmt so enttäuscht, dass er ihr absagen würde.

»Signora, Ihr Taxi ist da.«

30

Freitag, 31. Juli

Am nächsten Morgen beobachtete Junghans, wie Sabrina Parlotti die SSP betrat. Ihm entging keineswegs ihre Unsicherheit. Wahrscheinlich hatte sie die ganze Nacht kein Auge zugetan und war sich, alleine in ihrem Bett umherwälzend, der Konsequenzen ihres Auftritts bewusst geworden. Sie hatte begriffen, dass sie einen großen Fehler gemacht hatte. In dieser Einschätzung würde er dieses Miststück nicht enttäuschen. Es schnürte ihm die Kehle zusammen, wenn er daran dachte, in welch dreister Weise sie ihn in aller Öffentlichkeit des mehrfachen Mordes bezichtigt hatte. Sich gehetzt umblickend, kam sie auf ihn zu, ohne ihn zu bemerken. Er malte sich aus, wie er sie sich schnappte und was er dann mit ihr anstellen würde. Diese elende Schlampe! Aber es gab bessere Wege, ihr zu zeigen, wie dumm ihr Verhalten war. Zunächst würde er sie verunsichern, nervös machen. Und dann, wenn sie allmählich mürbe würde, kam das große Finale! Ihr Schicksal lag in seiner Hand!

Sabrina Parlotti fühlte sich unbehaglich. Hatte Junghans irgendjemandem von dem gestrigen Abend erzählt? Würden sie alle komisch ansehen? Und was war mit Klaus? Würde er ihr gleich sagen, was er von ihr hielt, und absagen? Aber niemand schenkte ihr mehr Aufmerksamkeit als sonst. Als sie in den Korridor abbog, der zu den Büros führte, baute sich Junghans unvermittelt vor ihr auf. »Das hast du nicht umsonst gemacht, das schwöre ich dir. Das wird dich teuer zu stehen kommen.«

Sie beachtete weder ihn noch sein gehässiges Lachen, sondern wartete, bis er verschwunden war, und klopfte dann an Mantingers Tür. Mit pochendem Herzen trat sie ein. Er lächelte sie sanft an und sagte: »Ah, meine Sabrina, komm, setz dich.«

Ihr fiel ein Stein vom Herzen. Franz hatte nichts erzählt. Wahrscheinlich schmiedete er gerade seinen nächsten Mordplan. Sie würde heute aufpassen müssen. Wie es der Commissario verlangt hatte, aber nicht wegen Klaus. Mantinger nahm ihre Hand. »Na, hast du dir wieder eine neue Phantasiegeschichte ausgedacht, mein Engel?« Seine Stimme war weich und zugleich männlich und tief.

Wohlige Schauer liefen ihr über den Rücken. »Lass uns später darüber reden, Klaus. Bleibt es denn bei heute Abend?«

Er lächelte und nickte leicht. »Ich höre wahnsinnig gerne Märchen. Ich werde den ganzen Tag nichts essen, um dich dann richtig zu schädigen.«

»Ich freue mich riesig darauf, und auf dich!«

Mantinger legte die andere Hand auf ihren Arm, sah ihr in die Augen und hauchte: »Und ich erst, mein Engel.«

***

Quälend langsam war es Nachmittag geworden. Es war das erste Mal, dass Vincenzo den Ispettore an den Fingernägeln statt an seinen Cantuccini kauen sah. Er selbst verspürte nicht weniger Nervosität. Immer wieder stellte er sich die Frage, ob er nicht doch zu weit gegangen war. »Kommen Sie, Ispettore, holen wir Gemini in seiner Zelle ab. Vielleicht hat er inzwischen nachgedacht und legt ein Geständnis ab. Dann können wir die Aktion abblasen.« Im Grunde ging es nur darum, die Zeit totzuschlagen.

Das gelang ihnen, denn das neuerliche Verhör endete erst eine Stunde vor Beginn der Aktion. Aber statt eines späten Geständnisses brachte es eine beunruhigende Überlegung seitens Salvatore Gemini. Denn Vincenzo stellte ihm eine letzte Frage: »Wie schätzen Sie Signora Parlotti ein?«

»Wie meinen Sie das?«

»Was ist sie für ein Mensch? Ist sie selbstbewusst, durchsetzungsfähig, kann sie sich in kritischen Situationen behaupten?«

»Warum wollen Sie das wissen?« Vincenzo konnte nicht sagen, warum er das wissen wollte. Gemini war zwar darüber im Bilde, dass ein Polizeieinsatz bevorstand, der ihn entlasten könnte, aber sie hatten ihm nicht erläutert, was sie genau planten.

»Das spielt keine Rolle. Beantworten Sie bitte meine Frage.« Vincenzo hoffte, dass Gemini Sabrina Parlotti als stark und selbstbewusst genug einschätzte, um so einen Wahnsinn durchzuziehen. Aber diesen Gefallen tat ihm der Geschäftsführer nicht.

»Wie Sie wissen, Commissario, gehört es zu meinen Grundprinzipien, die Privatsphäre meiner Mitarbeiter zu respektieren. Nichtsdestoweniger lernt man einen Menschen in so vielen Jahren durch die tägliche Zusammenarbeit auch persönlich kennen. Was nun Signora Parlotti angeht, würde ich sagen, dass sie nach außen so wirkt, wie Sie es formuliert haben: selbstbewusst und durchsetzungsfähig. Diesen Eindruck unterstreicht sie durch einen geschäftsmäßigen Modestil. Sie ist überdurchschnittlich intelligent, das belegt nicht nur ihr Harvard-Abschluss. Zugleich ist sie lebhaft, natürlich, fachlich versiert und bei unseren Kunden beliebt. Sie ist nach objektiven Maßstäben zweifelsohne attraktiv, dessen ist sie sich durchaus bewusst. Gleichwohl verbirgt sich dahinter, zumindest nach meiner Einschätzung, ein ängstliches, in gewisser Hinsicht unbedarftes Wesen. Es gibt immer wieder kritische Situationen, in denen sie unsicher oder hektisch reagiert. Es reicht schon, wenn ein Mandant ihr eine Fachfrage stellt, die sie nicht auf Anhieb beantworten kann. Sie mag sich einem Mann gegenüber selbstbewusst geben. Letztlich aber wird sie nie begreifen, was in ihrem Gegenüber wirklich vorgeht. Ich denke, wer ihr Böses will, wird leichtes Spiel haben. Warum fragen Sie mich das, Signori?«

Vincenzo spürte ein flaues Gefühl in der Magengegend. »Das erzähle ich Ihnen vielleicht ein anderes Mal. Kommen Sie, wir bringen Sie jetzt wie besprochen zur SSP. Dort erzählen Sie genau das, was wir besprochen haben. Danach fahren Sie nach Hause, ein Beamter in Zivil folgt Ihnen und begleitet Sie ins Haus.«

Auf dem Rückweg sah Vincenzo seinen Kollegen von der Seite an. »Was glauben Sie, Ispettore? Machen wir einen großen Fehler? Wenn wir ehrlich sind, haben wir Signora Parlotti auch so eingeschätzt.«

Marzoli presste die Lippen aufeinander. »Ich weiß es nicht. Aber einen Rückzieher können wir ohnehin nicht mehr machen. Wie war das? Der Fisch ist an der Angel? Wenn Mantinger unser Fisch ist, wird er sowieso versuchen, sich loszureißen, egal ob heute Abend oder bei der nächsten Gelegenheit.«

»Sie haben recht, Marzoli. Wir müssen es hinter uns bringen, schon alleine, um die Signora zu schützen.« Er sah auf seine Uhr. »Maximal eine halbe Stunde, kommen Sie, wir kauen alles ein letztes Mal durch und holen dann Baroncini ab.«

***

Als Gemini auftauchte, als wäre nichts geschehen und eine Dringlichkeitssitzung einberief, herrschte allgemeine Ratlosigkeit. Niemand hatte damit gerechnet, dass er jemals wieder aus dem Gefängnis entlassen würde. Mantinger sah ihn an, als wäre er ein Gespenst. Beide vermieden jeglichen direkten Blickkontakt.

Gemini teilte seinen Mitarbeitern mit, dass er trotz einer neuen Zeugin aus der U-Haft entlassen worden sei und lediglich Bozen bis auf Weiteres nicht verlassen dürfe. Sein Anwalt, auf den er nicht länger verzichten wollte, habe das durchgesetzt, weil der Polizei bei seiner Verhaftung einige Formfehler unterlaufen seien. »Ich fahre jetzt nach Hause, ich bin hundemüde. In dieser Zelle habe ich kaum ein Auge zugetan, es war fürchterlich. Ich hoffe, dass es jetzt vorbei ist und sie den wahren Täter endlich fassen. Am Montag setzen wir uns um neun Uhr zusammen und planen, wie es weitergeht.«

Die Mitarbeiter der SSP waren fassungslos. Gerade erst hatte ihnen die Polizei erzählt, dass Gemini ein dreifacher Mörder sei; jetzt stand er in der Tür und verkündete, man habe ihn entlassen. Das passte nicht zusammen. Alle redeten wild durcheinander, niemand dachte mehr ans Arbeiten. Lediglich Mantinger war still und sah die ganze Zeit zu Sabrina Parlotti hinüber.

Sie verließ die SSP um vier Uhr, kurz nach Gemini. Zuvor war sie absprachegemäß noch einmal zu Mantinger gegangen und hatte ihm gesagt, dass die Polizei Gemini eine Falle stellen wolle. Selbst der beste Anwalt hätte ihn sonst nicht aus der Haft holen können. Sie selbst sei Bestandteil des Plans. Wie von Bellini gewünscht, achtete sie darauf, dass sie die SSP vor Mantinger verließ, auch wenn sie das für überflüssig hielt. Junghans war nach ihrer Begegnung am Morgen nicht mehr in der SSP erschienen, das beunruhigte sie viel mehr. Was hatte er vor? Sollte sie vielleicht doch Bellini anrufen, ihm von ihrem Verdacht und dem desaströsen Abendessen erzählen? Ihr war mulmig zumute. Die Art, wie Franz innerhalb einer Sekunde explodiert war, machte ihr zunehmend Angst.

Sie fuhr zu Seibstock Delikatessen. Nachdem sie ihre Einkaufstaschen auf der Rückbank verstaut und sich wieder in den fließenden Verkehr eingefädelt hatte, hatte sie sofort den Eindruck, sie würde verfolgt. Mehrmals blickte sie forschend in den Rückspiegel. Kein Zweifel, ihr folgte jemand! Leider kannte sie sich mit Autos nicht gut aus. Was fuhr Franz noch gleich? Einen silbernen Sportwagen? Der Wagen hinter ihr war ein Kombi, aber er hielt stets den gleichen Abstand. Vielleicht hatte Bellini ihr einen Aufpasser geschickt? Eine rote Ampel! Jetzt würde sie ihren Verfolger sehen können. Rasch verriegelte sie den Wagen. Sie schaute erneut in den Rückspiegel. Keine Chance, viel zu dreckige Scheiben.

Sie bog in ihre Straße ein. Die meisten Parkplätze waren besetzt, wie immer freitags um diese Zeit. Auf der Straße war niemand. Wenn sie jemand in ihren Hauseingang drängte, würde es keiner mitkriegen. Sie war rund fünfzig Meter weit an ihrer Haustür vorbeigefahren, als sie auf ihrer Straßenseite einen freien Parkplatz erspähte. Sie drehte sich um, um rückwärts einzuparken. Gerade als sie zum zweiten Mal achtern korrigieren wollte, bog ihr Verfolger um die Ecke. Binnen weniger Sekunden würde er auf ihrer Höhe sein. Aus der Parklücke fahren konnte sie nicht mehr. Die Türen waren verriegelt, wenigstens das. Blieb die Hoffnung, dass Junghans nicht durchdrehen und aus dem Auto heraus auf sie schießen würde. Sie wusste, dass ihm das zuzutrauen war. Sie sah nach links, der Wagen war inzwischen genau auf ihrer Höhe – und er blieb stehen!

Sabrina Parlotti stockte der Atem. Was hatte sie sich dabei gedacht, Junghans so anzugehen? Es war doch von Anfang an abzusehen, dass er dasselbe machen würde wie zuvor: ein lästiges Hindernis kurzerhand aus dem Weg räumen. Sie war so dumm und naiv. Und jetzt war es vielleicht zu spät.

Aus dem Augenwinkel heraus nahm sie wahr, wie das rechte Fenster heruntergelassen wurde. Es war so schmutzig, dass sie von dem Fahrer lediglich schemenhafte Umrisse sah. Ein Kopf beugte sich über den Beifahrersitz. Instinktiv rutschte sie auf ihrem Sitz nach unten. Dann blickte sie in das freundliche Gesicht von Sesto Maggio, einem älteren Herrn, der drei Häuser weiter auf der gegenüberliegenden Seite wohnte. Manchmal hielten sie einen Plausch, wenn sie sich auf der Straße begegneten. Sie kannte sein Auto, war aber so sehr in ihrer Angst befangen gewesen, dass sie es nicht erkannt hatte.

Während sie den elektrischen Fensterheber betätigte, spürte sie, wie die Anspannung wich. Müde sah sie Signor Maggio an und grüßte ihn. »*Buongiorno*, Signora«, erwiderte er, »Sie sehen heute aber gar nicht gut aus. Und Sie sind so unsicher gefahren. Einmal sind Sie so weit nach links ausgeschert, dass Sie fast mit Ihrem Nebenmann zusammengestoßen wären. Da fehlten nur Zentimeter. Offenbar haben Sie das gar nicht mitbekommen. Was ist los mit Ihnen? Kann ich irgendetwas für Sie tun?«

Ja, besorg dir eine Waffe, fahr in die Prinz-Eugen-Allee, Hausnummer 15. Dort wohnt Franz Junghans. Drück die Klingel, und wenn er öffnet, erschieß ihn. Und dann komm zurück und sag mir, dass es vorbei ist, bitte!

»Alles in Ordnung, Signor Maggio. Ich hatte lediglich einen anstrengenden Tag im Büro. Jetzt bin ich froh, wenn ich mich hinlegen kann.«

»Wie Sie meinen. Also dann, ein schönes Wochenende, erholen Sie sich gut und lassen Sie sich nicht von Ihren Kunden ärgern, Kindchen.«

Mit pochendem Herzen sah Sabrina Parlotti ihm nach. Schwerfällig stieg sie aus, schleppte sich und ihre Einkaufstaschen die Treppe hoch. Sie erkannte sich selbst kaum wieder. Was war sie für ein hysterisches Waschweib! Als ob Junghans hinter ihr herfahren und sie abknallen würde. So ein Unsinn – Schluss damit! Sie musste das Essen vorbereiten, sich stylen, Kerzen aufstellen. Kerzen! Hoffentlich hatte sie noch genug oben in der Wohnung, bloß nicht deshalb allein in den Keller. Sie fieberte dem Moment entgegen, in dem sie Klaus ihre Schauspielerei beichten konnte.

***

Achatz war ein Spießer gewesen, allein deshalb verachtungswürdig. Panzini ein Niemand, Mancini ein schmieriger, dummer, hässlicher Wicht. Ihn zu beseitigen war eine Bürgerpflicht. Aber diese Parlotti toppte alle. Eine derartige Dreistigkeit war ihm noch nie untergekommen. Da sagte sie ihm geradewegs ins Gesicht, sie wisse, dass er ein Mörder sei, und das vor allen Leuten. So lässig, als rede sie übers Wetter. Und dann versuchte sie auch noch, ihn zu erpressen, drohte zwischen den Zeilen damit, der Polizei die Wahrheit zu sagen, falls er nicht mitspiele. Anfangs hatte er das alles für einen Bluff gehalten, hatte angenommen, sie wolle sich wichtigmachen, wie die meisten Frauen. Aber je mehr Details sie auspackte, desto klarer wurde ihm, dass sie nicht log.

Sie war tatsächlich bei Mancini gewesen, und der hatte brühwarm ausgepackt. Der Wicht hätte niemals die Courage gehabt, zur Polizei zu rennen. Aber seiner Ex-Affäre, die sich geradezu rührend um die Made kümmerte, konnte er sich anvertrauen. Endlich konnte er sein Gewissen erleichtern. Er hätte dieses Ungeziefer viel früher beseitigen müssen, in dem Moment, als ihm klar wurde, dass der Wicht ein Sicherheitsrisiko war. Er war viel zu nachsichtig, eindeutig eine seiner wenigen kleinen Schwächen.

Er musste zugeben, dass er die Situation mit Sabrina Parlotti in keiner Weise einkalkuliert hatte. Andererseits – Genialität war nicht zuletzt Improvisationstalent, und die seine allzumal. Genau das war jetzt wieder gefragt. Wenn man es recht bedachte, spielte ihm diese Entwicklung sogar in die Hände. Sie hatten Gemini laufen lassen – unbegreiflich angesichts der erdrückenden Beweislast, aber von entscheidendem Vorteil, egal, ob die Entlassung eine Finte war oder nicht. Wenn er es clever anstellte – und das würde er, daran bestand kein Zweifel –, konnte er gleich mehrere Fliegen mit einer Klappe schlagen. Eine dreiste Zeugin beseitigen, jeglichen Verdacht von sich abwenden, Gemini endgültig ins Gefängnis bringen und damit die eigene Position ein für alle Mal sichern.

Im Leben war es oft so. Da lief scheinbar etwas aus dem Ruder, aber wenn man genau hinsah, war das Gegenteil der Fall. Wenn man denn so messerscharf hinsehen konnte wie er. Das konnten eben die Wenigsten.

Sabrina, dieses Miststück, würde ihre letzte Lektion lernen müssen, auf qualvolle Weise. Es reichte nicht, sie zu beseitigen, sie musste, anders als die bisherigen Störelemente, erfahren, warum es geschah. Er würde nicht blind zuschlagen, sondern sie erst gründlich in die Enge treiben. Und dann, wenn sie begriff, dass es für sie kein Entkommen mehr gab, war sie fällig! Niemand forderte ihn ungestraft derart heraus, niemand!

***

Parlotti hatte den Inhalt der Einkaufstaschen auf ihrer Arbeitsplatte ausgebreitet. Die Auswahl würde Klaus beeindrucken: Crêpes mit Spinat und Crème fraîche, Auberginenauflauf, Südtiroler Speck, Lumaconi aus Gragnano, dazu Lachs, Kaviar und Pasteten. Sie schaute auf die Uhr, fast sechs. Bald würde sie mit ihm an ihrem Esstisch aus Ahornholz sitzen. Sie schloss die Augen und überlegte sich die Dekoration für den Abend.

Sie stellte ihre großen Bodenkerzenständer direkt an und den fünfarmigen Leuchter auf den Tisch und bestückte zwei Platzsets mit Besteck und Gläsern. Die Gläser für den Aperitif durfte sie nicht vergessen! Klaus würde bestimmt etwas ganz Besonderes mitbringen. Während sie sich um eine behagliche Atmosphäre kümmerte, dachte sie voller Abscheu an gestern, an den unerfreulichen Abend mit Franz Junghans und ihre fürchterliche Rückfahrt.

Franz hatte ihr mit seinem Verhalten gezeigt, wie wahnsinnig und unberechenbar er war. Hatte sie überhaupt die Eingangstür hinter sich geschlossen, nachdem sie mit den vollen Tüten die Wohnung betreten hatte? Sie lief in den Flur und sah mit pochendem Herzen, dass sie es in ihrer Nervosität tatsächlich vergessen hatte. Unsicher und gehetzt blickte sie sich um, lauschte in die Stille – nichts. Schnell schloss sie die Tür.

Aufgewühlt ging sie zurück ins Esszimmer und vollendete ihr Werk mit einem Blumenstrauß. Sie duschte, tupfte »Rococo« von Joop, ihr Parfum für die wenigen besonderen Momente in ihrem Leben, auf Handgelenke, Hals und Dekolleté, zog sich ihre seidene Bluse an und, passend zu ihrer verführerischen Neuerwerbung, den kürzesten Rock, den sie besaß. Vorsorglich legte sie schon eine CD ein, Sades »Lovers Rock« erschien ihr als ideale musikalische Begleitung für einen romantischen, zukunftsträchtigen Abend. Wenn Klaus erst einmal vor ihr stand und sie anlächelte, würde sie bestimmt zu aufgeregt sein, um noch an die CD zu denken.

Sie sah wieder auf die Uhr, gleich sieben, jeden Moment würde es klingeln. Sie war so nervös wie ein Teenager vor dem ersten Mal. Sie musste über sich selbst lachen. Warum diese Panik? Weil sie vergessen hatte, die Wohnungstür zu schließen? Lächerlich. In ihr tobten die Gefühle mit einer bisher unbekannten Intensität. Verunsicherung, Zweifel, zugleich Neugier, Freude und Lust, eine fast animalische Lust. Was sie irritierte, war die Tatsache, dass sie all das gleichzeitig empfand.

Sie hatte gerade die letzte Kerze angezündet, als es klingelte. Fünf vor sieben. Er war sehr pünktlich. Sie sah an sich herunter, startete die CD und betätigte den Türöffner. Schritte im Hausflur, Sekunden später stand er vor ihr. »Hallo, Sabrina!«

***

»Salve, Vice-Questore. Jetzt beginnt unser Part.«

»Das lässt sich ja nicht mehr vermeiden.« Baroncini sah die besorgten Gesichter seiner Mitarbeiter und hob beschwichtigend die Hände. »Keine Sorge, ich bekomme keine kalten Füße. Aber ich bin nicht weniger nervös als Sie. So ein hohes Risiko ohne ein sicheres Ergebnis. Außerdem ist es eine Weile her, dass ich Polizeiarbeit auf der Straße verrichtet habe.«

»Sie müssen nicht mitmachen, Vice-Questore, zwei Mann würden reichen, abgesehen davon, dass wir einen Kollegen aus der Bereitschaft mitnehmen können.«

Doch das entsprach nicht Baroncinis Art. »Das kommt nicht in Frage. Ich will dabei sein, egal, was passiert. Wenn ich einen solchen Plan absegne, kann ich mich bei der Ausführung nicht hinter meiner Funktion verschanzen und sagen: Macht mal. Gemini ist unter Kontrolle?«

»Ja, Vice-Questore, ich habe gerade mit dem Kollegen telefoniert. Er ist sanft wie ein Lamm.«

»Und Sie sind sicher, dass es nicht Gemini ist?«

Vincenzo schüttelte den Kopf: »Das können wir nicht. Wenn er es war, wird es ein ruhiger Freitagabend. Mein Gefühl sagt mir etwas anderes.« Vincenzo beschlichen immer wieder Zweifel. Vieles sprach gegen Gemini, vieles gegen Mantinger. Was war, wenn beide unter einer Decke steckten? Oder wenn Junghans zwar nicht den Betrug begangen hatte, aber der Mörder war? Konnte er, Vincenzo, die Sicherheit von Signora Parlotti wirklich gewährleisten? Es gab Momente, in denen er sich fragte: *Worauf hast du dich da bloß eingelassen?* Er stellte irritiert fest, dass seine Arbeit als Commissario anders war, als er es sich vorgestellt hatte. Als er den Bereich Kapitalverbrechen übernahm, hatte er dabei an klassische Morde und typische Täter gedacht, an Eifersuchtsdramen, so wie damals in Brixen, an enttäuschte Liebe, familiäre Spannungen oder Geldprobleme. Solche Taten waren selten von langer Hand geplant, sie geschahen im Affekt. Es gab eine überschaubare Anzahl potenzieller Täter, und keiner davon agierte so emotionslos wie ein Roboter.

»Das Monster von Bozen«, so reißerisch hatte es Fasciani formuliert, und wie recht hatte er damit. Es war eine überraschende Erkenntnis für Vincenzo, dass es die abstrusen Mördertypen, die er aus Filmen und Büchern kannte, tatsächlich gab, und dass sie ins Fadenkreuz seiner eigenen Ermittlungen gerieten. Er wurde sich bewusst, wie wohlbehütet er aufgewachsen war, in was für einem harmonischen Mikrokosmos. Er würde noch einige Lektionen lernen müssen. Hoffentlich ging seine Unerfahrenheit nicht zu Lasten einer Unschuldigen, die er wissentlich benutzte, um dem Täter eine Falle zu stellen. Noch während er seine Waffe prüfte und zu Baroncini und Marzoli sagte: »Es geht los, wir brechen auf«, fühlte er sich elend.

***

Parlotti schlug eine lautstarke Schimpftirade entgegen. »Du miese kleine Schlampe! Wie kannst du es wagen, mich solcher Verbrechen zu bezichtigen? Dir werde ich es zeigen!« Junghans schob Parlotti mit solcher Wucht zur Seite, dass sie schmerzhaft gegen den Türrahmen prallte, und stapfte wutschnaubend in ihre Wohnung. Panik stieg in ihr auf. Ihre schlimmsten Befürchtungen hatten sich bewahrheitet: Junghans verfolgte und bedrohte sie!

Sie wollte gerade etwas sagen, als er schon nachlegte: »Hast du das vielleicht alles den Bullen gesteckt? Weil du eine anständige, pflichtbewusste Bürgerin bist, die ihren wahnwitzigen Verdacht sofort meldet? Ist es so, du Miststück? Holen mich gleich die Bullen ab? Wenn ich deinetwegen eingebuchtet werde, dann kannst du was erleben!«

Sabrina Parlotti hatte Angst, panische Angst. Die ganze Zeit war es ihr gelungen, dem Wahnsinnigen nicht in die Arme zu laufen. Ausgerechnet jetzt, in dem Moment, als sie sich auf Klaus freute und glaubte, ihr könnte nichts mehr passieren, tauchte er unvermittelt auf und griff sie sofort an. Er war in ihrer Wohnung! Ob er irgendwo ein Messer verborgen hielt? Instinktiv wich sie ein Stück in den Hausflur zurück, in Richtung Treppe, um im Notfall sofort lossprinten zu können. Wo Klaus nur blieb?

Sie versuchte, Junghans' Redeschwall zu stoppen: »Franz, bitte hör mir ...«

Aber Junghans ließ sich nicht unterbrechen. »Klappe, hier redet nur einer, und das bin ich, verstanden? Das wirst du bitter bereuen, das verspreche ich dir. Man begegnet sich im Leben immer zweimal.« Er blickte sich in ihrer Wohnung um. »Ah, hübsch gedeckter Tisch. Hast nicht mit mir gerechnet, was? Hast jemand anderen erwartet? Vielleicht noch jemanden, den du zum Mörder abstempeln kannst? Oder habe ich dir ein Schäferstündchen mit deinem Lover versaut? Das tut mir leid. Mancini ist es jedenfalls nicht mehr.« Wieder dieses ekelhafte Lachen.

Paradoxerweise wurde Parlotti in dem Maße ruhiger, wie Junghans sich in seinen Wutausbruch hineinsteigerte. Eigentlich war er doch nichts anderes als ein adrett gekleidetes, selbstverliebtes HB-Männchen. Was immer er plante, in diesem Moment hatte er nicht vor, ihr etwas anzutun. Das spürte sie. Er tobte, aber er strahlte keine körperliche Bedrohung aus.

Selbstbewusst ging sie wieder einen Schritt auf ihre Wohnungstür zu. »Franz, das mit Mancini war geschmacklos ... nein, jetzt hältst du mal den Mund!« Auch sie sprach jetzt deutlich lauter, und Junghans verstummte sofort. Offenbar war er Widerstand von Frauen nicht gewohnt.

»Ich glaube, ich muss mich entschuldigen, dass ich dich verdächtigt habe«, sagte Sabrina Parlotti sehr ruhig, fast gelassen. »Dein Auftritt hier und auch gestern beim Essen, das passt nicht zu einem wahnsinnigen Killer. Ich habe mich geirrt, du bist doch nichts als ein kleiner Wichtigtuer mit einem Hang zur Selbstüberschätzung. Aber ein eiskaltes Verbrechen? Du? Nie im Leben. Da habe ich mich verrannt. Dafür entschuldige ich mich aufrichtig. Und jetzt verlass auf der Stelle meine Wohnung!«

Junghans sah sie entgeistert an. Verunsichert wich er ins Treppenhaus zurück. Doch sein Gesicht war immer noch wutverzerrt. »Eine Entschuldigung? Und du glaubst, damit ist alles wieder gut? Da irrst du dich aber. Du wirst das noch bereuen, warte nur. Schon bald wird der Moment kommen, an dem du das sehr bitter bereust!«

Gerade als Sabrina Parlotti sich einen kurzen Moment setzen wollte, um sich zu beruhigen, klingelte es erneut. Nicht schon wieder!

Mit einem Ruck öffnete sie die Tür, rief ungeduldig und energisch: »Was ist denn jetzt noch?«, und sah mitten in Mantingers überraschtes Gesicht.

»Das ist eine recht ungewöhnliche Begrüßung.«

»Klaus, oh … ich dachte, es wäre jemand anderes.«

»Wieso? Erwartest du noch jemanden?«

Sie lächelte verlegen. »Nein, ich hatte gerade Ärger mit jemandem aus der Nachbarschaft. Ich dachte, er wäre es noch einmal. Komm rein, Klaus. Ich freue mich, dass du da bist.«

Mantinger folgte ihr in die Wohnung. »Sabrina, du solltest viel häufiger Röcke tragen.« Er selbst sah aus wie immer, lässige Jeans, Hemd, Sportschuhe. Anzüge trug er ausschließlich im beruflichen Umfeld.

»Es ist nicht meine Art, Reize offen zur Schau zu stellen«, antwortete sie und wandte sich lächelnd zu ihm um. »Ich beschränke mich lieber auf die wenigen Situationen, in denen es passend ist und ich es mit Überzeugung tun kann. So wie jetzt.« Sie nahm seine Hände, küsste ihn auf die Wangen und zog ihn zum Esstisch.

»Ein beeindruckendes Arrangement, Sabrina. Und was du aufgetischt hast, sieht ziemlich appetitlich auch. Was hältst du davon?« Lächelnd zog er eine Flasche Champagner aus seinem Rucksack, offensichtlich gut vorgekühlt, wie feine Rinnsale von Kondenswasser an der Flasche belegten. Dann deutete er auf eine der vorbereiteten Servierplatten. »Ich schlage vor, wir beginnen hiermit. Kaviar hat als Begleitung ausnahmslos Champagner verdient, und zwar einen Bollinger, Grande Année 1999.«

Mit Flasche und Rucksack marschierte er so zielstrebig in die Küche, als ginge er hier seit Ewigkeiten ein und aus. Er entkorkte den Champagner sowie eine stattliche Rotweinauswahl, die er ebenfalls aus seinem Rucksack hervorzauberte.

Augenblicke später saßen sie sich am gedeckten Tisch gegenüber und stießen an. »Auf einen unvergesslichen Abend, schöne Kollegin.« Zwischen den flackernden Kerzen funkelten Mantingers dunkle Augen sie an.

Sabrina war wie verzaubert. Er strahlte etwas Magisches, Faszinierendes aus, sie hätte es nicht in Worte fassen können. »Auf diesen Abend, Klaus, und hoffentlich noch viele weitere.«

Während sie den Champagner genossen und sich dabei am Kaviar gütlich taten, sprachen sie über Belanglosigkeiten, die zahlreichen Unwetter der letzten Zeit, seine Bergtouren, und wie schade es war, dass sie so lange gebraucht hatten, um sich näherzukommen. Nachdem Mantinger das erste Glas Rotwein eingeschenkt hatte – Sabrina Parlotti, die Alkohol kaum gewohnt war, war bereits angeheitert –, lenkte er das Gespräch unvermittelt auf ihre Anschuldigungen. »Jetzt erzähl mal, Sabrina, wie du darauf kommst, dass ich ein dreifacher Mörder bin. Und wieso behauptest du, du hättest mich bei Mancini gesehen?«

Am liebsten wäre sie ihm um den Hals gefallen und hätte ihm gesagt, all das sei nur eine dumme Idee der Polizei, aber sie erinnerte sich an Bellinis eindringliche Worte: *Sie wissen nicht, was hinter seiner Fassade abläuft, er kann Sie nach Belieben täuschen und umgarnen. Überlegen Sie sich genau, was Sie sagen!* Sie glaubte keinen Moment daran, dass dies auf Klaus zutraf. So viel Charme und Wärme konnte man nicht vortäuschen, aber sie hatte Bellini versprochen, mitzuspielen.

»Das habe ich dir ja eigentlich gestern alles schon erzählt. Deine Taten waren nahezu perfekt, hätte ich dich nicht gesehen, wäre mir wohl nie der Verdacht gekommen. Mich interessiert, wie du das bewerkstelligt hast. Und sei beruhigt, ich weiß, dass du es nicht zum Spaß getan hast, sondern weil diese Idioten meinten, den Helden spielen zu müssen.«

Mantinger sah sie wieder mit demselben merkwürdigen, undefinierbaren Blick an wie am Vortag. War es Mitleid? Oder Spott? Die Atmosphäre zwischen ihnen veränderte sich jedenfalls spürbar. Sie war nicht mehr harmonisch, kribbelnd, sondern bekam etwas Geschäftsmäßiges.

»Sabrina, du weißt genauso gut wie ich, dass Gemini der Mörder ist. Du kannst mich also gar nicht bei Mancini gesehen haben. Ich glaube, du hast dir das alles ausgedacht. Mich würde interessieren, warum du so etwas tust.«

»Und warum spaziert Gemini heute ins Büro, als wäre nichts geschehen? Und geht dann unbehelligt nach Hause? Ich habe dich gesehen, Klaus, dich, nicht Gemini.«

Mit genießerischer Geste schwenkte Mantinger den Rotwein in seinem Glas und beobachtete einen Moment lang, wie er ölig an den Innenseiten des Glases hinunterlief. Es war beeindruckend, wie ruhig und unaufgeregt er angesichts der Tragweite der Beschuldigungen blieb. Schließlich sagte er, ohne den Blick von seinem Glas zu nehmen: »Ich glaube kaum, dass sie ihn haben laufen lassen, weil sie ihn für unschuldig halten, ich denke, sie wollen ihm eine Falle stellen. Nichts anderes hast du selbst mir noch vor ein paar Stunden erzählt. Du widersprichst dir also selbst. Egal, erzähl mir lieber noch mal, was du bei Mancini mitbekommen haben willst. Ich finde das sagenhaft spannend.«

Sie schilderte dieselben Ereignisse wie am Vortag, nur detailreicher – genauso, wie Bellini ihr das vorgegeben hatte.

Dabei sah Mantinger sie permanent mit jenem Blick an, der sie zu durchdringen schien und sie mehr und mehr verunsicherte. »Gut, Sabrina, angenommen, ich bin tatsächlich das personifizierte Böse, wie soll es dann deiner Meinung nach weitergehen?«

Das personifizierte Böse? Sie musste aufpassen, dass sie sich nicht alle Chancen bei ihm verspielte. »Klaus, das weißt du doch: Ich will mit dir zusammen sein. Ich bin in dich verliebt, egal, was du getan hast. Deshalb möchte ich wissen, was genau du getan hast, damit ich weiß, woran ich bin.«

Mantinger schwenkte erneut den Montevertine in seinem Glas, schnupperte daran, nahm einen großen Schluck, den er lange im Mund ließ, so als wollte er die Brombeer- und Kirschnoten einzeln herausschmecken. »Einsame Spitzenklasse! Einer meiner Lieblinge, ein Pergole Torte 2006. Ein reinrassiger Sangiovese. Eine solche Kostbarkeit teile ich nur mit wenigen. Du solltest dir das nicht entgehen lassen.« Er prostete ihr zu und nahm einen weiteren großen Schluck. »Wie gehen wir beide mit dieser blöden Situation um? Was willst du machen, wenn ich dabei bleibe, dass ich nichts damit zu tun habe? Zur Polizei gehen?«

Nachdem ihr Mantinger zugeprostet hatte, setzte sie automatisch das Glas an ihre Lippen. Von den betörenden Aromen nahm sie nichts wahr, sie war nur noch von der Sorge getrieben, dass Mantinger ihr den Laufpass geben würde. »Ich will dich doch nicht erpressen, Klaus! Ich suche lediglich Gewissheit, sonst wird das ewig zwischen uns stehen.«

»Das sehe ich ein.« Mantinger seufzte. Wieder schaute er lange in sein Glas, das er vor seinen Augen schwenkte, als fände er darin eine Antwort.

Sabrina Parlotti wartete voll innerer Anspannung darauf, dass er sie endlich erlöste. Dass er ihr schwor, nichts mit diesen Verbrechen zu tun zu haben. Dass er sie aufforderte, ihm zu erklären, warum sie dieses falsche Spiel mit ihm spiele, ihr sagte, dass er zutiefst enttäuscht von ihr sei.

Stattdessen sah er ihr erneut in die Augen und sagte: »Sabrina, lass uns für einen Augenblick die Rollen tauschen. Angenommen, du wärest ich und hättest drei Morde begangen, was würdest du dann mit der Frau machen, die dir auf den Kopf zusagt, dass sie das weiß und dich nach Belieben damit belasten kann?«

Ihre Augen weiteten sich und wurden starr, sie spürte, wie sich die Erstarrung in ihrem ganzen Gesicht ausbreitete. Ihr war, als würden ihre Eingeweide von einer Eisschicht überzogen. Sie konnte nur noch stammeln: »Klaus, wie … wie meinst du das? Was sollte ich tun?«

Mantinger entfuhr ein schnaubendes Lachen. »Sabrina, Sabrina, was soll ich bloß mit dir machen? Du bist auf so eine entzückende Weise unschuldig, fast ein bisschen naiv.«

Eine bleierne Schwere erfasste sie, ungläubig sah sie ihn an. Was wollte er ihr eigentlich sagen? Dass er ein dreifacher Mörder war? War das tatsächlich ein Geständnis? Unmöglich, das verstand sie bestimmt falsch. Er war kurz davor, genauso zu explodieren wie Franz, das war es.

Klaus Mantinger sah sie sanft an. Er sagte nichts, sekundenlang, nur sein Blick ruhte auf ihr, umfasste sie, durchdrang sie. Sie fühlte sich nackt und ausgeliefert, völlig erstarrt. Ihr war, als könnte sie sich nie wieder bewegen. Nochmals nahm er genussvoll einen großen Schluck seines Montevertine.

Dann ging es blitzschnell. Mit einer federnden, dynamischen Bewegung griff Mantinger in seinen Rucksack, der neben seinem Stuhl gestanden hatte, und holte etwas hervor. Er sprang geräuschlos und geschmeidig auf wie eine Raubkatze, die minutenlang ihre Beute beobachtet hatte und sie jetzt mit einem einzigen Satz fasste. Mit der rechten Hand griff er Sabrina Parlotti in die Haare, riss ihren Kopf brutal zurück und hielt ihr einen Gegenstand an den Hals. Sie spürte einige harte, sehr schmerzhafte Schläge, die sich im ganzen Körper ausbreiteten, dann nichts mehr. Das musste ein Elektroschocker sein. Sie wollte Luft holen, aber ihre Kehle, ihr Hals waren wie gelähmt. Die Panik erfüllte ihren ganzen Körper, sie konnte sich nicht rühren, konnte nicht sprechen, kaum atmen. Doch sie war nicht bewusstlos, nur benommen. Im Zimmer war es absolut still, nur die sanften Klänge von Sade perlten aus dem CD-Spieler.

Mantinger betrachtete sie einen Moment lang kühl, dann stützte er ihren zusammengesackten Körper gegen die Stuhllehne. Er zog einen zweiten Stuhl direkt neben sie, setzte sich, beugte sich über den Tisch und zog ungerührt das Weinglas zu sich herüber. Ganz ruhig, so als wäre nichts geschehen, nahm er einen Schluck, wiederum die Aromen abwägend. Dann legte er den Arm um die gelähmte Parlotti, die immer noch nach Luft rang. In ihren Augen malte sich nackte Angst. »Du willst also wissen, wie ich es angestellt habe? Gut, ich werde dir diesen Gefallen tun. Du hast ein Recht darauf. Und wie du selbst gesagt hast: Wir haben noch so viel vor.«

Er schenkte sich nach und begann zu erzählen. »Ich habe immer meine Methoden gehabt, Geld zu verdienen, ich meine, viel Geld. Während des Studiums in Köln hat es noch nicht so gut funktioniert, da war ich noch zu unprofessionell. Dann ist mir Mancini über den Weg gelaufen. Er war in Bedrängnis, hatte Spielschulden, seine Frau hatte keine Ahnung davon. Komisch, dass er dir nichts davon erzählt hat, obwohl ihr doch so gute Freunde wart. Sei's drum. Jedenfalls hatte ich ihn damit in der Hand. Was für ein erbärmlicher Wicht. Hat sich mir anvertraut, als wären wir seit Jahren Freunde.« Er lachte auf eine Art, die Sabrina Parlotti nie zuvor bei ihm gehört hatte. Kalt, boshaft, anders als das Lachen von Junghans, viel beängstigender. Fast dämonenhaft. Auf einmal war er völlig verändert. Es war wie die gruselige Verwandlung von Doktor Jekyll zu Mister Hyde.

»Er wurde zu meiner kleinen Marionette«, berichtete Mantinger sinnend, »also haben wir die IFS gegründet. Das war selbstredend meine Idee, der Wicht wäre zu so etwas Großartigem niemals fähig gewesen. International Financial Services! Allein der Name ist genial, das musst du zugeben.«

Wieder setzte er das Glas an seine Lippen. Plötzlich stieß Sabrina Parlotti ein leises Wimmern aus, kaum wahrnehmbar. Mantinger stellt das Glas ab und schaute ungläubig auf sein Opfer herab. Sie hatte offenbar eine bemerkenswerte physische Konstitution. Jeder normale Mensch wäre bei derartigen Stromstößen minutenlang benommen. Sie fing sogar schon wieder an, sich zu rühren. Wirklich beeindruckend. Mit dem rechten Arm zog er sie sanft an sich und hielt ihr ungerührt den Elektroschocker an den Hals. Sie zuckte leicht und erstarrte erneut.

»Wo war ich stehen geblieben? Richtig, bei Mancini. Unser Geschäft gedieh prima, über sieben Millionen Euro haben wir erwirtschaftet, netto!« Wieder dieses wahnsinnige, angsteinflößende Lachen, das sie wie durch einen Schleier erreichte. »Du müsstest mal sehen, was ich für ein tolles Boot habe. Und mein Traumhaus steht oberhalb von Saint Tropez, mediterraner Stil, Palmengarten, Pool, Dachterrasse mit Meerblick. Es hätte noch jahrelang so weitergehen können, unter der Woche der öde Beraterjob in Südtirol und am Wochenende Luxus – und keiner ahnt etwas. Aber dann kommt dieser Vollidiot aus Deutschland und meint, den Detektiv spielen zu müssen. Ich hatte keine Wahl. Ich habe aus Schimmels Büro ein paar Ampullen Digimerck verschwinden lassen und sie am Tag vor unserer Tour in Arthurs Trinkflaschen verteilt. Schon bei unserer ersten Rast hat er fast seinen gesamten Getränkevorrat in sich hineingeschüttet, der war ja halb verdurstet. Hätte nicht gedacht, dass es dermaßen perfekt läuft. Und weil der gute Arthur bereits einen Herzinfarkt hatte, wie jeder wusste, hätte normalerweise niemand Verdacht geschöpft. Normalerweise.«

Mantinger nahm sich ein paar Käsestücke. »Köstlich, du bist wirklich gut beraten worden! Doch dann kam Panzini, noch so ein Pseudo-Batman. Aber wie dumm! Ruft doch tatsächlich von seinem Büro aus seinen Arztfreund an. Wieder hatte ich leichtes Spiel. Ich musste lediglich vor ihm am Penegal sein, und: Bums. Mit Fabios Lichterwunder war das keine große Kunst. Aber diesmal brauchte ich ein Alibi, und das erforderte mein gesamtes bergsteigerisches Können. Rauf auf die Jakobsspitze, mit Schlafsack und Zelt, unbedingt gesehen werden, Gipfelbucheinträge von mir. Und dann mitten in der Nacht runter über den schmalen Südgrat, ins Auto und dann nach Bozen, langsam, ich durfte nicht auffallen. Für eine solche Aktion musst du Nerven wie Drahtseile haben!«

Mantinger hielt einen Moment inne, schwenkte das Rotweinglas. Sein Gesicht nahm einen verklärten Ausdruck an, so, als würde ihm erst in diesem Moment bewusst, war für eine unglaubliche Leistung er mit dem Mord an Panzini vollbracht hatte. Er stopfte sich eine Pastetenauswahl in den Mund. Dann erzählte er weiter.

»Dass Mancini verschwinden musste, war mir zu diesem Zeitpunkt schon klar. Er war zu einem Sicherheitsrisiko geworden. Nicht, dass man mir jemals irgendwas hätte nachweisen können, die Spuren, die ich gelegt hatte, wiesen lückenlos auf Gemini hin. Trotzdem, man kann nie wissen. Und dann kamst *du*!« Er spie das *du* mit einem Ausdruck der Verachtung aus. »Damit hatte ich tatsächlich nicht gerechnet. Wahrscheinlich wäre es besser gewesen, ich hätte die Laborratte früher eliminiert.«

Plötzlich begann er zu flüstern: »Besser für mich, und besser für dich. Aber zu spät. Jetzt müssen wir dafür sorgen, dass der schwarze Peter bei Gemini bleibt. Wir wollen doch, dass Bellinis Falle zuschnappt, oder? Das hast du selbst gesagt.«

Mantinger griff erneut in seinen Rucksack und förderte diverse Gegenstände zu Tage, Sabrina Parlotti sah es wie durch einen Nebel. Ein Paar schwarze Lederhandschuhe, die er sofort überzog. Ein Hemdknopf, einen Kamm, ein Seidentuch. Dann hauchte er ihr ins Ohr: »Sieh nur, Sabrina, all das gehört Gemini. Er hat den Knopf verloren, als du dich gewehrt hast. In seinem Alter verliert man schnell ein paar Haare. Vielleicht hast du es geschafft, sie ihm auszureißen. Wie gut, dass er so viel Kram in seinem Büro hortet. Gestern, als alle weg waren, bin ich noch mal zur SSP. Verrückt, dass sie ihn ausgerechnet jetzt freigelassen haben. Ist das nicht eine wunderbare Ironie des Schicksals? Sie lassen ihn laufen, um ihm eine Falle zu stellen, und ausgerechnet ich liefere ihnen die letzten Beweise. Genauer gesagt, den letzten Beweis. Das weißt du doch, oder?« Er zog den Kopf zurück und sah Sabrina Parlotti aus kalten Augen an.

Er ließ den Knopf unter einen der Stühle fallen, verteilte die Haare rings um sie herum, nahm sie wiederum in den Arm, zog sie an sich und flüsterte ihr leise ins Ohr: »Die Sportschuhe, die ich anhabe, gehören übrigens auch Gemini. Man weiß nie, auf was für Ideen die kommen. Und dann dieser wunderschöne Seidenschal. Gemini muss ja immer ganz akkurat aussehen. Ich hatte erst überlegt, sein Schweizer Taschenmesser mitzunehmen, aber ich habe bei Mancini gesehen, was für eine Schweinerei so etwas sein kann. Es tut mir leid für dich, dass es mit dem Tuch nicht schnell geht, es ist zu dünn. Ich werde sehr fest und sehr lange zuziehen müssen.«

Er lächelte böse und hielt ihr den Seidenschal vor die Augen. »Keine Sorge, es tut nicht weh. Versuch gar nicht erst, dich zu wehren, es hat ohnehin keinen Sinn. Lass es einfach geschehen, denk an was Schönes, vielleicht an deinen Mancini, dann ist es schneller vorbei als du denkst.« Er sah in ihre angstgeweiteten Augen, das Tuch lässig in der linken Hand.

Sabrina Parlotti überfiel pure Todesangst. Ihr Herz erstarrte zu Eis. Das war's. Das war ihr Ende, Bellini hatte von Anfang an recht. Hätte sie doch nur auf ihn gehört! Warum war sie nur so gutgläubig? Und warum wurde sie dermaßen grausam dafür bestraft? Doch ihre Gedanken lösten sich in surreale Bilder auf.

Ihre Lippen bewegten sich leicht, sie versuchte offenbar, etwas zu sagen. Mantinger hielt sein Ohr nah an ihren Mund. »Ja? Was ist? Was willst du mir noch sagen, meine kleine, dumme Sabrina?«

»Bell … Bell … Bellini, Bellini.« Sie sagte mehrfach den Namen des Commissario und hob dabei mühsam die Stimme. Trotz ihrer Schwäche und der noch immer teilweisen Lähmung gelang es ihr, lauter zu sprechen als zuvor Mantinger. Er sah sie verblüfft an.

»Bellini kann dir jetzt auch nicht mehr helfen. Aber genug geredet. Du wolltest wissen, was ich getan habe, und nun weißt du es. Du kannst dein Wissen mit ins Grab nehmen.« Mit geschmeidigen Bewegungen erhob er sich und stellte sich hinter ihren Stuhl. Er drehte den Seidenschal zu einem Strick und legte ihn ihr um den Hals.

***

»Ich habe es gewusst. Mein Gefühl hat mich nicht getäuscht. Sie macht das klasse.«

»Allerdings, damit haben wir ihn. Sollen wir eingreifen?«, fragte Marzoli. Vincenzo sah Baroncini an. »Ich wäre dafür, dass wir noch einen Moment warten.« … *dir diesen Gefallen tun* … »Er legt gerade ein umfassendes Geständnis ab. Vor vier Zeugen. Was meinen Sie, Dottore?«

Baroncini wägte Chancen und Risiken ab. »Warten wir noch einen Augenblick. Sie sagt schon seit Minuten nichts mehr. Wahrscheinlich sieht sie ihn nur bewundernd an. Sie spielt ihre Rolle perfekt. Hoffentlich bemerkt er das Mikro nicht, das wäre fatal.«

Sie saßen in einem Zivilfahrzeug, das sie auf einem Nachbargrundstück geparkt hatten, um in dem locker bebauten Wohngebiet nicht aufzufallen. Nachdem Junghans unerwartet aufgetaucht war, hatten sie befürchtet, dass die Aktion ein Schlag ins Wasser würde. Wäre in dem Moment Mantinger auf der Bildfläche erschienen, wäre er vielleicht wieder gegangen, weil es einen Zeugen gab. Zum Glück hatte er Junghans reingehen sehen und sich hinter einem Baum versteckt. Nachdem Junghans weg war, war er sofort raufgegangen. Seitdem lief alles wie am Schnürchen. Er ritt sich selbst rein, Signora Parlotti spielte seinen großen Fan. Vincenzo hatte auf die krankhafte Selbstverliebtheit dieses Mannes gesetzt, dem niemals in den Sinn käme, dass er geradewegs in eine Falle tappte, eine für die Signora allerdings gefährliche Falle.

»Also, ich finde es langsam auffällig, dass die Signora nichts mehr sagt«, merkte Marzoli plötzlich an. »Da redet bloß noch Mantinger. Und man kann ihn kaum verstehen. Und diese komischen Störungen zwischendurch. Entweder ist was mit dem Mikro, oder er flüstert die ganze Zeit. So viel ehrfurchtsvolles Schweigen ist nicht mehr normal. Und jetzt sagt keiner mehr was!« Da hörten sie Parlottis schwache Stimme: »Bellini … Bellini«. Sie sahen sich an.

»Zugriff!«, schrie Vincenzo und sprang mit einem Satz aus dem Auto.

***

Mantinger strich Parlotti sanft durch das Haar. »Welch ein Jammer. Du bist ganz anders als all die Achatz und Mancinis. Schade, dass es sich nicht vermeiden lässt. Wer weiß, was aus uns hätte werden können. Glaub mir, ich mache das überhaupt nicht gerne! Aber du lässt mir leider keine andere Wahl, warst ein bisschen zu tapfer, hm? Aber nun ist es vorbei!«

»Bellini, Bellini …«, stammelte Parlotti ein letztes Mal. Dann zog Mantinger zu, das Tuch schnitt ihr sofort die Luft ab. Ihr Atmen erstarb zu einem Röcheln. Mantingers Griff wurde fester, er hatte eine enorme Kraft. Während er im Begriff war, seinen vierten Mord zu vollenden, sagte er ohne jegliche Gefühlsregung: »Sobald Gemini wieder einsitzt, werde ich nach Frankreich fahren und das restliche Geld holen. Ich hoffe, es ist noch nicht zu spät. Aber ich glaube nicht, dass sie die Konten schon gesperrt haben. Was meinst du?«

Sabrina Parlotti nahm Mantingers Stimme kaum noch wahr. Ihr wurde schwindelig, ihre Kehle, ihre Lungen brannten, sie hatte Todesangst. Das Zimmer begann sich um sie zu drehen, ihre Arme und Beine zuckten krampfhaft, zuletzt spürte sie, dass etwas Warmes an ihren Beinen herunterlief. Um sie herum wurde es schwarz.

In diesem Moment wurde ein Schlüssel im Türschloss herumgedreht. Drei Männer stürmten in die Wohnung. Vincenzo Bellini ging sofort auf Mantinger los und riss ihn von Sabrina Parlotti weg, packte ihn am Hemdkragen und schleuderte ihn gegen die Wand. Er wollte zuschlagen, um den Wahnsinnigen kampfunfähig zu machen. Mantingers Hals mit der linken Hand umfassend, holte er mit der rechten Faust aus.

Doch Mantinger war schneller. Ansatzlos trat er Vincenzo mit dem Knie zwischen die Beine, sofort ließ Vincenzo los und sackte stöhnend in sich zusammen. Diesen kurzen Augenblick nutzte Mantinger. Er sprintete los, rannte Baroncini und Marzoli um und hastete die Treppe hinunter. Vincenzo hatte sich bereits von dem Tritt erholt und rannte hinterher. »Mantinger, bleiben Sie stehen, Sie haben keine Chance!«

Marzoli erhob sich schwerfällig und lief Vincenzo nach. »Verfolgen Sie ihn nicht alleine, bitte, gleich ist Verstärkung hier, er kann gar nicht entkommen. Bellini!« Vincenzo achtete nicht auf seinen Kollegen. Blind vor Wut rannte er wie ein Besessener hinter Mantinger her.

Baroncini ging zu Parlotti und fühlte ihren Puls. Er war schwach, aber gleichmäßig. Sie waren rechtzeitig gekommen. Sekunden später, und auch ihrer aller Leben hätte sich für immer verändert. Er rief die Bereitschaft an und bestellte Mannschaftswagen und Notarzt zum Tatort.

Mantinger war sehr schnell, selbst der sportliche, alpinerprobte Vincenzo hatte Mühe, ihm zu folgen. Keuchend rief er: »Das ist meine letzte Warnung, Mantinger. Bleiben Sie stehen, oder ich schieße!« Er zog seine Waffe und lud durch. Mantinger reagierte nicht, rannte einfach weiter.

Marzolis Abstand vergrößerte sich indes zusehends. Er war so etwas nicht gewohnt, sein Sportpensum beschränkte sich auf einen Spaziergang mit der Familie am Wochenende. Derartige Sprints ließen ihn schon nach wenigen Metern nach Luft ringen. Immer häufiger musste er stehen bleiben, um wieder zu Atem zu kommen. Er schwitzte heftig und hatte einen metallischen Geschmack im Mund. Sein Puls raste. Aber er zwang sich weiterzulaufen, auch wenn er fürchtete, im nächsten Moment zusammenzubrechen.

Vincenzo hatte Mühe, den Abstand wenigstens zu halten, denn Mantinger rannte in vollem Tempo. Er musste über eine übermenschliche Kondition verfügen. Jetzt bog er abrupt nach links in eine kleine Seitenstraße ab. Er versuchte offensichtlich, den nahen Wald zu erreichen, um in die Berge zu fliehen, weil er sich dort auskannte und überlegen fühlte. Ungebremst rannte auch Vincenzo um die Ecke. Vor sich sah er eine kleine Sackgasse, die zunächst flach, dann steiler einen Hang hinaufführte, auf beiden Seiten alleeartig von Bäumen gesäumt. Er konnte Mantinger nirgendwo erblicken. War er schon so weit gekommen? Hatte er es tatsächlich geschafft, den Wald zu erreichen?

Marzoli sah, wie der Commissario in der Ferne um die Ecke bog. Hoffentlich verlor er die beiden nicht. Er bemühte sich, schneller zu laufen, aber seine Beine gehorchten ihm nicht mehr, sie zitterten wie Espenlaub. Von einem Moment zum nächsten wurde ihm schwindelig. Er blieb stehen und übergab sich. Sein Hals brannte, sein Herz hämmerte in der Brust. Am liebsten hätte er sich auf die nächste Wiese geworfen. Aber er musste weiter, unbedingt weiter!

Vincenzo lief langsamer, um sich zu orientieren, trabte nur noch. Die kleine Straße war vielleicht zweihundert Meter lang, dann endete sie in einem kleinen Wendehammer mit einer Schranke und ging dahinter in einen schmalen Waldweg über. Der Wald war dicht und von niedrigem Gestrüpp durchsetzt. Wenn Mantinger es bis dorthin geschafft hatte, hatten sie ohne Ausrüstung und Taschenlampen keine Chance mehr, denn es gab genügend Möglichkeiten, sich zu verstecken. Und Mantinger war ein Extrembergsteiger. Er könnte sich sofort in die Büsche schlagen, würde sich selbst in der Dunkelheit in unwegsamstem Gelände zurechtfinden. Das hatte er bei seinem nächtlichen Abstieg von der Jakobsspitze schon unter Beweis gestellt.

Konnte Mantinger tatsächlich schon so viel Vorsprung haben? Vincenzo verlangsamte seinen Schritt weiter, mittlerweile ging er nur noch. Er blickte den sanft ansteigenden Hang hinauf. Nichts, er konnte ihn nicht mehr sehen. Vincenzo versuchte, sich das Gelände hinter der kleinen Gasse vorzustellen. Hatte Mantinger hier eine reelle Chance, in die Berge zu fliehen? Begann unmittelbar hinter der Schranke ein großer Wald, oder gab es weiter oben noch Häuserreihen? Vincenzo wurde unruhig, weil er wusste, dass Mantingers Vorsprung mit jeder Sekunde wuchs. Er beschleunigte wieder in Richtung Wendehammer.

Dann ging alles blitzschnell, genau wie zuvor in Parlottis Wohnung. Mantinger schoss pfeilartig hinter einem Baum hervor und streckte den völlig überrumpelten Vincenzo mit einem einzigen Fausthieb nieder. Vincenzo drehte sich um die eigene Achse, schlug wie ein gefällter Baum bäuchlings auf dem Asphalt auf und verlor für einen kurzen Moment das Bewusstsein. Als er wenige Augenblicke später wieder zu sich kam und sich mühsam, wie in Trance, umdrehte, um aufzustehen, blickte er unvermittelt in den Lauf seiner eigenen Waffe. Sie musste ihm bei dem Sturz aus der Hand gefallen sein.

Jetzt hatte Mantinger sie. Er baute sich vor Vincenzo auf, das Gesicht zu einer höhnisch grinsenden Fratze verzerrt, und zielte auf Vincenzos Kopf.

Nachdem er sich erbrochen hatte, versuchte Marzoli weiterzulaufen. Es gelang ihm nicht, seine Beine gehorchten ihm nicht mehr. Er musste erneut stehen bleiben und in die Hocke gehen. Sein Herz raste wie verrückt, es beruhigte sich gar nicht mehr, unwillkürlich musste er an Arthur Achatz denken. Mit dem ekelhaften Geschmack von Galle im Mund richtete er sich auf, eine prometheische Anstrengung. Er konnte weder Bellini noch Mantinger sehen. Die kleine Gasse, in die Bellini abgebogen war, lag etwa hundert Meter weit entfernt. Ununterbrochen nach Luft schnappend, setzte sich Marzoli taumelnd wieder in Bewegung.

Vincenzo kniete halb aufgerichtet auf der Straße, stützte sich mit der rechten Hand ab und sah zu Mantinger auf, der keine zwei Meter vor ihm stand. Er zielte noch immer auf Vincenzos Kopf. Mit eisiger Stimme sagte er: »Das ist der Unterschied zwischen uns, Commissario. Ich an Ihrer Stelle hätte mich in der Wohnung sofort weggepustet, aber Sie haben diesen dümmlichen Ehrenkodex, niemals auf einen fliehenden Unbewaffneten zu schießen. Jetzt sind Sie mir in die Falle gegangen. Und? Bereuen Sie es, sich mit mir angelegt zu haben? Wenigstens wissen Sie jetzt, dass Ihr kümmerliches Dasein endet, weil Sie es mit einem haushoch überlegenen Gegner zu tun hatten! Ihr Pech! *Arrividerci*, Commissario!«

Vincenzo starrte ihn an. Er war völlig gelähmt. Niemals hätte er es für möglich gehalten, dass es so enden würde. Es war doch sein erster eigener Mordfall, und er war noch keine vierzig! Er war fähig, durchtrainiert, konsequent in seinen Entscheidungen. Doch in seiner letzten Sekunde musste er erkennen, dass er denselben Fehler gemacht hatte wie zuvor Mantinger. Er hatte sich überschätzt. Niemals hätte er ihn allein verfolgen dürfen – Polizeischule, erste Lektion. Zudem hatte Mantinger zigmal, angefangen in Köln, seine menschenverachtende Kaltschnäuzigkeit unter Beweis gestellt. Spätestens an der Abbiegung in diese Gasse hätte er die Verfolgung abbrechen und auf die Verstärkung warten müssen. Diese Gedanken schossen ihm in wenigen Bruchteilen von Sekunden durch den Kopf. Gleichzeitig sah er Gianna vor sich, lachend auf dem Rittner Horn, verliebt am Strand, wütend in Sand in Taufers. Er meinte sogar, ihre Stimme und ihr Lachen aus einer weiten Ferne zu hören. Er schloss die Augen.

Stille, vollkommene Stille. Dann ein ohrenbetäubender Knall, laut wie eine Explosion, dann wieder Stille. In der kleinen Straße gingen Lichter an, Fenster und Türen wurden geöffnet, erschrockene Gesichter sahen in die Nacht hinaus.

Woher kam das viele Blut? Konnte das denn sein? Er sah an sich hinunter. Aus der linken Seite schoss Blut. Die Waffe fiel zu Boden.

Ispettore Marzoli rannte auf Vincenzo zu und schrie: »Ist alles in Ordnung, Bellini? Bellini? Bellini! Reden Sie, Mann, sind Sie getroffen?«

Vincenzo begriff nicht, was geschehen war. Der Schuss war gefallen. Lebte er noch oder war er tot? Er spürte keinen Schmerz.

War das der Schock? Wer war das, der da vor ihm auf der Straße lag? Und wer stand vor ihm und redete auf ihn ein? Das war doch Ispettore Marzoli. Marzoli, sein Kollege! Aber wer hatte geschossen?

Erst als Marzoli vor ihm auf die Knie ging und ihn schüttelte, begriff er. Es war Marzoli, der geschossen hatte, nicht Mantinger. Sein Kollege hatte ihn erwischt, bevor er abdrücken konnte. Vincenzo sah zu Mantinger, der reglos auf der Straße lag. Staksig wie eine Marionette stand der Commissario auf, ging zu dem reglos daliegenden Mann und fühlte seinen Puls. Er zog sein Handy aus der Tasche und wählte die Notrufnummer eins eins acht. »*Pronto!* Hier Commissario Vincenzo Bellini, wir haben jemanden mit einer Schussverletzung. Wir brauchen sofort einen Krankenwagen und einen Notarzt«, sagte er und gab die Adresse durch. Seine Stimme klang gepresst und unnatürlich.

Marzoli wandte sich erneut an Vincenzo und fragte: »Sind Sie okay, Commissario? Haben Sie was abbekommen?« Vincenzo sah ihn einen Moment an und nahm ihn dann wortlos in den Arm.

***

Nachdem Mantinger unter massiver Polizeipräsenz in die Klinik gebracht worden war, stieg Vincenzo in sein Auto und wählte Giannas Nummer. »Ich komme jetzt«, sagte er monoton.

»Vincenzo, bist du das? Ich habe schon geschlafen. Du klingst komisch. Ist was passiert? Ist dein Einsatz schiefgegangen?«

»Nein, alles glattgelaufen. Ich komme jetzt, bis gleich.« Er fuhr los, niemand hatte ihn davon abhalten können. Er musste zu Gianna, sich zu ihr ins Bett legen, sich streicheln lassen, ihre Nähe, ihre Wärme, ihre Sanftmut spüren. Ohne es zu wissen, stand er unter Schock, niemals hätte er Auto fahren dürfen. Auf Höhe des Gardasees löste sich die Erstarrung abrupt. Ihm war, als würde sich vor ihm ein Vorhang, der jeglichen freien Blick und jegliches Geräusch unterdrückt hatte, plötzlich heben. Mit einem Schlag konnte er alles um sich herum und alles in seinem Inneren wahrnehmen.

Er begann am ganzen Körper zu zittern, schaffte es gerade noch, einen kleinen Parkplatz anzusteuern. Noch während sein Alfa in die Parkbucht rollte, brach er in Tränen aus. In einem einzigen Moment erfasste er die Geschehnisse dieses Abends. Er begriff, dass er einen großen Fehler gemachte hatte, weil er wie von Sinnen hinter Mantinger hergerannt war, anstatt nachzudenken und nach den Vorschriften zu handeln. Nur mit ganz großem Glück war er dem Tod von der Schippe gesprungen. Und dieses Glück hatte einen Namen: Ispettore Giuseppe Marzoli, sein Kollege und Schutzengel. Geistesgegenwärtig hatte er die Situation erfasst, nachdem er, verausgabt bis zur totalen Erschöpfung, torkelnd in die Sackgasse eingebogen war. Blitzschnell hatte er reagiert, hatte seine Waffe gezogen und ohne nachzudenken auf Mantinger geschossen. Eine hundertstel Sekunde später, und Vincenzos Kopf wäre zerfetzt worden.

Sein Tränenausbruch dauerte nicht lange, aber es war ein enormer innerer Druck, der sich auf diese Weise entlud. Er wischte sich das Gesicht ab und betrachtete es im Innenspiegel. Es kam ihm vor, als wäre er an diesem Abend um Jahre gealtert. In gewisser Weise war er das auch, denn er hatte viele Lektionen in sehr kurzer Zeit lernen müssen. Es war für ihn immer noch unbegreiflich, dass die Schöpfung Menschen wie Mantinger überhaupt zuließ. Doch weil das so war, wurde sein Verlangen, Gianna zu spüren, nur noch stärker.

Er fuhr weiter, immer noch ausgelaugt, aber gelöster, befreit, konzentriert. Tief in der Nacht klingelte er an Giannas Wohnungstür. Sie öffnete und sah ihn aus verschlafenen Augen an. Den rosafarbenen Schlafanzug, den sie trug, hatte er noch nie an ihr gesehen. Er nahm sie in die Arme und sagte mit schwacher Stimme: »Lass uns hinlegen und schlafen. Morgen, bevor wir mit deinen Eltern die große Mailand-Runde machen, erzähle ich dir alles.«

»Oh ja, das ist eine gute Idee. Komm.« Sie war zu müde, um sein geschwollenes Gesicht zu bemerken, zog ihn hinter sich her ins Schlafzimmer und ließ sich sofort ins Bett plumpsen. Augenblicklich schlief sie wieder ein.

Der erschöpfte Vincenzo schaffte es noch, seine Jeans auszuziehen und das Halfter mit der Waffe beiseitezulegen, der Waffe, die ihn um ein Haar viel zu früh aus dem Leben gerissen hätte. Dann legte er sich neben Gianna, kuschelte sich mit seinem ganzen Körper bei ihr an und spürte jeden ihrer tiefen, gleichmäßigen Atemzüge. Er empfand Geborgenheit und Dankbarkeit. Er war in einer anderen, einer sicheren Welt gelandet. Noch vor wenigen Stunden hatte er sich in einer Welt des Horrors, der Gewalt, der menschlichen Abgründe befunden. Jetzt war er in seinem eigenen kleinen Kosmos, geborgen, friedlich, sanft. Kurze Zeit später fiel er in einen tiefen, traumlosen Schlaf.

31

Vincenzos Rechnung war aufgegangen, blindlings war das Genie in die Falle getappt. Dieser Stachel saß tiefer, als Mantinger sich eingestehen mochte. Aber während des Verhörs in seinem Krankenzimmer wähnte er sich inmitten eines fachkundigen Publikums, das seine herausragenden Fähigkeiten angemessen erfassen und beurteilen konnte. Und so deckte er geradezu lustvoll jedes Detail seiner Taten auf.

»Wissen Sie, Commissario, Typen wie Achatz sind bornierte Spießer, sie fühlen sich berufen, sich in Dinge einzumischen, die sie nichts angehen, getrieben von einem krankhaften Gerechtigkeitswahn«, er sprach das Wort »krankhaft« aus, ohne mit der Wimper zu zucken, »einem Wahn, mit dem sie sich bloß von ihren eigenen Unzulänglichkeiten ablenken wollen. Folglich sind sie für die Konsequenzen ihres Handelns alleine verantwortlich.«

Für Mantinger war dieses Geständnis nicht weniger als die Memoiren eines Genies. »Als ich Panzini erledigte, kam ich mir vor wie in einem Drehbuch, geschrieben von mir persönlich. In einem einzigen Augenblick hatte sich der gesamte Plan, wie ich es anstelle und den Verdacht auf Franco lenke, in meinem Kopf geformt.« Er sah Vincenzo triumphierend in die Augen. »In der Dämmerung im Laufschritt über den Südgrat. Und das mit sicherlich einem Promille, denn das gehörte zu meinem Plan. Die Leute sollten sehen, was ich in mich reinschütte, und Ihnen davon erzählen, denn Sie wären niemals auf den Gedanken gekommen, dass jemand nachts in diesem Zustand einen ausgesetzten Pfad entlangrennt! Selbst für Sie als Bergsteiger, Bellini, ist das unvorstellbar! Aber für mich war das nichts. Ich hätte mir auch noch die Augen verbinden können.« Mantinger grinste Vincenzo hämisch an. »Die Trinkflasche habe ich natürlich absichtlich verloren, nicht als Bestätigung meines Alibis, sondern weil ich den Gedanken amüsant fand, dass Sie wie ein Hündchen um das Gipfelkreuz herumkriechen und das Stöckchen suchen. *Such, Hasso, such, braver Hund.* Es fiel mir schwer, nicht sofort loszulachen, als ich Ihnen davon erzählte.«

Obwohl weder Vincenzo noch sonst jemand im Raum eine angemessene Reaktion zeigte, fuhr er unbeirrt fort: »Ich hatte noch ein Highlight im Rucksack, einen 95er Brunello von Biondi Santi. Wenn Sie es fachgemäß anstellen, können Sie den bis zu hundert Jahre lagern. Achthundert Euro, für eine Flasche, wohlgemerkt! Das können Sie sich von Ihrem lächerlichen Gehalt wohl kaum leisten, Bellini, aber das war exakt der passende Begleiter für meine Erfolgsfeier auf der Jakobsspitze. Ich habe jeden einzelnen Schluck zelebriert.«

Als sich Vincenzo am Ende des Verhörs erhob, hielt Mantinger ihn am Arm fest. »Gute Arbeit, Commissario. Obwohl Sie mehrfach Glück hatten. Schade, dass ich nicht sofort abgedrückt habe. Ich wollte diesen Moment auskosten, die Panik in Ihrem Gesicht genießen. Wissen Sie was? Ich werde wiederkommen. Wir beide sind nämlich noch nicht fertig miteinander.« Vincenzo maß diesen Worten keinerlei Bedeutung bei.

In gewisser Weise schrieb Klaus Mantinger sogar Geschichte. Seine perfiden Taten waren zwar nur noch für kurze Zeit das Lieblingsthema der Medien. Schon bald schmückten wieder Unfälle auf Klettersteigen, die ungewöhnliche Unwetterserie oder die Frage, wie der diesjährige Weinjahrgang werden würde, die Titelseiten. Aber die Idee eines bankenunabhängigen Fonds für Krisenfälle erwies sich tatsächlich als genial. Nachdem die Behörden in einem beispiellosen Akt der grenzüberschreitenden Zusammenarbeit die Gelder von Mantingers Konten in Frankreich gerettet und seine Besitztümer in liquide Mittel umgewandelt hatten, beschlossen die Südtiroler Wirtschaftsförderung und die Bozener Stadtväter, Mantingers Idee mit Unterstützung der EU zu einem Pilotprojekt weiterzuentwickeln. Sie richteten einen Fonds in Bozen ein, in den ein Teil bewilligter Fördermittel als Krisenrücklage eingezahlt wurde. Für die Firma ObjekTeam kam allerdings jede Hilfe zu spät.

Hans-Georg Schimmel zog sich, gegen Geminis erbitterten Widerstand, aus dem Geschäft zurück und verkaufte seinen Anteil an Franz Junghans. Der hatte Sabrina Parlottis Affront nicht vergessen und auch nicht seine Racheschwüre. Er machte die Übernahme von Schimmels Anteilen davon abhängig, dass Sabrina Parlotti entlassen wurde, was er mit dem zerstörten Vertrauensverhältnis begründete. Schimmels Leidensdruck war so groß, dass er, als letzte unternehmerische Entscheidung, Junghans' Ansinnen unterstützte.

Epilog

Köln, ein warmer Oktobertag

Sie stand lange am Grab ihres Mannes. Es war kein typischer Herbsttag. Viel zu warm, fast fünfundzwanzig Grad. Die Meteorologen sprachen von Rekorden. Hätte der Weg zu dem kleinen Waldfriedhof nicht durch den bunt gefärbten Buchenwald geführt, hätte sie an einen Sommertag geglaubt.

Es war noch kein Vierteljahr her, dass Kommissar Bellini angerufen und ihr mitgeteilt hatte, der Mörder sei gefasst. Klaus Mantinger habe gestanden, Helmut damals erpresst zu haben. Endlich bekam diese Kreatur, was sie verdiente! Der Mann würde niemals aus der Psychiatrie kommen, er würde dort verrecken. Das erfüllte sie mit tiefer Genugtuung.

Ihre Trauer würde sie niemals überwinden können, das wusste sie. Aber dieses abgrundtiefe Hassgefühl war vorbei. Auch ohne die permanenten Appelle von Doktor von Waltershausen hatte sie genau gespürt, dass es der Hass war, der sie seelisch zerstörte, nicht die Trauer. Mit der Trauer konnte sie umgehen, Helmut lebte in ihr weiter, und sie wusste, dass sie sich eines Tages in einer anderen Welt wiedersehen würden. Aber der Hass hatte sich durch ihre Eingeweide gefressen wie Rost durch Eisen, langsam, unaufhaltsam. Sie empfand tiefe Dankbarkeit für Bellini, auch wenn der Commissario lediglich seine Pflicht getan hatte. Ihr hatte er mit diesem einen Anruf mehr helfen können als von Waltershausen in elf Jahren. Sie schämte sich ein wenig dafür, dass sie Schimmel verdächtigt hatte, offensichtlich hatte er mit all diesen Verbrechen überhaupt nichts zu tun. Wahrscheinlich hatte von Waltershausen in diesem Punkt recht. Sie hatte sich das eingeredet, weil sie eifersüchtig war. In gewisser Weise war die Verarbeitung des Geschehenen für sie sogar leichter, weil Klaus Mantinger kein Gesicht für sie hatte. Sie kannte bloß seinen Namen, war ihm aber nie begegnet. Schimmel hätte sie nie restlos aus ihrem Innersten entfernen können. Mit dem gesichtslosen Mantinger konnte sie ihre Rachegefühle befriedigt loslassen.

Seit Bellinis Anruf hatte sich in ihrem Leben viel verändert. Sobald sie aufgelegt hatte, war ihr auf einmal, als erwachte sie aus einem hässlichen Traum. All die Jahre war ihr alles um sie herum, ihre ganze Welt, merkwürdig surreal erschienen. Das hatte ein immenser Alkoholkonsum, mit dessen Hilfe sie eigentlich vergessen wollte, noch verstärkt. Aber plötzlich hatte sie das Gefühl, neu geboren zu werden.

Inzwischen trank sie kaum noch, ging jeden Tag spazieren, manchmal stundenlang. Sie hatte sich für einige Volkshochschulkurse angemeldet, um wieder unter Menschen zu sein. Und sie würde eine Stiftung gründen, die Helmut-Graf-Stiftung, deren Zweck darin bestand, sich um Menschen zu kümmern, die Opfer von Verbrechen geworden waren, ähnlich wie der Weiße Ring, allerdings begrenzt auf Köln und Umgebung, damit sie sich selbst besser engagieren konnte. Sie hatte genügend Geld und Ansehen, das würde ihr bei diesen Plänen helfen. Eine solche Stiftung wäre im Sinne ihres Mannes.

Langsam ging sie den Weg zurück, vorbei an den anderen Gräbern, deren Inschriften sie inzwischen auswendig kannte. Ihr war oft aufgefallen, wie selten jemand an diesen Gräbern stand, wenn sie hier war. Auch heute war sie ganz allein. Das machte sie traurig, denn sie besuchte ihren Mann fast jeden Tag. Warum wurden die Toten so schnell vergessen?

Als sie aus dem Wald auf den Parkplatz trat, schien ihr die Sonne von der Seite her aufs Gesicht. Es war so warm, dass sie auf der Rückfahrt die Klimaanlage würde einschalten müssen. Nichts deutete darauf hin, dass das sommerliche Wetter jemals enden könnte.